中國古典文學基本叢書

楊炯集箋注

第三册

祝尚書 箋注

中華書局

楊炯集箋注卷七

神道碑

唐恒州刺史建昌公王公神道碑〔一〕

王氏之先，世爲佐命〔二〕。秦之霸也，則王離滅楚國而三將連衡〔三〕；漢之興也，則王陵誅項籍而五侯同拜〔四〕。南陽克定，應圖讖而作司空〔五〕；西晉聿興，合歌謡而濟天下〔六〕。昔者伊尹、伊陟，但保乂於商朝〔七〕；太公、桓公，唯夾輔於周室〔八〕。蕭何之後，居食禄而無聞〔九〕；鄧禹之孫，在當途而不嗣〔一〇〕。未有夏殷三統〔一一〕，金木五遷〔一二〕，册命重光，軒裳世襲〔一三〕。則我瑯琊之郡，有冠蓋之里乎〔一四〕；建昌之縣，有公侯之子乎〔一五〕！

【箋注】

〔一〕恒州，元和郡縣志卷一七恒州：「禹貢冀州之域，周爲并州地。……(北)周武帝於此置恒州。隋煬帝大業九年(六一三)罷州，以管縣屬高陽郡。武德元年(六一八)重置爲恒州。」地在今河北正定縣。建昌，同上書卷二八洪州建昌縣：「東三里，故海昏城，即漢昌邑王賀所封。今縣城，則吴太史慈所築。」地在今江西奉新縣西。按：本碑文墓主王義童，於貞觀十五年(六四一)冬十一月二十五日卒於洛陽，次年二月二日葬伊闕縣萬安山。夫人褚氏卒後，與之合葬。後來長子王師本卒，又陪葬於先兆。碑文作於長子陪葬之後，年代不詳，當在高宗時。

〔二〕「世爲」句，後漢書朱景王杜馬劉傅堅馬列傳論曰：「能感會風雲，奮其智勇，稱爲佐命，亦各志能之士也。」世，原作「代」，避唐諱，徑改。

〔三〕「秦之霸」二句，史記王翦傳：「王翦者，頻陽東鄉人也。」少而好兵，事秦始皇。將兵滅趙，定燕薊，又領六十萬兵平楚地。子王賁與李信破定燕齊地。「秦始皇二十六年(前二二一)，盡并天下，王氏、蒙氏功爲多，名施於後世。秦二世之時，王翦及其子賁皆已死，而又滅蒙氏。陳勝之反秦，秦使王翦之孫王離擊趙，圍趙王及張耳鉅鹿城。……居無何，項羽救趙，擊秦軍，果虜王離，王離軍遂降諸侯。」則滅楚乃王翦而非其孫王離，作王離，蓋作者誤記。滅楚而三將連衡，當指王翦、李信及蒙恬之父蒙武(參見史記蒙恬傳)。頻陽東鄉，索隱曰：「地理志，頻陽縣屬左馮翊。」注引應劭曰：「在頻水之陽也。」又正義：「故城在雍州東同官縣界也。」按：故址在今陝西富平縣美原鎮古城村一帶。

〔四〕「漢之興」二句，漢書王陵傳：「王陵，沛人也。始爲縣豪，高祖微時兄事陵。及高祖起沛，入咸陽，陵亦聚黨數千人居南陽，不肯從沛公。及漢王之還擊項籍，陵迺以兵屬漢。……卒從漢王定天下。以善雍齒，雍齒，高祖之仇，陵又本無從漢之意，以故後封陵爲安國侯。」據史記高祖功臣侯者年表，臺侯戴野、安國侯王陵、樂成侯丁禮、辟陽侯審食其、敬侯謁千秋，皆高祖六年（前二〇一）八月甲子所封，故稱「五侯同拜」。

〔五〕「南陽」二句，南陽，代指後漢光武帝劉秀，劉秀南陽人。作司空，指王梁。後漢書王梁傳：「王梁，字君嚴，漁陽（安）〔要〕陽人也。爲郡吏，太守彭寵以梁守狐奴令，與蓋延、吴漢俱將兵南及世祖（劉秀）於廣阿，拜偏將軍。既拔邯鄲，賜爵關内侯。從平河北，拜野王令，與河内太守寇恂南拒洛陽，北守天井關，朱鮪等不敢出兵，世祖以爲梁功。及即位，議選大司空，而赤伏符曰『王梁主衛，作玄武』，帝以野王衛之所徙，玄武水神之名，司空水土之官也，於是擢拜梁爲大司空，封武强侯。」克定，英華卷九一九作「定命」，校：「集作克定。」四子集作「定命」。按：「克定」與下句「聿興」對應，是。

〔六〕「西晉」二句，晉書王沈傳：「王沈，字處道，太原晉陽人也。……魏高貴鄉公（曹髦）好學有文才，引沈及裴秀數於東堂講讌屬文，號沈爲文籍先生，秀爲儒林丈人。及高貴鄉公將攻文帝（司馬昭），召沈及王業告之，沈、業馳白帝，以功封安平侯，邑二千户。沈既不忠於主，甚爲衆論所非。尋遷尚書，出監豫州諸軍事、奮武將軍、豫州刺史。……武帝（司馬炎）即王位，拜御史大夫，守尚書令，加給事中。沈以才望名顯當世，是以創業之事，羊祜、荀勗、裴秀、賈充等皆與沈諮謀焉。及帝（司馬炎）受禪，以佐命之勳轉驃騎將軍，録尚書事，加散騎常侍，統城外諸軍事，封博陵郡公。」同書賈充傳：「泰始中，人爲充等謡曰：『賈、裴、王，亂紀綱；王、裴、賈，濟天下。』言亡魏而成晉也。」王、裴、賈，即王沈、裴秀、賈充也。

〔七〕「昔者」二句，史記殷本紀：「伊尹，名阿衡。阿衡欲干湯而無由，乃爲有莘氏媵臣，負鼎俎，以滋味説湯致於王道。……湯舉任以國政。……當是時，夏桀爲虐政淫荒，……乃興師率諸侯，伊尹從湯。」遂滅夏桀。同上又曰：「太戊立，伊陟爲相。亳有祥，桑穀共生於朝，一暮大拱。帝太戊懼，問伊陟，伊陟曰：『臣聞妖不勝德。帝之政，其有闕與？帝其修德。』太戊從之而祥，桑枯死而去。……殷復興，諸侯歸之，故稱中宗。」集解引孔安國曰：「伊陟，伊尹之子。」保乂，尚書康誥：「往敷求於殷先哲王，用保乂民。」僞孔傳釋「保乂」爲「安治」。

〔八〕「太公」二句，史記齊太公世家：「太公望吕尚者，東海上人。」以魚釣姦周西伯，周西伯獵，遇太公於渭之陽，載與俱歸，立爲師。太公與武王誓於牧野，伐商紂，遂滅之。同上書：齊桓公稱霸，「率諸侯伐蔡，蔡潰，遂伐楚。楚成王興師，問曰：『何故涉吾地？』管仲對曰：『昔召康公命我先君太公曰：五侯九伯，若實征之，以夾輔周室。……』」集解裴駰案：「左傳曰：周公、太公，股肱周室，夾輔成王也。」

〔九〕「蕭何」二句，史記蕭相國世家：「蕭相國何者，沛豐人也。」舉宗從劉邦。沛公爲漢王，以何爲丞相。「漢五年（前二〇二），既殺項羽，定天下，論功行封。群臣争功，歲餘功不決，高祖以蕭何功最盛，封爲酇侯。」又封何父子兄弟十餘人，皆有食邑。孝惠二年（前一九三）卒，謚爲文終侯。「後嗣以罪失侯者四世，絶，天子輒復求何後，封續酇侯，功臣莫得比焉。」無聞，謂後嗣無知名者。

〔一〇〕「鄧禹」二句，後漢書鄧禹傳：「鄧禹，字仲華，南陽新野人也。」從劉秀征戰。「十三年（三七），天下平定，諸功臣皆增户邑定封，禹爲高密侯，食高密、昌安、夷安、淳于四縣。帝以禹功高，封弟寬爲明親侯。……天下既定，（禹）常欲遠名勢。有子十三人，各使守一藝，修整閨門，教養子孫。」永平元年（五八）卒。鄧禹之孫「在當塗而不嗣」，指其孫鄧良雖封侯而無後。同上傳：「禹子珍封夷安侯，「（珍）子康，少有操行，兄良襲封，無後」。康則得罪太后，「遂免康官，遣歸國，絶屬籍」。

〔一一〕「未有」二句，禮記檀弓上：「夏后氏尚黑，殷人尚白，周人尚赤。」孔穎達正義：「夏尚黑，殷尚白，周尚赤，此之謂三統。」

〔一二〕「金木」句，金木，指五行，見下。五遷，周易繫辭上：「天數五，地數五；五位相得而各有合。……此所以成變化而行鬼神也。」韓伯注：「天地之數各五，五數相配以合，成金、木、水、火、土。」按：三統，謂朝代之變；五遷，謂天地之變。

〔一三〕「册命」二句，册命，帝王用册書封立或任命。重光，多次授予榮光。軒裳，「裳」原作「裘」，英華校：「集作裳。」全唐文作「裳」。作「裳」是，據改。軒裳，謂車服，代指官宦。世襲，「世」原作「代」，避唐諱，徑改。

〔一四〕「則我」二句，元和郡縣志卷一〇青州：「古少昊氏之墟，禹貢青州之地。……武王克商，封師尚父於齊營丘。……爲秦所滅，分齊地置齊、瑯琊二郡。漢元年（前二〇六），更爲臨淄。」同上卷一一密州諸城縣：「琅琊山，在縣東南百四十里。」冠蓋里，地在今湖北襄陽宜城市冠蓋山下。漢末名士居其中，刺史二千石卿長數十人，朱軒華蓋，同會於廟下。見前遂州長江縣先聖孔子廟堂碑注引襄陽耆舊記。此以冠蓋山喻瑯琊山。

〔一五〕「建昌」二句，建昌縣，見上注。兩句指王義童於高祖武德四年（六二一）爲江南道招討使，平吴越有功，封建昌縣男，故稱建昌亦有公侯之子，見下文注。

公諱義童，字元稚，其先瑯琊臨沂人也〔一〕。永嘉之末，徙于江外〔二〕；皇運之始，遷于五陵〔三〕，今爲雍州萬年人也〔四〕。祖僧興，齊會稽令，梁安郡守、南安縣開國侯〔五〕。禄位千石〔六〕，珪符五等〔七〕。營室迴於羽儀〔八〕，山河入於盟誓〔九〕。父方賒，梁正閤主簿、伏波將軍，梁安郡守，隋上儀同三司〔一〇〕。以惠和之德〔一一〕，有文武之才。伏波將軍，從征等於馬援〔一二〕；儀同三司，開府均於鄧隲〔一三〕。家餘積慶〔一四〕，郡不乏賢。代臨本州，則元賓之父喜形於色〔一五〕；繼爲太守，則張翕之子迎者如雲〔一六〕。自齊國遜位於梁庭，及隋人內禪於皇室。夏禹之鼎，寶命集於周朝〔一七〕；御龍之家，世禄歸於范氏〔一八〕。

【箋　注】

〔一〕「公諱」二句，瑯琊，已見上注。臨沂，元和郡縣志卷一一沂州臨沂縣：「本漢舊縣也，屬東海郡。東臨沂水，故名之。後漢改屬琅琊國，晉屬琅琊郡，高齊省。隋開皇末復置，屬沂州。」故城在今山東臨沂市北。

〔二〕「永嘉」二句，永嘉，西晉懷帝司馬熾年號（三〇七—三一三）。是時石勒南侵，中州大亂，懷帝被殺，士民流亡。不久，西晉滅亡，晉室渡江南遷。

〔三〕「皇運」二句，皇運之初，指唐高祖初年。五陵，漢書原陟傳：「諸豪及長安五陵諸爲氣節者，皆歸慕之。」顏師古注：「五陵，謂長陵、安陵、陽陵、茂陵、平陵也。班固西都賦曰：『南望杜霸，北眺五陵。』」此泛指長安郊縣。

〔四〕「今爲」句，元和郡縣志卷一京兆府（雍州）萬年縣：「本漢舊縣，屬馮翊。……（北）周明帝二年（五五八），分長安、霸城、山北等三縣，始於長安城中置萬年縣。隋開皇三年（五八三）遷都，改爲大興縣，理宣陽坊。武德元年（六一八），復爲萬年。」

〔五〕「梁安郡」二句，安郡，當即南安郡。元和郡縣志卷三三劍州（普安）：「本漢廣漢郡之梓潼縣地。……(南朝)宋於此置南安郡。梁武陵王蕭紀改郡立安州。」地即今四川劍閣縣。

〔六〕「禄位」句，漢書宣帝紀：「潁川太守黄霸以治行尤異，秩中二千石。」注引如淳曰：「太守雖號二千石，有千石、八百石。」句謂禄厚。

〔七〕「珪符」句，周禮地官掌節：「掌守邦節而辨其用，以輔王命。」鄭玄注：「邦節者，珍圭、牙璋、穀圭、琬圭、琰圭也。王有命，則别其節之用以授使者，輔王命者執以行爲信。」圭、珪同，上端三角形、下端方形之長條玉器。符，符節。五等，指圭、符有五個等級，依王命不同而有别，即上引鄭注所言。

〔八〕「營室」句，史記天官書：「(紫宫)後六星絶漢抵營室，曰閣道。」孔穎達正義：「營室七星，天子之宫，亦爲玄宫，亦爲清廟，主上公，亦天子離宫别館也。」又後漢書天文志上：「營室，天子之常宫。」此指皇宫，代指朝廷。羽儀，指封侯禮儀。迥，遠。謂封侯之禮遠過規格。

〔九〕「山河」句，漢書高惠高后文功臣表：漢高祖封侯者百四十有三人，「封爵之誓曰：『使黄河如帶，泰山若厲，國以永存，爰及苗裔。』」此言各有封爵。

〔一〇〕「父方賒」至「同三司」，賒，四子集、全唐文作「賖」。正閤，考梁書、隋書職官，皆無「正閤」之名。隋書百官志下：「左右衛，掌宫掖禁御，督攝仗衛，又各有直閤將軍、直寢、直齋、直後，并掌宿衛侍從。」所謂「正閤」，蓋在直閤、直齋等名目中。同上禮儀志：「入殿門，有籠冠者著之，有纓則下之。……入齋閤及横度殿庭，不得人提衣及捉服飾。入閤則執手板，自摳衣。几席不得入齋正閤。」則齋閤有正閤。此正閤是否置有主簿，待考。伏波將軍，文獻通考卷五九雜號將軍：「伏波，漢武帝征南越始置此號。……伏波者，船涉江海，欲使波浪之伏息。」梁安郡，輿地廣記卷二八荆湖北路：「漢川縣，本安陸縣地，梁置梁安郡。」上儀同三司，隋書百官志下載其爲從四品。

〔一一〕「以惠和」句，德，英華作「性」，校：「集作德。」作「德」義勝。左傳文公十八年：「高辛氏有才子八人，……忠肅共懿，宣慈惠和，天下之民謂之八元。」

〔一二〕「從征」句，後漢書馬援傳：「馬援字文淵，扶風茂陵人也。」光武帝時，馬援南擊交趾，「璽書拜援伏波將軍」。

〔一三〕「開府」句，後漢書鄧騭傳：騭字昭伯，鄧禹第六子訓長子。「少辟大將軍竇憲府。及女弟爲貴人，騭兄弟皆除郎中。及貴人立，是爲和熹皇后，騭三遷虎賁中郎將」。「延平元年（一〇六），拜騭車騎將軍，儀同三司，始自騭也」。隲騭同。

〔一四〕「家餘」句，周易坤卦上六文言：「積善之家，必有餘慶。」

〔一五〕「代臨」二句，代，謂子代父職。魏書畢衆敬傳：「畢衆敬，小名捺，東平須昌人。」皇興初，就拜散騎常侍、寧南將軍、兖州刺史，賜爵東平公。「子元賓，少而豪俠，有武幹，涉獵書史。爲劉駿正員將軍，與父同建勳誠。及至京師，俱爲上客，賜爵須昌侯，加平遠將軍。後以元賓勳，重拜使持節、平南將軍、兖州刺史，假彭城公。父子相代爲本州，當世榮之。時衆敬以老還鄉，常呼元賓爲使君，每於元賓聽政之時乘輿出，至元賓所，先遣左右敕不聽起，觀其斷決，忻忻然喜見顔色。」

〔一六〕「繼爲」二句，太平御覽卷二六二良太守引華陽國志（當在該書卷一〇上巴郡士女，今傳本佚其文）曰：「張翕，字子陽，巴郡人。爲平陰郡守，布衣蔬食，儉以化民。自乘二馬之官，久之，一馬死，一馬病。翕曰：『吾將步行矣。』遷越巂太守（按：此句據北堂書鈔卷七五補），夷漢甚安其惠愛。在官十九年卒。百姓號慕，送葬者以千數，天子嗟歎，賜錢十萬，爲立祠堂。後太守數煩擾，夷人叛亂，翕子端方舉孝廉，天子起家拜越巂太守，迎者如雲。」又見後漢書西南夷傳，「子端」作「子湍」。按：以上二事，以王義童祖、父皆嘗爲安郡守，故云。迎，英華作「送」，校：「集作迎。」作「送」誤。

〔一七〕「夏禹」二句，王嘉拾遺記卷二：「禹鑄九鼎，五者以應陽法，四者以象陰數，使工師以雌金爲陰鼎，以雄金爲陽鼎。鼎中常滿，以占氣象之休否。」左傳桓公二年：「（周）武王克商，遷九鼎於雒邑。」杜預注：「九鼎，殷所受夏九鼎也。」夏鼎遷周，喻政權（寶命）轉移。

〔一八〕「御龍」二句，左傳襄公二十四年：「春，穆叔如晉，范宣子逆之，問焉，曰：『古人有言曰：死而不朽，何謂也？』穆叔未對。宣子曰：『昔匄之祖，自虞以上爲陶唐氏，在夏爲御龍氏，在商爲豕韋氏，在周爲唐杜氏，晉主夏盟爲范氏，其是之謂乎？』穆叔曰：『以豹所聞，此之謂世禄，非不朽也。』」御龍氏，孔穎達正義曰：「昭二十九年傳曰：陶唐氏既衰，其後有劉累學擾龍於豢龍氏，以事孔甲。夏后嘉之，賜氏曰御龍。」此以范氏擬王氏，謂其家族世代食禄。

公台階茂緒〔一〕，昴宿精靈〔二〕。五百歲之賢才〔三〕，一千里之皇佐〔四〕。忠規武節，學府詞林。元方閨門，敬其有德〔五〕；少游鄉里，稱其善人〔六〕。實惟清廟之器，是曰皇家之寶〔七〕。韻諧金石，奏虞庭之八音〔八〕；德合珪璋，列塗山之萬國〔九〕。黄河一曲之水，莫測其源〔一〇〕；赤城千丈之巖，未階其峻〔一一〕。群童忽聚，綴帛而引旛旗〔一二〕；父老相呼，授履而傳兵法〔一三〕。隋授左勳衛率〔一四〕，非其好也。

【箋注】

〔一〕「公台階」句，史記天官書：「魁下六星，兩兩相比者，名曰三能。」集解引蘇林曰：「能音台。」應劭引黄帝泰階六符經曰：「泰階者，天子之三階：上階上星爲男主，下星爲女主；中階上星爲諸侯、三公，下星爲卿大夫；下階上星爲士，下星爲庶人。三階平，則陰陽和，風雨時。」後以「台階」代指朝廷。句謂王義童在官場中根基深厚。

〔二〕「昴宿」句，昴宿，星座名。史記天官書謂在西宫，張守節正義稱凡七星。文選任昉王文憲集序：「公之生也，……信乃昴宿垂芒，德精降祉。有一于此，蔚爲帝師。」李善注引春秋佐助期曰：「漢相蕭何，昴星精。」又引漢書曰：「張良從容步游下邳圯上，有一老父出一編書，曰：『讀此，則爲王者師。」

〔三〕「五百歲」句，文選李陵答蘇武書李善注引孟子：「千年一聖，五百年一賢。」顔氏家訓卷二慕賢：「古人云：『千載一聖，猶旦暮也；五百年一賢，猶比髆也。』言聖賢之難得，疏闊如此。」

〔四〕「一千里」句，吕氏春秋觀世篇：「千里而有一士，比肩也。」後漢書王允傳：「郭林宗嘗見允而奇之，曰：『王生一日千里，王佐才也。』遂與定交。」

〔五〕「元方」二句，後漢書陳寔傳附陳紀傳：「紀字元方，亦以至德稱，兄弟孝養，閨門廱和，後進之士，皆推慕其風。」

〔六〕「少游」二句，後漢書馬援傳：「(馬援)從容謂官屬曰：『吾從弟少游，常哀吾慷慨多大志，曰：『士生一世，但取衣食裁足，乘下澤車，御款段馬，爲郡掾吏，守墳墓，鄉里稱善人，斯可矣。致求盈餘，但自苦耳。』當吾在浪泊西里間虜未滅之時，下潦上霧，毒氣重蒸，仰視飛鳶跕跕墮水中，卧念少游平生時語，何可得也。』」

〔七〕「實惟」二句，清廟，詩經周頌清廟小序：「清廟，祀文王也。」鄭玄箋：「清廟者，祭有清明之德者之宫也。」史記司馬相如傳載上林賦：「登明堂，坐清廟。」正義：「明堂有五帝廟，故言清廟，王者朝諸侯之處。」文選收該賦，李善注引郭璞曰：「明堂者，所以朝諸侯處；清廟，太廟。」此以廟堂代指朝廷，謂王義童之材器，當處朝廷之上。家，英華作「居」，校：「集作家。」作「居」誤。

〔八〕「韻諧」二句，虞庭，舜之帝庭。尚書舜典：「三載四海，遏密八音。」僞孔傳：「八音：金、石、絲、竹、匏、土、革、木。」此指文學，謂王義童文章音韻極美。世説新語文學：「孫興公（綽）字興公，作天台賦成，以示范榮期（啓），云：『卿試擲地，要作金石聲！』」

〔九〕「德合」二句，珪璋，詩經大雅卷阿：「顒顒卬卬，如圭如璋，令聞令望。」鄭玄箋：「令，善也。王有賢臣，與之以禮義相切磋，……高朗如玉之圭璋也，人聞之則有善聲譽，人望之則有善威儀，德行相副。」孔穎達正義：「圭璋，是玉之成器。」塗山，代指禹。初學記卷七帝王部伯禹帝夏后氏引帝王世紀：「禹，姒姓也。……始納塗山氏之女，生子啓。」萬國，尚書益稷：「禹曰：俞哉，帝！光天之下，至於海隅蒼生，萬邦黎獻，共惟帝臣。」僞孔傳：「獻，賢也。萬國衆賢，共爲帝臣。」兩句謂王義童有德，故爲帝之賢臣。

〔一〇〕「黄河」二句，太平御覽卷六一河引物理論曰：「（黄河）百里一小曲，千里一大曲。一直一曲，九曲以達於海。」兩句喻王義童志向遠大。

〔一一〕「赤城」二句，文選孫綽游天台山賦：「赤城霞起而建標，瀑布飛流以界道。」李善注引孔靈符會稽記曰：「赤城，山名，色皆赤，狀似雲霞。懸溜千仞，謂之瀑布，飛流灑散，冬夏不竭。」又太平寰宇記卷九八引述異記曰：「赤城山一峰特高，可三百丈，丹壁爍日。」兩句喻王義童風標極高。

〔一二〕「群童」二句，後漢書陶謙傳：「陶謙，字恭祖，丹陽人也。」李賢注引吴書曰：「陶謙父，故餘姚長。謙少孤，始以不羈聞於縣中。年十四，猶綴帛爲幡，乘竹馬而戲，邑中兒童皆隨之。故蒼梧太守同縣甘公出遇之，見其容貌異，而呼之與語，甚悦，許妻以女。甘夫人怒，曰：『陶家兒遨戲無度，於何以女許之？』甘公曰：『彼有奇表，長必大成。』遂與之。」

〔一三〕「父老」二句，史記留侯世家：「（張）良嘗閑從容步游下邳圯上，有一老父（按：即黄石公）衣褐，至良所，直墮其履圯下，顧謂良曰：『孺子下取履。』良愕然，欲毆之，爲其老，强忍下取履。父曰：『履我！』良業爲取履，因長跪履之。父以足受，笑而去。良殊大驚，隨目之。父去里所，復還，曰：『孺子可教矣。後五日平明，與我會此。』良因怪之，跪曰：『諾。』……夜未半往。有頃，父亦來，喜曰：『當如是。』出一編書，曰：『讀此，則爲王者師矣。……』遂去，無他言，不復見。旦日視其書，乃太公兵法也。」

〔一四〕「隋授」句，勳衛率，即率府勳衛。隋書百官志下有「太子勳衛，正八品」。唐六典卷五尚書兵部「率府勳衛」注：「四品孫，職事五品子孫，三品曾孫，若勳官三品有封者，及國公之子爲之。」隋制蓋相近。

河東離析，海内風塵〔一〕。天子溺於膠船〔二〕，諸侯問於金鼎〔三〕。能扶天下之危者，必據天下之安；能除天下之憂者，必享天下之樂〔四〕。我高祖神堯皇帝就之如日，望之如雲〔五〕。發三河之雷電〔六〕，平四時之曆象〔七〕。武王之仗黄鉞，一月臨於孟津〔八〕；高帝之執朱旗，五星聚於東井〔九〕。公瞻烏于屋〔一〇〕，射隼于墉〔一一〕。陳平則間行而去楚〔一二〕，酈生則長揖而歸漢〔一三〕。奉符繫組，觀軹道之降王〔一四〕；偃武修文，見山陽之散馬〔一五〕。初拜車騎將軍，稍遷右屯衛將軍〔一六〕，録有功也。考於周典，崇德報功〔一七〕；稽於春秋，策勳舍爵〔一八〕。車騎萬隊，備涼土之羌戎〔一九〕；衛軍千兵，掌京師之屯禁。於時天保初定〔二〇〕，邊方未輯〔二一〕。二十八舍，尚有吴越之妖氛〔二二〕；一十三州，猶積東南之殺氣〔二三〕。武德四年，詔公爲江南道招討使〔二四〕。鼓琴而送，受命而行。乘使者之輶車〔二五〕，掌行人之旌節〔二六〕。陸賈至於南海，先責尉佗〔二七〕；隨何入於九江，即徵黥布〔二八〕。詔除泉州都督，封建昌縣男〔二九〕，食邑三百户。斗牛星象〔三〇〕，舜禹精靈〔三一〕；境接東甌〔三二〕，地鄰南越〔三三〕。言其寶利，則瑇瑁珠璣〔三四〕；叙其風俗，則丹雞白犬〔三五〕。公門容駟馬〔三六〕，位列三刀〔三七〕，防薏苡之譏嫌〔三八〕，絶簡書之流謗〔三九〕。豈直廣州清節，酌貪泉於石門〔四〇〕；合浦神君，返明珠於漲海〔四一〕。貞觀三年，詔還散騎常侍、行果州刺史〔四二〕。授期天帝，肇跡人皇〔四三〕。南充國之舊都〔四四〕，西宕渠之古邑〔四五〕。岡巒紛糾，天彭雙闕而作門〔四六〕；珠貝浮沉，巴水三迴而成字〔四七〕。公入參師友，出居方伯〔四八〕。金蟬右貂〔四九〕，朱旗曲蓋〔五〇〕。纔臨蜀郡，即聞「來暮」之歌〔五一〕；初踐益州，已聽中和之樂〔五二〕。七年，詔遷銀青光禄大夫、行恒州刺史〔五三〕。西街畢昴〔五四〕，北嶽恒山〔五五〕。天開太一之宫〔五六〕，地列并州之鎮〔五七〕。境分靈壽，魏將樂羊之所封〔五八〕；邑對行唐，趙王惠文之所築〔五九〕。公政成朞月，風行萬里〔六〇〕。鄧晨一郡，漢帝稱爲主人〔六一〕；李廣數年，匈奴號爲飛將〔六二〕。行嘗計日，郭伋不負於童兒〔六三〕；郡異中平，王觀無私於任子〔六四〕。既導德而齊禮〔六五〕，亦勝殘而去殺〔六六〕。三禾在殿，將拜鄭宏〔六七〕；兩鴈隨車，坐悲虞固〔六八〕。享年若干，以十五年冬十一月二十五日薨於洛陽之清化里〔六九〕。

【箋注】

〔一〕「河東」二句，河東，指太原。兩句謂隋末太原首義，隋王朝迅速分崩離析。據舊唐書高祖紀，隋煬帝大業十三年（六一七），「群賊蜂起，江都阻絶」。「馬邑校尉劉武周據汾陽宮舉兵反」，李淵父子亦起義兵。次年五月，隋亡。河，英華作「漢」。析，英華作「柝」。皆誤。

〔二〕「天子」句，太平御覽卷八五昭王引帝王世紀曰：「（周）昭王在位五十一年，以德衰，南征及濟於漢，舡人惡之，乃膠船進王。王御船至中流，膠液解，王及祭公俱没水而崩。」按：左傳僖公四年管仲問楚「昭王南征而不復」，杜預注：「昭王，成王之孫，南巡守涉漢，船壞而溺，周人諱而不赴，諸侯不知其故，故問之。」即指其事。此謂隋煬帝荒淫無道，在江都被殺。

〔三〕「諸侯」句，左傳宣公三年：「楚子伐陸渾之戎，遂至於雒，觀兵於周疆。定王使王孫滿勞楚子，楚子問鼎之大小輕重焉。」杜預注：「王孫滿，周大夫。示欲偪周取天下。」鼎，即禹所鑄九鼎，三代相傳以爲寶，乃政權之象徵。句謂隋末諸侯皆對政權生覬覦之心。

〔四〕「能扶」四句，黄石公三略（後世依託之書，作者無考）卷下：「夫能扶天下之危者，則據天下之安；能除天下之憂者，則享天下之樂；能救天下之禍者，則獲天下之福。」

〔五〕「我高祖」二句，神堯皇帝，即唐高祖李淵，見前遂州長江縣先聖孔子廟堂碑注。漢戴德大戴禮記卷七五帝德：「宰我曰：『請問帝堯。』孔子曰：『高辛之子也曰放勳，其仁如天，其知如神，就之如日，望之如雲，富而不驕，貴而不豫。』」

〔六〕「發三河」句，漢書高帝紀上：「悉發關中兵收三河士。」注引韋昭曰：「河南、河東、河内也。」李淵起兵太原，乃河東地，故云。雹，英華校：「集作霆。」

〔七〕「平四時」句，時，原作「海」，英華校：「集作時。」按後漢書李固傳：「今陛下之有尚書，猶天之有北斗也。斗爲天喉舌，尚書亦爲陛下喉舌。斗斟酌元氣，運平四時；尚書出納王命，賦政四海。」李賢注引春秋保乾圖曰：「天皇於是斟元氣，陳樞以五易威（宋均注：威，則也，法也）。天皇斟元氣，陳列樞機，受行次之當得也。」按：樞機，測天儀器，代指曆象。四海不得言曆象，故作「四時」是，即所謂「運平四時」也。據英華所校集本改。

〔八〕「武王」二句，史記周本紀「（武王）聞紂昏亂暴虐滋甚，殺王子比干，囚箕子」，於是遍告諸侯曰：「殷有重罪，不可以不畢伐。」遂率兵渡盟津，諸侯咸會，陳師牧野。紂兵皆崩畔，紂於是「自燔於火以死」。武王至紂死所，「以黄鉞斬紂頭，懸大白之旗」。孟津、盟津同。史記夏本紀：「又東至於盟津。」索隱：「盟，古孟字。孟津在河陽。十三州記云：『河陽縣在於河上，即孟津是也。』」

〔九〕「高帝」二句，漢書高帝紀：「高祖乃立爲沛公，……旗幟皆赤，由所殺蛇白帝子，所殺者赤帝子故也。」朱旗，即赤旗。又同書叙傳：「皇矣漢祖，纂堯之緒。實天生德，聰明神武。……爰兹發迹，斷蛇奮旅。神母告符，朱旗迺舉。」五星，史記張耳陳餘列傳：「漢王之入關，五星聚東井。東井者，秦分也，先至必霸，楚雖强，後必屬漢。」又漢書高帝紀：「（漢）元年（前二〇六）冬十月，五星聚於東井。」注引應劭曰：「東井，秦之分野。五星所在其下，當有聖人以義取天下，占見天文志。」

〔一〇〕「公瞻烏」句，詩經小雅正月：「瞻烏爰止，于誰之屋。」毛傳：「富人之屋，烏所集也。」鄭玄箋：「視烏集於富人之屋，以言今民亦當求明君而歸之。」

〔一一〕「射隼」句，周易解卦：「上六，公用射隼於高墉之上，獲之无不利。」象曰：「公用射隼，以解悖也。」王弼注：「處下體之上，故曰高墉。墉非隼之所處，高非三之所履，上六居動之上，爲解之極，將解荒悖而除穢亂者也。故用射之極而後動，成而後舉，故必獲之而无不利也。」孔穎達正義：「隼者，貪殘之鳥，鸇鷂之屬。墉，牆也。六三失位負乘，不應於上，即是罪釁之人，故以譬於隼。此借飛鳥爲喻，而居下體之上，其猶隼處高墉。隼之爲鳥，宜在山林，集於人家高墉，必爲人所繳射，以譬六三處於高位，必當被人所誅討。」此以隼喻隋。

〔一二〕「陳平」句，漢書陳平傳：「陳平，陽武户牖鄉人也。少時家貧，好讀書，治黃帝、老子之術。……項羽略地至河上，平往歸之，從入破秦，賜爵卿。項羽之東王彭城也，漢王還定三秦而東。殷王(司馬卬)反楚，項羽乃以平爲信武君，將魏王客在楚者往擊，殷降而還。項王使項悍拜平爲都尉，賜金二十溢。居無何，漢攻下殷，項王怒，將誅定殷者，平懼誅，乃封其金與印使使歸項王，而平身間行杖劍亡。渡河，……遂至修武降漢。」陳平多智謀，仕漢爲左丞相。

〔三〕「酈生」句，史記酈食其列傳：「酈生食其者，陳留高陽人也。好讀書，家貧落魄，無以爲衣食業。……聞沛公將兵略地陳留郊，沛公麾下騎士適酈生里中子也，沛公時時問邑中賢士豪俊。騎士歸，酈生見，謂之曰：『吾聞沛公慢而易人，多大略，此真吾所願從游，莫爲我先？……』騎士曰：『沛公不好儒，諸客冠儒冠來者，沛公輒解其冠，溲溺其中。與人言，常大罵，未可以儒生説也。』酈生曰：『弟言之。』騎士從容言，如酈生所誡者。沛公至高陽傳舍，使人召酈生。酈生至，入謁，沛公方倨牀，使兩女子洗足而見酈生。酈生入，則長揖不拜。……酈生曰：『必聚徒合義兵誅無道秦，不宜倨見長者。』於是沛公輟洗，起攝衣，延酈生上坐，謝之。」

〔四〕「奉符」二句，史記秦始皇本紀：「子嬰爲秦王四十六日，楚將沛公破秦軍，入武關，遂至霸上。使人約降子嬰。子嬰即係頸以組，白馬素車，奉天子璽符，降軹道旁。沛公遂入咸陽，封宮室府庫，還軍霸上。」集解引應劭曰：「組者，天子韍也。係頸者，言欲自殺也。素車白馬，喪人之服也。」軹道，集解引徐廣曰：「在霸陵。」裴駰案蘇林曰：「亭名，在長安東三十里。」此謂親見隋朝滅亡。

〔一五〕「偃武」二句，史記周本紀：武王既克殷，「縱馬於華山之陽，牧牛於桃林之虚，偃干戈，振兵釋旅，示天下不復用也」。正義：「華山在華陰縣南八里。山南曰陽也。」此謂唐朝建立，天下已平。

〔一六〕「初拜」二句，通典卷一八武官上將軍總叙：「漢興，置大將軍、驃騎將軍，位次丞相；車騎將軍、衛將軍、左右前後將軍，皆金印紫綬，位次上卿。後漢志曰：漢將軍比公者四，謂大將軍、驃騎、車騎、衛將軍。」同上卷二九：「隋車騎屬驃騎府，大唐省之。」地位顯著下降。右屯衛將軍，唐六典卷二四左右威衛：「左右威衛大將軍各一人，正三品。將軍各二人，從三品。」注：「隋初置左右領軍府，煬帝改爲左右屯衛，皇朝因之。至龍朔二年（六六二），改爲左右威衛，別置左右屯衛，亦有大將軍等官。光宅元年（六八四），改爲左右豹韜衛。神龍元年（七〇五），復爲左右威衛。」

〔一七〕「考於」二句，周典，指尚書周書。尚書武成：「列爵惟五，分土惟三。建官惟賢，位事惟能。重民五教，惟食、喪、祭。惇信明義，崇德報功，垂拱而天下治。」崇德報功，僞孔傳：「有德尊以爵，有功報以禄。」

〔一八〕「稽於」二句，左傳桓公二年：「冬，公至自唐，告於廟也。凡公行，告於宗廟；反行飲至，舍爵策勳焉，禮也。」杜預注：「爵，飲酒器也。既飲置爵，則書勳勞於策，言速紀有功也。」

〔一九〕「備涼土」句，舊唐書地理志一：「隴右節度使，以備羌戎。統臨洮、河源、白水、安人、振威、威戎、莫門、寧塞、積石、鎮西等十軍，綏和、合川、平夷三守捉。」原注：「隴右節度使在鄯州，管兵七萬人，馬六百疋，衣賜二百五十萬疋段。」地屬古涼州，故云。同上又曰：唐末析置節度，置「涼州節度使，治梁州，管西、洮、鄯、臨、河等州」。

〔二○〕「於時」句，天保，史記周本紀：「武王至於周，自夜不寐。周公旦即王所，曰：『曷爲不寐？』王曰：『……我未定天保，何暇寐？』」定天保，張守節正義釋爲「定知天之安保我位」。又詩經小雅天保：「天保定爾，亦孔之固。」鄭玄箋：「保，安。爾，女（汝）也。」女（汝），王也。天之安定，女（汝）亦甚堅固。」則「天保初定」，猶言天使國家初步安定。保，英華作「下」，校：「集作保。」四子集、全唐文作「下」。按：作「天下」雖可通，然無「天保」之有典。

〔二一〕「邊方」句，漢書武帝紀：「將吏新會，上下未輯。」顔師古注：「輯，與集同。」未輯，尚未平定。

〔二二〕「二十八」二句，史記天官書：「二十八舍，主十二州。」正義曰：「二十八舍，謂東方角、亢、氐、房、心、尾、箕，北方斗、牛、女、虚、危、室、壁；西方奎、婁、胃、昴、畢、觜、參；南方井、鬼、柳、星、張、翼、軫。星經云：角、亢，鄭之分野，兖州；氐、房、心，宋之分野，豫州；尾、箕，燕之分野，幽州；南斗、牽牛，吴越之分野，揚州；須女、虚，齊之分野，青州；危、室、壁，衛之分野，并州；奎、婁，魯之分野，徐州；胃、昴，趙之分野，冀州；畢、觜、參，魏之分野，益州；東井、輿鬼，秦之分野，雍州；柳、星、張，周之分野，三河；翼、軫，楚之分野，荆州也。」此以二十八舍代指全國，吴越乃其一。妖氛，指戰亂。

〔二三〕「一十三」二句，漢書武帝紀：元封五年（前一〇六），「初置刺史，部十三州」。顏師古注引漢舊儀云：「初分十三州，假刺史印綬，有常治所。」四庫全書本考證云：「按晉志，冀、幽、并、兖、徐、青、揚、荆、豫、益、涼及朔方、交阯，所謂十三州也。」此亦指全國。殺氣，陰氣也。殺，英華校：「集作反。」作「殺」爲勝。此謂東南尚未安輯。

〔二四〕「武德」二句，武德，唐高祖年號。武德四年爲公元六二一年。江南道，新唐書地理志：「江南道，蓋古揚州南境，漢丹陽、會稽、豫章、廬江、零陵、桂陽等郡，長沙國及牂柯、江夏、南郡地，……分爲州五十一，縣二百四十七。」招討使，舊唐書職官志三招討使：「貞元末置。自後隨用兵權置，兵置則停。」據此，則權置詔討使，實唐初已然。討，英華作「尉」，四子集、全唐文作「慰」。「尉」即「慰」字。按唐代有招討使，亦有招慰使，此不詳孰是。

〔二五〕「乘使者」句，詩經秦風駟驖：「輶車鸞鑣，載獫歇驕。」毛傳：「輶，輕也。」

〔二六〕「掌行人」句，行人，即使者。周禮地官掌節：「道路用旌節。」鄭玄注：「道路者，主治五涂之官，謂鄉遂大夫也。凡民遠出，至於邦國，邦國之民若來入，由門者，司門爲之節，由關者，司關爲之節。」此謂統管吴越之地，以招納歸降者。

〔二七〕「陸賈」二句，史記南越列傳：南越王趙佗，秦末行南海尉事。秦已破滅，佗即擊并桂林、象郡，自立爲南越武王。高帝十一年（前一九六），遣陸賈因立佗爲南越王。高后時，佗自尊爲南越武王。文帝元年（前一七九），又以陸賈爲太中大夫，使越，責讓南越王趙佗自立爲帝。趙佗恐，去帝制，願長爲藩臣，奉貢職。趙佗秦末行南海尉，故稱尉佗。

〔二八〕「隨何」二句，漢書高帝紀：「漢王西過梁地，至虞，謂謁者隨何曰：『公能説九江王（黥）布使舉兵畔楚項王，必留擊之，得留數月，吾取天下必矣。』隨何往説布，果使畔楚。」（漢）三年（前二〇四）冬十一月，「隨何既説黥布，布起兵攻楚。楚使項聲龍且攻布，布戰不勝。十二月，布與隨何間行歸漢」。

〔二九〕「詔除」二句，元和郡縣志卷二九泉州：「舊泉州本理（治）在今閩縣，武德六年（六二三）置，景雲二年（七一一）改爲閩州，開元中改爲福州。今泉州，本南安縣也，久視元年（七〇〇）縣人孫師業訴稱赴州遥遠，遂於南安縣東北界置武榮州，景雲二年改爲泉州，即今理是也。」則此所謂泉州，乃舊泉州，即後來之福州。同上書福州：「舊泉州，武德八年置中都督府。建昌縣屬洪州，在今江西奉新縣西，參見本文前注。

〔三〇〕「斗牛」句，晉書張華傳：「初，吴之未滅也，斗牛之間常有紫氣。張華聞豫章人雷煥妙達緯象，乃要雷宿，煥曰：『寶劍之精，上徹於天耳。』因問曰：『在何郡？』煥曰：『在豫章豐城。』華大喜，即補煥爲豐城令。煥到縣，掘獄屋基雙劍，一曰龍淵，一曰太阿。此指封建昌縣男事。

〔三一〕「舜禹」句，謂建昌地近古帝王舜、禹安葬地。精靈，謂舜、禹神靈。山海經海内經：「南方蒼梧之丘，蒼梧之淵，其中有九嶷山，舜之所葬。在長沙零陵界中。」禹葬會稽山（今浙江紹興）。

〔三二〕「境接」句，漢書武帝記：建元三年（前一三八）秋七月，「閩越圍東甌」。注引應劭曰：「高祖五年（前二〇二）立無諸爲閩越王，惠帝立揺爲東海王，都東甌，故號東甌。」按資治通鑑卷一二述此事，胡三省注曰：「閩越王無諸，高祖五年受封，都冶，今福州侯官是也。帝（惠帝）又封揺於東海，東海即東甌，今温州永嘉是也。應劭曰：揺封東海，在吴郡東，南濱海，此閩、越所由分也。」

〔三三〕「地鄰」句，南越，漢初趙佗所建國名，今廣東、廣西一帶，見本文前注。

〔三四〕「言其」二句，史記司馬相如傳載子虚賦：「其中則有神龜蛟鼉，瑇瑁鼈黿。」瑇瑁，正義曰：「似觜𪄌，甲有文，出南海，可以飾器物也。」珠璣，文選揚雄長楊賦：「於是後宫賤瑇瑁而疏珠璣。」李善注引字書曰：「璣，小珠也。」又後漢書安帝紀：「走卒奴婢，被綺縠，著珠璣。」李賢注：「璣，珠不圓者也。」瑇瑁、珠璣皆水産品，泉州臨海，故云。

〔三五〕「叙其」二句，太平御覽卷四〇六叙交友引風土記曰：「越俗性率樸，意親好合。既脱頭上手巾，解要間五尺刀以與之，爲交拜親。跪妻：初定交，有禮俗，皆當於山間大樹下封土爲壇，祭以白犬一、丹雞一、雞子三，名曰木下雞犬五。其壇地，人畏不敢犯也。祝曰：『卿雖乘車我戴笠，後日相逢下車揖。我雖步行卿乘馬，後日相逢卿當下。』」閩、越古爲一體，故俗亦相近。

〔三六〕「公門」句，漢書于定國傳：「始，定國父于公，其閭門壞，父老方共治之。于公謂曰：『少高大門閭，令容駟馬高蓋車。我治獄多陰德，未嘗有所冤，子孫必有興者。』」句謂王義童承祖宗陰德，前程無量。

〔三七〕「位列」句，晉書王濬傳：「濬夜夢懸三刀於卧屋梁上，須臾又益一刀。濬驚覺，意甚惡之。主簿李毅再拜賀曰：『三刀爲州字，又益一者，明府其臨益州乎？』及賊張弘殺益州刺史皇甫晏，果遷濬爲益州刺史。」三刀爲州，故此謂王義童處州府長官之位。

〔三八〕「防薏苡」句，後漢書馬援傳：「援在交阯，常餌薏苡，實用能輕身省欲，以勝瘴氣。南方薏苡實大，援欲以爲種，軍還，載之一車，時人以爲南土珍怪，權貴皆望之。援時方有寵，故莫以聞，及卒後，有上書譖之者，以爲前所載還皆明珠文犀。馬武與於陵侯侯昱等皆以章言其狀，帝益怒。援妻孥惶懼，不敢以喪還舊塋，裁買城西數畝地槀葬而已，賓客故人莫敢弔。」

〔三九〕「絶簡書」句，後漢書吴祐傳：「吴祐，字季英，陳留長垣人也。父恢爲南海太守，祐年十二，隨從到官。恢欲殺青簡以寫經書，祐諫曰：『今大人踰越五領，遠在海濱，其俗誠陋，然舊多珍怪，上爲國家所疑，下爲權戚所望，此書若成，則載之兼兩。昔馬援以薏苡興謗，王陽以衣囊徼名，嫌疑之間，誠先賢所慎也。』恢乃止，撫其首曰：『吴氏世不乏季子矣。』」所望，李賢注：「希望其贈遺也。」

〔四〇〕「豈直」二句，直，原作「知」。英華作「知」，校：「集作直。」四子集、全唐文作「直」，是，據改。晉書吴隱之傳：「吴隱之，字處默，濮陽鄄城人。」善談論，博涉文史，以儒雅標名。弱冠而介立有清標。「隆安中，以隱之爲龍驤將軍、廣州刺史、假節領平越中郎將。未至州二十里，地名石門，有水曰貪泉，飲者懷無厭之欲。隱之既至，語其親人曰：『不見可欲，使心不亂，越嶺喪清，吾知之矣。』乃至泉所，酌而飲之，因賦詩曰：『古人云此水，一歃懷千金。試使夷齊飲，終當不易心。』及在州，清操踰厲，常食不過菜及乾魚而已。」泉，英華校：「集作水。」

〔四一〕「合浦」二句，太平御覽卷一七二嶺南道新州引十道志曰：「新州新興郡，古越地，秦始皇略取陸梁地置象郡，今州即其地也。漢爲合浦郡之臨元縣，晉穆永和七年（三五一）分蒼梧郡，於此置新寧郡。梁、隋、唐爲新州。」按：新州州治，在今廣東新興縣新城鎮。神君，指東漢孟嘗。後漢書孟嘗傳：「孟嘗，字伯周，會稽上虞人也。……遷合浦太守。郡不産穀實，而海出珠寶。與交阯比境，常通商販，貿糴糧食。先時，宰守并多貪穢，詭人採求，不知紀極，珠遂漸徙於交阯郡界，於是行旅不至，人物無資，貧者死餓於道。嘗到官，革易前敝，求民病利，曾未踰歲，去珠復還，百姓皆反其業，商貨流通，稱爲神明。」按：文獻所載王義童在泉、睦、建三州事迹猶有：資治通鑑卷一九〇：高祖武德五年（六二二）春正月：「唐使者王義童下泉、睦、建三州。」太平寰宇記卷一〇二泉州：「唐武德八年，都督王義童遣使招撫，得其首領周造麦、細陵等，并受騎都尉，令相統攝，不爲寇盜。」録以備考。

〔四二〕「貞觀」二句，貞觀，唐太宗年號，貞觀三年爲公元六二九年。遷，原作「還」。英華作「還」，校：「集作除。」四子集、仝唐文作「遷」。按：作「還」誤，除、遷皆可，然「還」蓋「遷」之形訛，故改作「遷」近是。散騎常侍，唐六典卷八門下省置左散騎常侍二人，從三品，「掌侍奉規諷，備顧問應對」。同書卷九中書省置右散騎常侍二人，從三品，「掌如左散騎常侍之職」。所遷或爲「左」。

又同書卷二：凡任官，「階高而擬卑，則曰行」。舊唐書地理志：「果州，中，隋巴西郡之南充縣。武德四年（六二一），割隆州之南充、相如二縣置果州，因果山爲名。」地即今四川南充市部分地區。

〔四三〕「授期」二句，謂果州由天帝授予期運，殆肇起於人皇氏之時，言其源遠流長。人皇，三皇之一，在天皇、地皇之後。太平御覽卷七八人皇引春秋命歷序曰：「人皇氏九頭，駕六羽，乘雲車，出谷口，分九州。」宋均注曰：「九頭，兄弟九人。」

〔四四〕「南充國」句，漢書地理志有「充國」。宋書州郡志四：「南充國令譙周巴記：初平四年（一九三），分充國爲南充國。」舊唐書地理志：「漢安漢縣，屬巴郡。（南朝）宋於安漢故城置南宕渠郡。隋改安漢爲南充，果山在縣南八里。」清一統志卷二九八：「南充國故縣，今南部縣治。」南部縣，今屬四川南充市。

〔四五〕「西宕渠」句，西宕渠，「宕」原作「巖」。按元和郡縣志卷三三梓州通泉縣：「本漢廣漢縣地。宋於此置西宕渠郡，後魏恭帝移於涌山，改名涌泉郡。（北）周明帝置通井縣。隋開皇三年（五八三）改爲通泉縣，十八年（五九八）改屬梓州。」清一統志卷三〇八潼川府：「西宕渠廢郡，在鹽亭縣西北。齊書州郡志：益州西宕渠郡，領宕渠縣。寰宇記：廢宕渠，在鹽亭縣西北三十二里安樂村。李膺蜀記：宋元嘉十九年（四四二）置西宕渠郡，領縣四，宕渠是其一也。梁天監中廢。」考之文獻，未見「西巖渠」古邑之記載。蓋「宕」形訛爲「岩」，又寫作「岩」之異體

「巖」，故誤西宕渠爲「西巖渠」也。兹據文獻徑改。今按：鹽亭縣與南部縣接壤，故云南充國爲西宕渠古邑。

〔四六〕「天彭」句，水經江水注：大江「東南下百餘里，至白馬嶺而歷天彭闕，亦謂之天彭谷也。秦昭王以李冰爲蜀守，冰見氐道縣有天彭山，兩山相對，其形如闕，謂之天彭門，亦曰天彭闕」。元和郡縣志卷三一彭州：「江出山處，兩山相對，古謂之天彭門。」明曹學佺蜀中名勝記謂其在彭縣（今四川彭州市）北三十里丹景山前。

〔四七〕「珠貝」二句，珠貝，謂水中多貝，能産珠。文選顔延年贈王太常詩：「玉水記方流，琁源載圓折。」李善注引尸子曰：「凡水，其方折者有玉，其圓折者有珠也。」巴水，即嘉陵江。成字，蓋指成「閬」字。舊唐書地理志：「閬中，漢縣，屬巴郡。梁置北巴州，西魏置隆州及盤龍郡，煬帝改爲巴郡。武德爲隆州，皆治閬中。閬水迂曲，經郡三面，故曰閬中。」浮沉，英華校：「集作沉浮。」

〔四八〕「出居」句，方伯，史記周本紀：「齊、楚、秦、晉，始大政由方伯。」集解裴駰案：「周禮曰：『九命作伯。』鄭衆云：『長諸侯爲方伯。』」後代州府長官，相當於古代諸侯之長，故云。北堂書鈔卷七二刺史引王隱晉書曰：「山濤爲冀州刺史，處方伯之任。」

〔四九〕「金蟬」句，漢書谷永傳：「戴金貂之飾。」司馬彪後漢書志輿服下：武冠，「侍中、中常侍加黄金璫，附蟬爲文，貂尾爲飾，謂之『趙惠文冠』」。劉昭注引應劭漢官儀：「説者以金取堅剛，百鍊不耗。蟬居高飲絜，口在腋下。貂内勁捍而外温潤。」右貂，「右」原作「石」。英華作「右」，全唐文作「左」。按：作「右」是。通典卷二一職官三宰相（并官屬）：「散騎常侍亦武冠，右貂金蟬，絳朝服，佩水蒼玉。」

〔五〇〕「朱旗」句，東觀漢記卷二一段熲傳：「熲起於途中，爲并州刺史，滅羌有功。後徵還京師，熲乘輕車，介士、鼓吹，曲蓋、朱旗。」曲蓋，曲柄車蓋。

〔五一〕「纔臨」二句，後漢書廉範傳：「廉範，字叔度，京兆杜陵人。……建初中遷蜀郡太守，其俗尚文辯，好相持短長，範每厲以淳厚，不受媮薄之説。成都民物豐盛，邑宇逼側，舊制禁民夜作，以防火災，而更相隱蔽，燒者日屬。範乃毀削先令，但嚴使儲水而已。百姓爲便，乃歌之曰：『廉叔度，來何暮。不禁火，民安作。平生無襦，今五絝。』」

〔五二〕「初踐」二句，漢書王褒傳：「益州刺史王襄欲宣風化於衆庶，聞王褒有俊材，請與相見，使褒作中和、樂職、宣布詩，選好事者令依鹿鳴之聲習而歌之。」顔師古注：「中和者，言政治和平也；樂職者，言百官各得其職也；宣布者，風化普洽，無所不被。」

〔五三〕「七年」二句，七年，指貞觀七年，即公元六三三年。唐六典卷二尚書吏部：「從三品曰銀青光禄大夫。」注：「晉有銀青光禄大夫王翹之，宋、齊之後，或置或省，梁、陳無職。北齊三品，隋正三品，散官。煬帝改爲從三品，皇朝因之。」恒州，已見本文首注。

〔五四〕「西街」句，史記天官書：「昴、畢間爲天街，其陰，陰國；陽，陽國。」集解引孟康曰：「陰，西南坤維，河山已北國；陽，河山已南國。」北堂書鈔卷一六〇恒山「畢昴精」引春秋元命苞云：「畢散爲冀州，分爲趙國，立爲常山。」注云：「常山即恒山（引者按：避漢文帝劉恒諱，故改「恒」爲「常」）也，是畢、昴之精。」

〔五五〕「北嶽」句，周禮春官大宗伯：「五嶽，……北曰恒山。」山在今山西大同市渾源縣城南，有倒馬關、紫荆關、平型關、雁門關、寧武關等虎踞爲險，乃塞外通向冀中平原之咽喉要衝。

〔五六〕「天開」句，宮，原作「官」，英華同，據四庫全書本、全唐文改。此句對上「西街」句而言。太乙宮，恒山别名，代指恒山。史記趙世家正義引括地志云：「北嶽有五别名：一曰蘭臺府，二曰列女宮，三曰華陽臺，四曰紫臺，五曰太一宮。」

〔五七〕「地列」句，對上「北嶽」句而言。周禮夏官職方氏：「正北曰并州，其山鎮曰恒山。」鄭玄注：「鎮，名山安地德者也。」

〔五八〕「境分」二句，史記樂毅列傳：「樂毅者，其先祖曰樂羊。樂羊爲魏文侯將，伐取中山，魏文侯封樂羊以靈壽。」正義：「今定州。」集解引徐廣曰：「屬常山。」索隱引地理志：「常山有靈壽縣，中山桓公所都之地。」按：靈壽縣，今屬河北省石家莊市。

〔五九〕「邑對」二句，史記趙世家：「主父（趙武靈王）死，惠文王立。……（立）八年，城南行唐。」集解引徐廣曰：「在常山。」正義引括地志云：「行唐縣，屬冀州，爲南行唐築城。」南行唐，後漢書光武帝紀下李賢注：「縣名，屬常山郡，今恒州縣。」

〔六〇〕「公政成」二句，明都穆金薤琳琅卷八載闕名隋左屯衛大將軍左光禄大夫姚恭公墓誌銘并序：「俗易風移，政成朞月。」按：金薤琳琅稱「碑在常山府署之門，常山，即今之真定」。

〔六一〕「鄧晨」二句，後漢書鄧晨傳：「鄧晨，字偉卿，南陽新野人也。……更始北都洛陽，以晨爲常山太守。會王郎反，光武自薊走信都，晨亦間行，會於鉅鹿下，自請從擊邯鄲。光武曰：『偉卿以一身從我，不如以一郡，爲我北道主人。』乃遣晨歸郡。」

〔六二〕「李廣」二句，漢書李廣傳：「拜廣爲右北平太守。……廣在郡，匈奴號曰漢飛將軍，避之數歲不入界。」

〔六三〕「行當」二句，見前唐同州長史宇文公神道碑注引後漢書郭伋傳，言其極守信。

〔六四〕「郡異」二句，三國志魏書王觀傳：「王觀，字偉臺，東郡廩丘人也。少孤貧厲志，太祖召爲丞相文學掾。出爲高唐、陽泉、酇、任令，所在稱治。文帝踐阼，入爲尚書郎、廷尉監，出爲南陽、涿郡太守。……明帝即位，下詔書使郡縣條爲劇、中、平者。主者欲言郡爲中平，觀教曰：『此郡濱近外虜，數有寇害，云何不爲劇邪？』主者曰：『若郡爲外劇，恐於明府有任子。』觀曰：『夫君者，所以爲民也。今郡在外劇，則於役條當有降差。豈可爲太守之私，而負一郡之民乎？』遂言爲外劇郡。後送任子詣鄴，時觀但有一子而又幼弱，其公心如此。」

〔六五〕「既導德」句，晉書唐彬傳：「唐彬，字儒宗，魯國鄒人也。……泰始初，賜爵關内侯，出補鄴令。彬道德齊禮，期月化成。」

〔六六〕「亦勝殘」句，史記孝文本紀：「太史公曰：孔子言『必世然後仁。善人之治國，百年亦可以勝殘去殺』。誠哉是言！」集解引王肅曰：「勝殘暴之人，使不爲惡。去殺，不用殺也。」

〔六七〕「三禾」二句，禾，原作「木」。英華、四子集、全唐文作「禾」。後漢書蔡茂傳：「蔡茂，字子禮，河内懷人也。……建武二十年（四四），代戴涉爲司徒，在職清儉匪懈。二十三年，薨於位，時年七十二。……茂初在廣漢，夢坐大殿，極上有三穗禾，茂跳取之，得其中穗，輒復失之。以問主簿郭賀，賀離席慶曰：『大殿者，宫府之形象也。極而有禾，人臣之上禄也。取中穗，是中臺之位也。於字禾失爲秩，雖曰失之，乃所以得禄秩也。衮職有闕，君其補之。』旬月，而茂徵焉，乃辟賀爲掾。」李賢注：「屋之大者，古通呼爲殿也。極，殿梁也。」則作「禾」是，據英華等改。又北堂書鈔卷五〇引謝承後漢書曰：「鄭弘爲臨淮太守行春，兩白鹿隨車夾轂而行，弘怪問主簿黄國鹿爲吉凶，國拜賀曰：『聞三公車幡畫作鹿，明府當爲宰相。』後弘果爲太尉。」則二句用兩事。

〔六八〕「兩鴈」二句，固，原作「國」，各本同。按太平御覽卷九一七雁引會稽典録曰：「虞固字季鴻，少有孝行。爲日南太守，常有雙鴈止宿廳事上，每出行縣，輒飛逐車。卒官，鴈遂哀鳴，還至餘姚，住墓前，歷二年乃去。」又吴淑事類賦卷一九鴈注引，亦作「虞固」。則作「國」誤，據改。鴈，英華校：「集作鷹。」誤。

〔六九〕「以十五年」句，十五年，謂貞觀十五年，即公元六四一年。清化里，清徐松唐兩京城坊考卷五東京外廓城：「雒水之北，東城之東，第一南北街，北當徽安門西街，承福坊之北，從南第一曰立德坊，……次北清化坊。」

公家傳將相〔一〕，世有忠貞。屬離亂之弘多〔二〕，值雲雷之草昧〔三〕。河宗兩日，負鼎而謁成湯〔四〕；渭水七年，垂鉤而逢西伯〔五〕。將軍再命，刺史三遷。种暠、欒巴，牧人之良翰〔六〕；龐參、虞詡，將帥之宏規〔七〕。立事於當年，揚名於後代。兄國印，谷州刺史。弟國稀，仁州刺史〔八〕。荆枝擢秀〔九〕，棣萼生光〔一〇〕，何止平輿之二龍〔一一〕，是爲賈家之三虎〔一二〕。唐虞之際，四岳分居〔一三〕；趙魏之間，八男爲郡〔一四〕。公雖勳參締構，位總班條，金友玉昆〔一五〕，良田廣宅，而能吐食下士〔一六〕，倒屣迎賓〔一七〕。無笑客之美人〔一八〕，有拜賓之童隸〔一九〕。策名委質〔二〇〕，善始令終。生當封侯，克成丈夫之志〔二一〕；死而可作〔二二〕，無忘事君之道。越十六年二月二日，葬於伊闕縣之萬安山〔二三〕。詔賜雜物百段，給儀仗往還，禮也。亭連長樂〔二四〕，城枕高都〔二五〕。守闕塞者汝寬〔二六〕，適伊川者辛有〔二七〕。北瞻洛汭，尚想元凱之境〔二八〕；東望邢山，依然國僑之基〔二九〕。

【箋注】

〔一〕「公家傳」句，家，英華校：「集作門。」似誤。

〔二〕「屬離亂」句，離，英華校：「集作裘。」誤。

〔三〕「值雲雷」句，雲，原作「風」，英華校：「集作雲。」按周易屯卦：「象曰：『雷雨之動滿盈，天造草昧，宜建侯而不寧。』象曰：『雲雷屯，君子以經綸。』」王弼注：「屯者，天地造始之時也。造物之始，始於冥昧，故曰草昧也。」則作「雲」是，據英華所校集本改。句指有唐初造。

〔四〕「河宗」二句，尚書禹貢：「江漢朝宗於海。」僞孔傳：「二水經此州而入海，有似於朝。百川以海爲宗。宗，尊也。」兩日，太平御覽卷四日引王充論衡（按今傳本無）：「夏桀無道，兩日并照。在東者將起，在西者將滅。費昌問馮夷曰：『何者爲殷？何者爲夏？』馮夷曰：『西，夏也；東，殷也。』於是費昌徙族歸殷，殷果克隆（按費昌去夏歸商事，見史記秦本紀）。」馮夷乃河神，故稱河宗。此代指隋、唐二主。負鼎，史記殷本紀：「伊尹名阿衡。阿衡欲干湯而無由，乃爲有莘氏媵臣，負鼎俎，以滋味説湯致於王道。……伊尹去湯適夏，既醜有夏，復歸於亳（引者按：亳，殷都，代指湯）。……湯乃興師率諸侯，伊尹從湯。」兩句謂王義童棄隋歸唐，有如費昌、伊尹。

〔五〕「渭水」二句，垂鈎，指太公望呂尚；西伯，即周文王。太公釣於渭之陽，文王載與俱歸，立爲師，詳前齊貞公宇文公神道碑注引史記齊太公世家等。

〔六〕「种暠」二句，後漢書种暠傳：「种暠，字景伯，河南洛陽人，仲山甫之後也。」舉孝廉，順帝末爲侍御史。出爲益州、梁州刺史，又爲南郡太守、度遼將軍，入爲大司農。延熹四年（一六一）遷司徒。暠素慷慨，好立功立事，頗得百姓歡心。种，底本及英華等俱作「仲」，唯四庫全書本作「种」。兹據改。同書欒巴傳：「欒巴，字叔元，魏郡内黄人也。」拜郎中，四遷桂陽太守。又遷豫章太守，沛相，所在有績，徵拜尚書。靈帝時，上書極諫陳蕃、竇武之冤，帝怒，收付廷尉，自殺。良翰，詩經小雅桑扈：「之屏之翰，百辟爲憲。」毛傳：「翰，幹。」孔穎達正義謂築牆時，「幹所以當牆兩邊障土者也」。則良翰，猶言幹才。翰，英華校：「集作幹。」義同。

〔七〕「龐參」二句，後漢書龐參傳：「龐參，字仲達，河南緱氏人也。」舉孝廉，拜左校令。以御史中丞樊準薦，召拜謁者，使西督三輔諸軍屯，又拜漢陽太守。元初元年（一一四），遷護羌校尉。後以參爲遼東太守。永建元年（一二六），遷度遼將軍。四年，入爲大鴻臚、尚書僕射。虞詡薦參有宰相器能，順帝時以爲太尉、録尚書事。同書虞詡傳：「虞詡，字升卿，陳國武平人也。」爲朝歌長，遷懷令。後羌寇武都，鄧太后以詡有將帥之略，遷武都太守。詡大破羌兵，羌由是敗散，南入益州。永和初，遷尚書令。詡性剛正，至老不屈。

〔八〕「兄國印」四句，王國印、國稀二人事迹，別無可考。谷州，元和郡縣志卷五河南府福昌縣：「古宜陽地。……隋義寧二年（六一八），於此置宜陽郡。武德元年（六一八）改爲谷州，改宜陽縣爲福昌縣，取縣西隋宫爲名。顯慶二年（六五七）廢谷州，以縣屬河南府。」宜陽郡，治今河南宜陽縣韓城鎮。刺史，英華校：「二字集作牧。下同。」仁州，梁置，治赤坎城，在今安徽固鎮縣新馬橋鎮。舊唐書地理志虹縣：「貞觀八年（六三四），廢仁州。」

〔九〕「荆枝」句，太平御覽卷四二一引續齊諧記：「田真兄弟三人，家巨富而殊不睦。忽共議分財，金銀珍物各以斛量，田業生貲平均如一。唯堂前一株紫荆樹，花葉美茂，共議欲破爲三，人各一分。待明就截之，爾夕樹即枯死。……（真）大驚，謂語弟曰：『樹本同株，聞當分析，所以憔悴。是人不如樹也。』因悲不自勝，便不復解樹，樹應聲遂更青翠，華色繁美。」擢秀，言兄弟和睦。

〔一〇〕「棣萼」句，詩經小雅常棣小序：「常棣，燕兄弟也。」詩曰：「常棣之華，鄂不韡韡。」毛傳：「常棣，棣也。鄂猶鄂鄂然，言外發也。韡韡，光明也。」鄭玄箋：「鄂足得華之光明，則韡韡然盛興者，喻弟以敬事兄，兄以榮覆弟，恩義之顯，亦韡韡然。」

〔一一〕「何止」句，後漢書許劭傳：「許劭，字子將，汝南平輿人也。少峻名節，好人倫，多所賞識。……兄虔亦知名，汝南人稱平輿淵有二龍焉。」李賢注：「平輿故城，在今豫州汝陽縣東北，有二龍鄉、月旦里。」

〔一二〕「是爲」句，後漢書賈彪傳：「賈彪，字偉節，潁川定陵人也。少游京師，志節慷慨，與同郡荀爽齊名。」舉孝廉，補新息長。延熹九年（一六六），黨事起，乃入洛陽説城門校尉竇武、尚書霍諝，武等訟之，桓帝以此大赦黨人。後以黨禁錮，卒於家。「初，彪兄弟三人并有高名，而彪最優，故天下稱曰：『賈氏三虎，偉節最怒。』」

〔一三〕「唐虞」二句，唐虞之際，即堯、舜時代。尚書堯典：「帝曰：咨！四岳。」僞孔傳：「四岳，即上羲和之四子，分掌四岳之諸侯，故稱焉。」

〔一四〕「趙魏」二句，後漢書馮勤傳：「馮勤，字偉伯，魏郡繁陽人也。曾祖父揚，宣帝時爲弘農太守，有八子，皆爲二千石，趙魏間榮之，號曰萬石君焉。」

〔一五〕「金友」句，十六國春秋卷七五前涼録：「辛攀，字懷遠，隴西狄道人也。父奭，晉尚書郎。兄鑒曠、弟寶迅，皆以才識著名，秦雍爲之諺曰：『三龍一門，金友玉昆。』」又南史王彧傳附王份傳：「份字季文，仕宋位始安内史。」長子琳，字孝璋，位司徒、左長史。「琳，齊代取梁武帝妹義興長公主，有子九人，并知名。長子銓，字公衡，美風儀，善占吐，尚武帝女永嘉公主，拜駙馬都尉。銓雖學業不及弟錫，而孝行齊焉，時人以爲銓、錫二王，可謂玉昆金友。」

〔一六〕「而能」句，文選曹操短歌行：「周公吐哺，天下歸心。」李善注引韓詩外傳曰：「周公踐天子之位七年，成王封伯禽於魯，周公誡之曰：『無以魯國驕士。吾文王之子，武王之弟也，成王叔父也，又相天下，吾於天下亦不輕矣。然一沐三握髮，一飯三吐哺，猶恐失天下之士也。』」哺，英華校：「集作養。」誤。

〔一七〕「倒屣」句，倒屣，忙亂中倒穿鞋子。三國志魏書王粲傳：「王粲，字仲宣，山陽高平人也。曾祖父龔、祖父暢，皆爲漢三公。……獻帝西遷，粲徙長安，左中郎將蔡邕見而奇之。時邕才學顯著，貴重朝廷，常車騎填巷，賓客盈坐，閽粲在門，倒屣迎之。粲至，年既幼弱，容狀短小，一坐盡驚。邕曰：『此王公孫也，有異才，吾不如也。吾家書籍文章，盡當與之。』」

〔一八〕「無笑客」句，世説新語紕漏：「王敦初尚主，如廁，見漆箱盛乾棗，本以塞鼻，王謂廁上亦下果，食遂至盡。既還，婢擎金澡盤盛水，瑠璃盌盛澡豆，因倒箸水中而飲之，謂是乾飯。群婢莫不掩口而笑之。」

〔一九〕「有拜賓」句，顔氏家訓卷二風操：「失教之家，閽寺無禮，或以主君寢食瞋怒，拒客未通，江南深以爲恥。黄門侍郎裴之禮，號善爲士大夫，有如此輩，對賓杖之。其門生僮僕，接於他人，折旋俯仰，辭色應對，莫不肅敬，與主無别也。」

〔二〇〕「策名」句，左傳僖公二十三年：「策名委質，貳乃辟也。」杜預注：「名書於所臣之策，屈膝而君事之，則不可以貳辟罪也。」孔穎達正義：「策，簡策也；質，形體也。古之仕者，於所臣之人書己名於策，以明係屬之也；拜則屈膝而委身體於地，以明敬奉之也。」

〔二一〕「生當」二句，後漢書班超傳：「班超，字仲升，扶風平陵人。……永平五年（六二），兄固被召詣校書郎，超與母隨至洛陽。家貧，常爲官傭書以供養，久勞苦，嘗輟業投筆歎曰：『大丈夫無他志略，猶當效傅介子、張騫立功異域，以取封侯，安能久事筆研間乎？』」

〔二二〕「死而」句，禮記檀弓下：「趙文子與叔譽觀乎九原，曰：『死者如可作也，吾誰與歸？』」鄭玄注：「作，起也。」

〔二三〕「葬於」句，元和郡縣志卷五河南府伊闕縣：「伊闕縣，古戎蠻子國。漢爲新城縣，屬河南郡。周武帝時屬伊川郡。隋開皇十八年（五九八）罷郡，改爲伊闕縣。」同上潁陽縣：「大石山，一名萬安山，在縣西北四十五里。」雍正河南通志卷七河南府：「萬安山，在府城東南四十里。一名大石，又名石林，馬融廣成苑賦云『金門石林，殷起乎其中』，即此。」河南府，即今洛陽市。

〔二四〕「亭連」句，長樂，亭名。三國志魏書管寧傳稱建安二十三年（二一八），孫狼等興兵殺縣主簿，作爲叛亂，南附關羽，到陸渾南長樂亭自相約誓云云。陸渾，亦河南府屬縣，見元和郡縣志卷五河南府。地在今河南嵩縣東北。

〔二五〕「城枕」句，史記周本紀：「（蘇）代曰：『君何患於是？臣能使韓毋徵甲與粟於周，又能爲君得高都。』」集解引徐廣曰：「今河南新城縣高都城也。」正義引括地志云：「高都故城，一名郜都城，在洛州伊闕縣北三十五里。」

〔二六〕「守闕塞」句，左傳昭公二十六年：「晉知躒、趙鞅帥師納王，使女寬守闕塞。」杜預注：「女寬，晉大夫。闕塞，洛陽西南伊闕口也，守之備子朝。」陸德明音義：「女音汝，本亦作汝。」

〔二七〕「適伊川」句，左傳僖公二十二年：「初，平王之東遷也，辛有適伊川，見被髮而祭於野者，曰：『不及百年，此其戎乎？其禮先亡矣。』」杜預注：「辛有，周大夫。伊川，周地，伊水也。」

〔二八〕「北瞻」二句，洛汭，史記夏本紀：「東過雒汭，至於大邳。」集解引孔安國曰：「洛汭，洛入河處山。」晉書杜預傳：「杜預字元凱，京兆杜陵人也。……預先爲遺令，曰：『……吾往爲臺郎，嘗以公事使過密縣之邢山，山上有冢，問耕夫，云是鄭大夫祭仲，或云子産之冢也，遂率從者祭而觀焉。其造冢居山之頂，四望周達，連山體南北之正而邪東北，向新鄭城，意不忘本也。其隧道唯塞其後而空其前，不填之，示藏無珍寶，不取於重深也。山多美石不用，必集洧水自然之石以爲冢藏，貴不勞工巧，而此石不入世用也。君子尚有其情，小人無利可動，歷千載無毁，儉之致也。吾去春入朝，因郭氏喪亡，緣陪陵舊義，自表營洛陽城東首陽之南爲將來兆域，而所得地中有小山，上無舊冢。其高顯雖未足比邢山，然東奉二陵，西瞻宫闕，南觀伊洛，北望夷叔，曠然遠覽，情之所安也。故遂表樹開道，爲一定之制。至時皆用洛水圓石，開隧道南向，儀制取法於鄭大夫，欲以儉自完耳。』」

〔二九〕「東望」二句，國僑，鄭大夫公孫僑，即子産（後代學者或謂子産之子，始爲國氏，如王應麟困學紀聞卷六等。然唐前稱子産爲國僑之例甚多）。元和郡縣志卷八鄭州新鄭縣：「陘山，縣西南三十里。史記魏敗楚於陘山。山上有子産墓，墓累石爲方墳，墳東有廟，皆東向，即杜元凱終制所言者。」按：陘山，又稱邢山，在今河南新鄭市西南。

夫人陽翟縣君河南褚氏〔一〕，即太常卿陽翟康侯亮之女，中書令河南郡公遂良之妹也〔二〕。宋公子之流派〔三〕，褚先生之苗裔〔四〕。弘夫人之禮〔五〕，傳「淑女」之詩〔六〕。有文在手，歸於魯國〔七〕；有鳳和鳴，適於陳氏〔八〕。邑之石窌〔九〕，縣以封丘〔一〇〕。夫尊於朝，妻貴於室。

仙人暫別，初悲寡鶴之聲〔一一〕；寶劍纔分，終合雙龍之氣〔一二〕。以某年月日，薨於某所；越某年月日，祔建昌公之舊兆〔一三〕。長子師本，太穆神皇后挽郎〔一四〕，襲建昌公。歷韓王府祭酒〔一五〕、岐州司士參軍〔一六〕、定州安喜縣令〔一七〕。譽聞州里，學富丘山。以卿子而爲郎，以象賢而開國〔一八〕。朝游濩澤，暮宿燕宮〔一九〕。東臨石柱，雍爲積高之地〔二〇〕；右會長星，唐是中山之邑〔二一〕。出遊鄰國，不以陪臣見輕〔二二〕；上謁邦君，不以屬官相待。洛陽朝覲，適見雙鳧〔二三〕；東都墓田，行悲駟馬〔二四〕。以某年月日，終於某所；越某年月日，即陪葬於先兆。次子師表，左千牛備身，遷尚輦直長〔二五〕，歷許州臨潁〔二六〕、博州堂邑〔二七〕、滄州樂陵〔二八〕、綿州萬安〔二九〕、果州西充五縣令〔三〇〕。能傳祖業，克嗣家聲。有言偃之文章，兼仲由之政事〔三一〕。晨陪紫極，繞鈎陳之六星〔三二〕；旦奉黃麾，屯玉車之千乘〔三三〕。至若繁昌土宇，魏文帝之墠壇〔三四〕；堂邑隄封，漢陳嬰之侯國〔三五〕。河分九道，渤海東臨〔三六〕；江派五津，崑崙北指〔三七〕。莫不愛人以禮，爲政以德〔三八〕。鍾離意之禁暴，不用尺刀〔三九〕；公孫述之有神，能持五縣〔四〇〕。次子師玄，嶲州都督府嘉徵縣丞〔四一〕。次子師楚，夔州都督府雲安縣令〔四二〕。芝蘭有秀，羔鴈成行〔四三〕。滇北數十尹，莫大卭都之縣〔四四〕；邑東七百里，唯有巫山之峽〔四五〕。言其縣職，黃龍入於闕門〔四六〕；叙其宰民，鸞鳥翔於學舍〔四七〕。咸能生盡其孝，喪盡其哀〔四八〕。積粟萬鍾，思負米而何得〔四九〕；榱題三尺，泣吾親而不見〔五〇〕。卜其宅兆，麟鳳匝其岡巒〔五一〕，陳其簠簋，春秋變其霜露〔五二〕。思傳舊德，式建豐碑。戴安道作頌於鄭玄〔五三〕，蔡伯喈披文於郭泰〔五四〕。魏武皇讀而稱妙〔五五〕，非所望焉；夏侯湛見而陋之〔五六〕，固其宜也。

【箋注】

〔一〕「夫人」句，元和郡縣志卷五河南府陽翟縣：「本夏禹所都，春秋時鄭之櫟邑。」秦置縣。地即今河南禹州市。縣君，唐六典卷二尚書吏部：「五品若勳官三品有封，母、妻爲縣君。」陽翟爲褚氏祖籍（見下注），故封焉。

〔二〕「即太常」二句，舊唐書褚亮傳：褚亮，字希明，杭州錢塘人。……其先自陽翟徙居焉。太宗聞其名，深加禮接，授秦王文學，與杜如晦等十八人爲文學館學士。進授員外、散騎常侍，封陽翟縣男。拜通直散騎常侍，學士如故。貞觀十六年（六四二），進爵爲侯。卒，年八十八，贈太常卿，陪葬昭陵，謚曰康。同上褚良遂傳：遂良博涉文史，尤工隸書，父友歐陽詢甚重之。太宗末拜中書令。高宗即位，賜爵河南縣公。永徽元年（六五〇），進封郡公。後因反對立武氏爲皇后，貶潭州都督。

〔三〕「宋公子」句，鄭樵通志氏族略第四以官爲氏：「褚師氏，宋共公子子石爲褚師，因氏焉。又有褚師子服，衛有大夫褚師圃，亦爲褚氏，即褚師氏。褚氏，漢梁相褚大，元、成間有褚先生少孫，并以儒學稱焉。臣謹按：褚氏即褚師氏，後世略去『師』，遂爲褚氏。然衛亦有褚師氏，不獨宋也。」流派，英華校：「集作派別。」作「流派」較勝。

〔四〕「褚先生」句，即上注所謂褚先生少孫。按史記三代世表「張夫子問褚先生曰」句索隱：「褚先生，名少孫，（漢）元、成間爲博士。」嘗補史記。

〔五〕「弘夫人」句，唐六典卷二尚書吏部李林甫注：「古者諸侯之妻，邦人稱之曰夫人，亦曰小君。春秋傳曰『惠公元妃孟子』（按見左傳隱公元年，杜預注「言元妃，明始適夫人也」），則妃及夫人、郡君、縣君、鄉君之號，皆起於此。」

〔六〕「傳淑女」句，詩經周南關雎：「關關雎鳩，在河之洲。窈窕淑女，君子好逑。」毛傳：「淑，善。」舊謂是詩意在「樂得淑女，以配君子」。

〔七〕「有文」二句，左傳隱公元年：「宋武公生仲子，仲子生而有文在其手，曰：『爲魯夫人。』故仲子歸於我。」杜預注：「婦人謂嫁曰歸。以手理自然成字，有若天命，故嫁之於魯。」此謂王義童娶褚氏，有如天命。

〔八〕「有鳳」二句，左傳莊公二十二年：「初，懿氏卜妻敬仲，其妻占之，曰：『吉。是謂「鳳凰于飛，和鳴鏘鏘。有嬀之後，將育于姜。五世其昌，并于正卿。八世之後，莫之與京」。』」杜預注：懿氏，陳大夫。敬仲，陳公子。嬀，陳姓；姜，齊姓。

〔九〕「邑之」句，左傳成公二年：「齊侯見保者，曰：『勉之！齊師敗矣。』辟女子，女子曰：『君免乎？』曰：『免矣。』曰：『鋭司徒免乎？』曰：『免矣。』曰：『苟君與吾父免矣，可若何！』乃奔。齊侯以爲有禮。既而問之，辟司徒之妻也，予之石窌。」所謂「有禮」，杜預注：「先問君，後問父故也。」石窌，杜注：「邑名，濟北盧縣東有地，名石窌。」元和郡縣志卷一〇齊州長清縣：「石窌故城，在縣東三十里。」此喻褚氏，謂其有禮，故封陽翟縣君。

〔一〇〕「縣以」句，「縣」用如動詞，謂以封丘縣爲封。此用漢翟母事。左傳定公四年：「封父之繁弱。」杜預注：「封父，古諸侯也。」元和郡縣志卷七汴州封丘縣：「封丘縣，古之封國，後屬衛，亦屬魏。漢高祖與項羽戰，敗於延鄉，有翟母者免其難，故以延鄉爲封丘縣，以封翟母。……隋開皇三年（五八三）置郡，以縣屬汴州。」太平寰宇記卷一開封府封丘縣引魯國都紀云：「衛地之延鄉，漢高祖與項籍戰敗於翟母免難之處，後以延鄉爲封丘縣，翟母即此地也。」按：封丘縣，今屬河南新鄉市。

〔一一〕「仙人」二句，仙人，指褚夫人；暫别，婉言死。寡鶴，猶言獨鶴，喻指王義童。曹植白鶴賦：「恨離群而獨處，……獨哀鳴而戢羽。」又謝脁敬亭山詩：「獨鶴方朝唳。」

〔一二〕「寶劍」二句，晉書張華傳：張華、雷焕掘得豐城石函中龍淵、太阿雙劍，各持其一。其後「（張）華誅，失劍所在。焕卒，子華爲州從事，持劍行經延平津，劍忽於腰間躍出墮水，使人没水取之，不見劍，但見兩龍各長數丈，蟠縈有文章。没者懼而反，須臾，光彩照水，波浪驚沸，於是失劍」。此亦指褚氏亡，并謂終將相會。

〔一三〕「祔建昌公」句，禮記檀弓上：「季武子曰：『周公蓋祔。』」鄭玄注：「祔謂合葬。」兆，同「垗」，指墳地。

〔一四〕「太穆」句，舊唐書后妃傳上：「高祖太穆皇后竇氏，京兆始平人，隋定州總管神武公（竇）毅之女也。后母，周武帝（宇文邕）姊襄陽長公主。」「初葬壽安陵，後祔葬獻陵。上元元年（六七四）八月改上尊號曰太穆順聖皇后。」（按同書高宗紀下：咸亨五年（六七四）秋八月壬辰，追尊「太穆皇后爲太穆神皇后」，「太穆順聖皇后」，實爲一事，即上尊號、改咸亨五年爲上元元年在同一天）。挽郎，帝、后下葬時執紼、唱挽歌之六品官子弟，見唐同州長史宇文公神道碑注。

〔一五〕「歷韓王」句，舊唐書高祖二十二子傳：「韓王元嘉，高祖第十一子也。母宇文昭儀，隋左武衛大將軍述之女也。……武德四年（六二一）封宋王，徙封徐王。貞觀六年（六三二）賜實封七百户，授潞州刺史，時年十五。……十年，改封韓王，授潞州都督。」唐六典卷二九親王府：「東閣祭酒、西閣祭酒各一人，從七品上。……祭酒掌接對賢良，導引賓客。」

〔一六〕「岐州」句，元和郡縣志卷二鳳翔府（岐州，扶風，四輔）：「禹貢雍州之域。……後魏太武於今州理東五里築雍城鎮，文帝改鎮爲岐州。……（隋）大業三年（六〇七），罷州爲扶風郡。武德元年（六一八）復爲岐州。」地即今陝西寶雞市。唐六典卷三〇：「司士參軍事一人，從七品下。」又曰：「司士參軍掌津梁、舟車、舍宅、百工、衆藝之事。」

〔一七〕「定州」句，元和郡縣志卷一八定州：「戰國時爲中山國，與六國并稱王，後爲趙武靈王所滅。……大業三年（六〇七）改爲博陵郡。……武德四年（六二一）討平竇建德，復置定州，復開皇之舊名也。」治安喜縣。「安喜縣本漢盧奴縣，屬中山國。……隋改爲鮮虞縣。武德四年，復爲安喜縣。」地即今河北定州市。

〔一八〕「以卿子」二句，爲郎，指嘗爲挽郎。象賢，尚書微子之命：「殷王元子，惟稽古，崇德象賢。」此謂有其父之賢德，故襲封建昌公。

〔一九〕「朝游」二句，濩澤，原作「楚澤」，各本同。按上注引舊唐書高祖二十二子傳，稱韓王元嘉於貞觀十年（六三六）改封韓王，授潞州都督。元和郡縣志卷一五澤州：「漢爲上黨郡高都縣之地也。後魏道武帝置建興郡，孝莊帝改置建州，周改建州爲澤州，蓋取濩澤爲名也。」同上澤州陽城縣：「本漢濩澤縣。……濩澤，在縣西北十二里，墨子曰：『舜漁於濩澤中。』」則「楚澤」乃「濩澤」之誤，據此徑改。此指爲韓王府祭酒事。燕宮，謂慕容垂所建後燕之宮。元和郡縣志卷一八定州安喜縣：「本漢盧奴縣，屬中山國。」定州即古中山國。考晉書載記慕容垂傳，慕容垂於建興元年（三八六）建後燕，都中山。此指爲安喜縣令事，安喜縣在定州郭下，故云「游燕宮」也。

〔二〇〕「東臨」二句，石柱，指天柱山。元和郡縣志卷二鳳翔府岐山縣：「岐山，亦名天柱山，在縣東北十里。」漢書地理志上：「雍。」注引應劭曰：「四面積高曰雍。」

〔二一〕「右會」二句，長星，水名。水經滱水注：「（滱水）又（經定州）東，右會長星溝，溝出上曲陽縣西北長星渚，渚水東流，又合洛光水，水出洛光溝，東入長星水。」定州即古唐國，戰國時爲中山國，已見上注。

〔二二〕「不以」句，陪臣，左傳僖公十二年：「陪臣敢辭。」杜預注：「諸侯之臣曰陪臣。」此指爲韓王府祭酒。輕，原作「朝」，據全唐文改。

〔二三〕「洛陽」二句，後漢書王喬傳：「王喬者，河東人也。顯宗世，爲葉令。喬有神術，每月朔望，常自縣詣臺朝，帝怪其來數，而不見車騎，密令太史伺望之。言其臨至，輒有雙鳧從東南飛來。於是候鳧至，舉羅張之，但得一隻舄焉。乃詔尚方詠視，則四年中所賜尚書官屬履也。」此言王師本爲安喜縣令。

〔二四〕「東都」二句，用漢滕公事，見前後周明威將軍梁公神道碑注引西京雜記。此言王師本死。

〔二五〕「左千牛」二句，左千牛備身，武職名，見前後周明威將軍梁公神道碑「隋左千牛備身」句注。尚輦，唐六典卷一一殿中省尚輦局：「直長四人，正七品下。……尚輦奉御掌輿輦、繖扇之事，分其次序而辨其名數。直長爲之貳，凡大朝會則陳於庭，大祭祀則陳於廟。」

〔二六〕「歷許州」句，元和郡縣志卷八許州：「禹貢豫州之域。周又爲許國。……東魏高澄就古潁陰城改置南鄭州，即今州城是也。隋仁壽元年（六〇一），改南鄭州爲許州。隋末陷王世充，武德四年（六二一）世充平，復爲許州。」地在今河南許昌市。同上臨潁縣：「本漢舊縣，屬潁川郡，歷代因之。隋開皇三年（五八三）罷郡，以縣屬許州。大業四年（六〇八）自故城移於今理。」地即今河南臨潁縣。

〔二七〕「博州」句，堂，原作「棠」，據英華、全唐文改。元和郡縣志卷一六博州：「禹貢兖州之域。……後魏明元帝於此置平原鎮。……（隋開皇）十六年（五九六）於今理置博州。……武德四年（六二一）討平竇建德，重置博州。」同上堂邑縣：「本漢清縣、發干二縣之地，屬東郡。隋開皇六年（五八六）於此置堂邑縣，屬屯州，因縣西堂邑故城爲名。大業二年（六〇六）改屬魏州。武德四年又屬屯州。貞觀元年（六二七）廢屯州，改屬博州。」按：博州，今屬山東聊城市；堂邑縣，今爲堂邑鎮，屬聊城市東昌府區。

〔二八〕「滄州」句，元和郡縣志卷一八滄州：「禹貢冀州、兖州之域。後魏孝明帝熙平二年（五一七）分瀛州、冀州置滄州，以滄海爲名。隋大業二年（六〇六）罷州爲渤海郡。武德元年（六一八）改爲滄州。」同上樂陵縣：「本燕將樂毅攻齊所築，漢以爲縣，屬平原郡，即漢大司馬史高所封之邑。後魏屬樂陵郡。隋開皇三年（五八三）罷郡，屬滄州。」按：滄州今屬河北省，而樂陵則爲山東樂陵市。滄州在黄河水系，東臨渤海。

〔二九〕「綿州」句，綿，英華校：「集作錦。」文苑英華辨證卷四郡縣三「其或有疑，當兩存者」：「楊炯王義童碑『綿州萬安縣令』，綿一作錦。按唐志，錦州常豐縣、綿州羅江縣并初名萬安，至天寶元年（七四二）并改今名。」今按：下文「江派五津，崑崙北指」二句，即對應「萬安」句，「江」指長江（古謂岷江爲江水），五津在今成都都江堰至新津境内（詳下注），此泛指蜀地；而唐錦州在今湖南麻陽苗族自治縣，與「江派」二句所述地理方位迥别，則萬安顯然指綿州羅江縣，作

「錦」乃形訛，正誤顯然，不必「兩存」。元和郡縣志卷三三綿州：「本漢廣漢郡之涪縣，後魏廢帝二年（五五三）徙梓潼郡，理梓潼舊城，於此別置潼州。隋開皇五年（五八五）改潼州爲綿州，因綿水爲名也。大業三年（六〇七）改爲金山郡，武德元年（六一八）復爲綿州。」舊唐書地理志：「羅江，漢涪縣地。晉於梓潼水尾萬安故城置萬安縣，後魏置萬安郡，隋廢。天寶元年（七四二）改萬安爲羅江。」羅江縣，今屬四川德陽市。

〔三〇〕「果州」句，舊唐書地理志：「武德四年（六二一），割隆州之南充、相如二縣，置果州，因果山爲名。又置西充、郎池二縣。」西充，今四川南充市屬縣，地與南充相接。

〔三一〕「有言偃」二句，論語先進：「子曰：……政事：冉有、季路；文學：子游、子夏。」史記孔子弟子列傳：「言偃，吳人，字子游，少孔子四十五歲。」又曰：「仲由，字子路，卞人也，少孔子九歲。」索隱：「家語：仲由一字季路。」

〔三二〕「晨陪」二句，紫極，即紫宮，代指皇宮。後漢書班固傳載西都賦：「周以鉤陳之位，衛以嚴更之署。」李賢注引前（漢）書音義曰：「鉤陳，紫宮外星也，宮衛之位亦象之。」文選該賦李善注引服虔甘泉賦注曰：「紫宮外營，鉤陳星也。」又晉書天文志上中宮：「北極五星，鉤陳六星，皆在紫宮中。」此言王師表爲左千牛備身，乃宮衛官，故云。

〔三三〕「旦奉」二句，唐六典卷四尚書禮部：「凡元日大陳設於太極殿，皇帝衮冕臨軒，展宮縣之樂，陳歷代寶玉，輿輅備黃麾仗。」宋高承事物紀原卷三黃麾：「通典曰：『黃帝振兵，設五旗五麾。』

則黃麾制自有熊始也。宋朝會要曰：『麾，古有黃、朱、纁三色，所以指麾也。漢鹵簿有前、後黃麾。今制絳帛爲之如幡，采成黃。』麾字，古今注曰：『麾，所以指麾。武王執白旄以麾是也。』乘輿以黃，諸王以朱，刺史二千石以纁。」則所謂黃麾，即皇帝儀仗之黃色指揮旗。兩句指王師表爲尚輦直長，掌皇帝儀仗之事。

〔三四〕「至若」二句，補述臨潁縣事。元和郡縣志卷八許州臨潁縣：「繁昌故城，縣西北三十里。魏文帝（曹丕）行至繁陽亭，築壇受禪，因置繁昌縣，即此城也。」參見三國志魏書文帝紀。又水經潁水注：「逕繁昌故縣北曲蠡之繁陽亭也。魏書國志曰：文帝以漢獻帝延康元年（二二〇）行至曲蠡，登壇受禪於是地，改元黃初。其年以潁陰之繁陽亭爲繁昌縣。城内有三臺，時人謂之繁昌臺，壇前有二碑，昔魏文帝受禪於此。」

〔三五〕「堂邑」二句，補述堂邑縣事。元和郡縣志卷一六博州堂邑縣：「堂邑故城，在縣西北二十七里。高帝五年（前二〇二），陳嬰爲堂邑侯。嬰孫午繼封，尚館陶公主。」隄封，封賜。顔師古以爲「隄」乃「提」之誤，其匡謬正俗卷五曰：「凡言提封者，謂提舉封疆大數以爲率耳。後之學者不曉，輒讀提爲隄，著述文章者，徑變爲隄字，云總其隄防封界，故曰隄封。按封籍之體，止舉大數，定其綱陌。其言封者，譬言堰埒以知頃畝，何待堰堤然始立畔乎？正當依其本字讀之，不宜曲生異説也。」此姑仍舊。

〔三六〕「河分」二句，尚書禹貢：「九河既道。」僞孔傳：「河水分爲九道，在此州（冀州）界平原以北是。」孔穎達正義：「河從大陸東畔比行而東，比入海，冀州之東境至河之西畔，水分大河東爲九道。……（爾雅）釋水載九河之名云：徒駭、太史、馬頰、覆釜（按十三經注疏本「釜」作「鬴」）、胡蘇、簡、絜、鈎盤、鬲津。李巡曰：『徒駭，禹疏九河，以徒衆起，故云徒駭。太史，禹大使徒衆通其水道，故云太史。馬頰，河勢上廣下狹，狀如馬頰也。覆釜，水中多渚，往往而處，形如覆釜。胡蘇，其水下流，故曰胡蘇：胡，下也；蘇，流也。簡，大也，河水深而大也。絜，言河水多山石，治之苦絜，絜，苦也。鈎盤，言河水曲如鈎，屈折如盤也。鬲津，河水狹小，可鬲以爲津也。』」以下又引孫炎之説，此略。兩句指爲滄州樂陵令事。

〔三七〕「江派」二句，江，指長江。漢唐人多稱岷江正流金馬河爲大江或江水。華陽國志卷三蜀志：「其大江自湔堰下至犍爲，有五津：始曰白華津；二曰里津；三曰江首津；四曰涉頭津，劉璋時召東州民居此，改曰東州頭；五曰江南津。」地在今四川都江堰、崇州、新津一帶。崑崙，在岷山之北，乃映帶而及。此指爲綿州萬安令事。

〔三八〕「爲政」句，論語爲政：「子曰：爲政以德，譬如北辰，居其所而衆星共之。」何晏集解引包（咸）曰：「德者無爲，猶北辰之不移，而衆星共之。」

〔三九〕「鍾離意」二句，見前大唐新都縣學先聖廟堂廟文「尺兵不用」句引後漢書鍾離意傳。尺刀，英華校：「集作五兵。」按下句爲「五縣」，「五」字當不重用，蓋誤。

〔四〇〕「公孫述」二句，後漢書公孫述傳：「公孫述，字子陽，扶風茂陵人也。哀帝時以父任爲郎，後父仁爲河南都尉，而述補清水長。仁以述年少，遣門下掾隨之官。月餘，掾辭歸，白仁曰：『述非待教者也。』後太守以其能，使兼攝五縣，政事修理，姦盜不發，郡中謂有鬼神。」李賢注：「言明察也。」

〔四一〕「巂州」句，巂，原作「雋」，據英華、全唐文改。元和郡縣志卷三二巂州：「本漢南外夷獠，秦漢爲邛都國。秦嘗攻之，通五尺道，改置吏焉。至漢武帝始誅且蘭、邛君，併殺筰侯，而冉駹等皆震恐，乃以邛都之地爲越巂郡，屬益州。……周武帝天和三年（五六八）開越巂地，於巂城置嚴州。隋開皇六年（五八六）改爲西寧州，十八年改爲巂州，皇朝因之。」巂州，地即今四川西昌及攀枝花市。舊唐書太宗紀下、玄宗紀上等皆有巂州都督之記載，新唐書地理志有巂州都督府，建置時間不詳。嘉徵縣，嘉，英華、四六法海卷一一、文章辨體彙選卷六八四作「臺」。然無論嘉徵、臺徵，文獻皆無此縣名。考元和郡縣志及新、舊唐書地理志，巂州俱有臺登縣。元和郡縣志曰：「臺登縣，本漢舊縣，屬越巂郡。周武帝重開越巂，於舊理立臺登縣，後遂因之。」驗以「嘉」或作「臺」，則「嘉徵縣」疑是「臺登縣」之誤。臺登縣，舊治在今西昌冕寧縣東。

〔四二〕「夔州」句，新唐書地理志：「夔州雲安郡，下都督府。本信州巴東郡，武德二年（六一九）更州名，天寶元年（七四二）更郡名。……縣四：奉節、雲安、巫山、大昌。」夔州治今重慶奉節；雲安，今雲陽縣。

〔四三〕「芝蘭」二句，芝蘭，用謝玄答謝安問何欲使子弟皆佳事，見前唐同州長史宇文公神道碑「氣襲芝蘭」句注引世説新語言語。羔鴈，後漢書陳寔傳附陳紀傳：「弟諶，字季方，與紀齊德同行，父子并著高名，時號『三君』。每宰府辟召，常同時旌命，羔鴈成群。」李賢注：「古者諸侯朝天子，卿執羔，大夫執鴈，士執雉。成群，言衆多也。」

〔四四〕「滇北」二句，滇，滇池，代指今雲南。尹，官名。尚書顧命「百尹」，僞孔傳謂爲「百官之長」。邛都，古邛都國，指巂州，在今雲南之北。見上注。

〔四五〕「邑東」二句，邑謂雲安縣，東指三峽。水經江水注二：「首尾百六十里，謂之巫峽，蓋因山爲名也。自三峽七百里中，兩岸連山，略無闕處，重巖疊嶂，隱天蔽日，自非停午夜分，不見曦月。」

〔四六〕「言其」二句，漢書李尋傳：「李尋，字子長，平陵人也。……哀帝初即位，召尋待詔黄門，使侍中、衛尉傅喜問尋曰：『間者水出地動，日月失度，星辰亂行，災異仍重，極言毋有所諱。』尋對曰：『……（太白）貫黄龍，入帝庭，當門而出，隨熒惑入天門，至房而分，欲與熒惑爲患，不敢當明堂之精，此陛下神靈，故禍亂不成也。』」此言其爲縣職時，蒙皇帝之恩，故無災患。黄，英華校：「一作夔。」誤。

〔四七〕「叙其」二句，宰民，「民」原作「人」。英華作「人」，校：「集作邑。」按：「人」當作「民」，避唐諱，徑改。作「邑」亦通。二字全唐文作「邑人」，誤。鸞鳥，東觀漢記卷一八王阜傳：「王阜，字世公，蜀郡人。少好經學。……補重泉令，政治肅清，舉縣畏憚，吏民嚮化，鸞鳥集於學宮。阜使五官掾長沙，疊爲張雅樂，擊磬，鳥舉足垂翼，應聲而舞，翾翔復上縣庭屋，十餘日乃去。」

〔四八〕「咸能」二句，孝經紀孝行章：「孝子之事親，居則致其敬，養則致其樂，病則致其憂，喪則致其哀。」孝，英華校：「集作養。」喪，英華校：「集作没。」

〔四九〕「積粟」二句，見前後周明威將軍梁公神道碑銘文「恨深負米」句注引説苑。何，英華校：「集作可。」誤。

〔五〇〕「榱題」二句，韓詩外傳卷七：「曾子曰：往而不可還者親也，至而不可加者年也，是故孝子欲養而親不待也。……故吾嘗仕齊爲吏，禄不過鍾釜，尚猶欣欣而喜者，非以爲多也，樂其逮親也。既没之後，吾嘗南游於楚，得尊官焉，堂高九仞，榱題三圍，轉轂百乘，猶北鄉而泣涕者，非爲賤也，悲不逮吾親也。」三圍，太平御覽卷四一四禄養引，「三圍」作「三尺」。按孟子盡心下：「堂高數仞，榱題數尺，我得志弗爲也。」趙岐注：「仞，八尺也。榱題，屋溜也。堂高數仞，榱題數尺，奢汰之室，使我得志，不居此堂也。」則作「尺」亦有據。

〔五一〕「卜其」二句，麟鳳，麒麟、鳳凰，乃祥獸瑞鳥。匝，謂岡巒常有麟鳳環繞。句言葬所乃大吉之地。

〔五二〕「陳其」二句，簠簋，兩種盛食器。陳簠簋，謂祭奠。禮記祭義：「因四時之變化，感時念親，則以此祭之也。……霜露既降，君子履之，則有淒愴之心，非其寒之謂也；春雨露既濡，君子履之，必有怵惕之心，如將見之。」鄭玄注：「謂淒愴及怵惕，皆爲感時念親也。」

〔五三〕「戴安道」句，戴逵，字安道，嘗作鄭玄碑，又爲文而自鐫之，見前後周青州刺史齊貞公宇文公神道碑注引晉書戴逵傳。

〔五四〕「蔡伯喈」句，蔡邕，字伯喈。後漢書郭太（泰）傳：「（卒，）同志者乃共刻石立碑，蔡邕爲文。既而謂涿郡盧植曰：『吾爲碑銘多矣，皆有慚德，唯郭有道無愧耳。』」郭泰，號有道先生。

〔五五〕「魏武皇」句，世説新語捷悟：「魏武（曹操）嘗過曹娥碑下，楊修從，碑背上見題作『黄絹幼婦，外孫齏臼』八字。魏武謂修曰：『解不？』答曰：『解。』魏武曰：『卿未可言，待我思之。』行三十里，魏武乃曰：『吾已得。』令修別記所知。修曰：『黄絹，色絲也，於字爲絶；幼婦，少女也，於字爲妙；外孫，女子也，於字爲好；齏臼，受辛也，於字爲辭。所謂「絶妙好辭」也。』魏武亦記之，與修同。乃歎曰：『我才不及卿，乃覺三十里。』」此惟取「絶妙好辭」義。

〔五六〕「夏侯湛」句，夏侯湛張平子碑陰頌，稱碑文作者崔瑗「下筆流藻，潛思發義，文無擇辭，言必華麗。自屬文之士，未有如先生之善選言者也」。此言文不及崔瑗，故夏侯湛見必陋之，乃作者謙詞。

銘曰：

厥初兮后稷，道生民兮知稼穡〔一〕。降及文王，精翼日兮衣青光〔二〕。平東遷兮郟鄏〔三〕，晉上賓兮帝鄉〔四〕。秦三將兮繼代〔五〕，漢五侯兮克昌〔六〕。比琅山兮峻極〔七〕，等淮水兮靈長〔八〕。

【箋注】

〔一〕「厥初」二句，史記周本紀：「周后稷，名棄。其母有邰氏女，曰姜原。姜原爲帝嚳元妃。……及爲成人，遂好耕農，相地之宜，宜穀者稼穡焉，民皆法則之。帝堯聞之，舉棄爲農師，天下得其利，有功。」按：王氏得姓，多源自周王及諸侯，見鄭樵通志氏族略第四，故此以周始祖后稷爲「厥初」。民，原作「人」，避唐諱，徑改。知，英華校：「集無此字。」

〔二〕「降及」二句，太平御覽卷八四周文王引春秋元命苞曰：「伐殷者，爲姬昌。生於岐，立於豐。精翼日，衣青色（引者按：色，古微書卷六作「光」）。」末兩句原注：「爲日精所羽翼，故遂以爲名也。木神，以其方色表衣。」

〔三〕「平東遷」句，平東遷，謂周平王東遷。郟鄏，左傳宣公三年：「成王定鼎於郟鄏。」杜預注：「郟鄏，今河南也。」河南，即洛陽。史記周本紀：「（幽王被殺），於是諸侯乃即申侯而共立故幽王太子宜臼，是爲平王，以奉周祀。平王立，東遷於雒邑。」正義：「即王城也。平王以前號東都，至敬王以後及戰國爲西周。」

〔四〕「晉上賓」句，風俗通義卷二稱王子晉言「吾後三年將上賓於天」，後太子果死。傳說其死後爲神仙，故謂賓於帝鄉，帝鄉，神仙界也。按通志氏族略第四述王姓來歷道：「若琅邪、太原之王，則曰周靈王太子晉以直諫廢爲庶人，其子宗恭爲司徒，時人號曰王家。」

〔五〕「秦三將」句，指秦代名將王翦及其子王賁、孫王離，事迹詳史記王翦傳，參見本文前注。

〔六〕「漢五侯」句，指王陵家族。王陵助劉邦定天下，封安國侯，見本文前注引漢書本傳。本傳又曰：「王陵亦至玄孫，坐酎金國除。」王陵至其玄孫，襲封凡五代，故稱「五侯」。

〔七〕「比琅山」句，比，原作「北」，據英華、全唐文改。琅山，琅，英華作「狼」，校：「集作琅，是。」琅山，指其王氏先人所居之臨沂瑯琊山。謂王義童遠祖之尊崇，可與琅邪山比高。

〔八〕「等淮水」句，水，原作「海」，英華作「水」，校：「集作海。」全唐文作「水」。按「水」與上句「山」對應，且淮海乃地域名，不可言「長」，作「水」是，據改。句謂王氏家族之源遠流長，與淮水相當。

惟祖考兮鼎盛，佩金璋兮疊映〔一〕。彼山川兮降靈，生玉樹兮青青〔二〕。成張良兮昴宿〔三〕，乘傅説兮箕星〔四〕。出忠兮入孝〔五〕，武緯兮文經〔四〕。陳嘉謨兮制千里〔四〕，摛藻思兮掞天庭〔四〕。

【箋　注】

〔一〕「佩金璋」句，禮記王制：「有圭璧金璋，不粥於市。」孔穎達正義：「圭璧、金璋，各是一物，即考工記金飾璋也。」璋，形如半圭，古代貴族、官僚祭祀、朝聘時所執禮器。疊映，重疊照映，言極多。

〔二〕「生玉樹」句，世説新語言語：「謝太傅（安）問諸子姪：『子弟亦何豫人事，而正欲使其佳？』諸人莫有言者，車騎（玄）答曰：『譬如芝蘭玉樹，欲使其生於庭階耳。』」

〔三〕「成張良」句，張良爲昴宿事未詳。疑「張良」乃「蕭何」之誤用。史記蕭相國世家：「蕭相國何者，沛豐人也。以文無害爲沛主吏掾。」索隱引春秋緯：「蕭何感昴精而生，典獄制律。」

〔四〕「乘傅説」句，傅説，殷王武丁相。莊子大宗師：「夫道，……傅説得之以相武丁，奄有天下，乘東維，騎箕尾，而比於列星。」陸德明經典釋文莊子音義引星經曰：「傅説一星在尾上，言其乘東維、騎箕尾之間也。」又引崔（譔）云：「傅説死，其精神乘東維，託龍尾，乃列宿，今尾上有傅説星。」箕尾，箕爲二十八宿之一，東方青龍七宿之末宿，有星四顆。以上二句，言王義童如張良（蕭何）、傅説再生，謂其有將相之才。

〔五〕「出忠」句，漢書張敞傳：敞上書曰：「臣聞忠孝之道，退家則盡心於親，進宦則竭力於君。」

〔六〕「武緯」句，晉書良吏傳序：「有晉肇兹王業，光啓霸圖，授方任能，經文緯武。」

〔七〕「陳嘉謨」句，史記高祖本紀：「高祖曰：『夫運籌策帷帳之中，決勝於千里之外，吾不如子房（張良）。』」

〔八〕「摛藻思」句，文選左思蜀都賦：「幽思絢道德，摛藻掞天庭。」吕向注：「摛猶發也，掞猶蓋也。」按：藻思，文彩；天庭，朝廷也。

有隋兮喪亂，土崩兮瓦散〔一〕。皇運兮權輿〔二〕，人神兮攸贊〔三〕。值笙鏞兮變響〔四〕，屬天地兮貞觀〔五〕。河兩日兮事殷〔六〕，井五星兮歸漢〔七〕。帯長劍兮暐曄〔八〕，擁旛旌兮照爛〔九〕。

【箋　注】

〔一〕「土崩」句，瓦散，猶言瓦解。史記秦始皇本紀：「秦之積衰，天下土崩瓦解，雖有周旦之材，無所復陳其巧。」

〔二〕「皇運」句，皇運，指李淵有天下之曆運。文選左思魏都賦：「夫泰極剖判，造化權輿。」李善注引爾雅曰：「權輿，始也。」

〔三〕「人神」句，攸，所；贊，助也。文選史岑出師頌：「茫茫上天降祚，有漢兆基開業。人神攸贊，五曜霄映。」

〔四〕「值笙鏞」句，尚書益稷：「笙鏞以間，鳥獸蹌蹌。」僞孔傳：「鏞，大鐘；間，迭也。吹笙擊鐘，鳥獸化德，相率而舞，蹌蹌然。」此以笙鏞變響喻時勢變遷，政權更迭。隋書恭帝紀史臣曰：「恭帝年在幼沖，遭家多難，……謳歌有屬，笙鏞變響，雖欲不遵堯舜之迹，其庸可得乎？」

〔五〕「屬天地」句，周易繫辭下：「老子曰：王侯得一以爲天下貞。萬變雖殊，可以執一御也。天地之道，貞觀者也。」韓伯注：「明夫天地萬物，莫不保其貞以全其用也。」孔穎達正義：「『天地之道，貞觀者也』，謂天覆地載之道，以貞正得一，故其功可爲物之所觀也。」

〔六〕「河兩日」句，以夏、殷喻指隋、唐，指王氏棄隋歸唐，見本文前注引王充論衡。

〔七〕「井五星」句，井五星，謂五星聚於東井。此以漢王劉邦入關，五星聚東井，天下可義取喻指唐李淵，見本文前注引漢書高帝紀。

〔八〕「帶長劍」句，文選左思蜀都賦：「王褒韡曄而秀發。」呂向注：「曄，光彩也。」暐、韡義同。

〔九〕「擁旛旌」句，旛旌，旗幟。旌，英華校：「集作旗。」照爛，文選班固西都賦：「增盤崔嵬，登降炤爛。」李善注：「廣雅曰：炤（引者按：同「照」），明也。爛亦明也。」呂延濟注：「照爛，謂上下俱光明。」

周命兮惟新〔一〕，雲雷兮尚屯〔二〕。控東南兮荒景，負江海兮未賓〔三〕。陳禮樂兮命使，動輶車兮轔轔〔四〕。用蛇符兮澤國〔五〕，頒虎節兮山人〔六〕。專一方兮革面〔七〕，重九譯兮稱臣〔八〕。

【箋　注】

〔一〕「周命」句，詩經大雅文王：「周雖舊邦，其命維新。」文心雕龍史傳：「洎周命惟新，姬公定法。」此指唐朝建立。

〔二〕「雲雷」句，謂有唐初造，尚屬草昧，天下未安。見本文前注引周易屯卦。

〔三〕「控東南」二句，荒景，氣象荒涼。謂東南及沿海一帶尚未歸服。參讀本文前「尚有吴越之妖氛」等句。

〔四〕「陳禮樂」二句，指武德四年（六二一）授王義童爲江南道詔討使事，見本文前注。陳禮樂，謂陳列禮樂以招徠，此乃征討之美言。尚書大禹謨：「帝乃誕敷文德，舞干羽於兩階。七旬，有苗格。」僞孔傳：「遠人不服，大布文德以來之。干，楯；羽，翳也，皆舞者所執。修闡文教，舞文舞於賓主階間，抑武事。」輶車，使者所乘車，見本文前注。轔轔，車行聲。

〔五〕「用蛇符」句，周禮地官掌節：「凡邦國之使節，山國用虎節，土國用人節，澤國用龍節，皆金也。」蛇符，即龍節也。

〔六〕「頒虎節」句，虎，原作「武」，避唐諱，全唐文已改，兹據改。虎節，見上注。

〔七〕「專一方」句，革面，周易革卦：「上六，君子豹變，小人革面。」韓伯注：「居變之終，變道已成，君子處之能成其文，小人樂成則變面以順上也。」象曰：「君子豹變，其文蔚也；小人革面，順以從君也。」

〔八〕「重九譯」句，文選張衡東京賦：「重舌之人九譯，僉稽首而來王。」薛綜注：「名重舌，謂曉夷狄語者。九譯，九度譯言，始至中國者也。」李善注引晉灼漢書注曰：「遠國使來，因九譯言語乃通也。」又引説文曰：「譯，傳四夷之語者。」九，謂多也，非定數。

天垂兮星紀〔一〕，地連兮交阯〔二〕。山草樹兮潛移，蜃樓臺兮鬱起〔三〕。還合浦兮太守，爲廣州兮刺史。臨漲海兮明珠，飲石門兮貪水〔四〕。侃衝天兮八翼〔五〕，岱出身兮萬里〔六〕。

【箋注】

〔一〕「天垂」句，垂，原作「重」，然星不可言「重」，據英華、全唐文改。文選左思吴都賦：「故其經略，上當星紀。」劉淵林注：「爾雅曰：星紀，斗、牽牛，吴分野。斗者，日月五星之所經始，故謂之星紀。……越，今之蒼梧、鬱林、合浦、交趾、九真、南海、日南，皆越地，吴之所并也。」此指王義童由江南道招討使除泉州都督，詳本文前注。

〔二〕「地連」句，交阯，新唐書地理志：「安南，中都護府。本交趾郡，武德五年（六二二）曰交州，治交趾（今越南河内）。調露元年（六七九）曰安南都護府。」交趾，即交阯。

〔三〕「蜃樓」句，史記天官書：「海旁蜄氣象樓台。」按即海市蜃樓，乃光經折射而成之自然現象。

〔四〕「還合浦」四句，合浦，漢代郡名，屬交州，在今廣西南端，瀕臨北部灣。此指王義童爲泉州都督，所謂合浦太守、廣州刺史，以及漲海、貪水，皆連帶而及，見本文前注。

〔五〕「侃衝天」句，晉書陶侃傳：「或云侃少時，……夢生八翼，飛而上天，見天門九重，已登其八，唯一門不得入，閽者以杖擊之，因墜地，折其左翼，及寤，左腋猶痛。又嘗如廁，見一人朱衣介幘，斂板曰：『以君長者，故來相報。君後當爲公，位至八州都督。』」

〔六〕「岱出身」句，岱，原作「代」。三國志吳書呂岱傳：「呂岱，字定公，廣陵海陵人也。……孫亮即位，拜大司馬。岱清身奉公，所在可述。初在交州，歷年不餉家，妻子饑乏。（孫）權聞之歎息，以讓群臣曰：『呂岱出身萬里，爲國勤事，家門內困，而孤不早知，股肱耳目，其責安在？』於是加賜錢米布絹，歲有常限。」則「代」乃「岱」之音訛，據文意改。

全蜀兮奧區〔一〕，枕邛笮兮倚巴渝〔二〕。有靈臺兮古跡〔三〕，有充國兮舊都〔四〕。豐貂兮左珥〔五〕，介士兮前驅〔六〕。濬三刀兮持節〔七〕，昌兩日兮剖符〔八〕。降鳴鳩兮大夏〔九〕，騁神馬兮長衢〔一〇〕。

【箋注】

〔一〕「全蜀」句，奧區，肥美險要之地。文選張衡西京賦：「寔爲地之奧區神皋。」張銑注：「奧，美也。」

〔二〕「枕邛笮」句，史記司馬相如傳：「是時邛筰之君長，聞南夷與漢通，得賞賜多多，欲願爲內臣妾請吏，比南夷。」索隱引文穎曰：「邛者，今爲邛都縣；筰者，今爲定筰縣，皆屬越嶲郡也。」地在今四川西昌市。巴渝，今四川北部、東部及重慶一帶。巴，周代之巴國，渝，即嘉陵江。華陽國志卷一巴志：「閬中有渝水，賨民多居水左右，天性勁勇。初，爲漢前鋒，陷陣，鋭氣喜舞，帝善之，曰：此武王伐紂之歌也。乃令樂人習學之，今所謂巴渝舞也。」

〔三〕「有靈臺」句，華陽國志卷一巴志：「其名山有塗籍、靈臺，石書刊山。」同上：「閬中縣郡治，有彭池、大澤，名山靈臺，見文緯書讖。」太平御覽卷四四靈臺山引十道記：「靈臺山在（閬中）縣北，一名天柱山，高四百丈，即漢張道陵昇真之所。」

〔四〕「有充國」句，充，原作「兖」，據英華、全唐文改。漢代有充國，後分西充國、南充國。以上數句，皆言王義童爲果州刺史，俱見本文前注。

〔五〕「豐貂」句，文選左思詠史詩八首其二：「金張藉舊業，七葉珥漢貂。」李善注：「珥，插也。董巴輿服志曰：『侍中、中常侍冠武弁，貂尾爲飾。』」豐貂，大貂也。隋書禮志第七：「侍臣加金璫附蟬，以貂爲飾，侍左者左珥，侍右者右珥。」句指王義童遷散騎常侍。

〔六〕「介士」句，漢書張安世傳：「送以輕車介士。」顏師古注：「介士，謂甲士也。」

〔七〕「濬三刀」句，王濬夜夢懸三刀於卧屋梁上，須臾又益一刀，其主簿解讀當拜益州，見本文前注引晉書王濬傳。

〔八〕「昌兩日」句，晉書苻融傳：「兩日，昌字也。」後漢書黄昌傳：「黄昌，字聖真，會稽餘姚人也。……曉習文法。仕郡爲決曹，刺史行部，見昌甚奇之，辟從事，後拜宛令。政尚嚴猛，好發奸伏人。有盜其車蓋者，昌初無所言，後乃密遣親客至門下賊曹家掩取得之，悉收其家，一時殺戮，大姓戰懼，皆稱神明。朝廷舉能，遷蜀郡太守。」剖符，古時天子與諸侯各執符契之半，後代官員外任似之，故稱，詳見前唐同州長史宇文公神道碑注。

〔九〕「降鳴鳩」句，搜神記卷九：「京兆長安有張氏，獨處一室。有鳩自外入，止於牀。張氏祝曰：『鳩來，爲我禍也，飛上承塵；爲我福也，即入我懷。』鳩飛入懷。以手探之，則不知鳩之所在，而得一金鈎，遂寶之。自是子孫漸富，資財萬倍。」淮南子本經訓：「大夏增加，擬於崑崙。」高誘曰：「大夏，大屋也。」此言其家族有福。

〔一〇〕「騁神馬」句，太平御覽卷六三一薦舉中引吴志：「劉繇，字正禮，東萊人。兄岱，字公山。平原陶丘洪薦繇，令舉茂才。刺史曰：『前年舉公山，奈何復舉正禮乎？』洪曰：『若使君用公山於前，擢正禮於後，所謂御二龍於長衢，騁騏驥於千里，不亦可乎！』」此言其兄弟皆有才。

畢昴兮分野〔一〕，蘭堂兮四下〔二〕。漢皇帝兮國都〔三〕，耿將軍兮壇社〔四〕。若恒山兮詔鄧〔五〕，猶朔方兮命賈〔六〕。李北平兮漢飛〔七〕，郭并州兮竹馬〔八〕。瞻太階兮坐躡〔九〕，惜天年兮不假。

【箋注】

〔一〕「畢昴」句，畢昴分野，指恒山，恒山爲畢昴之精，見本文前注。此指王義童爲恒州刺史。

〔二〕「蘭堂」句，蘭堂，即蘭臺府，與列女宫、華陽臺、紫臺、太乙宫，爲恒山五别名，見本文前注。

〔三〕「漢皇帝」句，恒州在漢代爲常山國，治真定（今河北正定市），故稱「國都」。後漢書卷三〇郡國志：「常山國，高帝置。建武十三年（三七）省真定國，以其縣屬（按：合并後移治元氏，今河北元氏縣西北）。」

〔四〕「耿將軍」句，後漢書耿純傳：「耿純，字伯山，鉅鹿宋子人也。」王郎反，劉秀（光武帝）自薊東南馳，「純與從昆弟訢、宿、植共率宗族賓客二千餘人，老病者皆載木自隨，奉迎於育，拜純爲前將軍，封耿鄉侯，訢、宿、植，皆偏將軍」。李賢注引酈元注水經曰：「郎水北有耿鄉。光武封耿純爲侯國，俗謂之宜安城，其故城在今恒州稾城縣西南也。」壇社，主祭祀之所，爲擁有該地之象徵。

〔五〕「若恒山」句，詔鄧，指後漢光武帝命鄧晨爲常山太守，見本文前注。

〔六〕「猶朔方」句，謂命賈宗爲朔方太守。後漢書賈復傳：「賈復，字君文，南陽冠軍人也。」爲中興名將，卒，謚剛侯。小子宗，字武孺，少有操行，多智略。建初中爲朔方太守，匈奴畏之，不敢入塞。

〔七〕「李北平」句，指李廣。漢書李廣傳：「拜廣爲右北平太守。……廣在郡，匈奴號曰漢飛將軍，避之數歲不入界。」

〔八〕「郭并州」句，指郭伋。郭伋於王莽時遷并州牧，光武帝時又調爲并州牧，童兒數百各騎竹馬於道次迎拜。見前唐同州長史宇文公神道碑注引後漢書郭伋傳。

〔九〕「瞻太階」句，太階，「太」同「泰」。古謂泰階乃天子之三階，上階上星爲男主，下星爲女主；中階上星爲諸侯三公，下星爲卿大夫，詳見前渾天賦注。句謂三公卿大夫之位本可坐至。

伊大姓兮潁川〔一〕，有美人兮嬋媛〔二〕。桂生兮因地〔三〕，女嫁兮因天〔四〕。見乘龍兮奕奕〔五〕，覩飛鳳兮翽翽〔六〕。知蘧瑗兮有禮〔七〕，笑虞丘兮未賢〔八〕。始銜悲兮晝哭〔九〕，終共盡兮千年。

【箋　注】

〔一〕「伊大姓」句，伊，指示代詞。大，原作「天」，據全唐文改。大姓指褚氏，潁川指陽翟。元和郡縣志卷五河南府陽翟縣：「秦爲潁川郡。」謂王義童夫人褚氏，祖籍陽翟，詳本文前注。

〔二〕「有美人」句，楚辭屈原九歌湘君：「女嬋媛兮爲余太息。」王逸注：「女謂女須，屈原姊也。嬋媛，猶牽引也。言己遠揚精誠，雖欲自竭盡，終無從達，故女須牽引而責數之，爲己太息悲毒。」

〔三〕「桂生」句，韓詩外傳卷七：「夫姜桂因地而生，不因地而辛。」

〔四〕「女嫁」句，劉向列女傳卷一魯之母師：「婦人未嫁，則以父母爲天；既嫁，則以夫爲天。」

〔五〕「見乘龍」句，宋祝穆古今事文類聚後集卷一三兩女乘龍引楚國先賢傳：「孫儁字文英，與李元禮俱娶太尉桓玄之女，時人謂桓叔元『兩女乘龍』，言得壻如龍也。」奕奕，詩經小雅車攻：「駕彼四牡，四牡奕奕。」奕奕，孔穎達疏爲「奕奕然閑習」，蓋神色嫻婉貌。

〔六〕「覩飛鳳」句，列仙傳卷上蕭史：「蕭史者，秦穆公時人也，善吹簫，能致孔雀、白鶴於庭。穆公有女字弄玉，好之，公遂以女妻焉，日教弄玉作鳳鳴。居數年，吹似鳳聲，鳳凰來止其屋，公爲作鳳臺，夫婦止其上不下。數年，一旦皆隨鳳凰飛去。」以上二句，言王義童夫婦乃天作地合，感情極篤。

〔七〕「知蘧瑗」句，孔子家語卷一〇曲禮子貢問：「孔子在衛，司徒敬子卒，夫子弔焉。主人不哀，夫子哭不盡聲而退。蘧伯玉請曰：『衛鄙俗，不習喪禮，煩吾子辱相焉。』孔子許之，掘中溜而浴，毁竈而綴足，襲於牀。及葬，毁宗而躐行。出於大門，及墓，男子西面，婦人東面，既封而歸，殷道也。」按：蘧瑗，字伯玉，魏大夫。句謂王義童死後，褚氏極謹喪禮。

〔八〕「笑虞丘」句，劉向新序卷一：「樊姬，楚國之夫人也。楚莊王罷朝而晏，問其故，莊王曰：『今旦與賢相語，不知日之晏也。』樊姬曰：『賢相爲誰？』王曰：『爲虞丘子。』樊姬掩口而笑。王問其故，曰：『妾幸得執巾櫛以侍王，非不欲專貴擅愛也，以爲傷王之義，故所進與妾同位者數人矣。今虞丘子爲相，數十年未嘗進一賢。知而不進，是不忠也；不知，是不智也，安得爲賢？』」句謂褚氏之賢，有如樊姬。

〔九〕「始銜悲」句，禮記檀弓下：「穆伯之喪，敬姜晝哭；文伯之喪，晝夜哭。孔子曰：『知禮矣。』」鄭玄注：「喪夫不夜哭，嫌思情性也。」

卜龜謀兮習吉〔一〕，陳旨酒兮嘉粟〔二〕。車徒儼兮在門，旌旆紛兮竟術〔三〕。循洛橋兮南渡〔四〕，從國門兮右出。樹蕭蕭兮有風，雲慘慘兮無日。指丘陵兮一閉〔五〕，與天地兮相畢。

【箋注】

〔一〕「卜龜謀」句，尚書大禹謨：「帝曰：『禹！官占惟先蔽志，昆命於元龜。朕志先定，詢謀僉同，鬼神其依，龜筮協從。卜不習吉。』」僞孔傳：「習，因也。言已謀之於心，謀及卜筮，四者合從。卜不因吉，無所枚卜。」句謂擇日安葬。龜謀，英華校：「集作龜謀應。」與下句不對應，「應」字當衍。

〔二〕「陳旨酒」句，粟，原作「栗」，義礙，且不押韻，據英華改。

〔三〕「旌旆」句，旌旆，葬儀所用旗幟。文選左思蜀都賦：「亦有甲第，當衢向術。」劉淵林注：「術，道也。」

〔四〕「循洛橋」句，洛橋，即唐之天津橋。元和郡縣志卷五河南府河南縣：「天津橋，在縣北四里。隋煬帝大業元年（六〇五）初造此橋，以架洛水，用大船維舟，皆以鐵鎖鈎連之。南北夾路，對起四樓，其樓爲日月表勝之象。然洛水溢，浮橋輒壞。貞觀十四年（六四〇），更令石上累方石爲腳。爾雅『斗牛之間，爲天漢之津』，故取名焉。」

〔五〕「指丘陵」句，丘陵，此指墳墓。庾信傷心賦：「一朝風燭，萬古埃塵。丘陵兮何怨，能留兮幾人！」

悲孝子兮純深，孰憂思兮可任〔一〕。訴高天兮泣血，蹐厚地兮崩心〔二〕。樹碑兮神道〔三〕，無媿兮詞林〔四〕。歷陽之都兮水没〔五〕，圓嶠之海兮山沉〔六〕。俾外孫兮幼婦〔七〕，生白玉兮黄金〔八〕。

【箋注】

〔一〕「孰憂思」句，文選王粲登樓賦：「情眷眷而懷歸兮，孰憂思之可任。」李善注引杜預左氏傳注曰：「任，當也。」

〔二〕「訴高天」二句，詩經小雅正月：「謂天蓋高，不敢不局。謂地蓋厚，不敢不蹐。」毛傳：「局，曲也；蹐，累足也。」

〔三〕「樹碑」句，神道及神道碑，已見前齊貞公宇文公神道碑注，兹作補充。宋程大昌演繁露卷二神道：「李廣傳：丞相李蔡得賜葬地，盗取三頃賣之，又盗取神道外壖地一畝葬其中，世之言神道者始此（西漢二十四）。又霍光塋起三土闕，築神道。神道，言神行之道也（長安志）。」同書卷一〇神道碑：「裴子野葬湘東王，爲墓誌銘，陳於藏内；邵陵王又立墓誌，堙於羨道。道列志，自此始。」

〔四〕「無媿」句，後漢書郭太(泰)傳：蔡邕謂盧植曰：「吾爲碑銘多矣，皆有慚德，唯郭有道無愧耳。」此自信所作碑文能表王義童之平生。

〔五〕「歷陽」句，淮南子俶真訓：「夫歷陽之都，一夕爲湖。」高誘注：「歷陽，淮南國縣名，今屬江都。昔有老嫗常行仁義，有二諸生過之，謂曰：『此國當没爲湖。』謂嫗視東城門閫有血，便走上北山，勿顧也。自此嫗便往視門閫，閽者問之，嫗對曰如是。其暮，門吏故殺雞血涂門閫。明旦，老嫗早往視門，見血，便上北山，國没爲湖。與門吏言其事，適一宿耳，一夕旦而爲湖也。」

〔六〕「圓嶠」句，列子湯問：「龍伯之國有大人，舉足不盈數步而暨五山之所，一釣而連六鼇，……於是岱輿、員嶠二山流於北極，沉於大海，仙聖之播遷者巨億計。帝憑怒，侵滅龍伯之國使阨，侵小龍伯之民使短。」以上二句，謂山河難免陵谷之變。

〔七〕「俾外孫」句，謂碑文爲「絶妙好辭」，見本文前注引世説新語捷悟。

〔八〕「生白玉」句，搜神記卷一一：「楊公伯雍，雒陽縣人也。本以儈賣爲業，性篤孝。父母亡，葬無終山，遂家焉。山高八十里，上無水，公汲水作義漿於坂頭，行者皆飲之。三年，有一人就飲，以一斗石子與之，使至高平好地有石處種之，云：『玉當生其中。』楊公未娶，又語云：『汝後當得好婦。』語畢不見。乃種其石。數歲，時時往視，見玉子生石上，人莫知也。有徐氏者，右北平著姓女，甚有行，時人求，多不許。公乃試求徐氏，徐氏笑以爲狂，因戲云：『得白璧一雙來，當聽爲婚。』公至所種玉田中，得白璧五雙，以聘。徐氏大驚，遂以女妻公。」此言王義童子孝。

黄金，晉書五行志上：「懷帝永嘉元年（三〇七），項縣有魏豫州刺史賈逵石碑，生金可採。」以上二句，謂此碑文當永垂不朽。

唐贈荆州刺史成公神道碑〔一〕

成氏之先，有周之後〔二〕。姬文受命，三十六王〔三〕；郕伯象賢，二十一代〔四〕。漢之少府，國家維城〔五〕；晉之廣陽，王室藩屏〔六〕。

【箋注】

〔一〕本文稱「大周」云云，當作於載初元年（六八九）九月九日武則天革唐命，改國號爲周、改元天授之後。碑文闕載墓主卒、葬年份。考宋趙明誠金石録卷四：「周贈箕州刺史成公碑，楊炯撰，正書無姓名，天授二年（六九一）二月。」據碑文，墓主成知禮嘗歷箕州平城縣令，卒後武周朝廷贈荆州刺史，與金石録「贈箕州刺史」小異，然趙氏所録當即此碑無疑。則文當作於天授二年初或稍前。

〔二〕「成氏」二句，通志氏族略第六同名異實：「成氏有二：楚若敖之後，以字爲氏。又周有成氏。」

〔三〕「姬文」二句，姬文，指周文王姬昌。史記周本紀：周之先祖「號曰后稷，別姓姬氏」。通志氏族略第三：「帝嚳生姬水，因以爲姓。」三十六王，原作「三十八王」。左傳宣公三年：「成王定鼎於郟鄏。武王遷之，成王定之。卜世三十，卜年七百，天所命也。」孔穎達正義曰：「律曆志云：周三十六王，八百六十七年，過卜數也。」今按：史無「三十八王」之説，「八」蓋「六」字之訛，徑改。

〔四〕「郕伯」二句，左傳隱公五年：「郕人侵衛，故衛師入郕。」杜預注：「郕，國也。東平剛父縣西南有郕鄉。」孔穎達正義：「史記管蔡世家稱郕叔武，（周）文王子、武王之母弟。後世無所見，既無世家，不知其君號謚，唯文十二年郕大子朱儒奔魯，書曰『郕伯來奔』見於經傳，則郕國，伯爵也。」郕伯傳國二十一代，於史無考。

〔五〕「漢之」二句，少府，官名。漢書百官公卿表：「少府，秦官，掌山海澤池之稅以給共養。」顔師古注：「大司農供軍國之用，少府以養天子也。」此當指成封。東觀漢記丁鴻傳：「肅宗詔鴻與太常樓望、少府成封、屯騎校尉桓鬱、衛士令賈逵等集議五經同異於白虎觀。」又見後漢書丁鴻傳。其人事迹别無考。維城，詩經大雅板：「懷德維寧，宗子維城。」孔穎達正義：「……不但安汝之國，亦與汝之宗子維以爲城，言其可以蔽身，又得蔽子。王必常行此德，無使宗子之城壞。」按：此以墓主成知禮爲成封之後，同爲有周宗子郕伯遠裔，故有「國家維城」之語。

〔六〕「晉之」二句，廣陽，原作「廣楊」。按晉書汝南王亮傳：「汝南文成王亮，字子翼，宣帝（司馬懿）第四子也。少清警，有才用。仕魏爲散騎侍郎、萬歲亭侯，拜東中郎將，進封廣陽鄉侯。」晉武帝（司馬炎）咸寧初，進號衛將軍、加侍中。「時宗室殷盛，無相統攝，乃以亮爲宗師，本官如故，使訓導觀察，有不遵禮法，小者正以義方，大者隨事聞奏。三年，徙封汝南，出爲鎮南大將軍、都督豫州諸軍事。遷太尉、録尚書事，領太子太傅，侍中如故。」武帝崩，楚王瑋承賈后旨，誣亮有廢立之謀，被殺。考晉代人物別無稱「廣楊」者，則「廣楊」當作「廣陽」，指廣陽鄉侯司馬亮，「楊」乃「陽」之訛，據改。屏藩，尚書康王之誥：「乃命建侯樹屏，在我後之人。」僞孔傳：「言文、武乃施政令，立諸侯，樹以爲藩屏，傳王業。在我後之人，謂子孫。」又詩經大雅板：「价人維藩，大師維垣。大邦維屏，大宗維翰。」毛傳：「藩，屏。」按：此以司馬亮擬成知禮，因其爲武則天堂姊之長女壻（詳下），故謂能屏藩王室。

公諱知禮，其先上谷人也〔一〕，子孫避地徙於某。曾祖休寧，後魏汾州刺史〔二〕，齊特進、左右衛大將軍，宇文朝江州刺史〔三〕，隋成陽郡公〔四〕，謚曰武。勳格皇天，澤充區宇，該備寵榮，兼包命賜。祖少遐，北齊民曹郎中〔五〕，宇文朝地官上士〔六〕，襲成陽公。建國之屬，以訓五品，以親百姓〔七〕。父綽，隋金紫光禄大夫，唐深州刺史〔八〕，上柱國。天子大夫，金章紫綬〔九〕；天王使者，皂蓋朱輪〔一〇〕。

【箋　注】

〔一〕「其先」句，上谷，元和郡縣志卷一八易州（上谷）：「禹貢冀州之域。……秦置三十六郡，以爲上谷郡。漢分置涿郡。今州，則漢涿郡故安縣之地。隋開皇元年（五八一）改爲易州，因州南十三里易水爲名。大業初爲上谷郡，遥取漢上谷以爲名。隋亂陷賊，武德四年（六二一）又改爲易州。」治在今河北易縣。

〔二〕「後魏」句，汾州，魏書地形志：「汾州，延和三年（四三四）爲鎮，太和十二年（四八八）置州，治蒲子城。孝昌中陷，移治西河。」故治在今山西陽城縣西。

〔三〕「宇文朝」句，指宇文氏所建北周。江州，當指北江州。魏書地形志：「北江州，蕭衍置，魏因之，治鹿城關。」鹿城縣，地即今河北辛集市。成休寧任江州刺史，蓋在滅北齊之後。

〔四〕「隋成陽」句，成陽，漢縣名。元和郡縣志卷一一濮州雷澤縣：「本漢郕陽縣，古郕伯國。周武王封弟季戴於郕，漢以爲縣，屬濟陰郡。隋開皇六年（五八六）於此置雷澤縣，因縣北雷夏澤爲名也，屬濮州。」郕、成同。英華卷九二〇作「城」，誤。成陽，地在今山東鄄城縣西南。成休寧事迹，史籍所載可補者有二。其一，北齊廢帝高殷乾明元年（五六〇）八月，常山王高演（高歡子，高洋弟）欲廢以自立，遭成休寧反對。北齊書孝昭（高演）紀：「帝（高演）至東閤門，都督成休寧抽刃呵帝，帝令高歸彦喻之，休寧厲聲大呼不從。歸彦既爲領軍，素爲兵士所服，悉皆弛仗，休寧歎息而罷。」其二，隋書高祖紀上：北周静帝大象二年十二月（五八〇）辛巳，「司馬消難以陳師寇江州，刺史成休寧擊卻之」。

〔五〕「北齊」句，民曹，通典卷二二歷代尚書：「秦尚書四人。漢成帝初置尚書五人，其一人爲僕射，四人分爲四曹：常侍曹、二千石曹、民曹（原注：主凡吏民上書）、客曹；後又置三公曹，是爲五曹。」後漢尚書五曹六人，其民曹「掌繕理功作、鹽池、苑囿」。北齊改民曹爲度支。通典卷二三户部尚書：「北齊度支（原注：掌計會，凡軍國損益供糧廩等事），統度支、倉部、左户、右户、金部、庫部六曹。」故所謂「民曹郎中」，實即度支郎中。隋開皇三年（五八三），改度支爲民部，唐又改爲户部。

〔六〕「宇文朝」句，地官上士，通典卷二〇三公總叙：後周「以司徒爲地官」。同上卷二一：「後周地官府置宫門上士一人，下士一人，掌皇城十二門之禁令。」

〔七〕「以訓」二句，史記五帝本紀：「舜曰：『契！百姓不親，五品不馴。汝爲司徒，而敬敷五教，在寬。』」集解引鄭玄曰：「五品，父、母、兄、弟、子也。」又引王肅曰：「五品，五常也。」正義：「馴音訓。」五教，集解引馬融曰：「五品之教。」

〔八〕「唐深州」句，元和郡縣志卷一七深州（饒陽）：「漢爲饒陽縣地，屬涿郡。隋開皇十六年（五九六），於饒陽置深州，以州西故深城爲名。大業二年（六〇六）廢深州，武德元年（六一八）討平竇建德，四年復置。貞觀十七年（六四三）又廢，先天元年（七一二）於今理重置饒陽。」今爲河北饒陽縣。

〔九〕「天子」二句，晉書職官志：「文武官，公皆假金章紫綬，著五時服。其相國、丞相皆衮冕緑盭綬，所以殊於常公也。」公，即大夫。

〔一〇〕「天王」二句，天王，亦指天子。晉書輿服志：「小使車，赤轂，皁蓋，追捕考乘有所執取者之所乘也。凡諸使車，皆朱班輪，赤衡軛。」

公誕保靈和〔一〕，受兹介福〔二〕。講之以學，合之以和〔三〕。純粹以積其中，文明以宣其外。出於口者，必是先王之言；萌於心者，莫非君子之德。戒慎乎其所不睹，恐懼乎其所不聞〔四〕。豈時止時行〔五〕，左宫右徵〔六〕；在朝濟濟〔七〕，在家雍雍〔八〕。祇服弘業，克丕堂構〔九〕。襲成陽公。歷箕州平城〔一〇〕、洺州邯鄲二縣令〔一一〕。武鄉里閈，榆社隄封〔一二〕。公宰平城，日宣三德〔一三〕，悲歌相聚，袨服成群〔一四〕。公宰邯鄲，雷震百里〔一五〕，儀型嘉誨，範乎人倫〔一六〕。令聞廣譽，塞乎天壤。將蹈九列〔一七〕，平三階〔一八〕，豈意大和交薄〔一九〕，而天道難諶〔二〇〕，降年不永，春秋若干，以某年月日，終於某所。

【箋注】

〔一〕「公誕保」句，誕，發語詞。保靈和，文選郭璞江賦：「保不虧而永固，禀元氣於靈和。」劉良注：「水柔弱淡然，無欲利，育於物，故保道不虧而長堅固。此乃靈和之氣所以爲也。靈和，和之氣也。」

〔二〕「受兹」句，詩經小雅楚茨：「孝孫有慶，報以介福，萬壽無疆。」介，大也。孔穎達正義：「孝孫有慶賜之事，報之以大大之福，使孝孫得萬年之壽，無有疆境也。」

〔三〕「講之」二句，禮記禮運：「爲義而不講之以學，猶種而弗耨也。講之以學，而不合之以仁，猶耨而弗獲也。」此謂其既能講學知理，又能保其和氣。和，據禮記，疑當作「仁」。

〔四〕「戒慎」二句，禮記中庸：「君子戒慎乎其所不睹，恐懼乎其所不聞。」鄭玄注：「小人閒居爲不善，無所不至也。君子則不然，雖視之無人，聽之無聲，猶戒慎恐懼，自修正，是其不須臾離道。」

〔五〕「豈時止」句，周易艮卦彖曰：「艮，止也。時止則止，時行則行，動静不失其時，其道光明。」「豈」字無原，據四子集、全唐文卷一九四補。「豈」表比較，有此字義勝。

〔六〕「左宫」句，文心雕龍聲律：「古之珮玉，左宫右徵，以節其步，聲不失序，音以律文，其可忘哉！」

〔七〕「在朝」句，詩經大雅文王：「濟濟多士，文王以寧。」毛傳：「濟濟，多威儀也。」

〔八〕「在家」句，詩經大雅思齊：「雝雝在宫，肅肅在廟。」毛傳：「雝雝，和也。」雍、雝同。

〔九〕「克丕」句，尚書大誥：「日思念之，若考作室，既厎法，厥子乃弗肯堂，矧肯構？」僞孔傳：「以作室喻治政也。父已致法，子乃不肯爲堂基，況肯構立屋乎？不爲其易，則難者可知。」此言猶能大其堂構。

〔一〇〕「歷箕州」句，元和郡縣志卷一三儀州：「禹貢冀州之域。……隋開皇十六年（五九六），於遼陽故城置遼山縣，屬并州，即今州理是也。武德三年（六二〇），於此置遼州。八年，改爲箕州，因遼山縣界箕山爲名。先天元年（七一二），以與玄宗諱同聲，改爲儀州，因州東夷儀嶺爲名也。」治在遼山縣（今山西左權縣），轄地包括今山西和順、榆社等縣。同上平城縣：「平城縣，本漢涅氏縣也，晉置武鄉縣，地屬焉。隋開皇十六年（五九六），於趙簡子所立平都故城置平城縣，屬遼州。大業三年（六〇七）改屬并州，武德三年改屬榆州。六年，省榆州，改屬遼州。貞觀八年（六三四），改屬箕州。先天元年（七一二），改屬儀州。」平城故治，在今山西和順縣西。

〔一一〕「洺州」句，洺，原作「洛」。元和郡縣志卷一五洺州：「秦兼天下，是爲邯鄲郡。……周武帝建德六年（五七七），於郡置洺州，以水爲名。隋大業三年（六〇七）罷州，爲永安郡。武德元年（六一八）又改爲洺州，兼置總管。……六年，罷總管，復爲洺州。」同上磁州邯鄲縣：「本衛地也，後屬晉，七國時爲趙都。……隋開皇十年（五九〇）置磁州，邯鄲縣屬焉。大業二年（六〇六）廢磁州，縣屬洺州。」則「洛」乃形訛，據此改。邯鄲，今河北邯鄲市。

〔一二〕「武鄉」二句，武鄉，指榆社縣，因與平城縣在漢時同爲涅氏縣地，晉時又同爲武鄉縣地，故及焉。里閈，指爲石勒故里。元和郡縣志卷一三儀州榆社縣：「本漢涅氏縣地，晉於今縣西北三十五里置武鄉縣，屬上黨郡。石趙時，改屬武鄉郡。隋開皇十六年（五九六）於此置榆社縣，屬韓州，因縣西北榆社故城爲名。大業二年（六〇六）省，義寧二年（六一八）又置，武德三年（六二〇）於縣置榆州，縣屬焉。六年廢榆州，以縣屬遼州，後屬儀州。縣城，故武鄉城也，石勒時築。前趙録曰：『石勒，上黨武鄉人。僭號後還，令曰：「武鄉，吾之豐沛，其復之三世。」』」太平寰宇記卷四四榆社縣：「古榆社城，在縣北三十五里。魏地形志云：『武鄉縣北，有榆社縣城。』」今武鄉、榆社二縣，皆屬山西。

〔一三〕「日宣」句，史記夏本紀：「皋陶曰：『然，於！亦行有九德，亦言其有德。』乃言曰：『始事事，寬而栗，柔而立，愿而共，治而敬，擾而毅，直而温，簡而廉，剛而實，彊而義，章其有常，吉哉。日宣三德，蚤夜翊明有家。』」日宣三德，集解引孔安國曰：「三德，九德之中有其三也。卿大夫稱家，明行之可以爲卿大夫。」

〔一四〕「悲歌」二句，文選鄒陽上書吴王：「夫全趙之時，武力鼎士，袨服叢臺之下者，一旦成市。」李善注引服虔曰：「袨服，大盛玄黄服也。」此言宣之以德，故悲歌慷慨正直之士極多。

〔一五〕「雷震」句，周易震卦象曰：「洊雷震，君子以恐懼修省。」孔穎達正義：「洊雷震者，洊者重也，因仍也；雷相因仍，乃爲威震也。此是重震之卦，故曰洊雷震也。君子以恐懼修省者，君子恒自戰戰兢兢，不敢懈惰。今見天之怒，畏雷之威，彌自修身，省察己過，故曰君子以恐懼修省也。」百里，代指一縣。句謂能立威德，故民皆畏服。

〔一六〕「範乎」句，人倫，指同類，謂可爲所有縣令之模範。後漢書郭太（泰）傳：「林宗雖善人倫，而不爲危言覈論，故宦者擅政而不能傷也。」李賢注：「禮記曰：『擬人必於其倫。』鄭玄注曰：『倫，猶類也。』」

〔一七〕「將蹈」句，九列，漢書韋賢傳附韋玄成傳：「明明天子，俊德烈烈。不遂我遺，恤我九列。」顔師古注：「九列，卿之位。」

〔一八〕「平三階」句，泰階爲天子三階，三階平則陰陽和，風雨時。詳見前渾天賦注引史記天官書。謂其有治理天下之志。

〔一九〕「豈意」句，大（即「太」）和，周易乾卦：「乘變化而御大器，静專動直不失太和，豈非正性命之情者邪？保合太和，乃利貞。」孔穎達正義：「性者，天生之質，若剛柔、遲速之别；命者，人所禀受，若貴賤、夭壽之屬是也。保合太和乃利貞者，此二句釋利貞也。純陽剛暴，若無和順，則物不得利，又失其正。以能保安合會太和之道，乃能利貞於萬物，言萬物得利而貞正也。」則大和交薄，謂失於太和，故定命不壽。

〔二〇〕「而天道」句，詩經大雅蕩：「天生烝民，其命匪諶。靡不有初，鮮克有終。」毛傳：「諶，誠也。」鄭玄箋：「天之生此衆民，其教道之，非當以誠信使之忠厚乎？今則不然，民始皆庶幾於善道，後更化於惡俗。」此謂始皆庶幾乎長壽，後或短命，故言「天道難諶」。

夫人宜城縣主，聖神皇帝之堂姊，王姬外館之長女〔一〕。夫人道峻於閨房，名輝於邦國。我大周叙洪範，作武成〔二〕，大賚而萬姓悦〔三〕，垂拱而天下治〔四〕。法號惟舊，制贈荆州刺史〔五〕。生則唐堯不用，殁則周武追封〔六〕。爲龍爲光〔七〕，有始有卒。立名於後，以顯其親；反葬於周〔八〕，不忘其本。以某年月日，歸葬於某原〔九〕。碣石恒山，燕南趙北〔一〇〕，禮儀光被，宗族相臨。大夫弔桓子之喪〔一一〕，天子歸惠公之賵〔一二〕。蘧瑗之葬，不害良田〔一三〕；孔丘之塋，不生荆棘〔一四〕。長子司衛少卿、兼檢校魏州刺史大辨〔一五〕，中子左鷹揚將軍大方〔一六〕，少子朝議大夫、行司漢主簿大琬等〔一七〕，門承四代，德盛三賢〔一八〕，有終身之憂〔一九〕，盡生民之本〔二〇〕。璽册褒贈〔二一〕，宜宣無窮；景鐘勒銘〔二二〕，若古有訓。嗚呼哀哉！

【箋　注】

〔一〕「夫人」三句，宜城縣，元和郡縣志卷二一襄州宜城縣：「本漢邔縣地也。……後魏改爲宜城。周改宜城爲率道縣，屬武泉郡。隋開皇三年（五八三）罷郡，屬襄陽，皇朝因之。天寶元年（七四二）改爲宜城縣。」地在今湖北宜城市。則策封所用，乃舊地名。縣主，唐六典卷二：「王之女封縣主，視正二品。」聖神皇帝，即武則天。舊唐書則天皇后紀：「（載初元年，六八九）九月九日壬午，革唐命，改國號爲周，改元爲天授。……乙酉，加尊號曰聖神皇帝，降皇帝爲皇嗣。」外館，公主出嫁，在皇宫外築宅居住，稱「外館」。春秋莊公元年：「築王姬之館於外。」宋之問宴安樂公主宅：「英藩築外館，愛主出王宫。」武則天堂姊情況不詳。

〔二〕「我大周」二句，大，原無，據英華、四子集、全唐文補。此以武周擬三代之周，謂其革唐命成功，偃武修文。尚書洪範序：「武王勝殷，殺受，立武庚。以箕子歸，作洪範。」同上武成序：「武王伐殷，往伐歸獸，識其政事，作武成。」僞孔傳：「武功成，文事修。」

〔三〕「大賚」句，論語堯曰：「周有大賚，善人是富。」何晏集解：「周，周家；賚，賜也。言周家受天大賜，富於善人，有亂臣十人是也。」

〔四〕「垂拱」句，周易繫辭上：「黄帝、堯、舜，垂衣裳而天下治，蓋取諸乾坤。」王充論衡卷一八自然：「垂衣裳者，垂拱無爲也。」治，原作「理」，避高宗諱，徑改。

〔五〕「制贈」句，舊唐書地理志山南東道荆州（江陵府）：「隋爲南郡，武德初蕭銑所據。四年（六二一）平銑，改爲荆州。」地在今湖北荆州市一帶。此乃贈官，僅有其名耳。

〔六〕「生則」二句，唐堯，代指唐高宗。由知成知禮當卒於高宗時。

〔七〕「爲龍」句，詩經小雅蓼蕭：「既見君子，爲龍爲光。」毛傳：「龍，寵也。」鄭玄箋：「爲寵爲光，言天子恩澤光耀被及己也。」

〔八〕「反葬」句，禮記檀弓上：「大（太）公封於營丘，比及五世，皆反葬於周。」鄭玄注：「齊大公受封，留爲大師，死葬於周，子孫生焉，不忍離也。」此言歸葬祖塋。蓋成知禮卒於邯鄲縣令任上，死後即葬該縣，故云「反葬」。

〔九〕「歸葬」句，「某原」二字，原無，據全唐文補。

〔一〇〕「碣石」二句，碣石、恒山，見前少室山少姨廟碑「北臨恒碣」句注。燕南趙北，後漢書公孫瓚傳：「前此有童謡曰：『燕南垂，趙北際，中央不合大如礪，唯有此中可避世。』瓚自以爲易地當之，遂徙鎮焉。」李賢注：「前（漢）書易縣屬涿郡，續漢志曰屬河間。瓚所居易京故城，在今幽州歸義縣南十八里。」綜觀之，兩句指歸葬於祖籍上谷（易州）。元和郡縣志卷一八易州易縣：「隋開皇十六年（五九六），於漢故城西北隅置易縣，故城即燕之南郡。」

〔一一〕「大夫」句，左傳襄公十七年：「齊晏桓子卒。晏嬰麤縗斬，苴絰、帶、杖，菅屨，食鬻，居倚廬，寢苫，枕草。其老曰：『非大夫之禮也。』曰：『唯卿爲大夫。』」杜預注：晏桓子，「晏嬰父也」。又注曰：「晏子爲大夫而行士禮，其家臣不解，故譏之。晏子惡直己以斥時失禮，故孫（遜）辭略答家老。」孔穎達正義：「天子以下，其服父母，尊卑皆同，無大夫、士之異，晏子所行是正禮也。言唯卿得服大夫服，我是大夫，得服士服。又言己位卑，不得從大夫之法者，是惡其直己以斥時之失禮，故孫辭略答家老也。」句謂成知禮諸子爲大夫而行士禮，乃榮耀之事。

〔一二〕「天子」句，左傳隱公元年：「秋七月，天王使宰咺來歸惠公、仲子之賵。緩，且子氏未薨，故名。」杜預注：「惠公葬在春秋前，故曰緩也。子氏，仲子也，薨在二年。賵，助葬之物。」孔穎達正義：「緩賵惠公，生賵仲子，事由於王，非咺之過，所以貶咺者，天王至尊，不可貶責，貶王之使，足見王非。」此言天子有遲到之贈賵。高宗時無所贈，武則天時方有追贈，故云「緩」。

〔一三〕「蘧瑗」二句，禮記檀弓上：「公叔文子升於瑕丘，蘧伯玉從。文子曰：『樂哉斯丘也！死則我欲葬焉。』蘧伯玉曰：『吾子樂之，則瑗請前。』」鄭玄注：「刺其欲害人良田。瑗，伯玉名。」

〔一四〕「孔丘」二句，太平御覽卷五六〇冢墓四引皇覽冢墓記：「孔子冢在魯城北便門外，南去城十里。冢塋方百畝，冢南北廣十步，東西十步，高丈二尺。冢爲祠壇方六尺，與地方平，無祠堂。冢塋中樹以百數，皆異種，魯人世世皆無能名其樹者。魯民云：孔子弟子異國人，各持其國樹來種之。孔子塋中，不生荆棘及刺人草。」

〔一五〕「長子」句，司衛少卿，官名。通典卷二五衛尉卿：「衛尉，秦官，掌門衛屯兵。漢因之。……北齊爲衛尉寺，有卿及少卿各一人。隋文帝開皇三年（五八三），廢衛尉寺入太常及尚書省，十三年（五九三）復置。掌軍器、儀仗、帳幕之事，而以監門衛掌宫門屯兵。大唐因之。龍朔二年（六六二）改衛尉爲司衛，咸亨初復舊。光宅元年（六八四）又改爲司衛，神龍初復舊。卿一人，少卿二人。領武庫、武器、守宫三署，署各有令。」檢校，散官名，乃寵以名號之加官而非實授，參見文獻通考卷六四。魏州，唐代治貴鄉縣，在今河北大名東，詳見元和郡縣志卷一六。

〔一六〕「中子」句，左鷹揚將軍，唐六典卷二四左右衛：「左右武衛大將軍各一人，正三品。」注：「光宅元年（六八四）改爲左右鷹揚衛，神龍元年（七〇五）復故。」

〔一七〕「少子」句，朝議大夫，唐六典卷二尚書吏部：「正五品下，曰朝議大夫。」司漢，考之文獻，唐代無此官名（唯清有之）。按唐六典卷一八大理寺鴻臚寺有司儀署，疑「漢」乃「儀」之形訛。然該署有令、丞及司儀，無主簿之職。待考。

〔一八〕「德盛」句，三賢，其説甚多，近者如北史郎基傳：「初，基任瀛州騎兵時，陳元康爲司馬，畢義雲爲屬，與基并有聲譽，爲刺史元嶷所目『三賢』，俱有當世才，後來皆當遠至。」

〔一九〕「有終身」句，禮記檀弓上：「喪三年以爲極亡，則弗之忘矣。故君子有終身之憂（鄭玄注：念其親），而無一朝之患（鄭注：毁不滅性），故忌日不樂。」同上祭義：「君子生則敬養，死則敬享，思終身弗辱也。君子有終身之喪，忌日之謂也。」

〔二〇〕「盡生民」句，民，原作「人」，避唐諱，徑改。孝經：「生事愛敬，死事哀慼，生民之本盡矣，死生之義備矣，孝子之事親終矣。」

〔二一〕「璽册」句，璽册，制書用璽，故稱。指追贈成知禮爲荆州刺史之制書。

〔二二〕「景鐘」句，國語晉語七：「昔克潞之役，秦來圖敗晉功，魏顆以其身卻退秦師於輔氏，親止杜回，其勳銘於景鍾。」韋昭注：「勳，功也。景鍾，景公之鍾。」此指爲成知禮作神道碑銘。

其銘曰：

神嶽之英，大川之精〔一〕。如山之峻，如流之清。行之斯立，言之斯成〔二〕。登車發耀，在邦有聲。傳於舊國〔三〕，舊國惟平。宰於二縣，二縣惟寧。余聞舊説，天鑒孔明〔四〕。誰謂靈誕，喪落淑真〔五〕。永錫不匱〔六〕，克揚其名。册書光寵〔七〕，没有餘榮。

【箋　注】

〔一〕「神嶽」二句，神嶽，指恒山。周禮夏官職方氏：「正北曰并州，其山鎮曰恒山。」易州，古爲并州地。大川，當指成氏祖籍上谷之易水。兩句謂成知禮乃山川精靈所生。

〔二〕「行之」二句，論語子張：「子貢曰：……夫子之不可及也，猶天之不可階而升也。夫子之得邦家者，所謂立之斯立，道之斯行，綏之斯來，動之斯和。其生也榮，其死也哀，如之何其可及也？」何晏集解引孔（安國）曰：「言孔子爲政，其立教則無不立，道之則莫不興行，安之則遠者來，動之則莫不和睦，故能生則榮顯，死則哀痛。」此仿其語，謂成知禮其行、其言皆有所成就。

〔三〕「傳於」句，舊國，指襲封其曾祖、祖父所傳成陽公爵位，亦指成陽其地（今山東鄄城縣西南）。

〔四〕「天鑒」句，鑒，原作「降」，據英華、四子集、全唐文改。天鑒，上天照見。詩經大雅大明：「天監在下，有命既集。」鄭玄箋：「天監視善惡於下。」監、鑒同。孔明，同上小雅楚茨：「祀事孔明。」鄭玄箋：「孔，甚也；明，猶備也，絜也。」後漢書張衡傳：「衡因上疏陳事曰：『……洪範曰：「臣有作威、作福、玉食，害於而家，凶於而國。」』天鑒孔明，雖疎不失。」

〔五〕「誰謂」二句，靈誕，神靈所生。淑真，美好純正。王粲神女賦：「惟天地之普化，何産氣之淑真。」淑真，言其人資質極美。兩句謂天鑒不明，竟讓成知禮凋喪。

〔六〕「永錫」句，詩經大雅既醉：「孝子不匱，永錫爾類。」毛傳：「匱，竭；類，善也。」鄭玄箋：「永，長也。孝子之行非有竭極之時，長以與女之族類，謂廣之以教道天下也。」

〔七〕「册書」句，册書，即上文所謂「璽册」，指追贈成知禮爲荆州刺史制書。

系曰〔一〕：

列星垂象兮炳天光〔二〕，白露爲霜兮沾人裳〔三〕，彼蒼天兮殲我良〔四〕。列星垂象兮炳天暉，白露爲霜兮沾人衣，九原可作兮吾與歸〔五〕。

【箋注】

〔一〕「系曰」句，後漢書張衡傳載思玄賦：「系曰：天長地久歲不留，俟河之清祇懷憂。」李賢注：「系，係也。」文選載該賦，引舊注曰：「系，係也，言係賦之前意也。」黄宗羲金石要例神道碑例：「楊炯爲成知禮神道碑，其碑銘之後有『系曰』，若楚詞，别自一體。」

〔二〕「列星」句，列星，衆星。垂象，古代星象家以星變明人事，如陰陽之慘舒、日星之災變、風雨之不節、霜雪之不時之類。周易繫辭上：「天垂象，見吉凶，聖人象之。」炳，耀也。

〔三〕「白露」句，詩經秦風蒹葭：「蒹葭蒼蒼，白露爲霜。」毛傳：「蒹，薕；葭，蘆也。蒼蒼，盛也。」按：蒹葭，即蘆葦。

〔四〕「彼蒼天」句，詩經秦風黄鳥：「彼蒼者天，殲我良人。」毛傳：「殲，盡；良，善也。」數句皆哀成知禮之死。

〔五〕「九原」句，禮記檀弓下：「趙文子與叔譽觀乎九原，曰：『死者如可作也，吾誰與歸？』」鄭玄注：「作，起也。」按：九原，山名，在今山西新絳縣北，晉卿大夫墓地之所在。吾與歸，謂若成知禮能再生，吾將嚮慕而從之遊。

益州温江縣令任君神道碑〔一〕

漢丞相之尊官大位，乘輪滿於十人〔二〕；齊景公之利用厚生，有馬盈於千駟〔三〕。羽旄冠劍，摐金鳴玉疊其前〔四〕；苑囿池臺，清歌妙舞喧其後。崇高在於寵禄，大欲存於食貨〔五〕。義然後取，横玉帶以當仁〔六〕；道不虚行，坐鹽梅而自得〔七〕。若乃時之不與，數之不通，貴賤任於天〔八〕，窮通由於命〔九〕。左太沖之詠史，下僚實英俊之場〔一〇〕；嵇叔夜之著書，賤職爲老莊之地〔一一〕。雖復勢力以高下相懸，尊卑以商周不敵〔一二〕。孔宣父中都之小宰，幽厲多借於陪臣〔一三〕；陳仲弓太丘之一官，公卿有慙於縣長〔一四〕。是以德成者上，道在斯尊。陶潛則安枕北窗〔一五〕，言偃則鳴絃東武〔一六〕，抑揚足以儀四海〔一七〕，顧盼足以破三軍〔一八〕。代有人焉，於斯爲盛矣〔一九〕。

【箋注】

〔一〕温江縣，元和郡縣志卷三一成都府（益州大都督府）温江縣：「本漢郫縣地也。後魏於此置温江縣，屬蜀郡。隋開皇三年（五八三）廢，入郫縣。仁壽三年（六〇三）於郫東境置萬春縣，貞觀元年（六二七）改名爲温江縣。」地即今成都市温江區。按碑文謂墓主任晃夫人姚氏於儀鳳三年（六七八）冬十一月一日祔葬，則本文當作於是時前後。

〔二〕「漢丞相」二句，丞相，指楊敞。漢書楊敞傳：「楊敞，華陰人也。……遷御史大夫，代王訢爲丞相，封安平侯。」其子楊鄆，封平通侯，因罪免爲庶人。其報友人孫會宗書曰：「惲家方隆盛時，乘朱輪者十人，位在列卿，爵爲通侯，總領從官，與聞政事。……」乘輪，英華卷九二九作「秉車」，四子集「輪」作「車」，皆誤。

〔三〕「齊景公」二句，論語季氏：「齊景公有馬千駟，死之日，民無德而稱焉。」何晏集解引孔（安國）曰：「千駟，四千匹。」

〔四〕「羽旄」二句，羽旄，儀仗；冠劍，衣冠、佩劍，此代指爵位崇高。摐金鳴玉，史記司馬相如傳載子虛賦：「摐金鼓，吹鳴籟。」集解裴駰案：「漢書音義曰：『摐，撞也；籟，簫也。』」漢書司馬相如傳載子虛賦：「建華旗，鳴玉鸞。」注引郭璞曰：「鸞，鈴也。在軌曰鸞，在軾曰和。」此泛指奏樂。疊其前，謂多也。兩句言極盡奢華。

〔五〕「大欲」句，漢書食貨志：「洪範八政，一曰食，二曰貨。食謂農殖嘉穀可食之物，貨謂布帛可衣及金刀龜貝所以分財布利通有無者也。」顏師古注：「金謂五色之金也。黄者曰金，白者曰銀，赤者曰銅，青者曰鉛，黑者曰鐵。刀謂錢幣也。龜以卜占，貝以表飾，故皆爲寶貨也。」此泛指財物。連同上句，謂不仁者以高官厚禄爲崇高，以斂財多金爲大欲。荀子榮辱篇：「爲事利，争貨財，無辭讓果敢而振猛。貪而利，恈恈然唯利之見，是賈盜之勇也。」

〔六〕「義然後取」二句，論語里仁：「子曰：『富與貴，是人之所欲也，不以其道得之，不處也。貧與賤，是人之所惡也，不以其道得之，不去也。君子去仁，惡乎成名？』」玉帶，鑲玉腰帶，高官用以象徵身份，此代指爲官。兩句謂禄位財富若取之有道，即便終身做官，亦可以爲仁。

〔七〕「道不」二句，周易繫辭下：「明其變者，存其要也。故曰苟非其人，道不虚行。」孔穎達正義：「『苟非其人，道不虚行』者，言若聖人則能循其文辭，揆其義理，知其典常，是易道得行也。若苟非通聖之人，則不曉達易之道理，則易之道不虚空得行也。言有人則易道行，若無人則易道不行，無人而行是虚行也，必不如此，故云道不虚行也。」此即言有道之士。坐，因也。尚書説命：「若作和羹，爾惟鹽梅。」僞孔傳：「鹽咸梅醋，羹須咸醋以和之。」後以「和鹽梅」指宰相之能，此泛指高官。兩句謂若是有道之士，即便高官厚禄，亦能怡然自得，一無所愧。

〔八〕「貴賤」句，論語顏淵：「子夏曰：『商聞之矣：死生有命，富貴在天。』」

〔九〕「窮通」句，莊子讓王：「孔子曰：『君子通於道之謂通，窮於道之謂窮。』」

〔一〇〕「左太沖」二句，左思，字太沖，晉初作家。其詠史八首之二曰：「世冑躡高位，英俊沈下僚。地勢使之然，由來非一朝。」

〔一一〕「嵇叔夜」二句，著書，指嵇康所作與山巨源絶交書。晉書嵇康傳：「嵇康，字叔夜，譙國銍人也。」好老莊，彈琴詠詩，自足於懷。「山濤將去選官，舉康自代，康乃與濤書告絶，曰：『……老子、莊周，吾之師也，親居賤職；柳下惠、東方朔，達人也，安乎卑位，吾豈敢短之哉？……游山澤，觀魚鳥，心甚樂之。一行作吏，此事便廢，安能舍其所樂而從其所懼哉？』」

〔一二〕「尊卑」句，謂周文王姬昌爲西伯時，權勢、地位與商紂王相去甚遠。

〔一三〕「孔宣父」二句，孔宣父，即孔子。漢平帝謚孔子爲褒成宣尼公，故稱。史記孔子世家：「（魯）定公以孔子爲中都宰，一年，四方皆則之。」幽厲，周幽王、周厲王，乃無道之君。史記曆書：「幽厲之後，周室微，陪臣執政，史不記時，君不告朔。」同書周本紀「陪臣敢辭」句，集解引服虔曰：「陪，重也。諸侯之臣於天子，故曰陪臣。」多借，多用。兩句言孔子當年僅爲魯中都之小宰，勢力、尊卑與幽、厲時執政之陪臣遠不相侔，然孔子終成聖人，而後者卻默默無聞。謂窮通乃天命，而尊卑則由道德。借，英華、四子集、全唐文作「謝」，誤。

〔一四〕「陳仲弓」二句，後漢書陳寔傳：「陳寔，字仲弓，潁川許人也。……天下服其德。司空黄瓊辟選理劇，補聞喜長。旬月，以朞喪去官。復再遷，除太丘長。修德清静，百姓以安。……太尉楊賜、司徒陳耽每拜，公卿群僚畢賀，賜等常歎寔大位未登，愧於先之。」李賢注：「太丘縣，屬沛國，故城在今亳州永城縣西北也。」此以陳寔及漢末公卿爲例，義與上兩句同。

〔一五〕「陶潛」句，潛字淵明，其與子儼等疏曰：「常言：五六月中，北窗下卧，遇涼風暫起，自謂是羲皇上人。」

〔一六〕「言偃」句，言偃，字子游，以文學稱。論語陽貨：「子之武城，聞絃歌之聲。夫子莞爾而笑，曰：『割雞焉用牛刀？』子游對曰：『昔者偃也聞諸夫子曰：君子學道則愛人，小人學道則易使也。』」東武，即指武城。同上雍也：「子游爲武城宰。」何晏集解引包（咸）曰：「武城，魯下邑。」明陳士元論語類考卷二考武城在「山東沂州費縣西北七十里錦川鄉，絃歌里有武城城是也」。

〔一七〕「抑揚」句，抑揚，英華作「柳楊」，形訛。晉書張華傳：馮紞對帝（晉武帝司馬炎）曰：「臣以爲善御者，必識六轡盈縮之勢；善政者，必審官方控帶之宜。故仲由以兼人被抑，冉求以退弱被進。漢高八王，以寵過夷滅；光武諸將，由抑損克終。非上有仁暴之殊，下有愚智之異，蓋抑揚與奪使之然也。……」帝默然，頃之徵張華爲太常，終帝之世，以列侯朝見。儀四海，謂用之則足以爲天下典範。

〔一八〕「顧盼」句，太平御覽卷二六八良令長下引鍾離意别傳：「（鍾離）意遷東平瑕丘令，男子倪直勇悍有力，便弓弩，飛射走獸，百不脱一，桀悖好犯長吏。意到官，召署捕盜掾，敕謂之云：『令昔嘗破三軍之衆，不用尺兵。』」

〔一九〕「於斯」句，斯，指温江縣令任氏，謂其乃陳寔、陶潛、言偃、張華、鍾離意之流，雖天命不濟，仕止縣令，卻爲有道有德之士。句末「矣」字，英華無，校曰：「集作斯爲盛矣。」則所校集本無「於」字，而句末有「矣」字。

君諱晃，樂安博昌人也〔一〕。其後因官，遂家蒲州之永樂〔二〕。天子令德，軒皇爲誕姓之源〔三〕；諸侯計功，薛國在宗盟之後〔四〕。西京執法，則有御史大夫〔五〕；東漢循良，則有會稽都尉〔六〕。任光鄉里之忠厚，任隗朝臣之鯁直〔七〕。益州從事，術數知名〔八〕；臨海真人，清貞克己〔九〕。況乎東西海岱，强齊九合之都〔一〇〕；表裏山河，全晉三分之國〔一一〕。車馬雷駭，衣冠鼎盛。盟書百代，可謂功臣〔一二〕；遷徙丘陵，實惟豪族〔一三〕。曾祖顯，祖熙，考憬，并策名天爵〔一四〕，獨步人師。懷素履之幽貞〔一五〕，保黄裳之元吉〔一六〕。張家碑碣，荆州有七世孝廉〔一七〕；荀氏鄉亭，潁川有八人才子〔一八〕。

【箋　注】

〔一〕「君諱」二句，君，英華作「公」，校：「集作君。」兩可。樂安，元和郡縣志卷一〇青州博昌縣：「本漢舊縣，屬千乘郡。昌水其勢平博，故曰博昌。後漢以千乘郡爲樂安郡，博昌縣仍屬焉。晉、宋、後魏并同。高齊省，移樂陵縣理此，屬樂安郡。隋開皇三年（五八三）罷郡，樂陵縣屬青州，十六年（五九六）改爲博昌縣。」治在今山東博興縣北。

〔二〕「遂家」句，元和郡縣志卷一二河中府：「本帝舜所都蒲坂也。……後魏太武帝於今州理置雍州，延和元年（四三二）改雍州爲秦州。周明帝改秦州爲蒲州，因蒲坂以爲名。隋大業三年（六〇七）罷州，又置河東郡。……武德元年（六一八）罷郡，置蒲州。……開元元年（七一三）五月，改爲河中府。」同上永樂縣：「本漢河北縣地。周明帝改河北縣爲永樂縣。武帝省永樂縣，以地屬芮城縣。武德二年（六一九），分芮城，於縣東北二里永固堡重置永樂，屬芮州。七年，移於今理。貞觀八年（六三四），改屬河中府。」地在今山西永濟市東南。

〔三〕「軒皇」句，軒皇，指黄帝軒轅氏。謂黄帝爲誕姓之源，指任姓源於黄帝，然誕姓則在周以後。通志氏族略氏族序曰：「五帝之前無帝號，有國者不稱國，惟以名爲氏，所謂無懷氏、葛天氏、伏羲氏、燧人氏者也。至神農氏、軒轅氏，雖曰炎帝、黄帝，而猶以名爲氏，然不稱國。至二帝而後，國號唐、虞也。夏、商因之，雖有國號，而天子世世稱名。至周而後，諱名用謚，由是氏族之道生焉。」任姓源出黄帝，見下注。

〔四〕「諸侯」二句，諸侯計功，見前後周青州刺史齊貞公宇文公神道碑注。薛國，左傳隱公十一年：「春，滕侯、薛侯來朝，争長。」杜預注：「薛，魯國薛縣。」孔穎達正義：「譜云：薛，任姓，黄帝之苗裔奚仲封爲薛侯，今魯國薛縣是也。奚仲遷於邳，仲虺居薛，以爲湯左相。武王復以其冑爲薛侯。齊桓霸，諸侯黜爲伯，獻公始與魯同盟。小國無記，世不可知，亦不知爲誰所滅。」地理志云：魯國薛縣，夏車正奚仲所國，後遷於邳，湯相仲虺居之。」

〔五〕「西京」二句，西京，指西漢。御史大夫，指任敖。漢書任敖傳：「任敖，沛人也。少爲獄吏。……高祖初起，敖以客從爲御史，守豐二歲。高祖立爲漢王，東擊項羽，敖遷爲上黨守。陳豨反，敖堅守，封爲廣阿侯，食邑千八百户。高后時爲御史大夫，三歲免。孝文元年（前一七九）薨，謚曰懿侯。」

〔六〕「東漢」二句，循良，即循吏，謂奉公守法之吏。會稽都尉，指任延。後漢書循吏任延傳：「任延，字長孫，南陽宛人也。年十二，爲諸生，學於長安，明詩、易、春秋，顯名太學，學中號爲任聖童。值倉卒避兵之隴西，時隗囂已據四郡，遣使請延，延不應。更始元年（二三），以延爲大司馬屬，拜會稽都尉，時年十九。」建武初，徵爲九真太守。

〔七〕「任光」二句，後漢書任光傳：「任光，字伯卿，南陽宛人也。少忠厚，爲鄉里所愛。」助劉秀募軍，拜爲左大將軍，封武成侯。後更封阿陵侯，食邑萬户。子隗，字仲和，少好黄老，清静寡欲。爲將作大匠，遷太僕，代竇固爲光禄勳，拜司空。「隗義行内修，不求名譽，而以沈正見重於世。和帝即位，大將軍竇憲秉權，專作威福，内外朝臣莫不震懾。時憲擊匈奴，國用勞費，隗奏議徵憲還，前後十上，獨與司徒袁安同心畢力，持重處正，鯁言直議，無所回隱。」

〔八〕「益州」二句，後漢書任文公傳：「任文公，巴郡閬中人也。父文孫，明曉天官風角祕要。文公少修父術，州辟從事。」又辟司空掾。平帝即位，稱疾歸家。王莽篡後，推數知當大亂，遂奔子公山十餘年，不被兵革。以占術馳名，益部爲之語曰：「任文公，智無雙。」

〔九〕「臨海」二句，當指任敦。太平御覽卷六六六道士引太平經曰：「任敦尚〔隱〕，博昌人，永嘉中投茅山，講道集衆。敦竊歎曰：『衆人雖云慕善，皆外好耳，未見真心可與斷金者。』」雲笈七籤卷一一〇洞仙傳任敦：「任敦，博昌人也。少在羅浮山學道，後居茅山南洞。修步斗之道，及洞玄五符，能役鬼召神，隱身分形。玄居山舍，虎狼不敢犯。」亦有謂其爲臨海人者。太平寰宇記卷一〇〇福州閩縣：「昇山，在州西北一十四里。越王勾踐時，一夜從會稽飛來。西南地號道士洞，舊名飛山。臨海人任敦於此昇仙，其迹猶存。天寶六載（七四七）敕改爲昇山（後代如淳熙三山志等謂天寶六年飛昇，誤）。」

〔一〇〕「況乎」二句，尚書禹貢：「海岱惟青州。」僞孔傳：「東北據海，西南距岱。」陸德明音義：「岱，泰山也。」九合，史記齊太公世家：齊桓公欲封禪，稱其「九合諸侯，一匡天下」云云。兩句言任晃祖籍爲齊。

〔一一〕「表裏」二句，左傳僖公二十八年：子犯曰：「若其不捷，表裏山河，必無害也。」杜預注：「晉國外河而内山。」三分，史記晉世家：「（晉）静公二年（前三七六），魏武侯、韓哀侯、趙敬侯滅晉後而三分其地。」兩句言任晃先人徙居於晉。

〔一二〕「盟書」句，盟書，古代盟誓所作文書，各持一本，藏於祖廟。帝王與功臣所訂盟書，往往寫明所享有之特權，并説明子孫後代永保。

〔一三〕「遷徙」二句，丘陵，當指殷湯陵。元和郡縣志卷一二河中府寶鼎縣：「殷湯陵，在縣北四十三里。」寶鼎縣與任晃徙家之永樂縣相鄰。漢代豪族，方可徙居帝陵，故云。

〔一四〕「并策名」句，策名，左傳僖公二十三年：「策名委質，貳乃辟也。」策名，杜預注：「名書於所臣之策。」孔穎達正義：「策，簡策也。質，形體也。古之仕者，於所臣之人書己名於策，以明係屬之也。」此謂皆入仕籍，并有封爵。

〔一五〕「懷素履」句，素履，平素所行。幽貞，文選顔延年拜陵廟作一首：「未暮謝幽貞。」李善注引周易曰：「幽人貞吉。」按見周易履卦，王弼注：「履道尚謙，不喜處盈，務在致誠，惡夫外飾者也。」三國志魏書王烈傳：「有素履幽人之貞。」

〔一六〕「保黄裳」句，周易坤卦：「六五：黄裳，元吉。」王弼注：「黄，中之色也；裳，下之飾也。坤爲臣道，美盡於下。夫體无剛健，而能極物之情，通理者也。以柔順之德，處於盛位，任夫文理者也。垂黄裳以獲元吉，非用武者也。極陰之盛，不至疑陽，以文在中，美之至也。」

〔一七〕「張家」二句，太平御覽卷五八九碑引盛弘之荆州記曰：「冠軍縣有張唐墓，七世孝廉，刻其碑背曰：『白楸之棺，易朽之衣。銅鐵不入，瓦器不藏。嗟夫後人，幸勿見傷。』」世，原作「代」，避唐諱，徑改。

〔一八〕「荀氏」二句，後漢書荀淑傳：「荀淑，字季和，潁川潁陰人也。荀卿十一世孫也。少有高行，博學而不好章句。……有子八人：儉、緄、靖、燾、汪、爽、肅、專，并有名稱，時人謂『八龍』。初，荀氏舊里名西豪，潁陰令渤海苑康以爲昔高陽氏有才子八人，今荀氏亦有八子，故改其里曰高陽里。」李賢注：「専，本或作敷。今許州城内西南有荀淑故宅，相傳云即舊西豪里也。」

君外資剛健，内育文明〔一〕。合千載聖賢之間，鍾五行金木之秀〔二〕。王恭濯濯，春柳懷風〔三〕；和嶠森森，寒松列景〔四〕。有曾参之孝，有史魚之直，有子夏之文，有冉求之藝〔五〕。先王德行〔六〕，固名言而在兹；大聖温良，亦顛沛而於是〔七〕。當朝一見，許其王佐之才〔八〕；行路相逢，加以美人之贈〔九〕。解褐爲家令寺主簿〔一〇〕。天王太子之位，赫赫前星〔一一〕；天地長男之宫，巖巖左闕〔一二〕。出身事主，元良永固於萬邦〔一三〕；束髮登朝，匕鬯不驚於百里〔一四〕。秩滿，授將作監主簿〔一五〕。千門萬户，張華窮壯麗之圖〔一六〕；東主西賓，班固盡謳謡之實〔一七〕。職掌宫觀〔一八〕，是名將作。大司馬桓温之府，績用在於元琳〔一九〕；大將軍竇憲之曹，文章寄於亭伯〔二〇〕。累遷右衛長史〔二一〕。南宫左掖，上將陪藩〔二二〕；北落師門，天軍列衛〔二三〕。東觀漢記，梁統有清白之名〔二四〕；中興晉書，薛兼有恪勤之譽〔二五〕。詔還朝散大夫、行益州温江縣令〔二六〕。華陽西極〔二七〕，漢水東流〔二八〕。背面通秦越之鄉〔二九〕，左右夾巴涼之地〔三〇〕。風煙可接，懸車束馬之山〔三一〕；雲物潛通，織女牽牛之象〔三二〕。神仙所宅，則有二十四治〔三三〕；途路所經，則有五千餘里。金城石郭〔三四〕，還聞上代之風；國富民安，時聽中和之樂〔三五〕。於是乎龍淵獨斷〔三六〕，軀旒旁求〔三七〕，品命千名〔三八〕，封疆萬户。暫過云亭，乘軒之望可知〔三九〕；且詣中軍，治劇之才有屬〔四〇〕。旌孝悌，勸農桑，省徭役，恤鰥寡，所以一縣稱平，所以百城尤最〔四一〕。蕭育是杜陵男子，不入後曹〔四二〕；黄浮非鄉里所知，不寬同歲〔四三〕。洛陽行馬，門士無心〔四四〕；齊國池魚，權家絶望〔四五〕。劉文公邵陵之縣，但稱男子之名〔四六〕；師尚父灌壇之鄉，惟有神人之哭〔四七〕。實謂樞機八座，上下三階〔四八〕；豈惟縛杜鞭絲〔四九〕，操刀制錦〔五〇〕。巫馬期之任力，弊起乘星〔五一〕；鍾離意之悦人，災生解土〔五二〕。享年五十有九，以儀鳳二年六月二十五日卒於官第〔五三〕。

【箋　注】

〔一〕「君外資」二句，周易大有卦：「大有元亨。彖曰：……其德剛健而文明，應乎天而時行，是以元亨。」王弼注：「德應於天，則行不失時矣。剛健不滯，文明不犯，應天則大，時行無違，是以元亨。」此言外剛内柔。

〔二〕「鍾五行」句，五行，金、木、水、火、土。鍾秀，秀美集聚。見前唐同州長史宇文公神道碑「五才鍾秀」句注。

〔三〕「王恭」二句，世説新語容止：「有人歎王恭形茂者云：『濯濯如春月柳。』」按晉書王恭傳：「王恭，字孝伯，光禄大夫藴子，定皇后之兄也。少有美譽，清操過人，自負才地高華，恒有宰輔之望。」後爲桓玄所殺。「恭美姿儀，人多愛悦，或目之云『濯濯如春月柳』。」嘗被鶴氅裘涉雪而行，孟昶窺見之，歎曰：「此真神仙中人也！」

〔四〕「和嶠」二句，晉書和嶠傳：「和嶠，字長輿，汝南西平人也。……嶠少有風格，慕舅夏侯玄之爲人，厚自崇重，有盛名於世，朝野許其能整風俗，理人倫。襲父爵上蔡伯，起家太子舍人，累遷潁川太守。爲政清簡，甚得百姓歡心，太傅從事中郎庾顗見而歎曰：『嶠森森如千丈松，雖磥砢多節目，施之大廈，有棟梁之用。』」按：庾氏語，出世説新語賞譽。王恭、和嶠二人，皆以擬任晃。

〔五〕「有曾參」四句，曾參、子夏、冉求，皆孔子弟子。史魚爲衛大夫，爲孔子所稱。史記孔子弟子列傳：「曾參，字子輿，「孔子以爲能通孝道，故授之業。作孝經」。同上曰：卜商，字子夏。冉求，字子有。論語先進謂冉求長於政事，子夏長於文學。論語衛靈公：「子曰：直哉，史魚！」何晏集解引孔（安國）曰：「衛大夫史鰌。」

〔六〕「先王」句，周易坎卦象曰：「水洊至，習坎；君子以常德行，習教事。」王弼注：「至險未夷，教不可廢，故以常德行而習教事也。習於坎然後乃能不以險難爲困，而德行不失常也。」舊謂易出於伏羲氏、周文王，故稱「先王」之言。

〔七〕「大聖」二句，大聖，指孔子。論語學而：「子貢曰：『夫子温良恭儉讓以得之。』」同上里仁：「子曰：『……君子無終食之間違仁，造次必於是，顛沛必於是。』」

〔八〕「許其」句，後漢書延篤傳：「前越巂太守李文德素善於篤，時在京師，謂公卿曰：『延叔堅有王佐之才，奈何屈千里之足乎？』」又晉書張華傳：「陳留阮籍見之，歎曰：『王佐之才也！』由是聲名始著。」

〔九〕「加以」句，加以，原作「知其」。英華亦作「知其」，校「知」字曰：「集作加。」四子集、全唐文作「加以」。按張衡四愁詩序曰：張衡不樂久處機密，鬱鬱不得志，爲四愁詩。「屈原以美人爲君子，以珍寶爲仁義，以水深雪雰爲小人，以道術相報，貽於時君，而懼讒邪，不得以通其辭。」詩有「美人贈我金錯刀，何以報之英瓊瑶」、「美人贈我金琅玕，何以報之雙玉盤」等語。則所謂「美人之贈」，即稱其爲君子也。據文意，作「加以」是，據改。

〔一〇〕「解褐」句，褐，古代百姓所穿粗麻衣服。解褐，謂换民服爲官服，指初入仕。家令寺，唐六典卷二七太子家令寺：「掌皇太子之飲膳、倉儲、庫藏之政令。」「主簿一人，正九品下。……主簿掌印及句檢稽失。凡寺署之出入財物，役使工徒，則刺詹事上於尚書，有所隱漏，言於司直。事若重者，舉咨家令以啓聞。」

〔一一〕「天王」二句，史記天官書：「東宫蒼龍，房，心。心爲明堂，大星天王，前後星子屬。」索隱引鴻範五行傳曰：「心之大星，天王也。前星，太子；後星，庶子。」因任晃入仕年代不詳，故其爲家令寺主簿時，太子不知爲誰。

〔一二〕「天地」二句，長男之宫，指太子宫，詳前少室山少姨廟碑注引神異經。

〔一三〕「元良」句，尚書太甲下：「一人元良，萬邦以貞。」僞孔傳：「一人，天子。天子有大善，則天下得其正。」

〔一四〕「匕鬯」句，周易震卦：「震驚百里，不喪匕鬯。」王弼注：「威震驚乎百里，則是可以不喪匕鬯矣。匕所以載鼎實，鬯，香酒，奉宗廟之盛也。」孔穎達正義：「震卦施之於人，又爲長子。長子則正體於上，將所傳重，出則撫軍，守則監國，威震驚於百里，可以奉承宗廟，彝器粢盛，守而不失也。」此言「不驚」，謂不自樹威。匕，原作「七」，形訛，據英華、全唐文改。

〔一五〕「授將作監」句，唐六典卷二三將作監：「掌供邦國修建土木工匠之政令，總四署三監百工之官屬，以供其職事。」「主簿二人，從七品下。……主簿掌印，勾檢稽失。凡官吏之申請糧料俸食務在候，使必由之以發其事。若諸司之應供，四署三監之財物器用違闕，隨而舉焉。」

〔一六〕「千門」二句，晉書張華傳：「張華，字茂先，范陽方城人也。……晉受禪，拜黄門侍郎，封關内侯。華彊記默識，四海之内若指諸掌。武帝常問漢宮室制度及建章千門萬户，華應對如流，聽者忘倦，畫地成圖，左右屬目。帝甚異之，時人比之子産。」此謂任將作監主簿，掌邦國建設。

〔一七〕「東主」二句，指班固兩都賦。賦設東都主人、西都賓，各誇西都長安、東都洛陽之壯麗，最後東都主人取勝，授西都賓五篇之詩，西都賓稱曰：「美哉乎斯詩！義正乎揚雄，事實乎相如。」此言任將作監主簿期間，兩都建設極宏麗。盡，英華作「致」，校：「集作盡。」實，英華、四子集、全唐文作「致」，英華校：「一作實。」據上引，作「實」是。

〔一八〕「職掌」句，職，英華校：「集作實。」上句末字作「實」，則此不應復出。

〔一九〕「大司馬」二句，元琳，即王珣。晉書王導傳附王珣傳：「珣字元琳，弱冠，與陳郡謝玄爲桓温掾，俱爲温所敬重，嘗謂之曰：『謝掾年四十，必擁旄杖節；王掾當作黑頭公，皆未易才也。』珣轉主簿。時温經略中夏，竟無寧歲，軍中機務，並委珣焉。文武數萬人，悉識其面。從討袁真，封東亭侯，轉大司馬參軍，琅邪王友、中軍長史、給事黄門侍郎。」

〔二〇〕「大將軍」二句，亭伯，即崔駰。後漢書崔駰傳：「崔駰，字亭伯，涿郡安平人也。……（竇）憲爲車騎將軍，辟駰爲掾。憲府貴重，掾屬三十人，皆故刺史二千石，唯駰以處士年少擢在其間。憲擅權驕恣，駰數諫之。及出擊匈奴，道路愈多不法，駰爲主簿，前後奏記數十，指切長短。憲不能容，稍疏之。因察駰高第，出爲長岑長。」

〔二一〕「累遷」句，唐六典卷二四左右衛：「長史各一人。從六品上。……長史掌判諸曹親、勳、翊、五府及武安、武成等五十府之事，以閱兵仗、羽儀、車馬。凡文簿、典職、廩料、請給、卒伍、軍團之名數，器械、糧儲之主守，大事則從其長，小事則專達。」

〔二二〕「南宫」二句，南宫，原作「南京」，各本同。按史記天官書：「南宫朱鳥，權、衡。衡，太微，三光之廷。匡衛十二星，藩臣：西，將；東，相。南四星，執法；中，端門；門左右，掖門。」正義：「太微宫垣十星，在翼、軫地，天子之宫庭，五帝之坐，十二諸侯之府也。其外藩，九卿也。……第四星爲次將，第五星爲上將。……其東垣北左執法、上相兩星間，名曰左掖門。」此以天上星座擬人間宫殿，謂任晃爲右衛長史，有如南宫上將星守護掖門。則「南京」之「京」字，當是

「宫」之誤，據文意改。

〔二三〕「北落」二句，史記天官書：「北宫玄武，虚、危。……其南有衆星，曰羽林天軍。軍西爲壘，或曰鉞。旁有一大星爲北落。」正義：「羽林四十五星，三三而聚，散在壘壁南，天軍也，亦天宿衛。」又曰：「北落師門一星，在羽林西南，天軍之門也。長安城北落門，以象此也。」此與上二句義同。

〔二四〕「東觀漢記」二句，東觀漢記，初撰於班固等，經多次續補，隋書經籍志著録爲一百四十三卷。後代散佚嚴重，今存四庫全書本二十四卷，卷一二有梁統傳，然文字簡略，顯非全文，無稱其「清白」事。後漢書梁統傳：「梁統，字仲寧，安定烏氏人。」亦無稱「清白」事，待考。

〔二五〕「中興晉書」二句，中興晉書，即晉中興書，隋書經籍志著録爲「七十八卷，起東晉，宋湘東太守何法盛撰」。後散亡，現存佚文無稱薛兼勤恪語。按晉書薛兼傳曰：「薛兼，字令長，丹陽人也。」元帝（司馬睿）爲安東將軍，以爲軍諮祭酒，稍遷丞相長史，「甚勤王事」，封安陽鄉侯，領太子少傅。卒，明帝（司馬紹）下詔，稱其「履德沖素，盡忠恪己」云云。

〔二六〕「詔遷」二句，朝散大夫，唐六典卷二尚書吏部：「從五品下曰朝散大夫。」同上：凡任官，「階高而擬卑，則曰行」。温江縣，已見本文前注。

〔二七〕「華陽」句，尚書禹貢：「華陽黑水惟梁州。」僞孔傳：「東據華山之南，西距黑水。」孔穎達正義：「梁州之境，東據華山之南，不得其山，故言陽也。此山之西，雍州之界也。」禹貢所説華陽、梁州，指今四川、雲南、貴州及甘南、陝南部分地區，此特指巴蜀（四川）。西極，「極」用如動詞，猶言西去。

〔二八〕「漢水」句，史記夏本紀：「嶓冢道瀁，東流爲漢。」集解引鄭玄曰：「地理志：瀁水出瀧西氐道，至武都爲漢。」所謂漢，即西漢水，亦即嘉陵江，流經今川北、川東，在重慶入長江。

〔二九〕「背面」句，「背面通秦越」，猶言背通秦、面通越，謂蜀地北靠秦（今陝西）、南向越（泛指今東部地區）。

〔三〇〕「左右」句，「左右夾巴涼」，猶言左夾巴、右夾涼。謂蜀地左邊（東邊，方位就面南而言，下同）與巴（今川北、川東及重慶一帶）相連，右邊（西邊）與涼（古涼州，今甘肅一帶）相連。

〔三一〕「懸車」句，晉書段灼傳：「（鄧）艾受命（指伐蜀）忘身，龍驤麟振，前無堅敵。蜀地阻險，山高谷深，而艾步乘不滿二萬，束馬懸車，自投死地，勇氣淩雲，將士乘勢，故能使劉禪震怖，君臣面縛，軍不踰時，而巴蜀蕩定。」太平寰宇記卷八四劍州陰平縣：「按三國志：鄧艾伐蜀，自陰平景谷步劍閣道，懸車出馬，逕出江油而至，是此地也。馬閣山，在縣北六十里，北接梁山，西接岷峨，昔魏將鄧艾伐蜀，從景谷路射龍州江油縣至此，懸崖絶壁，乃束馬懸車，作棧閣，方得路通，因名馬閣山。」按：陰平縣，今四川平武縣。此泛指蜀山。

〔三二〕「織女」句，三輔黄圖卷四池沼引關輔古語曰：「昆明池中有二石人，立牽牛、織女於池之東西，以象天河。」此代指長安，謂蜀地與長安相通。

〔三三〕「神仙」二句，神仙，指道士。二十四治，雲笈七籤卷二八二十四治序：「謹按張天師二十四治圖云：『太上以漢安二年（一四三）正月七日中時下二十四治，上八治，中八治，下八治。應天二十四氣，合二十八宿，付天師張道陵奉行。……依其度數開立二十四治，十九靜廬，授以正一盟威之道，伐誅邪僞，與天下萬神分付爲盟，悉承正一之道也。』」按：治，道教廟宇。「治」原作「居」，避高宗諱，今改爲正字。

〔三四〕「金城」句，文選左思蜀都賦：「於是乎金城石郭，兼市中區；既麗且崇，實號成都。」劉淵林注：「金石，言堅也，故晁錯曰『神農之教雖有金城湯池』也。」

〔三五〕「國富」二句，民，原作「人」，避太宗諱，徑改。中和之樂，益州刺史王襄使王褒作，言政治和平，見前唐恒州刺史建昌公王公神道碑注引漢書王褒傳。

〔三六〕「於是乎」句，戰國策韓一：蘇秦説韓王曰：「龍淵、太阿，皆陸斷馬牛，水擊鵠鴈。」後漢書韓棱傳：「韓棱，字伯師，潁川舞陽人。……（顯宗時）五遷爲尚書令，與僕射郅壽、尚書陳寵，同時俱以才能稱。肅宗嘗賜諸尚書劍，唯此三人特以寶劍，自手署其名曰『韓棱楚龍淵』、『郅壽蜀漢文』、『陳寵濟南椎成』。時論者爲之説，以棱淵深有謀，故得龍淵；壽明達有文章，故得漢文；寵敦朴，善不見外，故得椎成。」李賢注引晉太康記曰：「汝南西平縣有龍淵，水可淬刀劍，特堅利。汝南，即楚分野。」淵，原作「泉」，避高祖諱，徑改。淵深有謀，謂能獨斷也。句以韓棱代指尚書省，謂由尚書省拍板定讞。

〔三七〕「龜旐」句，後漢書輿服志上：「龜旐四斿，四仞，齊首，以象營室。」劉昭注引鄭玄曰：「龜蛇爲旐，縣鄙之所建，營室，玄武宿與東壁連體而四星。」此以龜旐代指諸縣，謂從縣令中遴選。

〔三八〕「品命」句，據上下文意，蓋言朝廷欲授其太守之職。太守，漢代爲二千石官，故謂「千名」。

〔三九〕「暫過」二句，云亭，兩山名。史記封禪書：「昔無懷氏封泰山，禪云云；虙羲封泰山，禪云云。……黄帝封泰山，禪亭亭。」集解引李奇曰：「云云山，在梁父東。」索隱引晉灼云：「云云山，在蒙陽縣故城東北，下有云云亭也。」亭亭，索隱引晉灼云：「在鉅平北十餘里。」正義引括地志：「亭亭山在兖州博城縣西南三十里也。」任晃過云亭事不詳。按高宗麟德三年（六六六）初封泰山、禪社首（見舊唐書高宗紀下），疑任晃嘗以將作監主簿赴泰山籌辦相關事宜。若如此，則所謂「云亭」代指泰山。乘軒，軒乃高官所乘車，代指即將升官。

〔四〇〕「且諧」二句，中軍，指左右衛。晉書職官志：「驍騎將軍、游擊將軍，并漢雜號將軍也，魏置爲中軍。及晉，以領（按：即中領軍）、護（按：即中護軍）、左右衛、驍騎、游擊爲六軍。」左右衛之來歷，詳見唐六典卷二四左右衛，通典卷二八左右衛、左右驍衛。此言任晃曾任右衛長史。治劇，治，原作「理」，避高宗諱，徑改。治劇，處理繁重棘手之政務。

〔四一〕「所以百城」句，百城，指衆縣、諸縣。最，古代考核軍功或政績時，以上爲最。史記絳侯周勃傳：「攻槐里、好畤，最。」集解引如淳曰：「於將率之中功爲最。」以上數句，言任晃本可任乘軒治劇之官，而終爲「旌孝悌、勸農桑」之縣令。

〔四二〕「蕭育」二句，漢書蕭望之傳附蕭育傳：「育字次君，少以父（蕭望之）任爲太子庶子。……後爲茂陵令，會課，育第六，而漆令郭舜殿，見責問，育爲之請扶風，怒曰：『君課第六，裁自脱，何暇欲爲左右言？』及罷出，傳召茂陵令詣後曹，當以職事對。育徑出曹，書佐隨牽育，育案佩刀曰：『蕭育杜陵男子，何詣曹也？』遂趨出，欲去官。明旦，詔召入，拜爲司隸校尉。」

〔四三〕「黄浮」二句，後漢書單超傳：徐璜，下邳良城人，桓帝初爲中常侍，後封武原侯。「璜兄子宣爲下邳令，暴虐尤甚。先是，求故汝南太守下邳李暠女不能得，及到縣，遂將吏卒至暠家，載其女歸，戲射殺之，埋著寺内。時下邳縣屬東海，汝南黄浮爲東海相，有告言宣者，浮乃收宣，家屬無少長悉考之。掾史以下固諫争，浮曰：『徐宣，國賊，今日殺之，明日坐死，足以瞑目矣。』即案宣罪棄市，暴其屍以示百姓，郡中震栗。」同歲，同歲獲薦舉，後稱「同年」。

〔四四〕「洛陽」二句，晉書曹攄傳：「曹攄，字顔遠，譙國譙人也。」調補臨淄令。「入爲尚書郎，轉洛陽令，仁惠明斷，百姓懷之。時天大雨雪，宫門夜失行馬，群官檢察，莫知所在。攄使收門士，衆官咸謂不然。攄曰：『宫掖禁嚴，非外人所敢盜，必是門士以燎寒耳。』詰之果服。」按：行馬，阻擋通行之木栅。

〔四五〕「齊國」二句，晉書王承傳：王承，字安期。爲驃騎參軍，遷司空從事中郎，「遷東海太守。政尚清静，不爲細察。小吏有盜池中魚者，綱紀推之。承曰：『文王之囿，與衆共之，池魚復何足惜邪？』」按：西漢東海郡，後漢東海國，春秋時爲魯國之東鄙，七國時屬楚。此謂「齊國」，蓋作者誤記。以上舉蕭育、黄浮、曹攄、王承數人，皆以擬任晃，謂其既疾惡如仇，又能明察愛人。

〔四六〕「劉文公」二句，春秋定公四年三月：「公會劉子、晉侯、宋公、蔡侯、衛侯、陳子、鄭伯、許男、曹伯、莒子、邾子、頓子、胡子、滕子、薛伯、杞伯、小邾子、齊國夏於召陵，侵楚。」左傳定公四年春三月：「劉文公合諸侯於召陵，謀伐楚也。」杜預注：「文公，王官伯也。」孔穎達正義：「召陵，楚地也。」引者按春秋僖公四年：「楚屈元來盟於師，盟於召陵。」杜注：「召陵，潁川縣也。」邵、召同。劉文公，春秋同上載：「秋七月，……劉卷卒。」杜注：「即劉蚠也。」正義曰：「昭二十二年傳曰『單子立劉蚠』，即此是也。」世族譜：「伯蚠、劉蚠、劉文公、劉狄、劉卷、劉子爲一人。」兩句中劉文公，「劉」原作「鄭」，各本同。據此，「鄭」當爲「劉」之誤，徑改。兩句喻指任晃不畏權勢，有如春秋所載劉文公直稱各諸侯「男」、「子」爵名。

〔四七〕「師尚父」二句，師尚父，即太公望吕尚，姓姜氏。遇周西伯（文王），立爲師。史記齊太公世家集解（裴）駰案劉向別録曰：「師之、尚之、父之，故曰師尚父。父亦男子之美號也。」太平御覽卷八四周文王引尚書帝命驗：「（西伯姬昌）至於磻谿之水，吕尚釣涯，王下趣拜，曰：『公望七年，乃今見光景於斯。』答曰：『望釣得玉璜，刻曰「姬受命，吕佐旌」。』遂置車左，王躬執驅，號曰師尚父。』」參見史記周本紀、齊太公世家。博物志卷七：「太公爲灌壇令。武王夢婦人當道夜哭，問之，曰：『吾是東海神女，嫁於西海神童。今灌壇令當道，廢我行，我行必有大風雨，而太公有德，吾不敢以暴風雨過，以毁君德。』武王明日召太公，三日三夜，果有疾風暴雨從太公邑外過。」此喻指任晃德厚。

〔四八〕「實謂」二句，樞機，開關，此用如動詞，猶言掌控。八座，通典卷二二歷代尚書附八座：「六尚書（按：吏、禮、兵、刑、户、工六部尚書）、左右僕射及令爲八座。」上下三階，「上下」亦用如動詞，猶言調節。三階，即泰階，代指朝廷。謂使泰階平，前已屢注。兩句言任晃宜擔當朝廷重任，以治理天下。

〔四九〕「豈惟」句，南齊書傅琰傳：「傅琰，字季珪，北地靈州人也。……除邵陵王左軍諮議，江夏王録事參軍。太祖輔政，以山陰獄訟煩積，復以琰爲山陰令。賣針、賣糖老姥争團絲，來詣琰，琰不辯核，縛團絲於柱鞭之，密視有鐵屑，乃罰賣糖者。……縣内稱神明，無敢復爲偷盜。」

〔五〇〕「操刀」句，左傳襄公三十一年：「子皮欲使尹何爲邑，子産曰：『少，未知可否。』子皮曰：『愿，吾愛之，不吾叛也。使夫往而學焉，夫亦愈知治矣。』子産曰：『不可。人之愛人，求利之也。今吾子愛人則以政，猶未能操刀而使割也，其傷實多。子之愛人，傷之而已，其誰敢求愛於子？子於鄭國，棟也，棟折榱崩，僑將厭焉，敢不盡言？子有美錦，不使人學制焉。大官、大邑，身之所庇也，而使學者制焉，其爲美錦，不亦多乎？僑聞學而後入政，未聞以政學者也。若果行此，必有所害。』」杜預注「其爲美錦，不亦多乎」二句曰：「言官邑之重，多於美錦。」意謂官邑之事，可要比學制美錦重大得多，千萬不可讓生手爲之。此反用其事，謂豈止嫺於操刀治劇而已。

〔五一〕「巫馬期」二句，韓詩外傳卷二：「子賤治單父，彈鳴琴，身不下堂，而單父治；巫馬期以星出，以星入，日夜不處，以身親之，而單父亦治。巫馬期問於子賤，子賤曰：『我任人，子任力；任人者佚，任力者勞。』人謂子賤則君子矣，佚四肢，全耳目，平心氣，而百官理，任其數而已，巫馬期則不然乎！然事惟勞力，教詔雖治，猶未至也。」按：宓不齊，字子賤；巫馬期，姓巫馬，字期，名施（見朱熹四書章句集注卷四論語），皆孔子弟子。此言任晃爲官過於勞累，有如巫馬期。起，英華校：「集作因。」亦通。

〔五二〕「鍾離意」二句，後漢書鍾離意傳：「鍾離意，字子阿，會稽山陰人也。」爲官以愛利爲化，人多殷富，以久病卒官。李賢注引東觀記曰：「意在堂邑，爲政愛利，輕刑慎罰，撫循百姓如赤子。初到縣，市無屋，意出俸錢帥人作屋，人齎茅竹，或持林木，争起趨作，浹日而成。功作既畢，爲解土祝曰：『興功役者令，百姓無事，如有禍祟，令自當之。』人皆悅服。」按：建宅落成時，設祭報謝土神，稱解土。此言任晃生活過於清儉。

〔五三〕「以儀鳳」句，儀鳳，唐高宗年號。儀鳳二年爲公元六七七年。

夫人姚氏，徵士神人之女也〔一〕。壽丘仙葉〔二〕，嬀水靈苗〔三〕。定姚信之機衡〔四〕，審姚光之術藝〔五〕。明星GHT不臨太丘之前〔六〕；暮雨沉沉，不散巫山之曲〔七〕。婦人謂嫁〔八〕，女子有行〔九〕。織紝組紃〔一〇〕，棗脩榛栗〔一一〕。南斗千齡之匣，忽愴沉江〔一二〕；北方三代之儀，終悲共穴〔一三〕。先以咸亨三年七月二日，終西京翊善里之私第〔一四〕；越儀鳳三年冬十一月一日，歸祔於永樂縣歷山之平原〔一五〕。卜虞芮之閒田〔一六〕，帶關河之設險〔一七〕。居民致祭，桐鄉有朱邑之祠〔一八〕；怪力成墳，葉縣有王喬之墓〔一九〕。

【箋注】

〔一〕「徵士」句，徵士，不就朝廷徵召之士。神人，指道士。人，四子集、全唐文作「俊」。若作「俊」，則「神俊」當爲其名，而其人非道士。然「姚神俊」不可考，故難定孰是，姑依舊。

〔二〕「壽丘」句，壽丘，代指黄帝。史記五帝本紀：「黄帝者，少典之子，姓公孫，名曰軒轅。」索隱案：「皇甫謐云『黄帝生於壽丘，長於姬水，因以爲姓』。」正義案：「壽丘在魯東門之北，今在兖州曲阜縣東北六里。生日角龍顔，有景雲之瑞，以土德王，故曰黄帝。」同上五帝本紀：「帝顓頊高陽者，黄帝之孫而昌意之子也。」又曰：「虞舜者，名曰重華。重華父曰瞽叟，瞽叟父曰橋牛，橋牛父曰句望，句望父曰敬康，敬康父曰窮蟬，窮蟬父曰帝顓頊，顓頊父曰昌意，以至舜七世矣。」正義：「舜姚姓。……會稽舊記云舜上虞人，去虞三十里有姚丘，即舜所生也。」則舜乃黄帝後裔，姚姓，故此稱姚氏爲「壽丘仙葉」也。

〔三〕「嬀水」句，酈道元水經河水注：河水南過蒲坂縣西，「郡南有歷山，謂之歷觀，舜所耕處也。有舜井，嬀、汭二水出焉，南曰嬀水，北曰汭水。西逕歷山下，上有舜廟。周處風土記曰：舊説舜葬上虞。又記云耕於歷山」。太平寰宇記卷九六越州餘姚縣：「風土記云：舜支庶所封。舜姓姚，唐武德四年（六二一）置姚州，七年州廢來屬越。姚丘山，在縣西北六十里。周處風土記云：『舜生於姚丘、嬀水之内。』今上虞縣縣東也。」則與舜相關之嬀水亦爲傳説，究在何處已難考定。

〔四〕「定姚信」句，姚信，三國時吴人。機衡，測天儀，言其測天并創立新天體論。晉書天文志上：「吴太常姚信造昕天論云：『人爲靈蟲，形最似天。今人頤前多臨胸，而項不能覆背。近取諸身，故知天之體南低入地，北則偏高。又冬至極低，而天運近南，故日去人遠，而斗去人近，北天氣至，故冰寒也。夏至極起，而天運近北，而斗去人遠，日去人近，南天氣至，故蒸熱也。極之立時，日行地中淺，故夜短；天去地高，故晝長也。極之低時，日行地中深，故夜長，天去地下淺，故晝短也。』自虞喜、虞聳、姚信，皆好奇徇異之説，非極數談天者也。」

〔五〕「審姚光」句，太平御覽卷八七一灰引抱朴子曰：「吴世姚光者，有火術。吴主試之，積荻數千束裹之，因猛火而燔荻了盡，謂光當已化爲煙燼，而光端坐灰中，振衣而起。把一卷書，吴主取而視之，不能解也。」

〔六〕「明星」二句，明星，指明星玉女。太丘，指華山，華山一名太華。太平御覽卷六六九服餌上引真誥：「明星玉女者，居華山，服玉漿。山中頂上有石龜，其廣數畝，高且三仞。其側有梯磴達龜背，見玉女祠前有五石臼，號曰玉女洗頭盆，其中水碧緑深澄，雨不加溢，旱不減耗，内有玉女馬一疋。」同上卷八六一漿引華山記：「華山上明星玉女，持玉漿。」兩句謂但見明星玉女之光芒，然其深居山中，不臨山前，故難覩其容，以喻姚氏。

〔七〕「暮雨」二句，宋玉高唐賦：「昔者先王嘗游高唐，怠而晝寢，夢見一婦人。」告辭時稱「『妾在巫山之陽，高丘之阻。旦爲朝雲，暮爲行雨。朝朝暮暮，陽臺之下』，旦朝視之如言，故爲立廟，號曰朝雲」。雲雨不散，亦言難覩，以喻指姚氏。

〔八〕「婦人」句，詩經周南葛覃：「言告師氏，言告言歸。」毛傳：「婦人謂嫁曰歸。」英華於「嫁」下有「曰歸」二字，校：「集無此二字。」按：若有二字，則與下句不對應。蓋二字爲底本讀者所加，刊刻時竄入也。

〔九〕「女子」句，詩經邶風泉水：「女子有行，遠父母兄弟。」鄭玄箋：「行，道也。婦人有出嫁之道，遠於親親，故禮緣人情，使得歸寧。」

〔一〇〕「織紝」句，詩經召南采蘋序：「大夫妻能循法度也。能循法度，則可以承先祖，共祭祀矣。」鄭玄箋：「女子十年不出姆教，婉娩聽從，執麻枲，治絲繭，織紝組訓，學女事以共衣服。觀於祭祀，納酒漿，籩豆葅醢，禮相助奠。十有五而笄，二十而嫁，此言能循法度者。」孔穎達正義：「織紝組訓者，紝也，組也，紃也，三者皆織之。服虔注左傳曰：『織、紝，治繒帛者。』則紝謂繒帛也。內則注云：『紃，條也。』組亦條之類，大同小異耳。」

〔一一〕「棗脩」句，左傳莊公二十四年：「女贄不過榛栗棗脩，以告虔也。」杜預注：「榛，小栗；脩，脯；虔，敬也。皆取其名以示敬。」

〔二二〕「南斗」二句，謂張華得寶劍龍淵、太阿，一劍先失所在，後兩劍相遇，化二龍而去。匣，指盛劍石函。沉江，以雙劍化龍没水，喻指夫妻二人亡而復合。詳見前唐恒州刺史建昌公王公神道碑「終合雙龍之氣」句注引晉書張華傳。

〔二三〕「北方」二句，禮記檀弓上：「舜葬於蒼梧之野，蓋三妃未之從也。」鄭玄注：「古者不合葬。」同上又曰：「季武子曰：周公蓋祔。」鄭注：「祔，謂合葬。合葬自周公以來。」孔穎達正義：「周公始祔，舜時未有此禮，故云『未之從也』。記者既論古不合葬，與周不同，引季武子之言云周公以來，蓋始祔葬，祔即合也，言將後喪合前喪。」則「北方」爲與上句「南斗」對，與所謂「三代」，皆指周也。共穴，詩經王風大車：「穀則異室，死則同穴。謂予不信，有如皦日。」毛傳：「生在於室則外内異，死則神合同爲一也。」鄭玄箋：「穴，謂冢壙中也。」

〔二四〕「先以」二句，咸亨二年，即公元六七一年。西京翊善里，徐松唐兩京城坊考卷三：「（西京長安）朱雀門街東第三街（原注：即皇城東之第一街，北當大明宮之興安門，南當啓夏門），街東從北第一翊善坊。」

〔二五〕「越儀鳳」二句，儀鳳三年，爲公元六七八年。「十一月一日」下，英華校：「集有作字。」永樂縣，地在今山西永濟市，見本文前注。歷山，尚書大禹謨：「帝初於歷山。」孔穎達正義引鄭玄云：「歷山，在河東。」又史記五帝本紀：「舜耕歷山。」正義引括地志云：「蒲州河東縣雷首山，一名中條山，亦名歷山，亦名首陽山，亦名蒲山，……凡十一名，隨州縣分之。歷山南有舜井。」今永濟市南爲中條山。

〔一六〕「卜虞芮」句，詩經大雅緜：「虞芮質厥成，文王蹶厥生。」毛傳：「質，成也，成，平也。蹶，動也。虞芮之君相與争田，久而不平，乃相謂曰：『西伯，仁人也，盍往質焉？』乃相與朝周。入其竟，則耕者讓畔，行者讓路；入其邑，男女異路，班白不提挈；入其朝，士讓爲大夫，大夫讓爲卿。二國之君感而相謂曰：『我等小人，不可以履君子之庭。』乃相讓，以其所争田爲閒田而退。天下聞之而歸者四十餘國。」王應麟詩地理考卷四虞芮：「郡縣志：故虞城，在陝州平陸縣東北五十里虞山之上，古虞國。芮城，在陝州芮城縣西二十里，古芮國。」唐永樂縣，乃高祖武德二年（六一九）分芮城置，見本文前注，故云所卜爲虞芮之閒田。

〔一七〕「帶關河」句，指函谷關、黄河。史記蘇秦傳：「説惠王曰：『秦四塞之國，被山帶渭，東有關河，西有漢中，南有巴蜀，北有代馬，此天府也。……』」正義：「東有黄河，有函谷。」按：中條山（歷山）南爲黄河、函谷關（今屬河南省），故云。

〔一八〕「居民」二句，漢書朱邑傳：「朱邑，字仲卿，廬江舒人也。少時爲舒桐鄉嗇夫，廉平不苛，以愛利爲行。……舉賢良，爲大司農丞，遷北海太守，以治行第一，入爲大司農。爲人淳厚，篤於故舊，然性公正，不可交以私，天子器之，朝廷敬焉。……病且死，屬其子曰：『我故爲桐鄉吏，其民愛我，必葬我桐鄉。後世子孫奉嘗我，不如桐鄉民。』及死，其子葬之桐鄉西郭外，民果然共爲邑起冢立祠，歲時祠祭，至今不絶。」桐，英華作「同」，誤。民，原作「人」，避唐諱，徑改。

〔一九〕「怪力」二句，怪力，謂神力。後漢書王喬傳：「王喬者，河東人也，顯宗世爲葉令。喬有神術。……後天下玉棺於堂前，吏人推排，終不摇動。喬曰：『天帝獨召我邪？』乃沐浴服飾，寢其中，蓋便立覆。宿昔葬於城東，土自成墳。其夕縣中牛皆流汗喘乏，而人無知者。百姓乃爲立廟，號葉君祠。」明一統志卷三〇南陽府：「王喬墓，在葉縣東南三十里。喬，漢縣令。」

君燕趙奇士〔一〕，神仙中人。容貌魁梧，衣冠甚偉。揚子雲之窮巷，好事來游〔二〕；段干木之閭居，通侯展敬〔三〕。自陳力就列〔四〕，居家可移〔五〕。妾本絶於織蒲〔六〕，馬無聞於食粟〔七〕。原子思之厚秩，偏給鄉人〔八〕；孔文舉之中罇，延留坐客〔九〕。加以偏觀圖史，尤精釋教。夢幻泡電，知一切之皆空〔一〇〕；園林貨財，見三陽之已淨〔一一〕。時命屯坎，浮生蹇剥〔一二〕。佳人不再，荀奉倩之傷神〔一三〕；赤子無期，潘安仁之慘慟〔一四〕。天乎到此，命也如何！及其瞑目少城〔一五〕，歸魂舊壤〔一六〕。平原古樹，惟餘孺子之墳〔一七〕；春露秋霜，非復皋繇之祀〔一八〕。於是鄉鄰作主，朋友加麻〔一九〕，撰德銘之於素表〔二〇〕，披文刻之於翠石〔二一〕。魯哀公作仲尼之誄，天不憖遺〔二二〕；蔡伯喈爲有道之碑，人無媿色〔二三〕。

【箋注】

〔一〕「君燕趙」句，漢書江充傳：「江充，字次倩，趙國邯鄲人也。……充爲人魁岸，容貌甚壯，（武）帝望見而異之，謂左右曰：『燕趙固多奇士。』」北史李靈傳論曰：「古人云：燕趙多奇士。」燕趙，今河北、北京一帶。按任晃祖籍博昌，地在今山東博興縣北（見本文前注），在古代燕趙大範圍之内。

〔二〕「揚子雲」二句，漢書揚雄傳：「家素貧，耆酒，人希至其門。」左思詠史：「寂寂揚子宅，門無卿相輿。」好事，即好事者，猶言熱心人。

〔三〕「段干木」二句，後漢書李陳龐陳橋列傳論曰：「昔段干木踰牆，而避文侯之命。」李賢注引高士傳曰：「段干木者，晉人也。守道不仕，魏文侯造其門，段干木踰牆而避之。」通侯，古代侯爵中最高等級之名。原稱徹侯，避漢武帝諱改，見漢書高帝紀下「通侯諸將」句注引應劭語。此指魏文侯。劉向新序卷五：「魏文侯過段干木之閭而軾，其僕曰：『君何爲軾？』曰：『此非段干木之閭乎？段干木蓋賢者也，吾安敢不軾。且吾聞段干木未嘗肯以己易寡人也，吾安敢高之。段干木光乎德，寡人光乎地；段干木富乎義，寡人富乎財。地不如德，財不如義，寡人當事之者也。』遂致禄百萬，而時往問之。國人皆喜，相與誦之曰：『吾君好正，段干木之敬；吾君好忠，段干木之隆。』」

〔四〕「自陳力」句，論語季氏：「孔子曰：『求！周任有言曰：陳力就列，不能者止。』」何晏集解引馬（融）曰：「周任，古之良史。言當陳其才力，度己所任，以就其位，不能則當止。」句謂任晃自入仕之後，即盡力爲國。

〔五〕「居家」句，孝經廣揚名章：「子曰：『君子之事親孝，故忠可移於君。事兄悌，故順可移於長。居家理，故治可移於官。』」

〔六〕「妾本」句，左傳文公二年：「仲尼曰：『臧文仲其不仁者三，……妾織蒲，三不仁也。』」杜預注：「家人販席，言其與民争利。」此謂任晃爲官，絶不讓家屬經商牟利。

〔七〕「馬無」句，左傳成公十六年：「范文子謂欒武子曰：『季孫於魯相二君矣，妾不衣帛，馬不食粟，可不謂忠乎？』」

〔八〕「原子思」二句，論語雍也：「孔子爲魯司寇，以原憲爲家邑宰，與之粟九百，辭。子曰：『毋，以與爾鄰里鄉黨乎。』」何晏集解引包（咸）曰：「弟子原憲，思，字也。」又引鄭（玄）曰：「五家爲鄰，五鄰爲里，萬二千五百家爲鄉，五百家爲黨。」按史記仲尼弟子列傳：「原憲，字子思。」集解引鄭玄曰：「魯人。」索隱：「（孔子）家語云宋人，所記不同。少孔子三十六歲。」

〔九〕「孔文舉」二句，後漢書孔融傳：「孔融，字文舉，魯國人，孔子二十世孫也。……性寬容少忌，好士，喜誘益後進。及退閒職，賓客日盈其門。嘗嘆曰：『坐下客恒滿，尊中酒不空，吾無憂矣。』」

〔一〇〕「夢幻」二句，謂世界一切皆虚幻不實，故應破除執着，以求解脱。金剛經第三十二品：「一切有爲法，如夢幻泡影，如露亦如電，應作如是觀。」

〔二〕「園林」二句，三陽，古代醫學理論指太陽、陽明、少陽三經脈。黄帝内經素問卷一：「太陽爲開，陽明爲闔，少陽爲樞。」又曰：「三陽脈衰於上，面皆焦，髮始白。」唐王冰注：「三陽之脈，盡上於頭，故三陽衰則面皆焦，髮始白。」此言三陽浄，即三陽衰，意謂雖有園林貨財，其奈老何？陽，英華校：「集作揚。」「三揚」無義，當誤。

〔三〕「時命」二句，時命，原作「遭時」，英華校：「集作時命。」按下句爲「浮生」，此作「時命」方可爲對，據所校集本改。時命，現實命運。浮生，莊子刻意：「其生若浮。」屯、坎、蹇、剥，皆周易卦名，言處境險惡多難。周易屯卦彖曰：「屯，剛柔始交而難生，動乎險中，大亨，貞。雷雨之動滿盈，天造草昧，宜建侯而不寧。」坎卦彖曰：「習坎，重險也。水流而不盈，行險而不失其信。」蹇卦彖曰：「蹇，難也，險在前也。見險而能止，知矣哉！」剥卦：「剥，不利有攸往。彖曰：『剥，剥也，柔變剛也。『不利有攸往』，小人長也。順而止之，觀象也。君子尚消息盈虚，天行也。』」

〔四〕「佳人」二句，荀粲，字奉倩，尚書令彧之子。世説新語惑溺「荀奉倩與婦至篤」條，劉孝標注引粲别傳曰：「粲常以婦人才智不足論，自宜以色爲主。驃騎將軍曹洪女有色，粲於是聘焉。容服帷帳甚麗，專房燕婉。歷年後婦病亡，未殯，傅嘏往唁粲，粲不哭而神傷。嘏問曰：『婦人才色并茂爲難。子之聘也，遺才存色，非難遇也，何哀之甚？』粲曰：『佳人難再得。顧逝者不能有傾城之異，然未可易遇也。』痛悼不能已已，歲餘亦亡，亡時年二十九。」兩句指任晃喪妻。

〔一四〕「赤子」二句，潘岳，字安仁，其傷弱子辭曰：「葉落永離，覆水不收。赤子何辜，罪我之由。」兩句指任晃喪子。

〔一五〕「及其」句，少城，文選左思蜀都賦：「亞以少城，接乎其西。市廛所會，萬商之淵。」劉淵林注：「少城，小城也，在大城西，市在其中也。」此當指温江縣城，其距大城成都不遠，故稱。

〔一六〕「歸魂」句，魂，英華、四子集、全唐文作「懷」。按：上句爲「瞑目」，此當作「歸魂」，方爲的對，「懷」字誤。

〔一七〕「惟餘」句，後漢書徐穉傳：「徐穉，字孺子，豫章南昌人。」桓帝時高士，徵辟皆不赴。三國志吴書顧邵傳：「邵字孝則，博覽書傳，好樂人倫，少與舅陸績齊名。……起家爲豫章太守，下車祀先賢徐孺子之墓，優待其後。」又晉書温嶠傳：「咸和初，代應詹爲江州刺史、持節都督、平南將軍，鎮武昌，甚有惠政。甄異行能，親祭徐孺子之墓。」

〔一八〕「春露」二句，春露秋霜，指春、秋祭奠，見前建昌公王公神道碑「春秋變其霜露」句注。皋繇，上古名臣。堯時爲士（大理）。左傳文公五年：「臧文仲聞六與蓼滅，曰：『皋陶庭堅不祀，忽諸德之不建，民之無援，哀哉！』」杜預注：「蓼與六，皆皋陶後也。傷二國之君不能建德，結援大國，忽然而亡。」庭堅，皋繇字（見左傳文公十八年杜預注）。太平寰宇記卷一二九壽州：「安豐縣南八十里，舊二十三鄉，今一十九鄉，春秋時六國地，昔皋繇所封兼葬此地。漢爲縣，屬六安國。續漢書郡國志屬廬江郡。梁置陳留、安豐二郡於此。隋罷郡，縣屬揚州，改潁、壽州。」按：此句蓋言任晃無嗣。

〔一九〕「朋友」句，儀禮士虞禮：「士之屬官，爲其長弔，服加麻矣。」賈公彦疏：「禮記喪服小記云：『緦麻小功，虞，卒哭則免。』注云：卒哭，緦麻以上至斬衰皆免。今祝是執事、屬吏之等，皆無免法。」

〔二〇〕「撰德」句，撰德，述其功德。素表，「表」原作「常」，英華、四子集作「表」，英華校：「集作常。」按：古代銘功於太常，太常，旌旗畫日月之謂也。此指記其功德於碑文，以「表」爲宜，據上揭英華等改。

〔二一〕「披文」句，梁簡文帝吴興楚王神廟碑：「式樹高碑，翠石勒文。」翠石，謂石色翠，泛指美石。

〔二二〕「魯哀公」二句，史記孔子世家：「孔子年七十三，以魯哀公十六年四月己丑卒。哀公誄之曰：『旻天不弔，不憖遺一老，俾屏余一人以在位，煢煢余在疚。嗚呼哀哉！尼父，無自律！』」集解引王肅曰：「弔，善也。憖，且也。一老，謂孔子也。」

〔二三〕「蔡伯喈」二句，後漢書蔡邕傳：「蔡邕，字伯喈，陳留圉人也。」其爲郭泰（人稱有道先生）作碑，自稱「無媿」事，前已屢引。

其銘曰：

軒帝之族，漢朝之臣。西州智士，東海真人〔一〕。豪傑天縱〔二〕，衣冠日新〔三〕。實生其德，必有其鄰〔四〕。道在爲貴，知機則神〔五〕。氣衝南斗〔六〕，價直西秦〔七〕。大蒙之信，大平之仁〔八〕。辨窮非馬〔九〕，學究成麟〔一〇〕。孝友爲政，觀光利賓〔一一〕。重朋比德，少海爲春〔一二〕。宫室之象，南斗北辰〔一三〕。甲兵之衛，閶闔鈎陳〔一四〕。山控金馬，江迴玉輪〔一五〕。天文井絡，地紀梁岷〔一六〕。庭前置水〔一七〕，甑内生塵〔一八〕。園蠶生繭〔一九〕，野雉來馴〔二〇〕。時命屯蹇，生涯苦辛。實叙虚贈〔二一〕，玉樹長淪〔二二〕。厚德無輔〔二三〕，清仁不親〔二四〕。百年夭枉，一旦歸真〔二五〕。雷鳴之下，長河之濱。旌旆委鬱，徒御逡巡。悲風汩起，血下霑巾。死而可贖，人百其身〔二六〕。

【箋注】

〔一〕「軒帝」四句，指任姓源於黄帝軒轅氏，兩漢有任敖、任延、任光，益州有任文公，臨海有任敦，已見本文前注。

〔二〕「豪傑」句，論語子罕：「太宰問於子貢曰：『夫子聖者與？何其多能也！』子貢曰：『固天縱之將聖，又多能也。』」天縱，上天所賦。

〔三〕「衣冠」句，日新，周易大畜象曰：「大畜，剛健篤實，輝光日新其德。」孔穎達疏「日新其德」爲

「日日增新其德」。同上繫辭上：「日新之謂盛德。」

〔四〕「必有」句，論語里仁：「子曰：德不孤，必有鄰。」何晏集解：「方以類聚，同志相求，故必有鄰，是以不孤。」

〔五〕「知機」二句，周易繫辭上：「子曰：知幾其神乎！君子上交不諂，下交不瀆，其知幾乎！」「機」、「幾」通。

〔六〕「氣衝」句，謂紫氣衝斗牛，用張華得龍淵、太阿事，前已屢注。此以雙劍喻任晃夫婦。

〔七〕「價直」句，以和氏璧喻任晃夫婦。史記廉頗藺相如列傳：「趙惠文王時，得楚和氏璧。秦昭王聞之，使人遺趙王書，願以十五城請易璧。」

〔八〕「大蒙」二句，爾雅釋地：「東至日所出爲大平，西至日所入爲大蒙。大平之人仁，丹穴之人智，大蒙之人信，空桐之人武。」大蒙，郭璞注：「即蒙汜也。」

〔九〕「辨窮」句，莊子齊物論：「以指喻指之非指，不若以非指喻指之非指也。以馬喻馬之非馬，不若以非馬喻馬之非馬也。天地一指也，萬物一馬也。」郭象注：「將明無是無非，莫若反覆相喻。反覆相喻，則彼與我既同於自是，又均於相非。均於相非，則天下無是；同於自是，則天下無非。」此言任晃長於辨理。

〔一〇〕「學究」句，謂遍讀群書。孔子作春秋，止於哀公十四年叔孫氏西狩獲麟，故以「成麟」代指儒家典籍。

〔一〕「孝友」二句，尚書君陳：「惟爾令德孝恭，惟孝友于兄弟，克施有政。」僞孔傳：「言善父母者，必友于兄弟，能施有政令。」周易觀卦：「觀國之光，利用賓于王。」王弼注：「居觀之時，最近至尊，觀國之光者也；居近得位，明習國儀者也，故曰利用賓于王也。」兩句言入仕爲官。

〔二〕「重朋」二句，尚書洪範：「凡厥庶民，無有淫朋，人無有比德，惟皇作極。」僞孔傳：「民有安中之善，則無淫過朋黨之惡，比周之德，惟天下皆大爲中正。」重朋，即「淫朋」，指朋黨。少海，「少」原作「四」，據英華、全唐文改。少海，喻太子。以皇帝比大海，故太子爲少海。山海經東山經：「無皋之山，南望幼海。」郭璞注：「即少海也；淮南子曰：『東方大渚曰少海。』」兩句謂任晃爲太子家令寺主簿時，能行中正之道，故太子平安無事。

〔三〕「宫室」二句，史記天官書：「營室爲清廟。」索隱：「爾雅云：『營室謂之定。』郭璞云：『定，正也。天下作宫室，皆以營室中爲正也。』」詩經鄘風定之方中：「揆之以日，作于楚室。」毛傳：「揆，度也。度日出日入以知東西，南視定北，準極以正南北。」極，即南極、北極，亦即所謂南斗、北辰。兩句謂任晃任將作監主簿頗稱職。

〔四〕「甲兵」二句，漢書禮樂志：「游閶闔，觀玉臺。」注引應劭曰：「閶闔，天門。玉臺，上帝之所居。」後漢書班固傳載西都賦：「周以鉤陳之位，衛以嚴更之署。」李賢注引前（漢）書音義曰：「鉤陳，紫宫外星也，宫衛之位亦象之。」文選該賦李善注引服虔甘泉賦注曰：「紫宫外營，鉤陳星也。」兩句指任晃任右衛長史事。

〔一五〕「山控」二句，金馬，山名。唐樊綽蠻書卷二：「金馬山，在柘東城（按：今雲南昆明市）螺山南二十餘里，高百餘丈，與碧鷄山東南西北相對。土俗傳云昔有金馬，往往出見山上，亦有神祠。」玉輪，江名。太平寰宇記卷七八茂州汶川縣：「玉壘山在縣北三里，……其下汶水所經，蜀謂之玉輪江。」按即岷江之一段，在今四川都江堰之北。此以金馬、玉輪，代指蜀（漢代昆明屬益州）。言任晃入蜀爲温江縣令事。

〔一六〕「天文」二句，文選左思蜀都賦：「遠則岷山之精，上爲井絡。天帝運期而會昌，景福肸蠁而興作。」劉淵林注：「河圖括地象曰：『岷山之福，上爲天井。』言岷山之地，上爲東井維絡；岷山之精，上爲天之井星也。」同上吴都賦：「烏聞梁岷有陟方之館、行宫之基歟？」劉淵林注：「梁，梁州也；岷，岷山，皆蜀地也。」兩句亦指任晃入蜀爲温江縣令事。

〔一七〕「庭前」句，北堂書鈔卷三七公正「得屬托書，一無所發」條，引魯國先賢傳云：「孔翊爲洛陽令，置水前廷，得屬託書皆投水中，一無所發。」又引益部耆舊傳云：「趙瑛爲青州刺史，凡得屬託書，於聽事置大器，悉投置水中，一無所發。」句言任晃爲官剛正。

〔一八〕「甑内」句，後漢書范冉傳：「桓帝時，以冉爲萊蕪長，遭母憂，不到官。……所止單陋，有時糧盡，窮居自若，言貌無改，閭里歌之曰：『甑中生塵范史雲（按范冉字史雲），釜中生魚范萊蕪。』」句言任晃爲官清廉。

〔一九〕「園蠶」句，北堂書鈔卷九八談講「因與共談，移日忘飡」條，引荆州先賢傳云：「龐士元師事司馬德操（徽），蠶月躬採桑後園，士元往見之，因與共談，遂移日忘餐，德操於是異之。」

〔二〇〕「野雉」句，太平御覽卷九一七雉引東觀漢記曰：「魯恭，字仲康，爲中牟令，螟蝗不入中牟。河南尹袁安疑其不實，乃遣郡掾肥親驗之。恭隨親行阡陌，坐樹下，雉過止其側。旁有小兒，親曰：『兒何不捕之？』兒言：『雉將雛。』親嘿然。有頃，與恭訣曰：『本來考君界有無蟲耳，今蟲不犯境，一異也；化及鳥獸，二異也；童子有仁心，三異也。府掾久留，但擾賢者。』因還府，以狀白安。」

〔二一〕「實敘」句，按等級次第所授官職，稱實敘；死後朝廷贈官，謂虛贈。碑文中并未言及贈官事，或有原故。

〔二二〕「玉樹」句，喻人亡。淪，沉没。晉書庾亮傳：「亮將葬，何充會之歎曰：『埋玉樹於土中，使人情何能已。』」

〔二三〕「厚德」二句，論語里仁：「子曰：德不孤，必有鄰。」何晏集解：「方以類聚，同志相求，故必有鄰，是以不孤。」此反其義，謂即便德厚，亦未必有同志相助。

〔二四〕「親仁」二句，論語學而：「汎愛衆而親仁。」蔡邕正交論（蔡中郎集卷三）：「至於仲尼之正教，則『泛愛衆而親仁』。故非善不喜，非仁不親。」親，原作「清」，各本同，據改。此亦反其義，謂親仁喜善，未必有好下場。

〔二五〕「百年」二句，夭枉，冤枉。文選謝靈運廬陵王墓下作：「促脆良可哀，夭枉特兼常。」李周翰

注：「特兼常，言甚於常者。爲枉見殺戮也。」歸真，歸於自然，指死。梁簡文帝湘宫寺智茜法師墓誌銘：「薪盡火滅，歸真息假。」按碑文屢稱任晃命運屯蹇，似不止妻亡子夭，疑嘗遭不便明言之冤，已不可考。

〔二六〕「死而」二句，贖，原作「續」，據全唐文改。詩經秦風黄鳥：「彼蒼者天，殲我良人。如可贖兮，人百其身。」鄭玄箋：「如此奄息之死，可以他人贖之者，人皆百其身。謂一身百死猶爲之，惜善人之甚。」

原州百泉縣令李君神道碑〔一〕

金城裂地之災〔二〕，玉弩驚天之禍〔三〕。蹴崑崙以西倒，蹋泰山而東覆〔四〕。三微曆數，盡薰歇以聲沉〔五〕；萬國衣裳，咸土崩而瓦散〔六〕。是故殷憂啓聖，聖人騰海嶽之符〔七〕；草昧興王，王者受風雷之祉〔八〕。則有思窮圖讖，潛觀赤伏之萌〔九〕；洞識機祥，暗察黄星之兆〔一〇〕。天懸兩日，詢去就於河宗〔一一〕；地震三川，考興亡於柱史〔一二〕。危邦不入，亂邦不居〔一三〕。翦荆棘而叩天門〔一四〕，臨壇場而對休命〔一五〕。及其玄黄再造〔一六〕，日月重輪〔一七〕，功成而不居，名遂而身退〔一八〕。南華吾師也，親居賤職〔一九〕；東方達人也，安乎卑位〔二〇〕。然後武城絃唱，優遊禮樂之中〔二一〕；彭澤琴樽，散誕羲皇之表〔二二〕。雖杜當陽之文武，蘭菊恒存〔二三〕；而薛孟嘗之池臺，風煙遂歇〔二四〕。悲夫！死生命也，貴賤時也〔二五〕。用之則行，舍之則藏〔二六〕。出處者君子之恒務〔二七〕，左右者君子之攸宜〔二八〕。吾聞其語矣，今見其人也。

【箋注】

〔一〕元和郡縣志卷三原州百泉縣：「本漢朝那縣地，故城在今縣理西四十五里。後魏孝明帝於今縣西南陽晉川置黄石縣，隋煬帝改爲百泉縣。武德八年（六二五）移於今所。」舊唐書地理志：「原州中都督府，隋平涼郡。武德元年平薛仁杲，置原州。貞觀五年（六三一）置都督府，管原、慶、會、銀、亭、達、要等七州。十年省亭、達、要三州，唯督四州。天寶元年（七四二）改爲平涼郡，乾元元年（七五八）復爲原州。」故治在今甘肅平涼市西北。墓主李楚才卒於顯慶元年（六五六）十二月八日，「即以某年月日，葬於某原」。顯慶元年楊炯方七歲，顯非本文作者，據此似可定爲僞作。然以「即以某年月日」句時間空闕，故亦有後來補碑或「葬於某原」之「葬」前脱「改」字之可能。爲謹慎見，姑不删除，存疑待考。

〔二〕「金城」二句，史記秦始皇本紀：「天下以定，秦王之心自以爲關中之固，金城千里，子孫帝王萬世之業也。」索隱：「金城，言其實且堅也。韓子曰：『雖有金城、湯池。』漢書張良亦曰：『關中所謂金城千里，天府之國。』」則「金城」代指秦；裂地，謂秦侵吞諸侯。賈誼過秦論：「秦有餘力而制其弊，追亡逐北，伏尸百萬，流血漂櫓。因利乘便，宰割天下，分裂河山，彊國請伏，弱國入朝。」

〔三〕「玉弩」二句，古微書卷三尚書帝命驗：「天鼓動，玉弩發，驚天下（注曰：秦野有枉矢，星形似弩，其行如流，天下見之而驚呼。其柄曰臂，似人臂也）。成類出，高將下（注：成類，謂秦始皇也）。呂不韋之妻任身，而秦襄王納之，生始皇。高謂丞相趙高。始皇出趙高，下言天生之也）。賊起蜚，卯生虎（注：賊，始皇；虎，高祖）。卯金出軫，握命孔符（注：卯金，劉字之别。軫，楚分野之星。符，圖。劉所握天命，孔子製圖書）。」按：是乃西漢讖書，證明劉邦滅秦合乎天命。則所謂「玉弩驚天之禍」，指秦始皇以武力征服天下。

〔四〕「蹴崑崙」二句，晉書趙至傳：「趙至，字景真，代郡人也，寓居洛陽。……初，至與（嵇）康兄子蕃友善，及將遠適，乃與蕃書叙離并陳其志曰：『……思躡雲梯，横奮八極，披艱掃穢，蕩海夷嶽。蹴崑崙使西倒，蹋太山令東覆。平滌九區，恢維宇宙，斯吾之鄙願也。』」此言秦國軍事力量極其强大，勢不可當。

〔五〕「三微」二句，後漢書章帝紀：「王者重三正、慎三微也。」李賢注：「正，謂天、地、人之正。所以有三者，由有三微之月，王者所當奉而成之。禮記（按：見檀弓上）曰：『正朔三而改，文質再而復。』三微者，三正之始，萬物皆微，物色不同，故王者取法焉。」所謂「三正」，即夏、商、周三代曆法，各以寅、丑、子爲正月。則「三微」指三正月之始。此以三微代指三代曆法，又代指三代政權。薰歇，薰，氣焰；歇，消失。聲沉，聲威沉寂淪亡。兩句言三代以來所建立之社會政治制度崩潰。

消滅。

〔六〕「萬國」二句，萬國，萬，謂衆多；衣裳，代指諸侯。兩句言所有諸侯國皆土崩瓦解，被一一

〔七〕「是故」二句，殷憂，深憂。文選劉琨勸進表：「或殷憂以啓聖明。」李善注引漢書路温舒曰：「禍亂之作，將以開聖人也。」海嶽之符，指漢高祖劉邦以赤帝子爲受命符。尚書禹貢：「海岱及淮惟徐州。」僞孔傳：「東至海，北至岱，南及淮。」岱即泰山，故稱嶽。史記高祖本紀：「高祖，沛豐邑中陽里人。」豐邑即豐縣，屬徐州，故以海嶽代指劉邦。同書稱，劉邦爲蛟龍所生，醉卧時「其上常有龍」；後行澤中斬大蛇，有老嫗哭稱蛇乃其子，即白帝子，而爲赤帝子所斬。同書項羽本紀又稱范增「令人望其（劉邦）氣，皆爲龍虎，成五采，此天子氣也」。故漢書高帝紀贊曰：「斷蛇著符。」

〔八〕「草昧」二句，謂劉邦以卑微之身而勃興稱帝。周易屯卦彖曰：「雷雨之動滿盈，天造草昧，宜建侯而不寧。」王弼注：「雷雨之動乃得滿盈，皆剛柔始交之所爲。屯體不寧，故利建侯也。屯者，天地造始之時也。造物之始，始於冥昧，故曰草昧也。」興王，王者興起。周易益卦象曰：「風雷益，君子以見善則遷，有過則改。」孔穎達正義引子夏傳云：「雷以動之，風以散之，萬物皆益。……其意言必須雷動於前，風散於後，然後萬物皆益。如二月啓蟄之後，風以長物；八月收聲之後，風以殘物。風之爲益，其在雷後，故曰風雷益也。」此言王者以風雷之勢除舊布

新。祉，福。英華卷九一九校：「集作趾。」誤。

〔九〕「則有」二句，圖讖，漢代流行之符命占驗書。此言劉秀因赤伏符而登帝位。後漢書光武帝紀上：「光武先在長安時，同舍生彊華自關中奉赤伏符，曰：『劉秀發兵捕不道，四夷雲集龍鬬野，四七之際火爲主。』群臣因復奏曰：『受命之符，人應爲大，萬里合信，不議同情，周之白魚，曷足比焉！今上無天子，海内淆亂，符瑞之應，昭然著聞。宜答天神，以塞群望。』光武於是命有司設壇場於鄗南千秋亭五成陌。」即皇帝位。李賢注：「四七二十八也。自高祖至光武初起，合二百二十八年，即四七之際也。漢火德，故火爲主也。」

〔一〇〕「洞識」二句，機祥，吉凶。此指曹操因黄星現而勃興。三國志魏書武帝紀：「初，桓帝時有黄星見於楚、宋之分，遼東殷馗善天文，言後五十歲當有真人起於梁、沛之間，其鋒不可當。至是凡五十年，而公（曹操）破（袁）紹，天下莫敵矣。」

〔一一〕「天懸」二句，兩日，「日」原作「目」，據英華、四子集、全唐文改。兩日代指夏、殷二主。費昌見兩日并照，在東者將起，在西者將滅，於是徙族棄夏歸殷，見前唐恒州刺史建昌公王公神道碑「河宗兩日」句注引論衡。

〔一二〕「地震」二句，漢書五行志下之上：「史記：『周幽王二年，周三川皆震。』劉向以爲金、木、水、火沴土者也。伯陽甫曰：『周將亡矣。』天地之氣，不過其序，若過其序，民亂之也。陽伏而不能出，陰迫而不能升，於是有地震。今三川實震，是陽失其所，而填陰也。……」顏師古注：「三川，涇、渭、洛也。洛即漆沮也。」伯陽甫，服虔注：「周太史。」周太史即柱下史，故稱柱史。川，原作「州」，誤，據四子集、全唐文改。

〔一三〕「危邦」二句，論語泰伯：「子曰：……危邦不入，亂邦不居。天下有道則見，無道則隱。」何晏集解引包（咸）曰：「危邦不入，始欲往；亂邦不居，今欲去。亂謂臣弒君、子弒父，危者將亂之兆。」按：以上一段，皆以秦及兩漢末年喻指隋末，謂又到改朝换代之際，英雄亦到選擇去就前途之時，皆暗指墓主李楚才。

〔一四〕「剪荊棘」句，左傳襄公十四年：「謂我諸戎是四岳之裔胄也，毋是翦棄，賜我南鄙之田，狐狸所居，豺狼所嗥。我諸戎除翦其荊棘，驅其狐狸、豺狼，以爲先君不侵不叛之臣，至於今不貳。」後喻指推翻舊政權，猶如翦除荊棘。叩天門，楚辭屈原九歌大司命：「廣開兮天門。」洪興祖補注引淮南子注曰：「天門，上帝所居紫微宫門也。」後喻指投向新朝帝王。晉書陳元達傳：「臣若早叩天門者，恐大王賜處於九卿、納言之間，此則非臣之分。」兩句暗指李楚才當隋、唐鼎革之際，能棄暗投明，歸附唐朝。

〔一五〕「臨壇場」句，壇場，古代拜將時所築高臺。對休命，接受美好任命。此指李楚才歸唐後授車騎將軍、累加開府事，詳下文。

〔一六〕「及其」句，玄黄，周易坤卦：「夫玄黄者，天地之雜也，天玄而地黄。」玄，黑色。後以玄黄指天地。天地再造，指建立新王朝。

〔一七〕「日月」句，崔豹古今注：「舊説云：天子之德光明如日，規輪如月，衆輝如星，霑潤如海。太子皆比德焉，故云重爾。」

〔一八〕「功成」二句，老子：「功成而弗居。夫惟弗居，是以不去。」河上公注：「功成事就，退避不居其位。夫惟功成不居其位，福德常在，不去其身也。」老子又曰：「功成、名遂、身退，天之道。」

〔一九〕「南華」二句，南華，即莊子。隋書經籍志三子部道家類著録南華論二十五卷，梁曠撰（本三十卷）；南華論音三卷。則莊子「南華」之號，唐前已有之。其後，唐玄宗於天寶元年（七四二）二月加莊子尊號南華真人（見舊唐書玄宗紀下）。史記老莊列傳：「莊子者，蒙人也，名周。周嘗爲蒙漆園吏。」故稱「賤職」。

〔二〇〕「東方」二句，東方，指東方朔。漢書東方朔傳贊稱其爲「滑稽之雄」，故曰「達人」。同傳曰：「東方朔，字曼倩，平原厭次人也。」武帝初上書，令待詔公車，後又待詔金馬門，故曰「卑位」。

〔二一〕「然後」二句，武城，代指子游，嘗爲武城宰。論語陽貨：「子之武城，聞絃歌之聲。夫子莞爾而笑，曰：『割雞焉用牛刀？』子游對曰：『昔者偃也聞諸夫子曰：君子學道則愛人，小人學道則易使也。』」何晏集解引孔（安國）曰：「道，謂禮樂也。樂以和人，人和則易使。」

〔二二〕「彭澤」二句，彭澤，代指陶潛。宋書陶潛傳：「陶潛，字淵明，尋陽柴桑人。曾祖侃，晉大司馬。」「性嗜酒而家貧，不能恒得。親舊知其如此，或置酒招之，造飲輒盡，期在必醉。既醉而退，曾不吝情去留。環堵蕭然，不蔽風日，裋褐穿結，簞瓢屢空，晏如也。……潛不解音聲，而畜素琴一張，無絃，每有酒適，輒撫弄以寄其意。」嘗爲彭澤令，故又稱陶彭澤。散誕，性格蕭散誕慢，如上所述。其與子儼等疏曰：「五六月中，北窗下卧，遇涼風暫起，自謂是羲皇上人。」

〔二三〕「雖杜當陽」二句，杜當陽，即杜預。嘗都督荆州諸軍事以平吴，以功進爵當陽縣侯；又自稱有左傳癖，乃文武全才。詳前齊貞公宇文公神道碑注引晉書本傳。唐孫逖送趙大夫護邊：「果持文武術，還繼杜當陽。」可參讀。蘭菊，喻其文武功德流芳後世，有如蘭菊永存。恒，英華、四子集、全唐文作「猶」，英華校：「集作恒。」皆可通。

〔二四〕「而薛孟嘗」二句，史記孟嘗君列傳：「孟嘗君名文，姓田氏。文之父曰靖郭君田嬰。田嬰者，齊威王少子，而齊宣王庶弟也。」嬰卒，「文果代立於薛」。正義：「薛故城在今徐州滕縣南四十四里也。」池臺，説苑善説：雍門子周以琴見孟嘗君，孟嘗君曰：「先生鼓琴亦能令文悲乎？」子周曰：「天下有識之士無不爲足下寒心酸鼻者，千秋萬歲之後，高臺既已壞，曲池既已漸，墳墓既已下而青廷矣。嬰兒豎子、樵採薪蕘者蹢躅其足而歌其上，衆人見之，無不愀焉，爲足下悲之，曰：『夫以孟嘗君尊貴，乃可使若此乎？』孟嘗君泫然，泣涕承睫而未殞。雍門子周引琴而鼓之，……孟嘗君涕浪汗增。」風煙遂歇，謂其池臺廢毁，當年盛況如過眼煙雲。

〔二五〕「死生」二句，孔子家語卷五在厄：「子曰：由，未之識也，吾語汝：汝以仁者爲必信也，則伯夷、叔齊不餓死首陽；汝以智者爲必用也，則王子比干不見剖心；汝以忠者爲必報也，則關龍逢不見刑；汝以諫者爲必聽也，則伍子胥不見殺。夫遇不遇者時也，賢不肖者才也，……生死者命也。」又莊子秋水：「貴賤有時，未可以爲常也。」

〔二六〕「用之」二句，論語述而：「子謂顔淵曰：用之則行，舍之則藏，唯我與爾有是夫！」何晏集解：「孔子言可行則行，可止則止，唯我與顔淵同。」

〔二七〕「出處」句，「出」謂外出做官，「處」指隱居在家。周易繫辭上：「君子出處默語，不違其中，則其迹雖異，道同則應。」恒務，常事。

〔二八〕「左右」句，左右，古人左卑右尊，故此指職位升降：左爲降黜，右爲升遷。此句原作「左右之攸宜」，無「者君子」三字，據全唐文補。

君諱楚才，衛州衛縣人也〔一〕。昔繞樞神電，軒轅氏之馭百靈〔二〕；貫月祥星，顓頊氏之臨四海〔三〕。金科作範，商丘有帝系之雲〔四〕；玉札披圖，幽谷有真人之氣〔五〕。由是公侯策命，歷千載而彌昌〔六〕；鐘鼓歡娛〔七〕，經百王而不替。豈直將軍列位，孫吴暗合之兵〔八〕；協律當官，天地冥符之樂〔九〕。若斯而已矣！曾祖裕，後魏東宫舍人、太子洗馬〔一〇〕、使持節徐州諸軍事、徐州刺史〔一一〕、燉煌郡開國公〔一二〕，贈兖、豫二州刺史〔一三〕。真城西望，高闕東臨〔一四〕。非無置驛之歡，實有前軍之寵〔一五〕。瑯玕負海〔一六〕，八門都督之榮〔一七〕；玉彰穎河〔一八〕，百代封侯之貴。大父昌，北齊彭城王府中兵參軍事〔一九〕，隋濟陰郡守〔二〇〕，襲封燉煌公。文場筆海，炤爛等於星辰〔二一〕；辯囿談叢，鏗鏘協於風雅〔二二〕。九千里之丹鳳，始踐王門；七十日之黄龍，初階郡職〔二三〕。考孝友，隋晉州岳陽縣令〔二四〕。顔回稱太平王佐，月角殊姿〔二五〕；仲由稱禮義霸臣，星衡詭狀〔二六〕。唐都晉野，有恒山太嶽之風〔二七〕；墨綬銅章，有錯節盤根之化〔二八〕。若夫于公之宅，駟馬争驅〔二九〕；辛氏之門，五龍齊駕〔三〇〕。英靈不已，還當命世之期〔三一〕；物相有徵，克保承家之業〔三二〕。東郊競日，探祕跡於機衡〔三三〕；西蜀談玄，測靈心於造化〔三四〕。雄才壯思，首九奏而和八音〔三五〕；廣見洽聞，披五車而誦三篋〔三六〕。加以興居禮樂，出入孝忠〔三七〕，簡於一人，備於萬物〔三八〕。弓旌疊奏，始命賢良〔三九〕；幣帛交馳，載徵巖穴〔四〇〕。從微至著，濫觴萌括地之波〔四一〕；積小成高，覆簣漸排雲之搆〔四二〕。隋大業十二年，補謁者臺散從員外郎〔四三〕，非其好也。屬千三否運〔四四〕，百六災年〔四五〕，諸侯窺玉鼎之尊〔四六〕，天子厭金陵之氣〔四七〕。蚩尤則命風召雨，桀黠於中州〔四八〕；共工則折柱傾維，崩騰於海縣〔四九〕。能扶天下之危者，必據天下之安；能除天下之憂者，必享天下之樂〔五〇〕。我高祖神堯皇帝所以從人望，宅靈心〔五一〕，振天關〔五二〕，迴地軸〔五三〕。鼓聲雷駭，親張霹靂之威〔五四〕；旗羽星懸，手握招摇之柄〔五五〕。

【箋　注】

〔二一〕「衛州」句，舊唐書地理志：「衛州，望，隋汲郡。本治衛縣，武德元年（六一八）改爲衛州。……

貞觀元年（六二七），州移治於汲縣，又廢殷州，以共城、新鄉、博望三縣來屬。六年廢博望縣，十七年廢清淇縣，其年又以廢州之黎陽縣來屬。」同上又曰：「衛（縣），漢朝歌縣，紂所都。朝歌城在今縣西。隋大業二年（六〇六）改爲衛縣，仍置汲郡於縣治，貞觀初移於汲縣。初屬義州，州廢，屬衛州。」衛縣故城，在今河南浚縣西南。

〔二〕「昔繞樞」二句，太平御覽卷七九黄帝軒轅氏引帝王世紀：「黄帝有熊氏，少典之子，姬姓也。母曰附寶。……見大電光繞北斗樞星，照郊野，感附寶，孕二十五月，生黄帝於壽丘。」百靈，即百神，指衆部落。

〔三〕「貫月」二句，太平御覽卷七九顓頊高陽氏引帝王世紀：「帝顓頊高陽氏，黄帝之孫昌意之子，姬姓也。母曰景僕，蜀山氏女，爲昌意正妃，謂之女樞。」又引河圖曰：「瑶光之星，如蜺貫月，正白，感女樞幽房之宫，生黑帝顓頊。」臨四海，謂爲帝。月，全唐文作「斗」，誤。按：以上四句，指李氏之所由來，謂其爲黄帝孫意昌之子高陽氏顓頊之後。鄭樵通志氏族略第四曰：「李氏，嬴姓。高陽氏生大業，大業生女華，女華生皋陶，字庭堅，爲堯大理，因官命族爲理氏。夏、商之季有理徵，爲翼隸中吴伯。以直道不容，得罪於紂，其妻契和氏攜子利真，逃於伊侯之墟，食木子而得全，遂改『理』爲『李氏』。利貞十一代孫老君，名耳，字伯陽，以其聃耳，故又號爲老聃，居苦縣賴鄉曲仁里。……」鄭氏按稱以「食木子遂爲李氏」爲「無是理」，以官爲氏「容有此理」，然「今不得其始，姑從理説，置在官列」。

〔四〕「金科」二句，文選揚雄劇秦美新：「懿律嘉量，金科玉條。」李善注：「金科玉條，謂法令也。言金、玉，貴之也。」此指顓頊建立社會秩序。太平御覽卷七九顓頊高陽氏引帝王世紀：「（顓頊）以水事紀官，命南正重司天以屬神，北正黎司地以屬民。於是民神不雜，萬物有序。」商丘、帝系，亦指顓頊。同上書：「（顓頊）始都窮桑，後徙商丘。命飛龍效八風之音作樂五英，以祭上帝。納勝墳氏女娽生老童，有才子八人，號八愷。顓頊在位七十八年，年九十一歲，歲在鶉火而崩，葬東郡頓丘廣陽里。」按：此以李氏源於顓頊，故云。

〔五〕「玉札」二句，玉札，道教所稱最爲珍貴、權威之道書，用金玉爲之，故又泛指道書。抱朴子内篇卷二明本：「金簡玉札，神仙之經。」雲笈七籤卷七本文玉札引金根經云：「太上大道君以大洞真經付上相青童君掌録於東華青宮，使傳後聖應爲真人者。此金簡玉札，出自太上靈都之宫，刻玉爲之。」又太平御覽卷六七六簡章引金根經曰：「金簡玉札，出自太上靈都之宫，書以朱文，編以朱繩。」披圖，謂閲金簡玉札所載老子圖。御覽卷三七〇手引神仙傳曰：「金簡玉札内經皆云太上老子足踏二五，手把十文。」幽谷，實指老子故鄉陳國（楚滅陳後屬楚）苦縣，後泛指道士修行之地。真人，道教所謂神仙也。按：道教以老子爲教主，稱太上老君，故此云云。據史記老子傳，老子姓李名耳字伯陽，謚曰聃，後世李氏以之爲始祖。

〔六〕「由是」二句，謂歷代皇帝皆策封老子爲公侯。按劉昭補後漢書祭祀志中：「桓帝即位十八年，好神仙事。延熹八年（一六五）初，使中常侍之陳國苦縣祠老子。九年，親祠老子於濯龍，文罽爲壇，飾淳金釦器，設華蓋之坐，用郊天樂也。」此是皇帝親祠之始，然并無封贈。舊唐書高宗紀下：乾封元年（六六六）「二月己未，次亳州幸老君廟，追號曰太上玄元皇帝，創造祠堂，其廟置令丞各一員」。此乃策封之始。則所謂「公侯策命」已歷千載，侈言之也，不符事實。

〔七〕「鐘鼓」句，鼓，英華、四子集、全唐文作「鼎」。下既謂「歡娱」，當指祭祀時奏樂娱神，作鐘鼓是。

〔八〕「豈直」二句，將軍，據下兩句，此應爲李姓之人，疑指李廣。李廣，隴西成紀人，漢武帝時名將，事迹見史記李將軍列傳。孫吴暗合，謂李廣極善用兵。三國志魏書陳思王植傳：「數承教於武皇帝（曹操），伏見行師用兵之要，不必取孫吴，而暗與之合。」

〔九〕「協律」二句，協律，指漢武帝時協律都尉李延年。史記樂書：「至今上（漢武帝）即位，作十九章，令侍中李延年次序其聲，拜爲協律都尉。通一經之士不能獨知其辭，皆集會五經家，相與共講習讀之，乃能通知其意，多爾雅之文。」索隱按：「禮樂志安世房中樂有九章。」冥符，與暗合義同。

〔一〇〕「後魏」二句，東宫舍人，即太子舍人。魏書官氏志九：太子舍人，從五品中；太子洗馬，從四品上。

〔一一〕「使持節」句，通典卷三二州牧刺史：「魏、晉爲刺史，任重者爲使持節都督，輕者爲持節。」魏書地形志：「徐州（後漢治東海郡，魏、晉治彭城），領郡七、縣二十四。」

〔一二〕「燉煌」句，元和郡縣志卷四〇沙州：「禹貢雍州之域，古戎地也。……漢武帝元鼎六年（前一一一），分酒泉置敦煌郡，今州即其地也。……後魏太武帝於郡置敦煌鎮。明帝罷鎮，改瓜州爲敦煌郡，尋又改爲義州，莊帝又改爲瓜州。隋大業三年（六〇七），又罷州爲敦煌郡。……皇朝以敦煌爲『燉煌』。」

〔一三〕「贈兖豫」句，贈，死後追加官。元和郡縣志卷一〇兖州：「禹貢兖州之域，兼得徐州之地，春秋時爲魯國。……兖州所理不恒。獻帝初平三年（一九二），移兖州理濟陰之鄄城，以魏太祖曹操爲兖州牧。魏仍移兖州理東郡之廩丘，晉不改。永嘉之後，陷於石勒。……宋武帝平河南，又得其地，置兖州，後又屬魏。」唐代治瑕丘，在今山東兖州市北。同上書卷九蔡州：「古豫州之域。……宋文帝又於懸瓠城置司州，其後（後魏）太武帝收河南地，獻文帝改司州爲豫州。」治所在今河南汝陽縣，屬洛陽市。

〔一四〕「真城」二句，真城，指所封燉煌郡，在西，乃實封，故稱「真」。高闕，指所爲官地徐州，在東。

〔一五〕「非無」二句，置驛，漢書鄭當時傳：「孝景時，爲太子舍人。每五日洗沐，常置驛馬長安諸郊，請謝賓客，夜以繼日，至明旦，常恐不遍。」前軍，古代軍隊有前、後、中三軍，前軍既是先鋒，又能獨當一面，軍中地位最高。此猶言前驅。詩經衛風伯兮：「伯也執殳，爲王前驅。」兩句謂非不懂享受之樂，然國家寄以重任，亦倍感榮幸。

〔一六〕「瑯玕」句，尚書禹貢：「三危既宅，三苗丕叙。厥土惟黄壤，厥田惟上上，厥賦中下，厥貢惟球、琳、琅玕。」僞孔傳：「琅玕，石而似珠。」孔穎達正義：「舜典云：『竄三苗於三危。』是三危爲西裔之山也。其山必是西裔，未知山之所在。地理志，杜林以爲敦煌郡，即古瓜州也。昭九年左傳云：『先王居檮杌於四裔，故允姓之姦，居於瓜州。』杜預云：『允姓之祖，與三苗俱放於三危。瓜州，今敦煌也。』」按：三危山在何地，其説不一，然此則指敦煌，言李裕爲敦煌郡公。負海，史記三王世家：「武帝曰：關東之國無大於齊者。齊東負海，而城郭大。」禮記明堂位鄭玄注：「負之言背也。」此所謂負海，指李裕持節徐州諸軍事事。尚書禹貢：「海、岱及淮惟徐州。」僞孔傳：「東至海，北至岱，南及淮。」故言徐州負海。

〔一七〕「八門」，異苑卷七：「陶侃夢生八翼，飛翔衝天。見天門九重，已入其八，惟一門不得進。以翼搏天，閽者以杖擊之，因墮地，折其左翼。驚悟，左腋猶痛。其後都督八州，威果震主，潛有闚擬之志，每憶折翼之祥，抑心而止。」此謂李裕持節徐州諸軍事，其榮有如陶侃。

〔一八〕「玉璋」句，玉彰，英華作「王彰」。全唐文作「玉漳瀕河」。依行文脈絡，此句當用兗、豫二州事，然疑文字錯訛，無從校正，不詳所指。

〔一九〕「北齊」句，彭城王，即高潡。北齊書彭城景思王傳：「潡字子深，神武（高歡）第五子也。元象二年（五三九）拜通直散騎常侍，封長樂郡公。」天保初封彭城王。「河清三年（五六四）二月，群盜田子禮等數十人謀劫潡爲主，詐稱使者，徑向潡第，至内室稱敕，牽潡上馬，臨以白刃，欲引向南殿。潡大呼不從，遂遇害，時年三十二。」隋書百官志中：「中兵參軍事，爲第六品。」

〔二○〕「隋濟陰」句，守，原作「公」，英華作「成」。四子集、全唐文作「守」，是，據改。隋書地理志中：「濟陰郡，後魏置西兖州，後周改曰曹州。」元和郡縣志卷一一曹州：「禹貢豫州之域，於周又爲曹國之地，後屬於宋。……後魏於定陶城置西兖州，周武帝改西兖州爲曹州，取曹國爲名也。隋大業三年（六○七）改爲濟陰郡。隋亂陷賊，武德四年（六二一）平孟海公，復爲曹州。」則李昌爲濟陰守，當在隋大業三年或稍後。

〔二一〕「文場」二句，文場，文章領域，猶今所言「文壇」。劉孝綽司空安成康王碑銘：「義府文場，詞人髦士。」筆海，筆，無韻之文，謂文章之多如同大海。此與「文場」義同。李善上文選注表：「酌前修之筆海。」又駱賓王餞尹大官往京序：「請振詞鋒，同開筆海。」可參讀。炤，同「照」。詩經鄭風女曰雞鳴：「子與視夜，明星有爛。」鄭玄箋：「明星尚爛爛然。」兩句言李昌善文，在當時文壇，如同明星般燦爛。

〔二二〕「辯囿」句，辯，原作「班」，據四子集、全唐文改。莊子天下：「桓團、公孫龍，辯者之徒，飾人之心，易人之意，能勝人之口，不能服人之心，辯者之囿也。」談叢，衆人聚談。梁書昭明太子傳：「總覽時才，網羅英茂，學窮優洽，辭歸繁富。或擅談叢，或稱文囿。」兩句言李昌善談論。

〔二三〕「九千里」四句，劉向新序卷一雜事：「鳥有鳳而魚有鯨。鳳鳥上擊於九千里，絶浮雲，負蒼天，翱翔乎窈冥之上。」宋謝維新編古今合璧事類備要後集卷八○：「唐張鷟云：『九千（千原作十，據翰苑新書前集卷五九引改，下同）里之丹鳳，自下升高；七十日之黄龍，從微至著。』注：

宋玉曰『鳳凰上擊九千里，翱翔乎窈冥之上，藩籬之鷃，豈得料其高哉？士亦然矣』。相書占氣要曰：『日中有黄氣如龍，七十日遷爲丞也。』」兩句謂雖前程遠大，然亦從郡職做起。

〔二四〕「隋晉州」句，隋書地理志中：「臨汾郡，後魏置唐州，改曰晉州。……岳陽（縣），後魏置，曰安澤，大業初改焉。」治今山西安澤縣西。

〔二五〕「顔回」二句，顔淵，字回。據論語、史記仲尼弟子列傳，孔子盛稱顔回「德行」、贊其「賢」。嘗向孔子問仁，故謂若用之，可爲太平王佐。王佐，英華校：「一作佐王。」似倒。古微書卷二六論語摘輔象：「顔淵山庭日角。」然文選任昉王文憲集序「淵角殊祥」句李善注引論語撰考讖，又稱「顔回有角額，似月形」。按：左目後骨爲日角，右目後骨爲月角，乃古代相士之説，詳本文後注。

〔二六〕「仲由」二句，仲由，字子路。史記仲尼弟子列傳稱子路「性鄙，好勇力，志抗直」。「子路問君子尚勇乎」？孔子曰：「義之爲上。君子好勇而無義則亂，小人好勇而無義則盜。」則子路好勇，同時又受孔子禮義之教，嘗爲季氏宰，故稱其爲「禮義霸臣」。同書謂子路未入孔門前嘗「冠雄雞，佩猳豚陵暴孔子」，此謂其「星衡詭狀」，出處待考。星，英華校：「一作奇。」以上四句，謂視其相貌，便可知李孝友具顔回之德，可爲太平王佐。參見前新都縣學先聖廟堂碑文注。

〔二七〕「唐都」二句，史記五帝本紀「帝堯者」句正義曰：「徐廣云：『號陶唐。』帝王紀云：『堯都平陽，於詩爲唐國。』徐才宗國都城記云：『唐國，帝堯之裔子所封。其北，帝夏禹都，漢曰太原郡，在古冀州太行、恒山之西，其南有晉水。』括地志云：『今晉州所理平陽故城是也。平陽河水，一名晉水也。』」地即今山西太原。此指李孝友爲晉州岳陽縣令事。

〔二八〕「墨綬」二句，漢書百官公卿表上：凡吏，「秩比六百石以上，皆銅印黑綬」。此代指縣令。錯節盤根，一云盤根錯節，比喻事物極繁難複雜。後漢書虞詡傳：「朝歌賊甯季等數千人攻殺長吏，屯聚連年，州郡不能禁。乃以詡爲朝歌長。故舊皆弔詡曰：『得朝歌，何衰！』詡笑曰：『志不求易，事不避難，臣之職也。不遇槃根錯節，何以別利器乎？』」此指李孝友有治劇之才。

〔二九〕「若夫」二句，漢書于定國傳：「始，定國父于公，其閭門壞，父老方共治之。于公謂曰：『少高大門閭，令容駟馬高蓋車。我治獄多陰德，未嘗有所冤，子孫必有興者。』」争驅，「争」原作「高」。此言駟馬高車來者之多，則作「争」是，據英華、四子集、全唐文改。

〔三〇〕「辛氏」二句，十六國春秋前秦録辛攀傳：「辛攀，字懷遠，隴西狄道人也。父奭，晉尚書郎；兄鑒曠、弟寶迅，皆以才識著名，秦雍爲之諺曰：『三龍一門，金友玉昆。』」太平御覽卷四九五諺上引此，作「五龍一門」。若惟言辛攀兄弟，則作「三龍」是；若連其父，則不止三人，未詳孰是。

〔三一〕「英靈」二句，英靈，指其祖先之神靈。命世，「世」原作「代」，避太宗諱，徑改。文選李陵答蘇武書：「其餘佐命立功之士，賈誼、亞夫之徒，皆信命世之才，抱將相之具。」李善注引孟子注曰：「千年一聖，五百年一賢。賢聖未出，其中有命世者。」李周翰注：「命，名也，言其名流播於時代。」

〔三二〕「物相」二句，物相有徵，原作「將有後徵」，與上句「英靈不已」不對應。英華作「將有後徵」，校：「集作物相有徵。」所校集本是，據改。有徵，有徵兆也。承家，承繼家業。周易師卦：「上六，大君有命，開國承家。」王弼注：「大君之命，不失功也。開國承家，以寧邦也。」

〔三三〕「東郊」二句，指張衡。東郊，祭天處，亦考天文之所。競日，跟蹤日月星辰。機衡，即渾天儀。後漢書張衡傳：「衡善機巧，尤致思於天文、陰陽、曆算。……安帝雅聞衡善術學，公車特徵拜郎中，再遷爲太史令，遂乃研核陰陽，妙盡璇璣之正，作渾天儀，著靈憲、算罔論。」

〔三四〕「西蜀」二句，指揚雄。漢書揚雄傳：「揚雄，字子雲，蜀郡成都人。」故稱「西蜀」。談玄，指著太玄。靈心，天地神靈之心，謂極深奧。同上傳載解嘲，揚雄自稱所著太玄「深者入黃泉，高者出蒼天，大者含元氣，纖者入無倫」。又後漢書張衡傳：「（衡）常好玄經，謂崔瑗曰：『吾觀太玄，方知子雲妙極道數，乃與五經相擬，非徒傳記之屬，使人難論陰陽之事。漢家得天下二百歲之書也。』」以上四句，蓋言李孝友好術數之學。

〔三五〕「首九奏」句，九奏，尚書益稷：「簫韶九成，鳳皇來儀。」僞孔傳：「備樂九奏而致鳳皇。」孔穎達正義：「成，謂樂曲成也。鄭云成猶終也，每曲一終，必變更奏，故經言九成，玄言九奏，周禮謂之九變，其實一也。」和八音，八音，八種樂器。尚書舜典：「八音克諧，無相奪倫，神人以和。」僞孔傳：「倫，理也。八音能諧，理不錯奪，則神人咸和。」同篇「三載四海遏密八音」句僞孔傳：「八音，金、石、絲、竹、匏、土、革、木。」句蓋謂李楚才善作詩，音節極美。

〔三六〕「廣見」二句，廣，英華、四子集作「殫」，英華校：「一作廣。」作「廣」較勝。五車三篋，言讀書極多。莊子天下：「惠施多方，其書五車。」漢書張安世傳：「安世，字子孺，少以父任爲郎，用善書給事尚書。精力於職，休沐未嘗出。上行幸河東，嘗亡書三篋，詔問莫能知，惟安世識之，具作其事。後購求得書，以相校，無所遺失。」誦，英華作「接」，校：「集作誦。」作「接」誤。

〔三七〕「加以」二句，興居，即起居，指日常生活皆依禮法。出入，猶言出處，即在朝在家。謂出忠入孝。

〔三八〕「簡於」二句，簡，通「柬」，選擇。一人，指皇帝。禮記玉藻：「凡自稱，天子曰『予一人』。」鄭玄注：「謙自别於人而已。」備於萬物，謂其具備各種能力。兩句言其才大，唯爲帝王所用。

〔三九〕「弓旌」二句，弓旌，左傳莊公二十二年：「詩云：『翹翹車乘，招我以弓。豈不欲往，畏我友朋。』」杜預注：「逸詩也。翹翹，遠貌。古者聘士以弓。言雖貪顯命，懼爲朋友所譏責。」又同書昭公二十年：「齊侯田於沛，招虞人以弓，不進。公使執之，辭曰：『昔我先君之田也，旃以招大夫，弓以招士，皮冠以招虞人。臣不見皮冠，故不敢進。』乃舍之。」旃，赤色旗，泛指旌旗。謂以賢良召辟者甚衆。

〔四〇〕「幣帛」二句，幣帛，召辟時所奉財物。周禮天官大宰「以九式均節財用」，其六爲「幣帛之式」，鄭玄注：「幣帛所以贈勞賓客者。」馳，原作「持」，據英華、四子集、全唐文改。交馳，騎馬者不絶於道，言召辟者之多。載，發語詞。巖穴，野居之所，代指隱士。謂終以隱逸之士應徵。

〔四一〕「從微」二句，尚書洛誥：「無若火始燄燄，厥攸灼叙，弗其絶。」僞孔傳：「從微至著，防之宜以初。」孔子家語卷二三恕：「子曰：……夫江始出於岷山，其源可以濫觴。及其至於江津，不舫舟，不避風，則不可以涉。非唯下流水多邪？」王肅注：「觴可以盛酒，言其微。」括地，謂水勢極大，波濤所經之地如括。兩句謂做官亦猶火勢及江河水，乃由小至大。

〔四二〕「積小」二句，周易升卦象曰：「君子以順德，積小以高大。」又劉晝（或題劉勰）劉子卷一崇學：「爲山者基於一簣之土，以成千丈之峭。」尚書旅獒所謂「爲山九仞，功虧一簣」，乃語反而義同。簣，盛土竹器。排雲，形容山極高。郭璞遊仙詩：「神仙排雲出，但見金銀臺。」此與上兩句義同。

〔四三〕「隋大業」二句，大業，隋煬帝楊廣年號，大業十二年爲公元六一六年。謁者臺，「者」，原作「靈」，英華校：「集作者。」全唐文作「者」。按舊唐書張行成傳：「張行成，定州義豐人也。……大業末察孝廉，爲謁者臺散從員外郎。」則作「者」是，據英華所校集本及全唐文改。隋書百官志中：「謁者臺，掌凡諸吉凶公事、導相禮儀事，僕射二人，謁者三十人，録事一人。」屬尚書省。同上百官志下：「（大業）六年（六一〇），尚書省二十四司各置員外郎一人，以司其曹之籍帳，侍郎闕則釐其曹事。」通典卷二一：「散騎常侍，掌規諫不典事，貂當插右，騎而散從。又有員外者，因曰員外散騎常侍。」

〔四四〕「屬千三」句，古微書卷三三河圖稽耀鈎引運度經云：「靈寶自然運度，有大陽九、大百六也；

小陽九，小百六也。三千三百年爲小陽九，小百六也；九千九百年爲大陽九，大百六也。夫天厄謂之陽九也，地虧謂之百六也。」此所謂「千三」，當是「三千三百年」之省，以與下句「百六」對應。千三，指小陽九，即小百六，亦即指天厄。

〔四五〕「百六」句，謂初入元百六歲爲災年，乃古代曆法災咎之説。漢書律曆志上：「三統，是爲元歲。元歲之閏，陰陽災，三統閏法。易九厄曰：初入元，百六，陽九；次三百七十四，陰九；次四百八十，陽九；……凡四千六百一十七歲，與一元終。」注引孟康曰：「易傳也。所謂陽九之厄，百六之會者也。初入元百六歲有厄者，則前元之餘氣也，若餘分爲閏也。易爻有九六七八，百六與三百七十四，六乘八之數也，六八四十八，合爲四百八十歲也。」同書食貨志上：「（王莽）下詔曰：『予遭陽九之阸，百六之會。』」顔師古注：「此曆法應有災歲之期也，事在律曆志。」又同書谷永傳：「遭无妄之卦運，直百六之災阸。」以上二句，指隋末國家喪亂，氣運將終。

〔四六〕「諸侯」句，玉鼎，鼎之美稱。窺玉鼎，猶言問鼎之輕重。左傳宣公三年：「楚子伐陸渾之戎，遂至於雒，觀兵於周疆。定王使王孫滿勞楚子，楚子問鼎之大小輕重焉。」杜預注：「示欲偪周取天下。」此謂隋末諸侯紛紛起兵（其事詳見隋書煬帝紀下），目標直指隋政權。

〔四七〕「天子」句，史記高祖本紀：「秦始皇帝常曰：東南有天子氣。於是因東游以厭之。」索隱引廣雅云：「厭，鎮也。」後徑指東南爲金陵。晉書元帝紀：「始秦時，望氣者云五百年後金陵有天子氣，故始皇東游以厭之，改其地曰秣陵，塹北山以絶其勢。」此指隋煬帝於大業十二年（六一六）秋七月游幸江都（見隋書煬帝紀下），有如當年秦始皇。

〔四八〕「蚩尤」二句，山海經大荒北經：「蚩尤作兵伐黄帝，黄帝乃令應龍攻之冀州之野。應龍畜水，蚩尤請風伯雨師縱大風雨。黄帝乃下天女曰魃，雨止，遂殺蚩尤。」郭璞注：「冀州，中土也。」桀黠，兇暴狡詐。

〔四九〕「共工」二句，淮南子天文訓：「昔者共工與顓頊争爲帝，怒而觸不周之山，天柱折，地維絶。天傾西北，故日月星辰移焉；地不滿東南，故水潦塵埃歸焉。」海縣，指沿海各地。

〔五〇〕「能扶」四句，黄石公三略卷下：「夫能扶天下之危者，則據天下之安；能除天下之憂者，則享天下之樂；能救天下之禍者，則獲天下之福。」

〔五一〕「宅靈心」句，宅，居，謂具有。靈心，神靈之心。魏收北齊武成帝以三臺宫爲大興聖寺詔：「使靈心肸蠁，神物奔會，真覺唯寂，有感必通。」

〔五二〕「振天關」句，文選揚雄長楊賦并序：「上帝眷顧高祖，高祖奉命順斗極，運天關，横鉅海，票崑崙。」李善注引天官星占曰：「北辰一名天關。」又引星經曰：「牽牛神，一名天關也。」劉良注：「帝，天帝也。斗極、天關，皆星也。言上天眷顧，而命高祖。我高祖奉天命，順斗極，如天關星之運轉，以討暴亂。」振，英華作「鎮」，校：「集作振。」據文意，作「振」是，與「運」義同。

〔五三〕「迴地軸」句，文選木華海賦：「狀如天輪膠戾而激轉，又似地軸挺拔而争迴。」李善注引河圖括地象曰：「地下有四柱，廣十萬里，有三千六百軸。」吕向注二句道：「膠戾，環旋貌。波濤相連如輪環旋而不絶也。」又似地軸拔出於地，而波浪争爲迴復也。」此以地軸喻天下，謂隋之天下已傾，唐高祖欲使其迴轉以歸於正。

〔五四〕「鼓聲」二句，文選司馬相如上林賦：「霹靂烈缺，吐火施鞭。」注引應劭曰：「霹靂，雷也；烈缺，閃隙也；火，電照也。」李善注：「言威德之盛，役使百神，故霹靂烈缺、吐火施鞭而爲衛也。」按：此以雷電喻戰鼓，謂李淵義軍聲勢浩大。

〔五五〕「旗羽」二句，旗羽，泛指旗幟，星懸，言多也。招摇，史記天官書：「杓端有兩星，一内爲矛，招摇。」集解引孟康曰：「近北斗者招摇，招摇爲天矛。」天矛代指軍隊，招摇之柄，指軍權。

君沖情索隱〔一〕，妙算知來。候東井而考前聞〔二〕，裂西河而尊故事〔三〕。上略中略，奏山石之奇謀〔四〕；文韜武韜，奉川璜之秘訣〔五〕。義寧二年〔六〕，授車騎將軍〔七〕，累加開府〔八〕。武德五年，遷右衛二十四府右車騎將軍，仍於弘州鎮守〔九〕。皇階甫辟，猶勞尉候之靈〔一〇〕；天步初夷〔一一〕，尚有風塵之警。示之以文德，陳之以武功，所以夜户不扃〔一二〕，所以重門罷柝〔一三〕。六年，轉仲山府左列〔一四〕。南州舊俗，淫其白虎之祠〔一五〕；西棘餘甿，背我黄龍之約〔一六〕。王師直進，陵劍棧以長驅〔一七〕；廟略遐宣，指銅丘而決勝〔一八〕。七年，詔君討襲。楓天棗地，金門玉帳之營〔一九〕；方卦圓蓍，剡木弦弓之射〔二〇〕。以此衆戰，誰能敵之？以此攻城，何城不克！雷出而星曜，龍騰而鳳飛。一鼓而擒四姓〔二一〕，三戰而平百濮〔二二〕。

大夫耆老，非惟二十七人〔二三〕；拓土開疆，豈直五千餘里〔二四〕。返行飲至，舍爵策勳焉〔二五〕，禮也。其年加上大將軍〔二六〕，賞口十六人，并良馬一疋。而俄以争功得罪，游俠從軍〔二七〕。特降王綸，遐遷騰府〔二八〕。通塞有命，潘安仁之緒言〔二九〕；富貴在天，卜子夏之餘論〔三〇〕。無階封禪，空嘆息於周南〔三一〕；絶望夏臺，竟棲遲於漢北〔三二〕。

【箋注】

〔一〕「君沖情」句，沖情，爲人淡泊。索隱，周易繫辭上：「探賾索隱，鉤深致遠。」孔穎達正義釋爲「求索隱藏之處」。此謂能深思熟慮。

〔二〕「候東井」句，漢書高帝紀：「（漢）元年（前二〇六）冬十月，五星聚於東井。」注引應劭曰：「東井，秦之分野。五星所在其下，當有聖人以義取天下。」此謂觀察星象以判斷天下大勢。

〔三〕「裂西河」句，西河，史記夏本紀：「黑水西河惟雍州。」集解引孔安國曰：「西距黑水，東據河。龍門之河在冀州西。」則西河指黑水、黄河之間地域，亦即雍州。隋、唐之雍州，即長安周邊各縣。史記高祖本紀：項羽與沛公（劉邦）約：「先入咸陽者王。」此以雍州代指長安，時李淵、李世民等諸地義軍争相進攻長安，其勢與當年先入長安者王相似，故云「遵故事」。

〔四〕「上略」二句，上略、中略，指黄石公三略。隋書經籍志子部兵書類著録黄石公三略三卷，注曰：「下邳神人撰，成氏注。梁又有黄石公記三卷、黄石公略注三卷。」當以其卷一、卷二爲上略、中略，卷三爲下略。是書今存，已收入四庫全書子部兵家類，提要稱「大抵出於附會。是書文義不古，當亦後人依仿而托之者」，其説是，然亦出於唐之前。山石，即穀城山下之黄石，指黄石公。據史記留侯世家，張良如約夜未半往見老父（黄石公），父亦來，喜曰：「當如是。」出一編書，曰：「讀此，則爲王者師矣。後十年興，十三年孺子見我濟北穀城山下，黄石即我矣。」

〔五〕「文韜」二句，指太公六韜。隋書經籍志子部兵書類著録太公六韜五卷，注曰：「周文王師姜望撰。梁六卷。」四庫全書收録六卷本，分别爲文韜、武韜、龍韜、虎韜、豹韜、犬韜，提要亦疑其「牽合附會」。川璜，代指姜太公望。尚書大傳稱太公望嘗於磻溪釣得玉璜，刻曰：「周受命，吕佐昌。德合於今，昌來提。」詳見前唐同州長史宇文公神道碑注引。按：以上四句，英華作二句：「抉三略之奇謀，藴六韜之秘訣。」校曰：「集作上略中略，奏山石之奇謀；文韜武韜，奉川璜之秘訣。」

〔六〕「義寧」，隋書煬帝紀下：大業十三年（六一七）十一月丙辰，唐公（李淵）入京師。辛酉，「立代王侑爲帝，改元義寧」。所立即隋恭帝。義寧二年爲公元六一八年。是年五月唐朝建立，隋亡。

〔七〕「授車騎」句，唐六典卷二五諸衛府注：「隋左右衛、左右武衛、左右武侯各領軍坊鄉團，以統戎卒。開皇初，又置驃騎將軍府，每府有驃騎將軍、車騎將軍。大業三年（六〇七），改置鷹揚府，每府改驃騎爲鷹揚郎將，車騎爲鷹揚副郎將。五年，又以鷹揚副郎將爲鷹擊郎將。皇朝武德初，因隋鷹揚府，依開皇舊名置。」則車騎將軍爲唐初所置鷹揚府郎將，管理折衝府府兵。

〔八〕「累加」句，累加，多次加官。開府，即開府儀同三司，散官名。唐六典卷二尚書吏部：「從一品曰開府儀同三司。」注：「後漢殤帝延平元年（一〇六），鄧隲爲車騎將軍、儀同三司，儀同之名，自此始也。又呂布有正董卓之勳，開府如三司。魏黄初三年（二二二），黄權爲車騎將軍、開府儀同三司。開府之名，自此始也。……皇朝初惟置開府儀同三司，爲散官品。」

〔九〕「仍於」句，弘，原作「邛」，英華校：「集作弘。」按：邛州在蜀，前文并未述其守蜀事，此云「仍於」，有違文理，則作「弘」是，據改。弘，大也，謂所在鷹揚府管理二十四個折衝府（折衝府乃唐代府兵制之基層軍府）武裝，駐某大州。

〔一〇〕「皇階」二句，皇階，指新政權。尉候，軍隊將領。候，原作「侯」，據英華、全唐文改。候，守衛者。靈，原作「虚」，各本同，英華校：「集作靈。」是，據改。尉候之靈，指軍將之威靈。

〔一一〕「天步」句，詩經小雅白華：「天步艱難，之子不猶。」毛傳：「步，行。」鄭玄箋云「天行此艱難」。孔穎達正義曰「天何爲獨行艱難」。則「天步」猶言上天所設之路。此指國家運行之路。夷，平也。

〔一二〕「所以夜户」句，扃，關閉。夜户不扃，言風俗淳樸，治安極好。李白贈清漳明府姪聿詩曰：「牛羊散阡陌，夜寢不扃户。問此何以然？賢人宰吾土。」可參讀。

〔一三〕「所以重門」句，周易繫辭下：「重門擊柝，以待暴客，蓋取諸豫。」韓伯注：「取其豫備。」柝，陸德明音義：「兩木相擊以行夜。」即敲以巡夜報更或示警之木梆。罷柝，謂社會穩定、治安良好。此與上句義同。梁簡文帝慶洛陽平啓：「亭塞寢兵，關候罷柝。」

〔一四〕「轉仲山府」句，仲山府，唐代京兆府所屬折衝府之一。新唐書地理志京兆府原注：「有府百三十一，曰真化、匡道、水衡、仲山、新城、竇泉、善信、鳳神、安業、平香、太清，餘皆逸。」左列，謂由右車騎將軍轉爲左車騎將軍。

〔一五〕「南州」二句，南，英華校：「集作巴。」按：此泛指巴郡、南郡，作「南」爲勝。白虎，「虎」原作「獸」，避唐諱，徑改。後漢書南蠻傳：「巴郡、南郡蠻，本有五姓：巴氏、樊氏、瞫氏、相氏、鄭氏，皆出於武落鍾離山。……未有君長，俱事鬼神。乃共擲劍於石穴，約能中者奉以爲君。巴氏子務相乃獨中之，衆皆歎。又令各乘土船，約能浮者當以爲君。餘姓悉沈，唯務相獨浮，因共立之，是爲廩君。……廩君於是君乎夷城，四姓皆臣之。廩君死，魂魄世爲白虎。巴氏以虎飲人血，遂以人祠焉。」按：李楚才所討乃所謂南蠻，故用祠白虎事，詳下注。

〔一六〕「西僰」二句，禮記王制：「西方曰棘。」鄭玄注：「棘，當僰。僰之言偪，使之偪寄於夷戎。」按：僰，古代少數民族名，爲西南夷之一，聚居於僰道（今四川南部、貴州東部）一帶。餘甿，指後裔。黄龍之約，後漢書南蠻傳：「板楯蠻夷者，秦昭襄王時有一白虎，常從群虎數遊秦、蜀、巴、漢之境，傷害千餘人。昭王乃重募國中有能殺虎者，賞邑萬家，金百鎰。時有巴郡閬中夷人，能作白竹之弩，乃登樓射殺白虎。昭王嘉之，而以其夷人，不欲加封，乃刻石盟要，復夷人頃田不租，十妻不算，傷人者論，殺人者得以倓錢贖死。盟曰：『秦犯夷，輸黄龍一雙；夷犯秦，輸清酒一鍾。』夷人安之。」

〔一七〕「陵劍棧」句，劍棧，劍閣棧道。棧道，鑿巖架木而成之道路，古蜀多有之。戰國策秦策三：「棧道千里於蜀漢。」

〔一八〕「廟略」二句，廟略，朝廷謀略。略，原作「路」，形訛，據全唐文改。銅丘，當指銅梁山。文選左思蜀都賦：「外負銅梁於宕渠。」劉淵林注：「銅梁，山名，在巴東。」按今重慶合川南有銅梁山，又銅梁縣西北亦有銅梁山，稱小銅梁山，參清一統志卷三八七。據以上四句，李楚才所進討者，當是今四川南部一帶少數民族。

〔一九〕「楓天」二句，晉嵇含南方草木狀卷中楓人：「五嶺之間多楓木，歲久則生瘤癭，一夕遇暴雷驟雨，其樹贅暗長三五尺，謂之楓人。越巫取之作術，有通神之驗；取之不以法，則能化去。」明陳耀文天中記卷五一引唐張鷟朝野僉載（按今本無）：「江東、江西山中多有楓木人，於楓樹下生，似人形，長三四尺。夜雷雨即長，與樹齊，見人即縮依舊。曾有人失笠，於明日看笠子掛在樹頭上。旱時欲雨，以竹束其頭，禊之即雨。人取以爲式盤，極神驗，楓天棗地是也。」式盤，占卜所用局盤。唐六典卷一四太常寺太卜署注曰「其局以楓木爲天，棗心爲地，刻十二辰，下布十二辰以加占爲常，以月將加卜時，視日辰陰陽以立四課」云云。此指軍中占卜。金門玉帳，軍營之美稱。

〔二〇〕「方卦」二句，方卦圓蓍，亦指占卜局盤，代指占卜。剡，原作「剞」，據英華、全唐文改。周易繫辭下：「弦木爲弧，剡木爲矢，弧矢之利，以威天下，蓋取諸睽。」韓伯注：「睽，乖也，物乖則争興。弧矢之用，所以威乖争也。」孔穎達正義：「案爾雅『弧木，弓也』，故云。弦木爲弧，取諸睽者，睽謂乖離，弧矢所以服此乖離之人，故取諸睽也。」兩句謂以卜蓍取諸睽之義而作戰。

〔二一〕「一鼓」句，四姓，後漢書南蠻傳：「巴郡、南郡蠻，本有五姓：巴氏、樊氏、瞫氏、相氏、鄭氏，皆出於武落鍾離山。其山有赤黑二穴，巴氏之子生於赤穴，四姓之子皆生黑穴。」此泛指各少數民族。

〔二二〕「三戰」句，左傳文公十六年：「庸人帥群蠻以叛楚。麇人率百濮聚於選，將伐楚。……（楚）乃出師，旬有五日，百濮乃罷。」杜預注：「庸，今上庸縣，屬楚之小國。選，楚地，百濮，夷也。」孔穎達正義：「牧誓武王伐紂，有庸濮從之。孔安國云：庸濮，在江漢之南，是濮爲西南夷也。」

〔二三〕「大夫」二句，文選司馬相如難蜀父老：「（使者）結軌還轅，東鄉將報，至於蜀都，耆老大夫、搢紳先生之徒二十有七人，儼然造焉。辭畢，進曰：『蓋聞天子之牧夷狄也，其義羈縻，勿絶而已。今罷三郡之士，通夜郎之塗，三年於兹，而功不竟，士卒勞倦，萬民不贍。今又接之以西夷，百姓力屈，恐不能卒業，此亦使者之累也，竊爲左右患之。……』使者曰：『……請爲大夫粗陳其略。蓋世必有非常之人，然後有非常之事；有非常之事，然後有非常之功。……』」此謂當時阻止李楚才進軍者甚衆。大夫，泛指官員。耆老，禮記王制：「耆老皆朝於庠。」鄭玄

注：「耆老，致仕及鄉中老賢者。」

〔二四〕「拓土」二句，後漢書耿弇傳附耿夔傳：「夔字定公，少有氣決。永元初，爲車騎將軍竇憲假司馬，北擊匈奴，轉車騎都尉。三年，憲復出河西，以夔爲大將軍左校尉，將精騎八百出居延塞，直奔北單于廷，於金微山斬閼氏、名王已下五千餘級，單于與數騎脱亡，盡獲其匈奴珍寶財畜，去塞五千餘里而還。自漢出師，所未嘗至也，乃封夔粟邑侯。」

〔二五〕「返行」二句，左傳桓公二年：「冬，公……反行飲至，舍爵策勳焉，禮也。」杜預注：「爵，飲酒器也。既飲置爵，則書勳勞於策，言速紀有功也。」舍，原作「拾」，據英華、全唐文改。

〔二六〕「其年」句，大將軍，唐諸衛最高職官。李楚才屬右衛，當指右衛大將軍。唐六典卷二四諸衛：「左右衛大將軍各一人，正三品。……左右衛大將軍、將軍之職掌，統領宫庭警衛之法令，以督其屬之隊仗，而總諸曹之職務。」

〔二七〕「游俠」句，史記游俠列傳：「韓子曰：儒以文亂法，而俠以武犯禁。」集解引荀悦曰：「立齊氣，作威福，結私交以立彊於世者，謂之游俠。」軍，英華作「君」，校：「集作居。」按：當作「軍」。句謂李楚才以争功犯禁，有如從軍之游俠，故雖已加大將軍，仍嚴懲之。

〔二八〕「特降」二句，王綸，謂王言如絲如綸（前已屢注），指皇帝詔令。騰府，當爲折衝府名，在何處待考（參下文注）。

〔二九〕「通塞」二句，晉書潘岳傳載閒居賦：「自弱冠涉於知命之年，八徙官而一進階，再免，一除名、一不拜職，遷者三而已矣。雖通塞有遇，抑亦拙之效也。」

〔三〇〕「富貴」二句，卜子夏，卜商，字子夏，孔子弟子。論語顔淵：「子夏曰：商聞之矣：死生有命，富貴在天。君子敬而無失，與人恭而有禮，四海之内皆兄弟也。」

〔三一〕「無階」二句，無階，無緣也。封禪，古代帝王以成功告天之盛典。此泛指朝廷大典禮。周南，地在何處，學界自古説法不一，鄭玄毛詩譜周南召南譜曰：「周召者，禹貢雍州岐山之陽地名，今（指漢代）屬右扶風美陽縣。」此當指騰府所在地，參以下句「漢北」，蓋在今陝西之南、漢水之北，具體位置不詳。

〔三二〕「絶望」二句，史記夏本紀：「夏桀不務德，……召湯而囚之夏臺。」索隱：「獄名。夏曰鈞臺。皇甫謐云：地在陽翟是也。」則李楚才得罪後「遐遷騰府」云者，疑乃婉詞，實曾下獄。下文銘稱「蕭條異縣，坎壈浮生」，亦指此事。又，此所謂「漢北」，與上句「周南」，當爲一地，即所謂「騰府」是也。夏，英華校：「集作靈。」誤。

太宗文武聖皇帝承聖皇之大寶〔一〕，奉天帝之休期〔二〕，雷雨八瀛〔三〕，光華四極〔四〕。旌賢赦過，惟新之命屢覃〔五〕；念功簡勞，惟舊之恩累洽〔六〕。貞觀元年，授長樂監〔七〕，仍命於北門供奉〔八〕。宜春禁苑〔九〕，太液神池〔一〇〕。浸石菌而揚波〔一一〕，擢金莖而挹露〔一二〕。南經丹徼〔一三〕，恒陪萬乘之游；北繞黄山，再奉三驅之禮〔一四〕。當是時也，穆穆焉，煌煌焉，濟濟焉，鏘鏘焉〔一五〕。一陰一陽而有序，自南自北而無外〔一六〕。猶復中宵不寐，殷勤多士之林；昃景忘疲，涣汗非常之辟〔一七〕。十四年，應詔四科舉〔一八〕，射策登甲第〔一九〕。明於國家之大體，達於人事之始終，可謂朝宰之璞〔二〇〕，可謂皇居之寶〔二一〕。洛陽才子，一承宣室之談〔二二〕；魯國儒生，行踐中都之邑〔二三〕。尋授靈州鳴沙縣令，累遷原州百泉縣令〔二四〕。斜通紫微，卻負黄州〔二五〕。涼秋九月，寒沙四面。平雲匝隴，處處而秋陰〔二六〕；圓魄低關〔二七〕，蒼蒼而夜色。君乘輶演教，佩紱臨民〔二八〕，德被三城〔二九〕，風移五縣〔三〇〕。抽琴命操，還臨單父之堂〔三一〕；繫石飛鳴，即對李泉之學〔三二〕。明以御下，將水鏡而通輝〔三三〕；清以立身，共冰壺而合照〔三四〕。神行有感，方登玉鉉之階〔三五〕；靈化無方，獨嘆瓊棺之墓〔三六〕。春秋七十有一，以顯慶元年十二月八日終於官舍。

【箋注】

〔一〕「太宗」句，舊唐書高宗紀下：咸亨五年（六七四）八月壬辰，追尊「太宗文皇帝爲文武聖皇帝」。聖皇，指唐高祖；大寶，指政權。

〔二〕「奉天帝」句，謂承奉上天所賜之美好期運，指皇帝之位。句言太宗繼位。

〔三〕「雷雨」句，周易解卦象曰：「天地解而雷雨作，雷雨作而百果草木皆甲拆。」王弼注：「天地否結則雷雨不作，交通感散，雷雨乃作也。雷雨之作，則險厄者亨，否結者散，故百果草木皆甲坼也。」此指太宗繼位後，天地更新。八瀛，指天下。鹽鐵論論鄒：「所謂中國者，天下八十分之一，名曰赤縣神州，而分爲九。川谷阻絶，陵陸不通，乃爲一州，有八瀛海圜其外，此所謂八極，而天下際焉。」

〔四〕「光華」句，四極，淮南子墬形訓：「地形之所載，六合之間，四極之内。」高誘注：「四極，四方之極。」此指普天之下。

〔五〕「惟新」句，尚書胤征：「舊染汙俗，咸與惟新。」僞孔傳：「言其餘人久染汙俗，本無惡心，皆與更新，一無所問。」覃，廣施。

〔六〕「惟舊」句，尚書盤庚上：「遲任有言曰：人惟求舊，器非求舊，惟新。」僞孔傳：「遲任，古賢。言人貴舊，器貴新。」洽，潤澤。

〔七〕「授長樂」句，宋敏求長安志卷六：「禁苑在宫城之北，東西二十七里，南北三十三里。東接霸水，西長安故城，南連京城，北枕渭水。苑西即太倉，北距中渭橋，與長安故城相接。東西十三里，南北十三里，亦隸苑中。苑中四面皆有監：南面太樂監，北面舊宅監，東監，西監，分掌宫中植種及修葺園囿等事，又置苑總監領之，皆隸司農寺。」長樂監殆亦在其中。

〔八〕「仍命」句，北門，當指皇城北太極門，其内曰太極殿，乃皇帝朔望坐朝之地，見唐六典卷七尚書工部。供奉，官名，在皇帝左右供職。命，英華校：「集作令。」

〔九〕「宜春」句，太平寰宇記卷二五雍州：「曲江池，漢武帝所造，名爲宜春苑。」

〔一〇〕「太液」句，三輔黄圖卷四苑囿：「太液池在長安故城西，建章宫北，未央宫西南。太液者，言其津潤所及廣也。關輔記云：『建章宫北有池，以象北海，刻石爲鯨魚，長三丈。』漢書曰：『建章宫北治大池，名曰太液池，中起三山，以象瀛洲、蓬萊、方丈，刻金石爲魚龍、奇禽、異獸之屬。』」

〔一一〕「浸石菌」句，文選張衡西京賦：「長風激於别隯，起洪濤而揚波。浸石菌於重涯，濯靈芝以朱柯。」薛綜注：「石菌、靈芝，皆海中神山所有神草名，仙之所食者。」

〔一二〕「擢金莖」句，文選班固西都賦：「抗仙掌以承露，擢雙立之金莖。」李善注：「漢書曰：『孝武又作柏梁、銅柱承露仙人掌之屬矣。』方言曰：『擢，抽也。』金莖，銅柱也。」

〔一三〕「南經」句，徼，邊境。崔豹古今注：「南方徼色赤，故稱丹徼，爲南方之極也。」此泛指南方。

〔一四〕「北繞」二句，繞，原作「統」，據英華、全唐文改。黄山，文選張衡西京賦：「繞黄山而欵牛首。」薛綜注：「繞，裹也。」李善注引漢書：「右扶風槐里縣有黄山宫。」三驅，周易比卦：「九五：顯比，王用三驅失前禽，邑人不誡，吉。」孔穎達正義：「王用三驅失前禽者，此假田獵之道以喻顯比之事。凡三驅之禮，禽向己者則舍之，背己者則射之，是失於前禽也。顯比之道，與己相應者則親之，與己不相應者則疎之，與三驅田獵，愛來惡去相似，故云王用三驅失前禽也，言顯比之道似於此也。」此所謂「三驅」，指爲皇帝田獵效勞。

〔一五〕「穆穆焉」四句，文選張衡東京賦：「穆穆焉，皇皇焉，濟濟焉，將將焉，信天下之壯觀也。」薛綜

注：「禮記曰：『天子穆穆，諸侯皇皇，大夫濟濟，士將將。』鄭玄曰：『威儀容止之貌。』」李周翰注：「穆穆、皇皇、濟濟、將將，皆盛美之貌。」按：四句見禮記曲禮下，將將作「蹌蹌」。陸德明音義：「蹌，本又作鶬，或作鏘，同。」

〔一六〕「自南」句，文選曹植七啓：「惠澤播於黎苗，威靈震乎無外。」李善注引公羊傳曰：「王者無外也。」此指無例外，言相同。

〔一七〕「昃景」二句，昃景，昃，日偏西，景，同「影」。渙汗，周易渙卦：「九五，渙汗其大號。渙，王居无咎。」孔穎達正義曰：「九五處尊履正，在號令之中，能行號令，以散險厄者也，故曰渙汗其大號也。」此即指號令。辟，徵召。兩句謂皇帝下令選拔非常之才，即下所云四科舉。

〔一八〕「十四年」二句，貞觀十四年，爲公元六四〇年。四科，唐代制科名。册府元龜卷六七載顯慶五年（六六〇）六月詔：「内外官：四科舉人，或孝悌可稱，德行夙著，通涉經史，堪居繁劇；或游泳儒術，沉研册府，下帷不倦，博物馳聲；或藻思清華，詞鋒秀逸，舉標文雅，材堪遠大；或廉平處事，彊直爲心，洞曉刑書，兼苞文藝者，精加搜訪，各以名薦。」太宗時之四科舉，與此應基本相同。

〔一九〕「射策」句，漢書蕭望之傳：「望之以射策甲科爲郎。」顔師古注：「射策者，謂爲難問疑義，書之於策，量其大小，署爲甲乙之科，列而置之，不使彰顯。有欲射者，隨其所取，得而釋之，以知優劣。射之言投射也，對策者顯問以政事、經義，令各對之，而觀其文辭定高下也。」按舊唐書玄宗紀下：天寶十三載（七五四）八月，「上御勤政樓，試四科制舉人，策外加詩、賦各一首。制舉加詩賦，自此始也」。則唐初之四科舉，蓋僅試策而已，且無「投射」之制。甲科爲第一等。

〔二〇〕「可謂朝宰」句，朝宰之璞，原作「宰相之璞」，英華校：「集作朝宰之璞。」集本是，據改。朝宰，與下句「皇居」對應，指朝廷之宰輔，範圍較宰相爲寬。玉未雕謂之璞。韓非子和氏：「然則有道者之不僇也，特帝王之璞未獻耳。」

〔二一〕「可謂皇居」句，文選孔融薦禰衡表：「帝室皇居，必畜非常之寶。」李善注：「應劭漢官儀曰：『帝室，猶古言王室。』尚書曰：『所寶惟賢，則邇人安。』」張銑注：「帝室皇居，謂天子、省閣也。畜，養也。非常之寶，謂賢人也。」

〔二二〕「洛陽」二句，漢書賈誼傳：「賈誼，雒陽人也。」主張更定法令及列侯就國，文帝欲任公卿之位，公卿盡害之，出爲長沙王太傅。「文帝思誼，徵之。至，入見，上方受釐，坐宣室。上因感鬼神事，而問鬼神之本。誼具道所以然之故。至夜半，文帝前席。既罷，曰：『吾久不見賈生，自以爲過之，今不及也。』」注引蘇林曰：「宣室，未央前正室也。」洛陽，英華作「漢朝」，校：「集作洛陽。」兩句言皇帝曾與之交談，有如賈誼。

〔二三〕「魯國」二句，魯國儒生，指孔子。史記孔子世家：「（魯）定公以孔子爲中都宰。」

〔二四〕「尋授」二句，元和郡縣志卷四靈州：「禹貢雍州之域。春秋及戰國屬秦。秦并天下，爲北地郡。漢時爲富平縣之地。……後魏太武帝平赫連昌，置薄骨律鎮，後改置靈州。……周置總管府。隋大業元年（六〇五），罷府爲靈州。三年，又改爲靈武郡。武德元年（六一八），又改爲靈州，仍置總管。七年，改爲都督府。」又曰：鳴沙縣，「本漢富平縣地，屬安定郡。……隋開皇十九年（五九九）置環州，以大河環曲爲名，仍立鳴沙縣屬焉。大業三年罷環州，以縣屬靈武郡。貞觀六年（六三二）復置環州。九年，州廢，以縣屬靈州」。按：地在今甘肅燉煌市。原州百泉縣，已見本文首注。

〔二五〕「斜通」二句，斜，原作「科」，各本同。清人所編佩文韻府卷一四二、卷七七四引改作「斜」，極是，「科」乃形訛。卻，原誤「印」，據英華改。斜、却，皆指方位。紫徼，即紫塞，指長城。崔豹古今注：「紫塞，秦築長城，土色皆紫，漢塞亦然，故稱紫塞焉。」黄州，黄沙之州，指沙漠。

〔二六〕「平雲」二句，平雲，雲低如與地平。帀，環繞；隴，即隴山。此泛指靈州附近之山。秋，英華校：「集作愁。」「愁陰」無義，當誤。

〔二七〕「圓魄」句，圓魄，指月。初學記卷一月：「魄，月始生魄然也。」闕，原作「開」，據全唐文改。闕，與上句「隴」對應，當指玉門關。低闕，謂圓月低垂，遠望之，闕似在月之上。

〔二八〕「君乘輜」二句，漢書揚雄傳上載河東賦：「奮電鞭，驂雷輜。」顏師古注：「輜，衣車也。」説文：「輜，軿車前，衣車後也。」按：即有帷幕之車，乃官員所乘。紱，繫官印之絲帶。演教，推行教化；臨民，「民」原作「人」，避唐諱，徑改。臨民，謂處理民事。

〔二九〕「德被」句，三國志魏書程昱傳：「程昱，字仲德，東郡東阿人也。」太祖（曹操）以昱守壽張令。

太祖征徐州，使昱與荀彧留守鄄城。張邈等叛，迎呂布，郡縣響應，惟鄄城、范、東阿不動。昱等堅守之，「卒完三城，以待太祖」。

〔三〇〕「風移」句，後漢書公孫述傳：「公孫述，字子陽，扶風茂陵人也。哀帝時以父任爲郎。後父仁爲河南都尉，而述補清水長。……太守以其能，使兼攝五縣，政事修理，姦盜不發，郡中謂有鬼神。」

〔三一〕「抽琴」二句，史記仲尼弟子列傳：「宓不齊，字子賤，少孔子四十九歲。孔子謂子賤：『君子哉！魯無君子，斯焉取斯。』子賤爲單父宰。」正義曰：單父，「宋州縣也」。説苑卷七：「宓子賤治單父，彈鳴琴，身不下堂，而單父治。巫馬期亦治單父，以星出，以星入，日夜不處，以身親之，而單父亦治。巫馬期問其故於宓子賤，宓子賤曰：『我之謂任人，子之謂任力。任力者固勞，任人者固佚。』人曰：宓子賤則君子矣，佚四肢，全耳目，平心氣，而百官治，任其數而已矣。巫馬期則不然，弊性事情，勞煩教詔，雖治，猶未至也。」

〔三二〕「繫石」二句，嗚，英華校：「集作聲。」按：兩句所言事未詳，似指後漢酸棗令劉孟陽碑。歐陽修集古録卷三後漢俞鄉侯季子碑（即劉孟陽碑）以爲「似是德政碑」，又考證道：「按後漢書（光武十王傳）光武皇帝子曰廣陵思王（劉）荆，荆子元壽等四人，皆封鄉侯，史略而不載。其名俞鄉侯者，不知爲誰也，思王荆之第幾子也。」此碑甚著名，歷代文獻如水經注、金石録，金薤琳瑯、隸釋及六藝之一録等皆嘗著録，或有考證。碑述劉孟陽政績，與上注用宓子賤事相類。該碑碑陰刻有建碑捐款人姓名，共一百八十人，其中有「好學李泉叔」等。則「鳴」字似當依英華所校集本作「聲」。兩句蓋謂李泉之名繫刻於劉孟陽碑碑石後，其「好學」名聲亦借此傳於後世，以言李楚才爲官興學之效。

〔三三〕「將水鏡」句，水鏡，謂人清明剔透如水似鏡。晉書樂廣傳：「樂廣，字彦輔，南陽淯陽人也。……尤善談論，每以約言析理，以厭人之心，其所不知，默如也。……尚書令衛瓘，朝之耆舊，逮與魏正始中諸名士談論，見廣而奇之，曰：『自昔諸賢既没，常恐微言將絶，而今乃復聞斯言於君矣。』命諸子造焉，曰：『此人之水鏡，見之瑩然，若披雲霧而睹青天也。』王衍自言與人語甚簡，至及見廣，便覺己之煩。其爲識者所歎美如此。出補元城令。」

〔三四〕「共冰壺」句，文選鮑照白頭吟：「直如朱絲繩，清如玉壺冰。」李周翰注：「玉壺冰，取其絜净也。」合照，言其清可與冰相映照。

〔三五〕「神行」二句，神行，謂其操守感動神明。玉鉉，周易鼎卦：「上九，鼎，玉鉉，大吉，無不利。」王弼注：「處鼎之終，鼎道之成也。居鼎之成，體剛履柔，用勁施鉉，以斯處上，高不誠亢，得夫剛柔之節，能舉其任者也。應不在一，則靡所不舉，故曰大吉無不利也。」後以「玉鉉」指處高位之大臣。

〔三六〕「靈化」二句，靈化，謂神靈變化，不可測度。指無緣進入大臣行列。瓊棺，即玉棺。後漢書王喬傳：「王喬者，河東人也，顯宗世爲葉令。喬有神術。……後天下玉棺於堂前，吏人推排，終不揺動。喬曰：『天帝獨召我邪？』乃沐浴服飾，寢其中，蓋便立覆。宿昔葬於城東，土自成墳。」

君年十一丁内艱，朋友相哀，家人不識[一]。昔稱曾、閔[二]，今曰荀、何[三]，近古以來，未之有也。隋郡東曹椽江溢見而嘆曰：「此真可謂保家緯化[四]。」嗟尚者久之。大業末年，皇綱漸紊。不掃一室，自懷包括之心[五]；獨守太玄[六]，且忘名利之境。於時魏特進、房僕射、杜相州等[七]，并以江海相期，煙霞相許，付同心之雅會[八]，訖刎頸之良游[九]。或閉户讀書，累月不出；或登山涉水，經日忘歸。斯賢達之素交，蓋千年而一遇[一〇]。洎塵埋五嶽，海没三山[一一]，辭殷而奉周，背楚而歸漢[一二]。深謀遠慮，即良、平無以加也[一三]；行軍用兵，則韓、彭不能尚焉[一四]。數奇命蹇[一五]，遂無望於高門；日往月來，竟消聲於下邑。情均寵辱，則萬象同歸[一六]；跡混彭殤，則百齡俱盡[一七]。浮生若寄[一八]，大漸彌留[一九]，遺誨子孫，庶幾薄葬。等梁鴻之宅兆，邈矣他鄉[二〇]；符祭仲之高居，依然新鄭[二一]。唯仁與達，君其有焉[二二]；存榮没哀，此之謂也[二三]。即以某年月日，葬於某原。

【箋注】

〔一〕「君年」三句，丁，遭遇。内艱，指喪母。「内」字，英華空格。周書皇甫遐傳：「皇甫遐，字永覽，河東汾陰人也。……遭母喪，乃廬於墓側，負土爲墳，……形容枯顇，家人不識。」

〔二〕「昔稱」句，曾、閔，即曾參、閔損，皆孔子弟子。曾參至孝，嘗著孝經，詳前益州温江縣令任君神道碑注。史記仲尼弟子列傳：「閔損，字子騫，少孔子十五歲。孔子曰：『孝哉，閔子騫！人不間於其父母昆弟之言，不仕大夫，不食汙君之禄。』」

〔三〕「今曰」句，荀、何，指荀顗、何曾。晉書荀顗傳：「荀顗，字景倩，潁川人，魏太尉彧之第六子也。……性至孝，總角知名。博學洽聞，理思周密。……年踰耳順，孝養蒸蒸。以母憂去職，毁幾滅性，海内稱之。」同上何曾傳：「曾性至孝，閨門整肅，自少及長，無聲樂嬖幸之好。年老之後，與妻相見，皆正衣冠，相待如賓，己南向，妻北面，再拜上酒，酬酢既畢便出，一歲如此者不過再三焉。初，司隸校尉傅玄著論，稱曾及荀顗曰：『以文王之道事其親者，其潁昌何侯乎！其荀侯乎！古稱曾、閔，今曰荀、何。内盡其心以事其親，外崇禮讓以接天下，孝子百世之宗，仁人天下之命，有能行孝之道，君子之儀表也。』」

〔四〕「隋郡」二句，東曹椽，煬帝時諸郡所置官名。通典卷三三總論郡佐：「隋初以州爲郡，無復軍府，則州府之職參爲郡官，故有長史、司馬、録事參軍、功、户、兵、法等七曹，稍與今制同。開皇三年（五八三），詔佐官以曹爲名者，并改爲司。十二年，諸州司從事爲名者，并改爲參軍。……煬帝置通守、贊治、東西曹掾、主簿、司功、倉、户、兵、法、士等書佐。」江溢，事迹無考。保家，左傳襄公二十七年：「趙孟曰：善哉！保家之主也，吾有望矣。」杜預注：「能戒懼，不荒，所以保家。」孔穎達正義：「大夫稱主。言是守家之主，不忘族也。」緯化，助理教化。

〔五〕「不掃」二句，謂有大志。後漢書陳蕃傳：「陳蕃，字仲舉，汝南平輿人也。祖河東太守。蕃年十五，嘗閑處一室，而庭宇蕪穢。父友同郡薛勤來候之，謂蕃曰：『孺子何不灑掃以待賓客？』蕃曰：『大丈夫處世，當掃除天下，安事一室乎！』勤知其有清世志，甚奇之。」包括之心，謂胸懷天下。

〔六〕「獨守」句，漢書揚雄傳下：「哀帝時，丁傅、董賢用事，諸附離之者，或起家至二千石。時雄方草太玄，有以自守，泊如也。」

〔七〕「於時」句，魏特進，即魏徵，著名政治家。魏徵字玄成，鉅鹿曲城人。高祖即位，拜諫議大夫、尚書左丞。貞觀二年（六二八）遷秘書監，參預朝政。爲左光禄大夫，封鄭國公，拜特進，仍知門下事。舊唐書卷七一有傳。房僕射，即房喬，字玄齡，齊州臨淄人。貞觀元年爲中書令，進爵邢國公。爲尚書左僕射，改封魏國公。舊唐書卷六六有傳。同上杜如晦傳：杜如晦，字克明，京兆杜陵人，爲尚書右僕射，與房玄齡共掌朝政，談良相者稱「房杜」。然杜如晦無相州仕歷，疑以魏徵薨贈司空、相州都督而誤記，待考。

〔八〕「付同心」句，周易繫辭上：「子曰：君子之道，或出或處，或默或語。二人同心，其利斷金；同心之言，其臭如蘭。」

〔九〕「訖刎頸」句，史記廉頗藺相如列傳：「（廉頗）肉袒負荆，因賓客至藺相如門謝罪，曰：『鄙賤之人，不知將軍寬之至此也。』卒相與歡，爲刎頸之交。」索隱引崔浩云：「要齊生死，而刎頸無悔也。」

〔一〇〕「蓋千年」句，而，英華作「之」，校：「集作而。」按：上句爲「之」，此當作「而」。

〔一一〕「洎塵埋」二句，塵埋，謂滄桑之變。神仙傳卷三王遠：「麻姑自説接待以來，已見東海三爲桑田。向到蓬萊，水又淺於往昔會時略半也，豈將復還爲陵陸乎？方平笑曰：『聖人皆言，海中行復揚塵也。』」此言塵埋五嶽，即由此事推衍而加甚焉。海没，列子湯問：「龍伯之國有大人，舉足不盈數步而暨五山之所，一釣而連六鼇，……於是岱輿、員嶠二山流於北極，沉於大海，仙聖之播遷者巨億計。帝憑怒，侵減龍伯之國使阨，侵小龍伯之民使短。」按：兩句喻指隋朝江山覆亡。

〔一二〕「辭殷」二句，史記周本紀：「西伯曰文王，遵后稷、公劉之業，則古公、公季之法，篤仁，敬老，慈少。禮下賢者，日中不暇食以待士，士以此多歸之。伯夷、叔齊在孤竹，聞西伯善養老，盍往歸之。太顛、閎夭、散宜生、鬻子、辛甲大夫之徒皆往歸之。」秦末劉、項争天下，原項羽智謀豪傑之士亦多歸漢，故張良、陳平説劉邦曰：「漢有天下太半，而諸侯皆附之。楚兵罷，食盡，此天亡楚之時也。」（史記項羽本紀）按：兩句以奉周、歸漢喻指李楚才由隋歸唐。魏徵、房玄齡等歸唐前，亦嘗爲隋官。

〔一三〕「深謀」二句，良、平，即張良、陳平，劉邦主要謀士。張良事迹詳史記留侯世家，高祖嘗曰：「夫運籌策帷帳之中，決勝於千里之外，吾不如子房（張良，見史記高祖本紀）。」陳平事迹詳史記陳丞相世家，太史公稱其「常出奇計，救紛糾之難，振國家之患」。

〔一四〕「行軍」二句，韓、彭，即韓信、彭越，爲劉邦主要軍事將領。韓信封淮陰侯，事迹詳史記淮陰侯傳，太史公稱其「於漢家勳，可以比周、召、太公之徒」。彭越嘗立爲梁王，事迹詳史記彭越傳，太史公稱其「席卷千里，南面稱孤」。

〔一五〕「數奇」句，史記李將軍列傳：「李廣老，數奇。」索隱引服虔云：「作事數不偶也。」命蹇，周易蹇卦彖曰：「蹇，難也，險在前也。」蹇，英華校：「一作舛。」

〔一六〕「情均」二句，莊子逍遥遊：「且舉世而譽之而不加勸，舉世而非之而不加沮，定乎内外之分，辨乎榮辱之竟，斯已矣。」萬象，萬物也；同歸，謂榮辱等齊，無有分别。

〔一七〕「跡混」二句，莊子齊物論：「天下莫大於秋毫之末，而太山爲小；莫壽乎殤子，而彭祖爲夭。天地與我并生，而萬物與我爲一。」郭象注：「無小無大，無壽無夭。」按：彭祖，傳説爲古代長壽者。殤子，夭折小兒。

〔一八〕「浮生」句，莊子刻意：「其生若浮，其死若休。」陶淵明榮木：「人生若寄，顦顇有時。」

〔一九〕「大漸」句，尚書顧命：「（成）王曰：『嗚呼，疾大漸，惟幾。病日臻。既彌留，恐不獲誓言嗣，茲予審訓命汝。』」僞孔傳釋「疾大漸」爲「疾大進篤」，釋「彌留」爲「已久留」，謂恐不可痊瘉。

〔二〇〕「等梁鴻」二句，後漢書梁鴻傳：「梁鴻，字伯鸞，扶風平陵人。」後「至吴，依大家皋伯通，居廡下，爲人賃舂」。「疾且困，告主人曰：『昔延陵季子葬子於嬴博之間，不歸鄉里。慎勿令我子持喪歸去。』及卒，伯通等爲求葬地於吴要離冢傍，咸曰：要離，烈士，而伯鸞清高，可令相近。」李賢注：「要離，刺吴王僚子慶忌者，冢在今蘇州吴縣西，伯鸞墓在其北。」

〔二一〕「符祭仲」二句，晉書杜預傳：「杜預字元凱，京兆杜陵人也。……預先爲遺令，曰：『……吾往爲臺郎，嘗以公事使過密縣之邢山，山上有冢，問耕夫，云是鄭大夫祭仲，或云子産之冢也，遂率從者祭而觀焉。其造冢居山之頂，四望周達，連山體南北之正而邪東北，向新鄭城，意不忘本也。』」按：邢山墓墓主究爲何人，説者不一，此以其爲祭仲墓而論之。此及上兩句，謂李楚才遺囑死後葬於百泉縣，不必返鄉，與梁鴻、祭仲同意。

〔二二〕「唯仁」二句，晉書王祥傳：「祥有五子：肇、夏、馥、烈、芬。……烈、芬并幼知名，爲祥所愛。二子亦同時而亡，將死，烈欲還葬舊土，芬欲留葬京邑，祥流涕曰：『不忘故鄉，仁也；不戀本土，達也。惟仁與達，吾二子有焉。』」

〔二三〕「存榮」二句，謂生前榮耀，死後令人哀痛。蔡邕陳太丘（寔）碑：「遠近會葬，千人以上。河南尹种府君臨郡，追歎功德，述録高行，以爲遠近鮮能及之。重部大掾，以時成銘，斯可謂存榮没哀、死而不朽者已。」

夫人廣平宋氏〔一〕，齊尚書左丞士順之曾孫，隋建安郡司法長文之季女〔二〕。霜淒月瑩，菊艷苕華〔三〕。淑問秀於閨房〔四〕，柔風洽於詩禮〔五〕。琴前鏡裏，孤鸞別鶴之悲〔六〕；竹死城崩，杞婦湘妃之怨〔七〕。長子金河府校尉、上柱國輔仁等〔八〕，十輪方駕，萬石駢衡〔九〕。窺上帝之兵鈐，入先王之册府〔一〇〕。指蒼天而永訴，血下沾襟〔一一〕；對白日以長號，悲來填臆。於是緦麻執友，素蓋賓朋〔一二〕，傳祖德於高陽〔一三〕，考豐碑於太學〔一四〕。庶使城隍一變，猶知鄧艾之名〔一五〕；陵谷三遷，尚識鍾繇之字〔一六〕。

【箋注】

〔一〕「夫人」句，元和郡縣志卷一五洺州（廣平）：「禹貢冀州之域。……秦兼天下，是爲邯鄲郡。漢武帝置平干國，宣帝改曰廣平。自漢至晉，或爲國，或爲郡。……周武帝建德六年（五七七），於郡置洺州，以水爲名。隋大業三年（六〇七），罷州爲永安郡。武德元年（六一八），又改爲洺州。」地在今河北邯鄲市永年縣。

〔二〕「齊尚書」二句，尚書左丞，隋書百官志中載爲從四品。建安郡，同上地理志下：「陳置閩州，仍廢，後又置豐州。平陳，改曰泉州。大業初改曰閩州。」即今福建福州市。司法，即司法參軍。按：宋士順、宋長文，別無事迹可考。

〔三〕「霜淒」二句，苕華，爾雅釋草：「苕，陵苕。」邢昺疏：「陸璣（毛詩草木）疏云：『一名鼠尾，生下濕水中，七八月中華紫，似今紫草，可染皁，煮以沐髮即黑。』詩小雅云『苕之華，芸其黃矣』，鄭箋云陵苕之華，紫赤而繁。陸璣亦言其華紫色，而此云黃白者，蓋就紫色之中有黃紫、白紫耳，及其將落，則全變爲黃，故詩云『芸其黃矣』。」兩句以霜、月、菊、苕，比喻宋氏清純高潔。潘岳爲任子咸妻作孤女澤蘭哀辭：「鬒髮蛾眉，巧笑美目。顔耀榮苕，華茂時菊。」

〔四〕「淑問」句，淑問，美好名聲。漢書匡衡傳上疏曰：「道德弘於京師，淑問揚乎疆外。」顔師古注：「淑，善也。問，名也。」

〔五〕「柔風」句，洽，原作「治」，據英華、四子集、全唐文改。洽，潤澤。謂其温柔敦厚之風，乃由詩禮熏陶而成。

〔六〕「琴前」二句，文選嵇康琴賦：「王昭楚妃，千里別鶴。」李善注引蔡邕琴操曰：「商陵牧子娶妻，五年無子，父兄欲爲改娶。牧子援琴鼓之，歎別鶴以舒其憤懣，故曰別鶴操。」又引崔豹古今注曰：「別鶴操，商陵牧子所作也。牧子娶妻五年無子，父母將爲之改娶。妻聞之，中夜起，聞鶴聲，倚户而悲。牧子聞之，愴然歌曰：『將乘北翼隔天端，山川悠遠路漫漫。』攬衣不寢食。後人因以爲樂章也。」范泰鸞鳥詩序：「昔罽賓王結苴峻祁之山，獲一鸞鳥。……三年不鳴。其夫人曰：『嘗聞鳥見其類而後鳴，何不懸鏡以映之？』王從其意。鸞睹形悲鳴，哀響中霄，一奮而絶。」

〔七〕「竹死」二句，楚辭屈原九歌湘夫人：「帝子降兮北渚。」王逸注：「言堯二女娥皇、女英，隨舜不反，没於湘水之渚，因爲湘夫人。」博物志卷一〇史補：「堯之二女，舜之二妃，曰湘夫人。舜崩，二妃啼，以涕揮竹，竹盡斑。」劉向列女傳卷四齊杞梁妻：「齊杞梁殖之妻也。莊公襲莒，殖戰而死。……杞梁之妻無子，内外皆無五屬之親。既無所歸，乃枕其夫之屍於城下而哭，内誠動人，道路過者莫不爲之揮涕。十日，而城爲之崩。」湘妃之怨，英華、四子集作「孀娥之泣」，英華校：「集作湘妃之怨。」所校集本義勝。「琴前」至此四句，皆言宋夫人喪夫之痛。

〔八〕「長子」二句，金河府，唐折衝府名，在何處待考。校尉，武官名。通典卷二九：折衝府有「校尉六人」。上柱國，唐六典卷二尚書吏部：「司勳郎中、員外郎掌邦國官人之勳級，凡勳十有二等，十二轉爲上柱國，比正二品。」李輔仁，别無事迹可考。

〔九〕「十輪」二句，十輪、萬石，謂李輔仁兄弟仕宦、官位極盛。文選楊惲報孫會宗書（按：原載漢書楊惲傳）：「惲家方隆盛時，乘朱輪者十人。」李善注：「二千石皆得乘朱輪。」又後漢書馮勤傳：「曾祖父揚，宣帝時爲弘農太守，有八子，皆爲二千石，趙魏間榮之，號曰萬石君焉。」方駕，文選左思魏都賦：「竦峭雙碣，方駕比輪。」李周翰注：「方駕比輪，言并車也。」騈衡，同書顔延年赭白馬賦：「將使紫燕騈衡，緑蛇衛轂。」李善注：「衡，車衡也。」騈衡，謂車衡相并，與方駕義同。

〔一〇〕「窺上帝」二句，謂李輔仁等遍讀秘籍奇書，學問淵博，無所不究。後漢書方術列傳上：「若夫陰陽推步之學，往往見於墳記矣；然神經怪牒，玉策金繩，關扃於明靈之府，封縢於瑶壇之上者，靡得而闕也。至乃河洛之文，龜龍之圖，箕子之術，師曠之書，緯候之部，鈐決之符，皆所以探抽冥賾，參驗人區，時有可聞者焉。」師曠之書，李賢注：「占災異之書也。」鈐決，李賢注：「兵法有玉鈐篇。」

〔一一〕「血下」句，下，原作「不」，據四子集、全唐文改。

〔一二〕「於是」二句，緦麻，喪禮五服爲斬衰、齊衰、大功、小功、緦麻。緦麻乃喪禮中最輕者。此指遠親及部屬，儀禮士虞禮：「士之屬官，爲其長弔，服加麻矣。」素蓋，謂素車。後漢書范式傳：「范式少游太學，與張劭爲友。劭病卒，范式馳往赴之。未及到，而喪已發引；既至壙將窆，而柩不肯進。「遂停柩移時，乃見有素車白馬號哭而來」。此泛指送葬之執友賓朋。

〔一三〕「傳祖德」句，楚辭屈原離騷：「帝高陽之苗裔兮。」王逸注：「高陽，顓頊有天下之號也。」因李氏出於顓頊高陽氏，故此指稽考李楚才之祖宗世系。

〔一四〕「考豐碑」句，豐碑，指漢末所刊石經，其形制如碑，立於太學門外，「於是後儒晚學，咸取正焉」。詳見前遂州長江縣先聖孔子廟堂碑「考春秋於太學」句注引後漢書蔡邕傳等。此指所作李楚才神道碑述事翔實，文字精確。

〔一五〕「庶使」二句，古今注：「隍者，城池之無水者也。」一變，謂城復於隍。周易泰卦：「城復於隍，勿用師。」孔穎達正義：「城之爲體，由基土陪扶乃得爲城，今下不陪扶，城則隕壞。」此謂世事變遷。知鄧艾之名，三國志魏書鄧艾傳：「鄧艾，字士載，義陽棘陽人也。……年十二，隨母至潁川，讀故太丘長陳寔碑文，言『文爲世範，行爲士則』，艾遂自名範，字士則。」後爲曹魏名將。此以陳寔喻指李楚才，謂即使此碑文已毀，也將有仰慕如鄧艾者，將其事迹傳於後世。

〔一六〕「陵谷」二句，晉書杜預傳：「吳平，「以功進爵當陽縣侯」。「預好爲後世名，常言：『高岸爲谷，深谷爲陵。』（引者按：二句出詩經小雅十月之交。）刻石爲二碑紀其勳績，一沉萬山之下，一立峴山之上，曰：『焉知此後不爲陵谷乎！』」鍾繇，晉代大書法家。謂碑文也將由書碑者之字（實婉指文）傳名後世。

其銘曰〔一〕：

玉斗之英〔二〕，瑶光之精〔三〕。巡河并洛〔四〕，握紀提衡〔五〕。柱史論道〔六〕，將軍用兵〔七〕。陸離簪紱〔八〕，奕葉公卿〔九〕。岳牧騰譽〔一〇〕，絃歌有聲〔一一〕。階蘭疊影〔一二〕，巖桂增榮〔一三〕。山澤通氣，風雲表靈〔一四〕。凝脂點漆〔一五〕，月角珠庭〔一六〕。白玉無玷〔一七〕，黄金滿籯〔一八〕。忠爲令德，孝實天經。朋友千里，煙霞百靈。琴罇野尚，松竹山情。數屬群海〔一九〕，時逢鬬星〔二〇〕。黄龍雹震，白騎雷驚〔二一〕。赫矣高祖，元亨利貞〔二二〕。聖人有作，天下文明〔二三〕。自此提劍，因茲間行〔二四〕。攀鱗北海，附翼南溟〔二五〕。水火之陣〔二六〕，孤虚之營〔二七〕。左提右挈〔二八〕，東討西征。巨猾斯斬，元兇載清〔二九〕。功符衛霍，知若良平〔三〇〕。自滿知損，居中忌盈〔三一〕。蕭條異縣〔三二〕，坎壈浮生。降以中旨，賓於上京〔三三〕。陳書詣闕，對問揚庭〔三四〕。山連鴈塞，野接龍坰〔三五〕。期月而已，三年有成〔三六〕。波瀾不息，箭刻無停〔三七〕。梁木其壞〔三八〕，高臺已傾〔三九〕。關雲斷絶，隴鴈飛鳴。頓雙鳧於葉縣〔四〇〕，局四馬於滕城〔四一〕。

【箋　注】

〔一〕「其銘」句，銘，英華校：「集作詞。」亦通。

〔二〕「玉斗」句，藝文類聚帝王部一帝夏禹引帝王世紀：「(禹)虎鼻大口，兩耳參漏，胸有玉斗。」太平御覽卷八二夏禹引雒書靈準聽，注「胸懷玉斗」曰：「懷璇璣玉衡之道。或以爲有黑子如玉斗也。」此當用前説，所謂「璇璣玉衡之道」，天道也，謂李楚才爲天之英靈。

〔三〕「瑶光」句，指顓頊。太平御覽卷七九顓頊高陽氏引河圖曰：「瑶光之星，如蜺貫月，正白，感女樞幽房之宫，生黑帝顓頊。」此言李氏出於顓頊，李楚才乃瑶光星精下凡。

〔四〕「巡河」句，謂顓頊、夏禹皆有天下。周易繫辭上：「河出圖，洛出書，聖人則之。」讖緯家稱河圖、洛書乃帝王有天下之符命。

〔五〕「握紀」句，謂統治天下。握紀，掌握紀綱。駱賓王爲齊州父老請陪封禪表：「伏惟陛下乘乾握紀，纂三統之重光。」又李百藥封建論：「陛下握紀御符，應期啓聖。」提衡，漢書杜周傳贊：「爵位尊顯，繼世立朝，相與提衡。」注引如淳曰：「提衡，猶言相提攜也。」又引臣瓚曰：「衡，平也，言二人齊也。」顔師古注以爲「瓚説是也」。

〔六〕「柱史」句，指老子。老子嘗爲周守藏室史（即柱下史）。其所著老子，又稱道德經，以「道」爲核心。後世李氏多以老子爲始祖，故於李楚才亦云，參本文前注。

〔七〕「將軍」句，指李廣，見本文前注。

〔八〕「陸離」句，楚辭屈原離騷：「長余佩之陸離。」王逸注：「陸離，猶參差，衆貌也。」同上九歌大司命：「玉佩兮陸離。」王逸注：「玉佩衆多，陸離而美也。」簪紱，代指官宦。簪爲綰髮用具，紱乃繫官印之絲帶。陸機晉平西將軍孝侯周處碑：「簪紱揚名，臺閣標著。」句言李氏爲官者衆。

〔九〕「奕葉」句，奕葉，世代。文選曹植王仲宣誄：「伊君顯考，奕葉佐時。」李周翰注：「奕，不絶之稱也。」

〔一〇〕「岳牧」句，尚書堯典：「乃命羲和，欽若昊天，曆象日月星辰，敬授人時。」僞孔傳：「重、黎之後羲氏、和氏，世掌天地四時之官，故堯命之，使敬順昊天。」同書：「帝曰：咨！四岳。」僞孔傳：「四岳，即上羲和之四子，分掌四岳之諸侯，故稱焉。」後以岳牧代指州郡長官。此指李楚才曾祖李裕，後魏時嘗爲徐州刺史，封燉煌郡公，有如古之諸侯。騰譽，謂李裕爲時所稱。

〔一一〕「絃歌」句，指李楚才之父李孝友，嘗爲隋晉州岳陽縣令，有如孔子弟子子游絃歌爲武城宰。

〔一二〕「階蘭」句，階蘭，喻指子孫，言其優秀。世説新語言語：「謝太傅（安）問諸子姪：『子弟亦何預人事，而正欲使其佳？』諸人莫有言者，車騎（謝玄）答曰：『譬如芝蘭玉樹，欲使其生於階庭耳。』」疊影，謂其多。

〔一三〕「巖桂」句，巖桂，喻指祖先。世説新語德行：「客有問陳季方（諶）：『足下家君太丘（寔）有何功德，而荷天下重名？』季方曰：『吾家君譬如桂樹生泰山之阿，上有萬仞之高，下有不測之深；上爲甘露所霑，下爲淵泉所潤。當斯之時，桂樹焉知泰山之高，淵泉之深？不知有功德與無也。』」

〔一四〕「山澤」二句，周易繫辭上：「在天成象，在地成形，變化見矣。」韓康伯注：「象謂日月星辰，形況山川草木也。懸象運行，以成昏明；山澤通氣，而雲行雨施，故變化見矣。」兩句謂李氏子孫乃山川風雲之靈秀所毓。

〔一五〕「凝脂」句，世説新語容止：「王右軍見杜弘治，歎曰：『面如凝脂，眼如點漆，此神仙人也。』」按晉書杜乂傳：「杜乂，字弘治，成恭皇后父，鎮南將軍預孫，尚書左丞錫之子也。性純和，美姿容，有盛名於江左。王羲之見而目之，曰：『膚若凝脂，眼如點漆，此神仙人也。』」

〔一六〕「月角」句，月角，見本文前注。珠庭，初學記卷九帝王部「珠庭」引洛書曰：「黑帝子湯長八尺一寸，珠庭。」珠庭又稱「連珠庭」，見太平御覽卷八三皇王部八殷帝成湯引雒書靈準聽。未曉其詳，蓋異相也。此謂李氏子生而非凡。

〔一七〕「白玉」句，史記龜策列傳：「黄金有疵，白玉有瑕。」後漢書李王鄧來列傳贊：「款款君叔，斯言無玷。」玷，缺也。此謂李楚才爲人完美無缺。

〔一八〕「黄金」句，漢書韋賢傳：「鄒魯諺曰：『遺子黄金滿籝，不如一經。』」注引如淳曰：「籝，竹器，受三四斗，今陳留俗有此器。」此反用其義，謂李氏不遺子孫錢財，而讓其讀書飽學。

〔一九〕「數屬」句，群海，群，原作「郡」，當是「群」之形訛，據文意改。群海，謂海水群飛。文選揚雄劇秦美新：「神歇靈液，海水群飛。」李善注：「水喻萬民，群飛，言亂。」又劉良注：「海水群飛，喻天下亂也。」按：該語又見揚雄法言，參前新都縣學先聖廟堂碑文注。

〔二〇〕「時逢」句，鬬，原作「鬪」。「鬪」未見字書，蓋「鬬」之形訛，據四庫全書本、全唐文改。史記天官書：「歲星入月，其野有逐相；與太白鬬，其野有破軍。」集解引韋昭曰：「星相擊爲鬬。」隋書天文志中星雜變：「……三曰星鬬，星鬬，天下大亂。」

〔二一〕「黄龍」二句，唐開元占經卷一二〇龍引瑞應圖曰：「黄龍者，五龍之長也，不混池魚。」電震，謂龍騰躍震駭如電。白騎，即白馬。此泛指馬，「白」與上句「黄」對應。雷驚，群馬奔馳嘶鳴，其聲如雷。兩句言隋末天下大亂，各路英雄豪傑四起。

〔二二〕「元亨」句，周易乾卦：「乾，元亨利貞。」文言曰：「元者善之長也，亨者嘉之會也，利者義之和也，貞者事之幹也。君子體仁足以長人，嘉會足以合禮，利物足以和義，貞固足以幹事。君子行此四德者，故曰『乾，元亨利貞』。」

〔二三〕「天下」句，周易乾卦文言：「『見龍在田』，天下文明。」孔穎達正義：「天下文明者，陽氣在田，始生萬物，故天下有文章而光明也。」按：自「高祖」至此四句，皆頌揚唐高祖李淵起兵反隋之正義、英明。

〔二四〕「自此」句，此，原作「北」，據全唐文改。「此」與下句「兹」對應。兩句言李楚才於是時亦提劍投奔義軍。間行，乘機而動。

〔二五〕「攀鱗」二句，鱗，原作「麟」，據英華、全唐文改。攀鱗、附驥，喻依託於人。後漢書光武帝紀上：「耿純進曰：『天下士大夫捐親戚，棄土壤，從大王於矢石之間者，其計固望其攀龍鱗、附鳳翼，以成其所志耳。』」史記伯夷列傳：「顔淵雖篤學，附驥尾而行益顯。」索隱：「蒼蠅附驥尾而致千里，以喻顔回因孔子而名彰。」北海、南溟，莊子逍遥遊：「北冥有魚，其名爲鯤，化而爲鳥，其名爲鵬。」「鵬之徙於南冥也，水擊三千里，摶扶摇而上者九萬里。」溟、冥同，謂海也，則鱗指鯤。兩句言隨李淵轉戰南北。

〔二六〕「水火」句，水火陣，謂水陣、火陣。尉繚子天官：「背水陣爲絶地，向阪陣爲廢軍。武王伐紂，背濟水、向山阪而陣，以二萬二千五百人擊紂之億萬而滅商。」此乃背水陣，而水陣似别有説。北齊書方伎許遵傳：「許遵，高陽人。明易，善筮，兼曉天文、風角、占相、逆刺，其驗若神。……邙陰之役，遵謂李業興曰：『彼爲火陣，我木陣，火勝木（按北史本傳作「賊爲水陣，我爲火陣，水勝火」），我必敗。』果如其言。」

〔二七〕「孤虚」句，孤虚之營，即孤虚陣。史記龜策列傳：「日辰不全，故有孤虚。」集解（裴）駰案：

「甲乙謂之日，子丑謂之辰。六甲孤虚法：甲子旬中無戌亥，戌亥即爲孤辰，巳即爲虚。甲戌旬中無申酉，申酉爲孤，寅卯即爲虚。甲申旬中無午未，午未爲孤，子丑即爲虚。甲午旬中無辰巳，辰巳爲孤，戌亥即爲虚。甲辰旬中無寅卯，寅卯爲孤，申酉即爲虚。甲寅旬中無子丑，子丑爲孤，午未即爲虚。劉歆七略有風后孤虚二十卷。」後漢書方術列傳上稱上古兵書「其流又有風角、遁甲、……須臾、孤虚之術」。同書方術列傳下趙彦傳：「趙彦者，琅邪人也。少有術學。延熹三年（一六〇），琅邪賊勞丙與太山賊叔孫無忌殺都尉，攻没琅邪屬縣，殘害吏民。朝廷以南陽宗資爲討寇中郎將，杖鉞將兵，督州郡合討無忌。彦爲陳孤虚之法，以賊屯在莒，莒有五陽之地，宜發五陽郡兵，從孤擊虚以討之。」李賢注「五陽之地」：「謂城陽、南武陽、開陽、陽都、安陽，并近莒。」又注「五陽郡兵」：「郡名有陽，謂山陽、廣陽、漢陽、南陽、丹陽郡之類也。」此即所謂以孤虚術用兵之例。唐初人員半千謂載籍又稱之爲「地陣」（見舊唐書本傳）。以上兩句，謂李楚才善布陣用兵。

〔二八〕「左提」句，漢書張耳陳餘傳：「夫以一趙尚易燕，況以兩賢王左提右挈而責殺王，滅燕易矣。」顏師古注：「提、挈，言相扶持也。」

〔二九〕「巨猾」二句，指李楚才領兵討平南州事，詳前注。

〔三〇〕「功符」二句，謂李楚才戰功與衛青、霍去病相當，智謀有如張良、陳平。

〔三一〕「自滿」二句，周易損卦彖曰「損，損下益上」，又曰「損剛益柔」、「損益盈虚」，皆滿招損之義。

同書謙卦：「鬼神害盈而福謙，人道惡盈而好謙。」六二：「鳴謙，貞吉。」王弼注：「鳴者，聲名聞之謂也。得位居中，謙而正焉。」皆忌盈之義。按：兩句指李楚才因争功得罪事，詳前注。知，英華校：「集作人。」按「知」與下句「忌」對應，當是，作「人」誤。

〔三二〕「蕭條」句，異縣，指李楚才得罪後「遐遷騰府」事，所在地不詳。

〔三三〕「降以」二句，指太宗即位後授長樂監、北門供奉事，詳前注。

〔三四〕「陳書」二句，指李楚才制科登甲第。陳書，應制科考試之薦書。對問，即答策；揚庭，受到朝廷稱揚。

〔三五〕「山連」二句，指授靈州鳴沙縣令。鴈塞，即鴈門關，在今山西。龍坰，龍庭也；坰，邊遠之地。龍庭乃匈奴祭祖先、天地及鬼神處（見後漢書竇憲傳李賢注）。兩句言鳴沙縣地理位置極僻遠。

〔三六〕「期月」二句，論語子路：「子曰：『苟有用我者，期月而已可也，三年有成。』」何晏集解引孔（安國）曰：「言誠有用我於政事者，期月而可以行其政教，必三年乃有成功。」

〔三七〕「波瀾」二句，波瀾，指水。論語子罕：「子在川上，曰：『逝者如斯夫！不舍晝夜。』」何晏集解引包（咸）曰：「逝，往也。言凡往也者，如川之流。」箭刻，古代計時器，以滴漏標尺（箭）計時。義與上同。謂時光流逝，歲月不待。

〔三八〕「梁木」句，禮記檀弓上：顔淵之喪，孔子歌曰：「泰山其頽乎！梁木其壞乎！哲人其萎乎！」

〔三九〕「高臺」句，説苑善説：雍門子周以琴見孟嘗君，曰：「天下有識之士無不爲足下寒心酸鼻者，千秋萬歲之後，高臺既已壞，曲池既已漸，墳墓既已下而青廷矣。……」孟嘗君泫然。庾信思舊銘：「高臺已傾，稷下有聞琴之泣。」以上兩句，皆喻指李楚才之死。

〔四〇〕「頓雙鳧」句，頓，停下。雙鳧，後漢書王喬傳：王喬有神術，爲葉令，每月朔望常自縣詣臺朝，然不見車騎。帝密令太史伺望之，所乘乃雙鳧，而雙鳧乃所賜尚書官屬履。其後天下玉棺於堂前，王喬於是寢其中，蓋便立覆，葬於城東，土自成墳。詳見前益州温江縣令任君神道碑「怪力成墳」句注。

〔四一〕「局四馬」句，滕公（夏侯嬰）駕至東都門，馬嘶，踊不肯前，以足跑地。掘之，得石槨，有科斗文字稱「佳城鬱鬱，三千年見白日，吁嗟滕公居此室」。滕公死，遂葬焉。詳見前後周明威將軍梁公神道碑注引西京雜記。以上兩句，亦喻指李楚才之死。

楊炯集箋注卷八

神道碑

瀘州都督王湛神道碑〔一〕

惟漢高祖應天順人，祭蚩尤於沛庭，斬大蛇於豐澤〔二〕，則豐沛之豪傑乘於雲矣〔三〕。惟漢光武龍飛鳳翔，舉新市之八千〔四〕，破王尋之百萬〔五〕，則南陽之佐命動於天矣。我高祖神堯皇帝以唐侯而建國，從晉陽以起兵〔六〕，協和萬邦〔七〕，光宅天下〔八〕，則太原之衣冠有大動矣。

【箋注】

〔一〕瀘州，今四川瀘州市。唐初瀘州爲下都督府治所，都督瀘、榮、溱、珍四州諸軍事，即除瀘州外，尚包括今四川自貢、内江、樂山三市部分地區，地域遼闊，詳下文注。墓主王湛卒於咸亨三年（六七二）七月，睿宗李旦文明元年（六八四）二月陪葬獻陵（高祖陵），則陪葬當爲改葬。此碑文應作於改葬前夕。湛，英華卷九一二校：「集作諶，下同。」孰是，已不可考，兹依底本。

〔二〕「祭蚩尤」二句，漢書高帝紀上：「秦二世元年（前二〇九）秋七月，陳涉起蘄，至陳自立爲楚王，遣武臣、張耳、陳餘略趙地。八月，武臣自立爲趙王。郡縣多殺長吏以應涉。九月，沛令欲以沛應之，……高祖乃立爲沛公，祠黄帝，祭蚩尤於沛廷，而釁鼓旗。幟皆赤，由所殺蛇白帝子，所殺者赤帝子故也。於是少年豪吏如蕭、曹、樊噲等皆爲收沛子弟，得三千人。」遂起兵。注引應劭曰：「黄帝戰於阪泉，以定天下。蚩尤……好五兵，故祠祭之求福祥也。」顔師古注：「沛廷，沛縣之廷。」此前劉邦以亭長爲縣送徒驪山，夜行澤中斬大蛇，詳前新都縣學先聖廟堂碑文「潛膺赤帝之圖」句注。

〔三〕「則豐沛」句，漢書高帝紀：「高祖，沛豐邑中陽里人也。」注引應劭曰：「沛，縣也。豐，其鄉也。」又引孟康曰：「後沛爲郡而豐爲縣。」按：即今江蘇徐州市之沛縣、豐縣。劉邦出生地中陽里，即今豐縣趙莊鎮。劉邦試吏爲泗上亭長，在沛縣，故豐、沛指劉邦故鄉。乘於雲，猶言雲從龍。周易乾卦文言：「九五曰『飛龍在天，利見大人』，何謂也？子曰：『同聲相應，同氣相求。水流濕，火就燥，雲從龍，風從虎，聖人作而萬物覩。本乎天者親上，本乎地者親下，則各從其類也。』」下文言南陽佐命、太原衣冠，亦指隨同起義之南陽、太原豪傑。與此義同。於，英華校：「集作慶。」按：對句爲「動於天」，則作「慶」誤。

〔四〕「惟漢光武」二句，後漢書光武帝紀上：「世祖光武皇帝諱秀，字文叔，南陽蔡陽人，高祖九世之孫也。」王莽地皇三年（二二），南陽荒饑，「宛人李通等以圖讖説光武云：『劉氏復起，李氏爲輔。』光武初不敢當，然獨念兄伯升素結輕客，必舉大事，且王莽敗亡已兆，天下方亂，遂與定謀。於是乃市兵弩。十月，與李通從弟軼等起於宛，時年二十八。……伯升於是招新市、平林兵，與其帥王鳳、陳牧西擊長聚」。李賢注：「新市，縣，屬江夏郡，故城今在郢州富水縣東北。平林，地名，在今隨州隨縣東北。」

〔五〕「破王尋」句，後漢書光武帝紀上：王莽聞漢帝立，大懼，「遣大司徒王尋、大司空王邑將兵百萬，其甲士四十二萬人」以攻義軍。後被陸續擊破。

〔六〕「我高祖」二句，舊唐書高祖紀：「高祖神堯大聖大光孝皇帝姓李氏，諱淵。其先隴西狄道人，涼武昭王暠七代孫也。」隋煬帝大業十三年（六一七）爲太原留守。時群賊蜂起，江都阻絶，其子李世民（太宗）與晉陽令劉文静首謀，勸舉義兵。「高祖乃命太宗與劉文静及門下客長孫順德、劉弘基各募兵，旬日間衆且一萬，密遣使召世子建成及元吉於河東。」五月甲子，遂起兵。晉陽，即太原。元和郡縣志卷一三太原府：「太原、大鹵、大夏、夏墟、平陽、晉陽六名，其實一也。」「以起兵」之「以」字，英華校：「集作而。」

〔七〕「協和」句，尚書堯典：「協和萬邦，黎民於變時雍。」僞孔傳：「協合黎衆，時是雍和也。言天下衆民皆變化從上，是以風俗大和。」

〔八〕「光宅」句，尚書堯典序：「昔在帝堯，聰明文思，光宅天下。」僞孔傳：「言聖德之遠著。」按：光，光輝；宅，居也。言光輝照遍天下。

公諱湛，字懷元，太原晉陽人也。十一代祖卓，晉給事中。母常山公主，河東有湯沐邑，因家焉，葬於長壽原，故鄉有太原之號〔一〕。皇業伊始，公以中涓從事，賜田鄠、杜間，今爲雍州人也〔二〕。昔武王定於下人〔三〕，太子賓於上帝〔四〕。基酆鎬而開國〔五〕，籍神仙以命氏〔六〕。霸則司徒所讓位，天子所不臣〔七〕；袒則孝弟於閨門，務學於師友〔八〕。豈直横江斬將，南登建業之臺〔九〕；玉食金溝，北徙邙山之宅〔一〇〕。自茲厥後，數百年間，國移三統，周人共推其世禄〔一一〕；家徙五陵，漢朝不易其冠冕〔一二〕。曾祖宗邁〔一三〕，後魏中書侍郎、彭城王府司馬〔一四〕，周春官大夫〔一五〕、都督、晉陽侯。祖亮，本州主簿，司木上士，隋贈信州刺史〔一六〕。大名革於東魏，天命集於西周。宗伯所以辨其儀，林衡所以平其守〔一七〕。父綽，秦孝王府掾〔一八〕、仁壽宮監〔一九〕、離石郡通守〔二〇〕、晉陽侯，皇朝石州刺史〔二一〕。逆賊劉武周攻陷郡城〔二二〕，因而遇害，贈代州總管〔二三〕，謚曰烈侯，禮也。天造草昧，王業艱難。周師纔至於太原，胡兵遂入於離石〔二四〕。負户而汲，不能定西戎之禍〔二五〕；析骸而爨，不能解南楚之圍〔二六〕。仁者殺身以成名〔二七〕，君子有死而無貳〔二八〕。

【箋注】

〔一〕「十一代祖」數句，王卓，晉王渾孫，王濟庶子。晉書王渾傳：「王渾，字元沖，太原晉陽人。平吴，爲征東大將軍，徵拜尚書左僕射、加散騎常侍。」「元康七年（二九七）薨，時年七十五，謚曰元。長子尚早亡，次子濟嗣。」同書王濟傳：「濟字武子，少有逸才，風姿英爽，氣蓋一時。好弓馬，勇力絶人。善易及莊老，文詞秀茂，伎藝過人，有名當世。與姊夫和嶠及裴楷齊名，尚常山公主。年二十，起家拜中書郎。以母憂去官，起爲驍騎將軍。累遷侍中。」杜預謂其有馬癖。「初，濟尚主，主兩目失明，而妬忌尤甚，然終無子。有庶子二人：卓，字文宣，嗣渾爵，拜給事中；次聿，字茂宣，襲公主封敏陽侯。」按陳子昂申州司馬王府君墓誌：「君諱某，字某，先太原人也。……十二代祖卓，晉常山公主子也。始，公主湯沐邑在汾陰，永嘉淪夷，不及南度，因樹枌檟而結廬焉。卒，葬於長壽原，至今鄉有太原之號也。」所誌墓主，當爲王湛子侄輩。湯沐邑，天子所賜封邑，邑内收入供其生活之用。春秋公羊傳隱公八年：「天子有事於泰山，諸侯皆從。泰山之下，諸侯皆有湯沐之邑焉。」何休注：「有事者，巡守祭天告至之禮也。當沐浴潔齊以致其敬，故謂之湯沐邑也，所以尊待諸侯而共其費也。」

〔二〕「皇業」四句，皇業伊始，指唐朝初建。中涓，漢書曹參傳：「高祖爲沛公也，參以中涓從。」注引如淳曰：「中涓，如中謁者也。」顔師古注：「涓，潔也。言其在内主知潔清灑埽之事，蓋親近左右也。」鄠、杜，文選班固西都賦：「其（終南山）陽則……商、洛緣其隈，鄠、杜濱其足。」李善注引漢書：「扶風有鄠縣、杜陵縣。」雍州，即京兆府。元和郡縣志卷一：「萬年縣，杜陵在縣東南二十里，漢宣帝陵也。」同書卷二：「鄠縣，本夏之扈國。……至秦改爲鄠邑，漢屬右扶風，自後魏屬京兆，後遂因之。終南山在縣東南二十里。」地在今陝西西安城南及户縣（按：户，舊作「鄠」）一帶。從事，英華校：「集無事字。」

〔三〕「昔武王」句，尚書畢命：「文、武、成、康四世爲公卿，正色率下，下人無不敬仰，師法嘉績，多於先王。」此言武王，實代指文、武、成、康，定於下人，謂由百姓所擁戴。

〔四〕「太子」句，太子，指周靈王太子晉。風俗通義卷二葉令祠：「周書稱靈王太子晉幼有盛德，聰明博達，師曠與言，弗能尚也。晉年十五，顧而問曰：『吾聞太師能知人年之短長也。』師曠對曰：『女色赤白，女聲清，女色不壽。』晉曰：『然吾後三年將上賓於天。女慎無言，禍將及女。』其後太子果死。」

〔五〕「基酆鎬」句，史記周本紀：「（西伯）伐崇侯虎，而作豐邑，自岐下而徙都豐。」正義引皇甫謐曰：「崇國蓋在豐鎬之間。詩云『既伐於崇，作邑於豐』，是國之地也。」集解引徐廣曰：「豐在京兆鄠縣東，有靈臺。鎬在上林昆明北，有鎬池，去豐二十五里，皆在長安南數十里。」正義引括地志云：「周豐宮，周文王宮也，在雍州鄠縣東三十五里。鎬在雍州西南三十二里。」按：酆、豐同。酆在今西安市西南豐水以西，爲周朝舊都。武王遷鎬，在豐水以東。基，英華校：「一作因。」

〔六〕「籍神仙」句，神仙，指王子喬；命氏，謂王姓源自王子喬。列仙傳卷上王子喬：「王子喬者，周靈王太子晉也。好吹笙作鳳凰鳴，游伊洛之間，道士浮丘公接以上嵩高山。」以，英華校：「一作而。」王符潛夫論卷九：「傳稱王子喬仙。仙之後，其嗣避周難於晉，家於平陽，因氏王氏。其後，子孫世喜養性神仙之術。」又唐王求古墓誌銘（吴敏霞主編户縣碑刻〔按：户，舊作「鄠」〕，三秦出版社二〇〇五年版）：「（周）靈王之子晉上升，後人謂之王家。其後太原分系，冠冕蟬聯。」

〔七〕「霸則」二句，後漢書逸民王霸傳：「王霸，字儒仲，太原廣武人也。少有清節。及王莽篡位，棄冠帶，絶交宦。建武中，徵到尚書，拜稱名，不稱臣。有司問其故，霸曰：『天子有所不臣，諸侯有所不友。』司徒侯霸讓位於霸，閻陽毀之曰：『太原俗黨，儒仲頗有其風。』遂止。以病歸，隱居守志，茅屋蓬户，連徵不至，以壽終。」

〔八〕「昶則」二句，三國志魏書王昶傳：「王昶，字文舒，太原晉陽人也。……文帝（曹丕）在東宫，昶爲太子文學。遷中庶子。文帝踐阼，徙散騎侍郎，爲洛陽典農。……明帝即位，加揚烈將軍，賜爵關内侯。」著治論，略依古制而合於時務者二十餘篇，又著兵書十餘篇。又書戒子侄，有曰：「稱孝悌於閨門，務學於師友。」累遷征南大將軍、儀同三司，進封京陵侯。甘露四年（二五九）卒，謚曰穆侯，子渾嗣。

〔九〕「豈直」二句，指王渾。晉書王渾傳：伐吳之役，渾遷安東將軍、都督揚州諸軍事，鎮壽春。「吳厲武將軍陳代、平虜將軍朱明懼而來降。吳丞相張悌、大將軍孫震等率衆數萬指城陽，渾遣司馬孫疇、揚州刺史周浚擊破之，臨陣斬二將及首虜七千八百級。吳人大震，孫皓司徒何植、建威將軍孫晏送印節詣渾降。既而王濬破石頭，降孫皓，威名益振。明日，渾始濟江，登建業宮，釃酒高會，自以先據江上破皓，中軍案甲不進，致在王濬之後，意甚愧恨，有不平之色，頻奏濬罪狀，時人譏之。」業，英華校：「集作鄴。」同。

〔一〇〕「玉食」二句，指王濟。玉，原作「土」，據全唐文卷一九三改。晉書王濟傳：「素與從兄佑不平，佑黨頗謂濟不能顧其父，由是長同異之言，出爲河南尹。未拜，坐鞭王官吏免官，而王佑始見委任，而濟遂被斥外。於是乃移第北芒山下。性豪侈，麗服玉食。時洛京地甚貴，濟買地爲馬埒，編錢滿之，時人謂爲金溝。」

〔一一〕「國移」二句，三統，禮記檀弓上稱「夏后氏尚黑，殷人尚白，周人尚赤」，故三代建正（即以何月爲正月）各不同：夏以建寅之月爲正，殷以建丑之月爲正，周以建子之月爲正。後起王天下者，以此三者循環，稱爲三統。詳見前遂州長江縣先聖孔子廟堂碑注。此所謂「國移三統」，謂朝代更替。世禄，世原作「代」，避太宗諱，徑改。左傳襄公二十四年：范宣子謂其家在夏、商、周皆世代爲官，晉主夏盟，范氏又爲之佐，故可謂死而不朽。穆叔曰：「以豹所聞，此之謂世禄，非不朽也。」兩句以范氏喻王氏，言數百年間，無論朝代如何變更，王氏皆爲官宦之家。

〔一二〕「家徙」二句，漢書原涉傳顔師古注：「五陵，謂長陵、安陵、陽陵、茂陵、平陵也。」同書武帝紀：元朔二年（前一二七），「徙郡國豪傑及貲三百萬以上於茂陵」。太始元年（前九六），「徙郡國吏民豪桀於茂陵雲（陵）〔陽〕」。此代指雍州。二句以漢擬唐，謂雖改朝换代，王氏仍然仕途坦蕩。

〔一三〕「曾祖宗邁」句，英華無「曾」字，然下有「祖亮」云云，則無「曾」誤。全唐文無「宗」字，不詳所據，難判是非，姑依舊。

〔一四〕「後魏」二句，魏書官氏志九：中書侍郎，第四品上。同書彭城王傳：彭城王（拓跋）勰，字彦和，後魏獻文帝子。太和九年（四八五）封始平王，後改封彭城王。宣武帝永平元年（五〇八）九月，爲尚書令高肇所迫，飲藥自殺。

〔一五〕「周春官」句，周，指北周。春官，即唐之禮部。唐六典卷四尚書禮部注：「後周依周官，置春官府，大宗伯卿一人，隋更爲禮部尚書，皇朝因之。」

〔一六〕「司木」二句，司木上士，北周官名。隋書百官志：「周太祖……方隅粗定，改創章程，命尚書令盧辯遠師周之建職，置三公、三孤以爲論道之官，次置六卿以分司庶務。」其官分内命、外命，内命謂王朝之臣，外命謂諸侯及其臣，凡「四命」爲「上士」。司木，即唐之將作監，見唐六典卷二三將作監注。信州，即上饒，見元和郡縣志卷二八。王亮蓋卒於隋，故隋爲之贈官。

〔一七〕「大名」四句，大名，指魏（後魏）之國家名號。革於東魏，謂東魏爲齊（北齊）所取代。北周自稱繼承三代之周。周書孝閔帝（宇文覺）紀載即位詔，稱「上天有命，革魏於周」云云，故稱北周爲「天命」所集。宗伯，指周禮（又稱周官）春官宗伯，其曰：「惟王建國，辨方正位，體國經野，設官分職，乃立春官宗伯，使帥其屬而掌邦禮，以佐王和邦國。」此就王亮嘗任周春官大夫而言。又周禮地官司徒林衡：「林衡掌巡林麓之禁令而平其守，以時計林麓而賞罰之。」鄭玄注：「平其守者，平其地之民守林麓之部分。」此就王亮嘗任司木上士而言。

〔一八〕「秦孝王」句，隋書文四子傳：「秦孝王俊，字阿祇，高祖（隋文帝楊堅）第三子也。」開皇元年（五八一）立爲秦王。後授揚州總管四十四州諸軍事，鎮廣陵。歲餘，轉并州總管二十四州諸軍事。初頗有令問，漸窮極侈麗。頗好内，妃崔氏性妬，遂於瓜中進毒，卒。

〔一九〕「仁壽宫」句，仁壽宫，隋文帝所建宫名。隋書宇文愷傳：「上建仁壽宫，訪可任者。右僕射楊素言愷有巧思，上然之，於是檢校將作大匠，歲餘拜仁壽宫監。」唐貞觀五年（六三一）修復之，更名九成宫，爲太宗、高宗避暑之所。宫址在今陝西麟遊縣新城區。

〔二〇〕「離石郡」句，隋書地理志中：「離石郡，後齊置西汾州，後周改爲石州。」地在今山西吕梁市離石區。

〔二一〕「皇朝」句，皇朝，指唐。石州，元和郡縣志卷一四石州（昌化）：「禹貢冀州之域。……在秦爲西河郡之離石縣。……後魏明帝改爲離石郡。高齊文宣帝於城内置西汾州，周武帝改爲石州。隋大業二年（六〇六），又爲離石郡。武德元年（六一八），改爲石州。」今爲山西吕梁市離石區。

〔二二〕「逆賊」三句，舊唐書劉武周傳：「劉武周，河間景城人。」驍勇善射，交通豪俠。入洛，爲太僕楊義臣帳内募征遼東，以軍功授建節校尉。還，爲鷹揚府校尉。武周見天下已亂，遂斬太守王仁恭，自稱太守，附於突厥，僭稱皇帝，與唐軍争天下。李世民平并州，武周謀歸馬邑，爲突厥所殺。

〔二三〕「贈代州」句，元和郡縣志卷一四代州：「古并州之域。……秦置三十六郡，雁門是其一焉。……周宣帝大象元年（五七九），自九原城移肆州於今理。隋開皇五年（五八五），改肆州爲代州。大業三年（六〇七），改爲雁門郡。隋氏喪亂，陷於寇境。武德四年（六二一）平代，置代州都督府。」地在今山西代縣。

〔二四〕「周師」二句，周師，指李淵義軍，擬周武王伐紂之兵，故稱。胡兵，指劉季真、劉武周及突厥兵。舊唐書劉季真傳：「劉季真者，離石胡人也。父龍兒，隋末擁兵數萬，自號劉王，以季真爲太子，龍兒爲虎賁郎將梁德所斬，其衆漸散。及義師起，季真與弟六兒復舉兵爲盜，引劉武周之衆攻陷石州。季真北連突厥，自稱突利可汗，以六兒爲拓定王，甚爲邊患。」

〔二五〕「負户」二句，後漢書天文志上：「（地皇）四年（二三）六月，漢兵起南陽，至昆陽。（王）莽使司徒王尋、司空王邑將諸郡兵，號曰百萬衆，已至者四十二萬人，能通兵法者六十三家，皆爲將帥，持其圖書、器械。軍出關東，牽從群象、虎狼、猛獸，放之道路，以示富强，用怖山東。至昆陽山，作營百餘，圍城數重，或爲衝車以撞城，爲雲車高十丈以瞰城中，弩矢雨集，城中負户而汲。」負户而汲，謂弩矢極密集，取水也需頂着門板。西戎，指突厥及劉季真等。

〔二六〕「析骸」二句，析，原作「折」，據全唐文改。左傳宣公十五年：「夏五月，楚師將去宋，申犀稽首於（楚）王之馬前曰：『無畏知死而不敢廢王命，王棄言焉？』王不能答。申叔時僕，曰：『築室，反耕者，宋必聽命。』從之。宋人懼，使華元夜入楚師，登子反之牀，起之曰：『寡君使元以病告，曰：「敝邑易子而食，析骸以爨。」雖然，城下之盟，有以國斃，不能從也。去我三十里，唯命是聽。」』子反懼，與之盟而告王，退三十里，宋及楚平。華元爲質，盟曰：『我無爾詐，爾無我虞。』」杜預注：「爨，炊也。」析骸以爨，謂劈開人骨當柴燒。南楚，即指楚，在宋之南，故稱。以上兩句，言王湛抵抗劉武周突厥兵，歷盡艱難。

〔二七〕「仁者」句，論語衛靈公：「子曰：『志士仁人，無求生以害仁，有殺身以成仁。』」

〔二八〕「君子」句，詩經大雅大明：「上帝臨女，無貳爾心。」毛傳：「言無敢懷貳心也。」君子，英華作「事」，校：「集作君子。」作「君子」義勝。

公承聖賢之末代〔一〕，屬喪亂之宏多。天子乘輿，方靖秣陵之氣〔二〕；諸侯斧鉞，莫救驪山之烽〔三〕。國有命而何言〔四〕，邦無道而斯隱〔五〕。大業之季，本州察孝廉〔六〕，非其好也。高祖乃操斗極，拜圖書〔七〕，再駕臨於孟津〔八〕，五星合於東井〔九〕。公解衣而濟，策杖而行〔一〇〕。酈食其之長者，逢漢祖而長揖〔一一〕；袁曜卿之茂才，見曹公而不拜〔一二〕。從平霍邑，授金紫光禄大夫〔一三〕；入長安，加左光禄大夫〔一四〕。歷丞相、相國二府典籤、參軍事〔一五〕。高祖受禪〔一六〕，擢爲通事舍人、通直散騎侍郎〔一七〕，封金水縣侯，食邑七百户〔一八〕。稍遷虞部郎中〔一九〕，丁烈侯艱去職。尋起爲隴西别駕〔二〇〕，商、鄜二州刺史〔二一〕，上柱國、荆州大都督府司馬〔二二〕，冀州刺史〔二三〕。定其封邑，誓以河山〔二四〕。蕭相立功於萬代〔二五〕，留侯決策於千里〔二六〕。願持一郡，洛陽之任耿純〔二七〕；兼攝八州，江東之拜陶侃〔二八〕。龍朔三年，遷使持節、都督瀘榮溱珍四州諸軍事、瀘州刺史〔二九〕。江陽縣地〔三〇〕，瀘水提封〔三一〕。參伐下而爲益州〔三二〕，岐山上而爲井絡〔三三〕。尺兵再戢，黄昌兩日之歌〔三四〕；檠木斯來，景伯三年之化〔三五〕。功成露冕〔三六〕，歲及懸車〔三七〕，歎疏廣之知足〔三八〕，慕祁奚之請老〔三九〕。乾封二年，上書乞骸骨，詔公禄賜同京官，仍朝朔望〔四〇〕。天子歷吉日，協靈辰，郊上玄，祀清廟，詔公行太尉事〔四一〕。國之大事〔四二〕，攝在有司。蒼璧黄琮，六玉以昭天地〔四三〕；路鼓陰竹，九變而祠祖考〔四四〕。名遂身退〔四五〕，居常待終。山川則群望并走〔四六〕，星象則中台夜坼〔四七〕。春秋九十有三，以永淳二年七月十七日，薨於京師永崇里〔四八〕，謚曰敏〔四九〕。喪事官給，賜物三百段，粟三百石，葬日車服往還，有司監護〔五〇〕。

【箋　注】

〔一〕「公承」句，末代，英華校：「一作代出。」

〔二〕「天子」二句，晉書元帝紀：「始秦時，望氣者云五百年後金陵有天子氣，故始皇東游以厭之，改其地曰秣陵，塹北山以絶其勢。」參見原州百泉縣令李君神道碑注。此言隋煬帝已預感政權岌岌可危，故急於應對。言「乘輿」，當指大業十二年（六一六）七月煬帝幸江都宫，事詳隋書煬帝紀下。靖，英華、四子集作「清」。

〔三〕「諸侯」二句，史記周本紀：「幽王嬖愛褒姒。……褒姒不好笑，幽王欲其笑，萬方故不笑。幽王爲熢燧、大鼓，有寇至則舉熢火，諸侯悉至，至而無寇，褒姒乃大笑。幽王説之，爲數舉熢火，其後不信，諸侯益亦不至。幽王以虢石父爲卿，用事，國人皆怨。石父爲人佞巧善諛好利，王用之，又廢申后，去太子也。申侯怒，與繒、西夷犬戎攻幽王，幽王舉熢火徵兵，兵莫至，遂殺幽王驪山下。」熢燧，正義曰：「晝日燃熢以望火煙，夜舉燧以望火光也。熢，土櫓也；燧，炬火也，皆山上安之，有寇舉之。」此作「烽」，同。斧鉞，兵器名，代指軍隊。兩句言隋煬帝荒淫無道，有如周幽王，已衆叛親離，終於被其右屯衛將軍宇文化及所殺。

〔四〕「國有命」句，左傳定公十三年：「夏六月，上軍司馬籍秦圍邯鄲。邯鄲午，荀寅之甥也，荀寅，范吉射之姻也，而相與睦，故不與圍邯鄲，將作亂。董安于聞之，告趙孟曰：『先備諸？』趙孟曰：『晉國有命：「始禍者死。」爲後可也。』」句言雖心怨之，尚不可輕動。

〔五〕「邦無道」句，論語衛靈公：「子曰：『君子哉，蘧伯玉！邦有道則仕，邦無道則可卷而懷之。』」何晏集解引包(咸)曰：「卷而懷，謂不與時政柔順，不忤於人。」

〔六〕「本州」句，察孝廉，漢代選舉方法之一。後漢書左雄傳論曰：「漢初，詔舉賢良方正，州郡察孝廉、秀才，斯亦貢士之方也。」

〔七〕「高祖」句，高祖，指李淵。操斗極，文選揚雄長楊賦：「於是上帝眷顧高祖，高祖奉命，順斗極，運天關。」舊注引服虔曰：「隨天斗極運轉也。」李善注：「雒書曰：『聖人受命，必順斗極。』宋均尚書中候注曰：『順斗機爲政也。』」又文選陸倕石闕銘：「我皇帝拯之，乃操斗極，把鈎陳。」李善注：「斗極，天下之所取法。」圖書，指受命圖籙。

〔八〕「再駕」句，史記周本紀：「武王即位，東觀兵，至於盟津。「是時諸侯不期而會盟津者八百諸侯，諸侯皆曰『紂可伐矣』，武王曰：『女未知天命，未可也。』乃還師歸。居二年，聞紂昏亂暴虐滋甚，……遂率戎車三百乘、虎賁三千人、甲士四萬五千人，以東伐紂。十一年十二月戊午，師畢渡盟津。」盟津、孟津同，地在今河南孟津縣會盟鎮。

〔九〕「五星」句，漢書高帝紀：「(漢)元年(前二〇六)冬十月，五星聚於東井。」注引應劭曰：「東井，秦之分野。五星所在其下，當有聖人以義取天下。」以上兩句，以周武王、劉邦喻指李淵。

〔一〇〕「公解衣」二句，史記陳丞相世家：「陳丞相平者，陽武户牖鄉人也。……項羽略地至河上，陳平往歸之，從入破秦，賜平爵卿。項羽之東王彭城也，漢王還定三秦而東。殷王反楚，項羽乃以平爲信武君，將魏王咎客在楚者以往，擊降殷王而還。項王使項悍拜平爲都尉，賜金二十鎰。居無何，漢王攻下殷王，項王怒，將誅定殷者將吏。陳平懼誅，乃封其金與印，使使歸項王，而平身間行，杖劍亡渡河。船人見其美丈夫獨行，疑其亡將，要中當有金玉寶器，目之，欲殺平。平恐，乃解衣裸而佐刺船。船人知其無有，乃止。平遂至修武降漢。」

〔一一〕「酈食其」二句，史記酈食其列傳：「酈生食其者，陳留高陽人也。好讀書，家貧落魄，無以爲衣食業，爲里監門吏。……沛公至高陽傳舍，使人召酈生。酈生至，入謁，沛公方倨牀，使兩女子洗足，而見酈生。酈生入，則長揖不拜，曰：『足下欲助秦攻諸侯乎？且欲率諸侯破秦也？』沛公罵曰：『豎儒！夫天下同苦秦久矣，故諸侯相率而攻秦，何謂助秦攻諸侯乎？』酈生曰：『必聚徒合義兵誅無道秦，不宜倨見長者。』於是沛公輟洗起，攝衣，延酈生上坐，謝之。」

〔一二〕「袁曜卿」二句，三國志魏書袁渙傳：「袁渙，字曜卿，陳郡扶樂人也。父滂，爲漢司徒。」劉備之爲豫州，舉渙茂才。後避地江淮間，爲袁術所命。呂布擊術於阜陵，渙往從之，遂復爲布所拘留。「布破，渙得歸太祖（曹操）」。裴松之注引袁氏世紀曰：「布之破也，陳群父子時亦在布之軍，見太祖皆拜，渙獨高揖不爲禮，太祖甚嚴憚之。」以上四句，以酈食其、袁渙擬王湛，謂其頗具帝王師友氣慨。

〔一三〕「從平」二句，舊唐書高祖紀：「（大業十三年）秋七月壬子，高祖率兵西圖關中，以元吉爲鎮北將軍、太原留守。癸丑，發自太原，有兵三萬。丙辰，師次靈石縣，營於賈胡堡。隋武牙郎將宋老生屯霍邑，以拒義師。會霖雨積旬，餽運不給，高祖命旋師，太宗切諫，乃止。有白衣老父詣軍門曰：『余爲霍山神使謁唐皇帝曰：八月雨止，路出霍邑東南，吾當濟師。』高祖曰：『此神不欺趙無恤，豈負我哉！』八月辛巳，高祖引師趨霍邑，斬宋老生，平霍邑。」按元和郡縣志卷一二晉州霍邑縣：「本漢彘縣也，屬河東郡，因彘水爲名，即周厲王所奔之邑。後漢順帝改爲永安縣，屬郡不改。……隋開皇十八年（五九八）改爲霍邑縣，屬晉州，因霍山爲名。……（唐高祖）平霍邑，置霍山郡。武德元年（六一八）廢郡，復置呂州，縣屬焉。貞觀十七年（六四三）廢呂州，縣又隸晉州。」按：地即今山西霍州市。唐六典卷二尚書吏部：「正三品曰金紫光祿大夫。」

〔一四〕「入長安」二句，舊唐書高祖紀：大業十三年（六一七）十一月丙辰，「攻拔京城（長安）。……癸亥，率百僚，備法駕，立代王侑爲天子，遥尊煬帝爲太上皇，大赦，改元爲義寧。甲子，隋帝詔加高祖假黄鉞、使持節大都督內外諸軍事、大丞相，進封唐王，總録萬機。以武德殿爲丞相府，改教爲令。……十二月癸未，丞相府置長史、司録已下官僚」。唐六典卷二尚書吏部：「從二品曰光祿大夫。」注：「後周左右光祿大夫，正二品。隋爲正一品，散官。煬帝改光祿大夫爲從一品，左光禄大夫正二品，右光禄大夫從二品。皇朝初猶有左右之名，貞觀之後唯有光禄大夫。」則此所加左光禄大夫，當依隋制，爲正二品。

〔一五〕「歷丞相」句，按王湛任此二職在唐建國之前，據上注引舊唐書高祖紀，「丞相」乃大丞相李淵，丞相府在武德殿。舊唐書高祖紀又曰：「（義寧）二年（六一八）三月丙辰，右屯衛將軍宇文化及弑隋太上皇（煬帝）於江都宫，立秦王浩爲帝，自稱大丞相，徙封太宗爲趙國公。戊辰，隋帝進高祖相國，總百揆，備九錫之禮。」則所謂相國府，相國亦李淵也。典籤，唐六典卷二九親王府：「典籤二人，從八品下。」此是唐制，其建國前情況不詳。

〔一六〕「高祖受禪」句，舊唐書高祖紀：「（義寧二年五月）甲子，高祖即皇帝位於太極殿。命刑部尚書蕭造兼太尉，告於南郊。大赦天下。改隋義寧二年（六一八）爲唐武德元年。」

〔一七〕「擢爲」二句，唐六典卷九中書省：「通事舍人十六人，從六品上。通事舍人掌朝見、引納及辭謝者於殿廷通奏。」同書卷八門下省：「左散騎常侍二人，從三品。」據李林甫注，晉代有通直散騎侍郎。「武德初，散騎常侍（爲）加官。」

〔一八〕「封金水縣侯」二句，元和郡縣志卷三一簡州金水縣：「本漢廣漢郡之新都縣地也。縣有金堂山，水通於巴漢。東晉義熙末，刺史朱齡石征蜀，於東山立金泉戍。後魏平蜀，置金泉縣，隸金泉郡。隋開皇三年（五八三）罷郡，以縣屬益州。武德元年（六一八）以避神堯諱，改爲金水縣，屬簡州。」地即今四川金堂縣，屬成都市。唐六典卷二尚書吏部：「司封郎中、員外郎，掌邦之封爵，凡有九等：……六曰縣侯，從三品，食邑一千户；七曰縣伯，正四品，食邑七百户。」注：「户邑率多虚名，其言食實封者，乃得真户。」此食邑户數少於縣侯，蓋唐初之制也。

〔一九〕「稍遷」句，唐六典卷七尚書工部：「虞部郎中一人，從五品上。……虞部郎中、員外郎，掌天下虞衡山澤之事，而辨其時禁。」

〔二〇〕「尋起」句，隴西，即渭州。元和郡縣志卷三九渭州（隴西）：「禹貢雍州之域，古西戎地。……後魏莊帝永安三年（五三〇），於郡置渭州，因渭水爲名。……隋大業三年（六〇七）罷州，復置隴西郡。隋亂陷賊。武德元年（六一八）西土底平，復置渭州。」治今甘肅平涼。别駕，州刺史之佐吏，主衆曹文書。通典卷三三總論郡佐郡丞：「隋開皇三年（五八三）改别駕、治中爲長史、司馬。至煬帝又罷長史、司馬，置贊治一人。後又改郡贊治爲丞，位在通守下。今郡丞廢矣，其職復分爲别駕、長史、司馬。……大唐永徽二年（六五一）改爲長史。前上元元年（六七四）復置别駕，多以皇族爲之。神龍中廢。開元初復置，始通用庶姓。」此句英華校：「七字集作『尋起爲西韓、泗州治中，轉隆、隴二州别駕』。」按後文謂王湛「出身六十載，遺愛二十州」，則其仕歷，文中所略甚多，所校集本或是，因無别本可證，兹姑依底本。

〔二一〕「商鄜」句，舊唐書地理志二：「商州，隋上洛郡，武德元年（六一八）改爲商州。」治在今陝西商洛市商州區。同書地理志一：「鄜州，隋上郡。武德元年改爲鄜州。」今爲陝西鄜縣。

〔二二〕「上柱國」句，唐六典卷二尚書吏部：「司勳郎中、員外郎掌邦國官人之勳級，凡勳十有二等，十二轉爲上柱國，比正二品。」舊唐書地理志二：「荆州江陵府，隋爲南郡。武德初蕭銑所據，四年（六二一）平銑，改爲荆州。……五年，荆州置大總管。……（七年）改大總管爲大都督。」地在今湖北江陵縣。司馬，唐六典卷三〇：大都督府「司馬二人，從四品下」。

〔二三〕「冀州」句，元和郡縣志卷一七冀州：「禹貢冀州，堯所都也。……（魏）文帝黄初中，以鄴爲五都之一，始移冀州理信都。自石趙至慕容垂，或理鄴，或理信都。……後魏冀州亦理於鄴，仍於信都爲舊冀州之理，置長樂郡。隋開皇三年（五八三），罷郡爲冀州。大業三年（六〇七）復爲信都郡。隋末陷賊，武德四年（六二一）討平竇建德，改爲冀州。」地在今河北冀州市。

〔二四〕「定其」句，封邑，指封金水縣侯事。河山，漢書高惠高后文功臣表：「漢高祖封侯者百四十有三人，「封爵之誓曰：『使黄河如帶，泰山若厲，國以永存，爰及苗裔。』」

〔二五〕「蕭相」句，史記蕭相國世家：「蕭相國何者，沛豐人也。」輔漢王劉邦定天下，爲丞相，「論功行封，群臣争功，歲餘，功不决。高祖以蕭何功最盛，封爲酇侯」。

〔二六〕「留侯」句，張良，字子房，封留侯。史記留侯世家：「漢六年（前二〇一）正月，封功臣，良未嘗有戰鬬功，高帝曰：『運籌策帷帳中，决勝千里外，子房功也，自擇齊三萬户。』」

〔二七〕「願持」二句，後漢書耿純傳：「耿純，字伯山，鉅鹿宋子人也。」率宗族賓客二千餘人追隨劉秀取天下，封侯。「純還京師（洛陽），因自請曰：『臣本吏家子孫，幸遭大漢復興，聖帝受命，備位列將，爵爲通侯。天下略定，臣無所用，志願試治一郡，盡力自效。』帝笑曰：『卿既治武，復欲修文邪？』迺拜純爲東郡太守。」

〔二八〕「兼攝」二句，晉書陶侃傳：陶侃，字士行，鄱陽人。在軍四十一載，雄毅有權，明悟善決斷。時人論其「機神明鑒似魏武，忠順勤勞似孔明」。仕終侍中、太尉、都督荆江雍梁交廣益寧八州諸軍事，荆、江二州刺史，封長沙郡公。

〔二九〕「龍朔」三句，龍朔，唐高宗年號。龍朔三年爲公元六六三年。使持節，通典卷三二州牧刺史：「魏、晉爲刺史，任重者爲使持節都督，輕者爲持節。」舊唐書地理志四瀘州下都督府：「隋瀘川郡。武德元年（六一八）改爲瀘州，領富世、江安、綿水、合江、來鳳、和義七縣。武德三年置總管府，一州。九年省來鳳。貞觀元年（六二七）置思隸、思逢、施陽三縣，仍置涇南縣，又省施陽縣。十三年，省思隸、思逢二縣。十七年，置溱、珍二州。」按：瀘州，今四川瀘州市。同上書榮州：「隋資陽郡之牢縣。武德元年（六一八）置榮州，領大牢、威遠二縣。貞觀二年（六二八）置旭川、婆日、至如三縣。二年，割瀘州之隆越來屬。三年，自公井移州治大牢，仍割嘉州資官來屬。八年，又割瀘州之和義來屬，廢婆日、至如、隆越三縣。永徽二年（六五一），移州治旭川。」今爲四川榮縣。

〔三〇〕「江陽」句，江陽縣，即公井，此代指榮州。舊唐書地理志四榮州：「大牢，漢南安縣，屬犍爲郡。隋置大牢鎮，尋改爲縣。武德元年（六一八），割資州之大牢、威遠二縣，於公井鎮置榮州，取界内榮德山爲名。又改公井爲縣。六年，自公井移州治於大牢縣也。公井，漢江陽縣。」按：公井，明代轉稱貢井，民國時與自流井合併，建自貢市。

〔三一〕「瀘水」句，元和郡縣志卷三三瀘州：「魏置瀘州，取瀘水爲名。隋大業三年（六〇七）改爲瀘川郡，武德元年（六一八）復爲瀘州。」後漢書西南夷傳：「（劉）尚軍遂渡瀘水，入益州界。」李賢注：「瀘水，一名若水，出旄牛徼外，經朱提至僰道入江，在今巂州南。」按：瀘水即金沙江，爲長江上游。顔師古匡謬正俗卷五：「凡言提封者，謂提舉封疆大數以爲率耳。」

〔三二〕「參伐」句，史記天官書：「參爲白虎，三星直者，是爲衡石。下有三星，兑，曰罰，爲斬艾事。」集解引孟康曰：「參三星者，白虎宿中，東西直，似稱衡。」正義：「罰亦作伐。春秋運斗樞云『伐事主斬艾』也。」三國志蜀書秦宓傳：「天帝布治房、心，決政參、伐。參、伐，則益州分野。」

〔三三〕「岐山」句，三國志蜀書秦宓傳：「蜀有汶阜之山，江出其腹，帝以會昌，神以建福，故能沃野千里。」李賢注引河圖括地象曰：「岷山之地，上爲東井絡，帝以會昌，神以建福，上爲天井。」又引左思蜀都賦曰：「遠則岷山之精，上爲井絡。天地運期而會昌，景福肸蠁而興作。」藝文類聚卷七山部上引河圖曰：「武關山爲地門，上爲天高星，主囹圄。岐山在崑崙東南，爲地乳，上爲天糜星。汶山之地爲井絡，帝以會昌，神以建福，上爲天井。」按：此一段皆無關岐山，疑「岐」乃「岷」之誤。

〔三四〕「尺兵」二句，後漢書黄昌傳：「黄昌，字聖真，會稽餘姚人也。本出孤微，居近學宮，數見諸生修庠序之禮，因好之，遂就經學，又曉習文法。仕郡爲決曹，刺史行部見昌，甚奇之，辟從事，後拜宛令。政尚嚴猛，好發奸伏人。……朝廷舉能，遷蜀郡太守。先太守李根年老多悖政，百姓侵冤。及昌到，吏人訟者七百餘人，悉爲斷理，莫不得所。密捕盜帥一人，脅使條諸縣彊暴之人姓名、居處，乃分遣掩討，無有遺脱，宿惡大奸，皆奔走它境。」清姚之駰後漢書補逸卷一〇引謝承後漢書曰：「昌爲蜀郡太守，未至郡，時蜀有童謡曰：『兩日出，天兵戢。』」此或據杜佑通典卷三三引。宋葉庭珪海録碎事卷一二引，「天兵戢」作「尺兵戢」。「天」字當誤。

〔三五〕「喿木」二句，木，原作「水」，據英華、四子集改。後漢書种暠傳：「种暠，字景伯，河南洛陽人，仲山甫之後也。」舉孝廉，辟太尉府舉高第。順帝末爲侍御史。「出爲益州刺史。暠素慷慨好立功立事，在職三年，宣恩遠夷，開曉殊俗，岷山雜落，皆懷服漢德。其白狼、喿木、唐菆、邛、僰諸國，自前刺史朱輔卒後遂絶，暠至，乃復舉種嚮化。」

〔三六〕「功成」句，唐余知古渚宫舊事卷四：「郭賀，建武中爲荆州刺史，引見賞賜，恩寵特異。及到官，有殊政，百姓便之，歌曰：『厥德仁明郭喬卿，忠政朝廷上下平。』昭帝（引者按：「昭」當作「明」，避唐諱）巡狩至江陵，特見嗟嘆，賜以三公之服，黼黻冕旒，敕行部去襜帷露冕，令百姓見其容服，以彰有德。每所經過，吏民指以相示，莫不榮之。」原注：「喬卿，字也。」

〔三七〕「歲及」句，懸車，謂致仕。後漢書梁冀傳：「郎中汝南袁著，年十九，見冀凶縱，不勝其憤，乃詣闕上書曰：『……今大將軍位極功成，可爲至戒，宜遵懸車之禮，高枕頤神。』」李賢注：「薛廣德爲御史大夫，乞骸骨，賜安車駟馬，懸其安車傳子孫。欲令冀遵致仕之禮也。」

〔三八〕「歎疏廣」句，東漢時疏廣及兄子受，仕至太傅、少傅，一日歸老故鄉，稱「知足不辱，知止不殆」，見前送李庶子致仕還洛詩「此地傾城日，由來供帳華」二句注引後漢書疏廣傳。

〔三九〕「慕祁奚」句，左傳襄公三年：「祁奚請老，晉侯問嗣焉。稱解狐，其讎也，將立之而卒。又問焉，對曰：『午也可。』於是羊舌職死矣，晉侯曰：『孰可以代之？』對曰：『赤也可。』於是使祁午爲中軍尉，羊舌赤佐之。君子謂祁奚於是能舉善矣：稱其讎，不爲諂；立其子，不爲比；舉其偏，不爲黨。」杜預注：「嗣，續其職者。午，祁奚子。赤，職之子。」

〔四〇〕「乾封」四句，乾封，高宗年號。乾封二年爲公元六六七年。乞骸骨，謂請老。唐六典卷一九太倉署：「凡京官之禄，發京倉以給。」通典卷三三致仕官：「大唐令：諸職事官七十聽致仕。……開元五年（七一七）十月敕：致仕官三品以上，并聽朝朔望。」朔，初一日；望，十五日。朝朔望，蓋唐初尚無令典，故特申之。

〔四一〕「天子」五句，言國家重大祭祀活動，由王湛代太尉主其事。靈，原作「露」，據全唐文改。文選揚雄甘泉賦：「於是乃命群僚歷吉日，協靈辰。」李善注：「楚辭曰：『歷吉日吾將行。』郭璞上林賦注曰：『歷，選也。』爾雅注曰：『辰，時也。』」吕延濟注：「靈，善也。言群官選吉日、合善時而行之。」同上甘泉賦：「惟漢十世，將郊上玄。」李善注：「上玄，天也。」又司馬相如上林賦：「登明堂，坐清廟。」郭璞注：「清廟，太廟也。」行太尉事，謂代太尉行祭禮。唐六典卷一三公：「太尉一人，正一品。」注：「隋置太尉、司徒、司空爲三公，正一品，置府僚。尋省府僚，置公則於尚書省上。皇朝因焉。武德初，秦王兼之。永徽中，長孫無忌爲之。其後親王拜三公者，皆不視事，祭禮則攝者行焉。」

〔四一〕「國之」句，左傳成公十三年：「國之大事，在祀與戎。」

〔四二〕「蒼璧」二句，指祭天地。周禮春官宗伯典瑞：「四圭有邸，以祀天，旅上帝。」賈公彦疏：「凡天有六。案大宗伯云：『蒼璧禮天，據冬至祭昊天於圜丘者也。』彼又云：『青圭禮東方，赤璋禮南方，白琥禮西方，玄璜禮北方。』」典瑞又曰：「兩圭有邸，以祀地，旅四望。」鄭玄注：「兩圭者，以象地數二也。」賈公彦疏：「地謂所祀於北郊神州之神者。以其宗伯所云『黄琮禮地』，謂夏至祭崑崙、大地。明此兩圭，與上四圭郊天相對，是神州之神。」則蒼璧禮天，黄琮禮地；六玉即六圭，謂四方四圭，崑崙、大地二圭也。

〔四三〕「路鼓」二句，指祭祖先。周禮春官宗伯大司樂：「凡樂，黄鍾爲宫，大吕爲角，大蔟爲徵，應鍾爲羽，路鼓、路鼗、陰竹之管，龍門之琴瑟，九德之歌，九變之舞，於宗廟之中奏之。若樂九變，則人鬼可得而禮矣。」鄭玄注：「人鬼則主后稷。先奏是樂以致其神，禮之以玉而祼焉，乃後合樂而祭之。」賈公彦疏：「鄭司農云：靁鼓、靁鼗皆六面，靈鼓、靈鼗皆四面，路鼓、路鼗皆兩面者。」又疏「陰竹」曰：「爾雅云：山南曰陽，山北曰陰。今言陰竹，故知山北者也。」又疏「九變」曰：「言六變、八變、九變者，謂在天地及廟庭而立四表，舞人從南表向第二表爲一成，一成則一變。從第二至第三爲二成，從第三至北頭第四表爲三成。舞人各轉身南向，於北表之北，還從第一至第二爲四成，從第二至第三爲五成，從第三至南頭第一表爲六成，則天神皆降。若八變者，更從南頭北向第二爲七成，又從第二至第三爲八成，地祇皆出。若九變者，又從第三至北頭第一爲九成，人鬼可得禮焉。此約周之大武，象武王伐紂。」按：以上四句，皆以周制而言唐也。

〔四五〕「名遂」句，老子：「功成名遂身退，天之道。」河上公注：「言人所爲功成事立，名迹稱遂，不退身避位，則遇於害，此乃天之常道也。」

〔四六〕「山川」句，尚書舜典：「望於山川，徧於群神。」僞孔傳：「九州名山大川、五嶽四瀆之屬，皆一時望祭之。」望祭即遥祭。句謂祀典所載之名山大川，皆嘗遥祭以乞壽。

〔四七〕「星象」句，中台，即中階。史記天官書「魁下六星，兩兩相比者，名曰三能」，三能即三台。應劭引黄帝泰階六符經曰：「泰階者，天子之三階：上階，上星爲男主，下星爲女主；中階，上星爲諸侯、三公，下星爲卿大夫；下階，上星爲士，下星爲庶人。」王湛仕至都督，又行太尉事，爲古之諸侯、三公，故稱中台。夜坼，坼，裂、散也。謂不吉。

〔四八〕「以永淳」二句，永淳二年，原作「咸亨三年」。英華校：「集作永淳二年。」按咸亨三年爲公元六七二年，永淳二年爲公元六八三年。下文云「越文明元年七月十七日，陪葬於獻陵」，文明元年爲公元六八四年，正與永淳二年相接，是，作「咸亨三年」誤，據英華所校集本改。永崇里，其址不詳。

〔四九〕「謚曰」句，「敏」下，英華校：「集有侯字。」

〔五〇〕「喪事」五句，唐六典卷一八司儀署：「凡京官職事三品已上、散官二品已上，遭祖父母、父母喪；京官四品及都督、刺史并内外職事，若散官以理去官五品已上，在京薨卒，及五品之官死王事者，將葬，皆祭以少牢，司儀率齋郎執俎豆以往，三品已上又贈以束帛，一品加乘馬。」

公幼鍾偏罰〔一〕，毁瘠過人。八歲讀書，至「無母何恃」〔二〕，廢書慟哭，歐血數升。逮事繼親，孝聞州黨。恩深母子，比王元之事親〔三〕；夢感夫妻，等衡卿之至孝〔四〕。年纔一紀，有若成人，吏部薛公〔五〕，見而稱歎。潁川之司馬德操，早知劉廙〔六〕；譙國之夏侯泰初，深歎樂毅〔七〕。兵次霍邑，力戰有功，高祖嘉之，賜良馬一疋。進圍京城，爲伏弩所中，高祖臨視，賜物三百段。流血及屨，未絶鼓音，左輪朱殷，豈敢言病〔八〕。武德之始，奉使嶺南，馮盎等稽首稱臣，獻琛奉贄〔九〕。舍人薛卓，遇害北庭，詔公責問，單于謝罪〔一〇〕。賜黄金五十斤，雜彩二百段。南踰漲海，北度陰山〔一一〕。太中大夫，去尉佗之黄屋〔一二〕；高車使者，作匈奴之鐵券〔一三〕。離石之難也，枕干而寢〔一四〕，見星而行〔一五〕，號泣不絶聲者千里，水漿不入口者數日。同武陵之伍襲，入構諸羌〔一六〕；異河内之張武，空持遺劍〔一七〕。吴逵由其得銘〔一八〕，王裒以之攀柏〔一九〕。冀州境内，舊多淫祀，褰帷按部，申明法禁。詔書遷秩，百姓攀車〔二〇〕，立廟生祠〔二二〕，樹碑頌德。亦猶欒巴典郡，山鬼潛移〔二三〕；張禹牧州，江濤不起〔二三〕。

【箋注】

〔一〕「公幼」句，鍾，當。偏罰，指喪母，謂雙親不全也。宋書殷景仁傳：「蘇氏卒，車駕親往臨哭，下詔曰：『朕夙罹偏罰，情事兼常。』」

〔二〕「至『無母』」句，詩經小雅蓼莪：「無父何怙，無母何恃。出則銜恤，入則靡至。」鄭玄箋：「孝子之心，怙恃父母，依依然以爲不可斯須無也。」

〔三〕「恩深」二句，王元，即王裒，字偉元。搜神記卷一一：「王裒，字偉元，城陽營陵人也。……母性畏雷，母沒，每雷，輒到墓曰：『裒在此。』」按：事見晉書王裒傳，詳下文注引。

〔四〕「夢感」二句，衡卿，即衡農，字剽卿。搜神記卷一一：「衡農，字剽卿，東平人也。少孤，事繼母至孝。常宿於他舍，值雷風，頻夢虎嚙其足，農呼妻相出，於庭叩頭三下，屋忽然而壞，壓死者三十餘人，唯農夫妻獲免。」夫妻，英華作「天婁」，校：「集作夫妻。」「天婁」乃形訛。衡，英華作「行」，校：「集作衡。」作「行」誤。

〔五〕「吏部」句，薛公，當指隋初著名詩人薛道衡。隋書薛道衡傳：「（開皇）八年（五八八）伐陳，授淮南道行臺、尚書吏部郎，兼掌文翰。」還，除吏部侍郎。按：王湛卒於永淳二年（六八三），享年九十三，推之則生於隋開皇十一年（五九一），十來歲時，薛道衡正爲吏部侍郎。

〔六〕「潁川」二句，三國志魏書劉廙傳：「劉廙，字恭嗣，南陽安衆人也。年十歲，戲於講堂上，潁川司馬德操拊其頭曰：『孺子孺子，黄中通理，寧自知不？』」後歸太祖，辟爲丞相掾屬，轉五官將文學。文帝器之，至即王位爲侍中，賜爵關内侯。按：司馬徽，字德操，潁川人，清雅有知人鑒，事迹略見三國志蜀書龐統傳裴松之注引襄陽記。

〔七〕「譙國」二句，三國志魏書夏侯惇傳：「夏侯惇，字元讓，沛國譙人，夏侯嬰之後。」族弟夏侯淵，淵從子夏侯尚，尚子夏侯玄。夏侯玄，字太初，少知名，弱冠爲散騎黄門侍郎，後爲征西將軍、假節都督雍涼州諸軍事。因涉李豐奪權案被殺，夷三族。裴松之注引魏氏春秋曰：「玄嘗著樂毅、張良及本無肉刑論，辭旨通遠，咸傳於世。」泰同太。歎，英華校：「集作明。」樂毅論已佚，孰是難判。

〔八〕「流血」四句，左傳成公二年：「郤克傷於矢，流血及屨，未絶鼓音，曰：『余病矣。』張侯曰：『自始合，而矢貫余手及肘，余折以御；左輪朱殷，豈敢言病？吾子忍之。』」杜預注：「張侯，解張也。朱，血色，血色久則殷。殷音近煙，今人謂赤黑爲殷色。言血多汙車輪，御猶不敢息。」

〔九〕「武德」四句，舊唐書馮盎傳：「馮盎，高州良德人也。累代爲本部大首領。」「（隋）仁壽初，潮、成等五州獠叛，盎馳至京請討之，……即令盎發江嶺兵擊之。賊平，授金紫光禄大夫、仍除漢陽太守。」武德三年（六二〇），擊破廣、新二州賊帥高法澄、洗寶徹等，嶺外遂定。「或有説盎曰：『自隋季崩離，海内騷動，今唐雖應運，而風教未浹，南越一隅，未有所定。公克平五嶺二十餘州，豈與趙佗九郡相比？今請上南越王之號。』盎曰：『吾居南越，於兹五代，本州牧伯，唯我一門，子女玉帛，吾之有也。人生富貴，如我殆難，常恐弗克負荷，以墜先業。本州衣錦便足，餘復何求？越王之號，非所聞也。』四年，盎以南越之衆降，高祖以其地爲羅、春、白、崖、儋、林等八州，仍授盎上柱國、高羅總管，封吴國公。尋改封越國公。」詩經魯頌泮水：「憬彼淮夷，來獻其琛。」毛傳：「琛，寶也。」奉，英華校：「集作執。」按：王湛奉使嶺南，當在武德四年，史未言其事，此可補闕。

〔一〇〕「舍人」四句，薛卓在北庭遇害事，現存文獻未見記載，待考。

〔一一〕「南踰」二句，漲海，南海之别名。此所謂踰漲海，實指至南海以北，即今廣東一帶。通典卷一八八嶺南序略：「五嶺之南，漲海之北，三代以前，是爲荒服。秦平天下，開置南海等三郡。秦亂，趙佗據有其地。」陰山，今河套以北、大漠以南諸山之總稱。薛卓被殺，當在該地。

〔一二〕「太中」二句，太中大夫，指陸賈。尉佗，即趙佗。趙佗於秦末行南海尉事，故稱。秦滅，自立爲南越武王，漢高祖因立爲南越王。高后時自尊爲南越武帝，乘黄屋左纛，稱制。文帝元年（前一七九），以陸賈爲太中大夫，使越，責讓之。趙佗恐，去帝制，願長爲藩臣，奉貢職。詳史記南越列傳、陸賈傳。按：黄屋，帝王車蓋，以黄繒爲裏。

〔一三〕「高車」二句，後漢書郭丹傳：「郭丹，字少卿，南陽穰人也。……七歲而孤。小心孝順，後母哀憐之，爲鬻衣裝，買産業。後從師長安，買符入函谷關，乃慨然歎曰：『丹不乘使者車，終不出關。』既至京師，常爲都講，諸儒咸敬重之。……更始二年（二四），三公舉丹賢能，徵爲諫議大夫，持節使歸南陽，安集受降。丹自去家十有二年，果乘高車出關，如其志焉。……十三年，大司馬吴漢辟舉高第，再遷并州牧，有清平稱，轉使匈奴中郎將。」則「高車使者」，指歸南陽時之郭丹；作匈奴鐵券，謂其又爲使匈奴中郎將。鐵券，帝王所頒特殊符契，以鐵爲之，受之者可享受某些特權。以上四句，以陸賈、郭丹喻指王湛。

〔一四〕「枕干」句，禮記檀弓上：「子夏問於孔子曰：『居父母之仇，如之何？』夫子曰：『寢苫枕干，不仕。』」鄭玄注：「雖除喪居處，猶若喪也。干，盾也。」

〔一五〕「見星」句，禮記奔喪：「唯父母之喪，見星而行，見星而舍。」鄭玄注：「侵晨冒昏，彌益促也。言唯著異也。」按：古人不夜行，故稱夜行爲著異。

〔一六〕「同武陵」二句，伍襲，「伍」原作「任」。太平御覽卷四一一孝感引宋躬孝子傳：「伍襲，字世長，武陵人。父没羌中，乃學羌語言衣服，與賓客入構諸羌，令相攻。襲乘其仇戎仇羌，負喪而歸。葬畢，因居墓所，每哭輒有鹿踞墳而鳴。」則「任」乃「伍」之形訛，據改。

〔一七〕「異河内」二句，後漢書張武傳：「張武者，吴郡由拳人也。父業，郡門下掾。送太守妻子還鄉里，至河内亭，盜夜劫之。業與賊戰死，遂亡失屍骸。武時年幼，不及識父。後之太學受業，每節，常持父遺劍至亡處祭醊，泣而還。太守第五倫嘉其行，舉孝廉。遭母喪過毁，傷父魂靈不返，因哀慟絶命。」

〔一八〕「吴逵」句，晉書孝友傳吴逵：「吴逵，吴興人也。經荒饑疾病，合門死者十有三人。逵時亦病篤，其喪皆鄰里以葦席裹而埋之。逵夫妻既存，家極貧窘，冬無衣被，晝則傭賃，夜燒磚甓，晝夜在山，未嘗休止。……朞年，成七墓十三棺，時有贈賻，一無所受。」逵，原作「遠」，各本同，乃「逵」之形訛，據此改。得銘，蓋指得晉書史臣贊，其曰：「……談（王談）桑（桑虞）義闡，琦（何琦）吴（吴逵）道存（按：王談等三人，皆同傳中人）。專洞之德，咸擒左言。」

〔一九〕「王裒」句，晉書孝友傳王裒：「王裒，字偉元，城陽營陵人也。祖修，有名魏世。父儀，高亮雅直，爲文帝（司馬昭）司馬。東關之役，帝問於衆曰：『近日之事，誰任其咎？』儀對曰：『責在元帥。』帝怒曰：『司馬欲委罪於孤耶？』遂引出斬之。裒少立操尚，行己以禮，……博學多能。痛父非命，未嘗西向而坐，示不臣朝廷也。於是隱居教授，三徵七辟皆不就。廬於墓側，旦夕常至墓所拜跪，攀柏悲號，涕淚著樹，樹爲之枯。」

〔二〇〕「百姓」句，攀，原作「舉」，據四子集、全唐文改。攀車，抓住車子，使不得行。藝文類聚卷五〇令長引司馬彪續漢書：「劉寵除東平陵令，……到官躬儉，訓民以禮，上下有序，都鄙有章。視事數年，以母病棄官歸，百姓士女，攀車距輪，充塞道路，車不得前，乃輕服潛遁。」

〔二一〕「立廟」句，生祠，爲表彰某人功德，生前爲之立祠廟。荀悦前漢紀孝景紀：「時欒布有功，封鄃侯，爲燕相，有治迹，民爲之立生祠。」又庾信哀江南賦：「新野有生祠之廟，河南有胡書之碣。」

〔一二〕「亦猶」二句，後漢書欒巴傳：「欒巴，字叔元，魏郡内黄人也。好道。順帝世以宦者給事掖庭，補黄門令，非其好也。」擢拜郎中，四遷桂陽太守。「再遷豫章太守。郡土多山川鬼怪，小人常破貲産以祈禱。巴素有道術，能役鬼神，乃悉毁壞房祀，剪理姦誣，於是祅異自消。」

〔一三〕「張禹」二句，後漢書張禹傳：「張禹，字伯達，趙國襄國人也。……永平八年（六五）舉孝廉，稍遷。建初中拜揚州刺史，當過江行部，中土民皆以江有子胥之神，難於濟涉。禹將度，吏固請，不聽。禹厲言曰：『子胥如有靈，知吾志在理察枉訟，豈危我哉？』遂鼓楫而過。歷行郡邑，深幽之處，莫不畢到，親録囚徒，多所明舉。」以上四句，言王湛在冀州毁淫祀事。

公出身六十載，遺愛二十州，遂罷方岳之官，仍居上台之位〔一〕。始於撥亂，伊尹之輔成湯〔二〕；終於太平，軒轅之得風后〔三〕。然後拂衣高蹈，躬覽載籍，著遺誡十八章，盛行於世〔四〕。法文王周易之變〔五〕，象尼父孝經之篇〔六〕。窮性命之理，盡天人之際。莊周著論，生也若浮〔七〕；史佚立言，没而不朽〔八〕。越文明元年二月十七日，陪葬於獻陵〔九〕，禮也。長子朝散大夫、行扶風令遐觀等〔一〇〕，生芻一束，泣血三年〔一一〕，不踰聖人之禮，能行大夫之孝〔一二〕。京兆載開其新阡〔一三〕，昆吾用昭其舊德〔一四〕。百年宫室，宛在章臺之東〔一五〕；五校軍營，依然茂陵之下〔一六〕。

【箋　注】

〔一〕「遂罷」二句，方岳，尚書舜典：「五載一巡守，群后四朝。」僞孔傳：「各會朝於方岳之下，凡四處，故曰四朝。」方岳，謂東、南、西、北四方，方各有岳。此泛指地方官。上台，即三台之中階上星，此指三公。文選阮籍詣蔣公：「伏惟明公，以含一之德，據上台之位。」李善注引泰階六符經曰：「中階上星，謂諸侯、三公。」王湛致仕後，祭祀時攝太尉，太尉乃三公之一，故稱。

〔二〕「始於」句，撥亂，漢書高祖紀下：「帝起細微，撥亂世反之正。」顔師古注：「反，還也，還之於正道。」伊尹輔成湯事，見前後周青州刺史齊貞公宇文公神道碑注。

〔三〕「終於」二句，軒轅，即黄帝。史記五帝本紀：「舉風后、力牧、常先、大鴻以治民。」集解引鄭玄曰：「風后，黄帝三公也。」

〔四〕「著遺誡」二句，遺誡，各書目無著録。世，原作「代」，唐諱，徑改。

〔五〕「法文王」句，舊説周易卦辭乃文王作。陸德明周易注解傳述人曰：「宓犧氏之王天下，仰則觀於天文，俯則察於地理，觀鳥獸之文與地之宜，近取諸身，遠取諸物，始畫八卦，因而重之，爲六十四。文王拘於羑里，作卦辭。周公作爻辭。孔子作彖辭、象辭、文言、繫辭、説卦、序卦、雜卦，謂之十翼。」

〔六〕「象尼父」句，尼父，即孔子。舊題孔安國古文孝經序：「夫子每於閒居而歎，述古之孝道也。……唯曾參躬行匹夫之孝，而未達天子諸侯以下揚名顯親之事。因侍坐而諮問焉，故夫子告其誼，於是曾子喟然知孝之爲大也，遂集而録之，名曰孝經，與五經并行於世。」

〔七〕「莊周」二句，莊子，名周。莊子刻意：「其生若浮，其死若休。」

〔八〕「史佚」二句，左傳襄公二十四年：「穆叔曰：『以豹所聞，此之謂世禄，非不朽也。魯有先大夫曰臧文仲，既没，其言立，其是之謂乎。豹聞之，太上有立德，其次有立功，其次有立言，雖久不廢，此之謂不朽。』」「立言」句，杜預注：「史佚、周任、臧文仲。」同書僖公十五年杜預注：「史佚，周武王時太史，名佚。」

〔九〕「陪葬」句，獻陵，唐高祖陵。舊唐書高祖紀：「（武德）九年（六二六）……十月庚寅，葬於獻陵。」陵在今陝西三原縣東北。

〔一〇〕「長子」二句，唐六典卷二尚書吏部：「從五品下曰朝散大夫。」元和郡縣志卷二鳳翔府扶風縣：「本漢美陽縣地。武德三年（六二〇），分岐山縣置圍川縣，屬岐州，取今縣南湋川水爲名，近代訛作圍。四年，隸入稷州。貞觀元年（六二七）廢稷州，以縣屬岐州。八年，改爲扶風。」今屬陝西寶雞市。王遐觀事迹，别無考。

〔一一〕「生芻」二句，後漢書徐穉傳：「（郭）林宗有母憂，穉往弔之，置生芻一束於廬前而去。衆怪，不知其故。林宗曰：『此必南州高士徐孺子也。詩不云乎：「生芻一束，其人如玉。」（按見詩經小雅白駒）。』」生芻，青草也。泣血，據禮制，父母喪應守喪三年（實二十五月而畢。孔子家語卷一〇曲禮子貢問：喪親「及二十五月而祥」。唐制亦然，見唐會要卷三八服紀下），故云。

〔一二〕「能行」句，孝經卿大夫：「非先王之法服不敢服，非先王之法言不敢道，非先王之德行不敢行。是故非法不言，非道不行。口無擇言，身無擇行。言滿天下無口過，行滿天下無怨惡。三者備矣，然後能守其宗廟，卿大夫之孝也。」

〔一三〕「京兆」句，言葬地在京兆府。阡，墳墓。新阡，指新遷入獻陵之王湛墓。

〔一四〕「昆吾」句，漢書外戚列傳霍皇后傳：「霍后立五年廢，處昭臺宮。後十二歲，徙雲林館，乃自殺，葬昆吾亭東。」顏師古注：「昆吾，地名，在藍田。」據此，知王湛初葬藍田縣。

〔一五〕「百年」二句，史記樗里子傳：「樗里子者，名疾，秦惠王之弟也。……樗里子卒，葬於渭南章臺之東，曰：『後百歲，是當有天子之宮夾我墓。』」索隱：「按黃圖，在漢長安故城西。」

〔一六〕「五校」二句，漢書霍光傳：光薨，「北軍五校士軍陳至茂陵，以送其葬」。五校，即五校尉，漢武帝初年所置禁衛軍。後漢書安帝紀李賢注引漢官儀，謂五校名目爲：屯騎、越騎、步兵、射聲、長水。又見漢書百官公卿表。茂陵，漢書武帝紀：建元二年（前一三九）夏四月戊申，「初置茂陵邑」。注引應劭曰：「武帝自作陵也。」顏師古注：「本槐里縣之茂鄉，故曰茂陵。」按：陵在今西安市西北之興平市東北。以上未實述王湛陪葬墓址。按唐高祖獻陵主陵，位於今陝西渭南市三原縣徐木鄉，陪葬區在主陵東北部，即相鄰之富平縣呂村鄉境内。

其銘曰：

昔在湯武，阿衡尚父〔一〕。下及高光，蕭何鄧禹〔二〕。皇天眷命〔三〕，赫矣高祖。惟岳降神〔四〕，克生元輔。攻城野戰，張飛關羽。奇策密謀，荀攸賈詡〔五〕。始陪營衛，仍參幕府〔六〕。旍節龍沙〔七〕，軒旗象浦〔八〕。出臨方岳，入調風雨〔九〕。其生也榮，池臺鍾鼓〔一〇〕。其死也哀，陳兵復土〔一一〕。孝乎惟孝〔一二〕，無父何怙〔一三〕。刊石勒銘，永傳終古。

【箋注】

〔一〕「昔在」二句，湯武，商湯、周武王，商、周二代開國之君。阿衡，伊尹；尚父，吕望，乃湯、武之師相，已詳前注。

〔二〕「下及」二句，高光，漢高祖、東漢光武帝。蕭何、鄧禹，爲漢高祖、光武帝之主要戰將，亦已詳前注。上舉伊尹等四人，皆擬王湛，謂其有文武輔弼之才。

〔三〕「皇天」句，尚書大禹謨：「皇天眷命，奄有四海，爲天下君。」僞孔傳：「眷，視。」

〔四〕「惟岳」句，詩經大雅崧高：「維岳降神，生甫及申。」毛傳：「岳，四岳也。……於周則有甫、有申、有齊、有許也。……嶽降神靈和氣，以生申、甫之大功。」鄭玄箋：「申，申伯也；甫，甫侯也，皆以賢知入爲周之楨幹之臣。」此言王湛亦岳之神靈和氣所生。

〔五〕「荀攸」句，荀攸、賈詡，二人足智多謀，同爲曹操軍師，事迹皆見前齊貞公宇文公神道碑注引三國志本傳。

〔六〕「始陪」二句，營衛，指在李淵登帝位前，任其丞相、相國二府典籤、參軍事，實爲營衛官。參幕府，指王湛出爲隴西别駕等職。

〔七〕「旌節」二句，旌節，旌，周禮春官司常：「析羽爲旌。」據孔穎達正義，即旗上繫「染鳥羽爲五色」。此泛指旗幟。節，使者所持。龍沙，後漢書班超傳贊：「坦步葱雪，咫尺龍沙。」李賢注：「葱領，雪山；白龍堆，沙漠也。」按漢書匈奴傳下：「豈爲康居、烏孫能踰白龍堆而寇西邊哉？」注引孟康曰：「龍堆，形如土龍，身無頭有尾，高大者二三丈，埤者丈餘，皆東北向相似也。在西域中。」此泛指沙漠，言王湛奉詔赴北庭處置薛卓遇害事。

〔八〕「軒旗」句，軒旗，軒，車也。旗，周禮春官司常：「熊虎爲旗。」即旗上畫龍虎之象。此泛指旗幟。象浦，水經温水注：温水注入鬱水，鬱水「亦曰象水也，又兼象浦之名。晉功臣表所謂『金潾清逕，象渚澄源』者也」。資治通鑑卷一二四胡三省注：「象浦，即盧容浦。盧容縣即秦象郡象林縣地，故亦謂之象浦。」象郡，今廣東雷州半島一帶。此泛指廣東，言王湛奉使嶺南事。

〔九〕「入調」句，調風雨，以自然和諧喻治理國家。尚書舜典：「納舜，使大録萬幾之政，陰陽和，風雨時。」史記五帝本紀：「（堯）立羲和之官，明時正度，則陰陽調，風雨節，茂氣至民，無夭疫。」

〔一〇〕「其生」二句，論語子張：「（夫子）其生也榮，其死也哀。」何晏集解引孔（安國）語，謂其言孔子「生則榮顯，死則哀痛」。蔡邕陳太丘（寔）碑：「斯可謂存榮没哀、死而不朽者已。」池臺鍾鼓，謂生活極優裕。説苑善説：雍門子周以琴見孟嘗君，謂孟嘗君「千秋萬歲之後，高臺既已壞，曲池既已漸」云云，言其生前、身後之榮哀。鍾鼓，代指音樂。史記禮書：「鍾鼓管絃，所以養耳也。」

〔一一〕「陳兵」句，漢書文帝紀：「郎中令張武爲復土將軍，發近縣卒萬六千人、發内史卒萬五千人，藏郭穿復土，屬將軍武。」注引如淳曰：「主穿壙實瘞事也。」顔師古注：「穿壙出土下棺也，已而實之，又即以爲墳，故云復土。復，反還也。」此即前文所言王湛死後「喪事官給」，葬日「有司監護」。

〔一二〕「孝乎」句，論語爲政：「或謂孔子曰：『子奚不爲政？』子曰：『書云：「孝乎惟孝，友于兄弟，施於有政。」是亦爲政，奚其爲爲政？』」何晏集解引包(咸)曰：「孝乎惟孝，美大孝之辭。友于兄弟，善於兄弟。施，行也。所行有政道，與爲政同。」

〔一三〕「無父」句，詩經小雅蓼莪：「無父何怙。」鄭玄箋：「怙，恃。」此就其子王遐觀等而言。

唐右將軍魏哲神道碑〔一〕

經天緯地之帝，求制禮作樂之才〔二〕；撥亂反正之君，資拔山超海之力〔三〕。繼昭夏而崇號謚，非無陣戰之風〔四〕；披皇圖而稽文武，或用干戈之道〔五〕。故能彌綸宗廟〔六〕，彈壓山川〔七〕，苞四海以爲家〔八〕，一六合而光宅〔九〕。是以二十八宿，懸列將而察休徵〔一〇〕；三十五星，聚天軍而赫符彩〔一一〕。呂望垂竿於渭涘，道峻匡周；張良授策於圯橋，功崇佐漢〔一二〕。

乃有心如鐵石〔一三〕，氣若風雲，洛讖名書，河圖秘象〔一四〕。青絲電燭，歷大塊以三休〔一五〕；碧羽霜淒，倚渾天而一息〔一六〕。岑彭、許允，征南、鎮北之名〔一七〕；馮異、王昌，大樹、中軍之號〔一八〕。杜太行而泥函谷〔一九〕，猛氣無前；戮封豕而斬長鯨〔二〇〕，雄圖不測。元戎十乘，驅衛霍於前軍〔二一〕；甲士三千，列孫吴於後殿〔二二〕。秋風白露，執金鼓而齊六軍；太山黄河，折銅符而光百世〔二三〕。建廟堂之策，爲社稷之臣，孰能與於此乎？在我真將軍矣〔二四〕！

【箋　注】

〔一〕右將軍，即右監門將軍，見後注。按文謂魏哲卒於總章二年（六六九）三月，其夫人馬氏早卒於貞觀十五年（六四一），咸亨元年（六七〇）某月日祔（合葬）於某原。據舊唐書高宗紀下，總章三年三月甲戌朔，改元咸亨元年。則所謂「某月」，當在咸亨元年三月之後，本文應作於合葬前後。

〔二〕「經天」二句，經天緯地，原作「天經地緯」，英華校：「集作經天緯地。」四子集、全唐文作「經天緯地」。「經天緯地」與下句「撥亂反正」對應，是，據改。求，英華校：「集作扙。」疑是「仗」字之訛，亦通。蔡邕獨斷卷下：「經天緯地曰文。」南唐徐鍇説文繫傳卷三七曰：「天地絪緼，萬物化生。天感而下，地感而上，陰陽交泰，萬物咸亨。陽以經之，陰以緯之；天地經之，人實緯之，故曰經天緯地之謂文。」禮記明堂位：「周公踐天子之位以治天下六年，朝諸侯於明堂，制禮作樂，頒度量，而天下大服。」兩句言以禮樂治天下，則求能文之士。

〔三〕「撥亂」二句，漢書高祖紀下：「帝起細微，撥亂世反之正。」顏師古注：「反，還也，還之於正道。」孟子梁惠王上：「挾泰山以超北海。」史記項羽本紀：「項王乃悲歌忼慨，自爲詩曰：『力拔山兮氣蓋世。』」庾信謝周明帝賜絲布等啓：「雖復拔山超海，負德未勝。」兩句言收拾亂世，則須靠勇力超强之人。

〔四〕「繼昭夏」二句，漢書司馬相如傳下載封禪書：「續昭夏，崇號謚，略可道者七十有二君。」注引文穎曰：「昭，明也，夏，大也。德明大，相繼封禪於泰山者，七十有二人也。」昭，原作「韶」，各本同，據此改。兩句言即如重名號而封禪者，未必没有尚武之風。

〔五〕「披皇圖」二句，披，閲也。文選班固東都賦：「披皇圖，稽帝文。」吕延濟注：「皇圖，謂河圖也。」稽文武，考察周文王、武王，謂文王、武王乃以武興邦。干戈之道，即武道。

〔六〕「故能」句，周易繫辭上：「故能彌綸天地之道。」孔穎達正義：「彌謂彌縫、補合，綸謂經綸、牽引。能補合牽引天地之道。」彌綸宗廟，謂維係宗法統治。

〔七〕「彈壓」句，猶今所言改造世界。文選王融三月三日曲水詩序：「牢籠天地，彈壓山川。」吕向注：「彈壓，猶蹴蹋也。」

〔八〕「苞四海」句，史記高祖本紀：「天子以四海爲家。」苞，通「包」。

〔九〕「一六合」句，一，用如動詞，謂統一。六合，吕氏春秋審分覽曰：「神通乎六合。」高誘注：「六合，四方上下也。」光宅，擁有。文選左思吴都賦：「一六合而光宅。」劉淵林注：「一六合而光宅者，并有天下而一家也。」

〔一〇〕「是以」二句，史記律書太史公曰：「在旋璣玉衡，以齊七政，即天地二十八宿。」正義：「謂東方角、亢、氐、房、心、尾、箕，南方井、鬼、柳、星、張、翼、軫，西方奎、婁、胃、昴、畢、觜、參，北方斗、牛、女、虚、危、室、壁，凡二十八宿、一百二十八宿星也。」懸列將，謂一百二十八宿星中，即有衆多將星懸掛天穹。如角宿，史記天官書稱「左角，李（按：即『理』，指法官）；右角，將」之類。察休徵，由將星狀態考察國家安危徵兆。如畢宿，史記天官書謂畢爲「罕車，爲邊兵」；正義稱「其大星曰天高，一曰邊將，主四夷之尉也。星明大，天下安，遠夷入貢；失色，邊亂。畢動，兵起」之類。

〔一一〕「三十五」二句，史記天官書：「北宫玄武，虚、危。……其南有衆星，曰羽林天軍。軍西爲壘，或曰鉞。」正義：「羽林四十五星，三三而聚，散在壘壁南，天軍也，亦天宿衛，主兵革。」四十五星，或作三十五星。四庫全書本史記考證道：「正義『羽林四十五星』，監本作三十五星。伏查晉書天文志及步天歌，皆作四十五星，今改正。」本文依三十五星説。赫符彩，赫，明亮貌；符彩，光彩。

〔一二〕「吕望」四句，吕望、張良，前已屢注。策，英華校：「集作履。」四子集作「履」。按張良於下邳圯上所受雖爲履而非策，然實指黄石公所授太公兵法，「良數以太公兵法説沛公（劉邦），沛公善之，常用其策」（史記留侯世家），故作「策」義勝。

〔一三〕「乃有」句，晉書忠義傳序：「古人有言：『君子殺身以成仁，不求生以害仁。』又云：『非死之難，處死之難。』信哉斯言也！是知隕節苟合其宜，義夫豈吝其没？捐軀若得其所，烈士不愛其存，故能守鐵石之深衷，厲松筠之雅操。」

〔一四〕「洛讖」二句，洛讖、河圖，又稱河圖、洛書，皆漢代讖緯家所造陰陽五行、天人感應之書。名書，原作「書名」。英華校：「集作名書。」按兩句謂以河圖、洛書之説及其圖象爲兵書命名，故作「名書」義勝，且與「秘象」對應，據所校集本改。漢書藝文志兵書類所録陰陽十六家，當即所謂以「洛讖名書，河圖秘象」者，如太壹兵法一篇，天一兵法三十五篇，以及别成子望軍氣六篇、圖三卷，辟兵威勝方七十篇之類。小序曰：「陰陽者，順時而發，推刑德，隨斗擊，因五勝（顔師古注：五勝，五行相勝也），假鬼神而爲助者也。」此類兵書，隋書經籍志著録多達上百種。

〔一五〕「青絲」二句，青絲，青色絲繩。樂府古辭陌上桑：「青絲繫馬尾，黄金籠馬頭。」又梁元帝紫騮馬：「長安美少年，金絡飾連錢。宛轉青絲鞚，照曜珊瑚鞭。」此代指馬。絲，英華作「聯」，校：「集作絲。」作「聯」誤。電燭，謂馬飛馳快如電光，稍縱即逝。「電」原作「雷」，據全唐文改。大塊，大自然。莊子大宗師：「夫大塊載我以形。」三休，休息多次。賈誼新書退讓篇：「（楚王）饗客於章華之臺，上者三休，而乃至其上。」此言其遠。

〔一六〕「碧羽」二句，碧羽，此代指鳥類。莊子逍遥遊：「鵬之徙於南冥也，水擊三千里，摶扶摇而上者九萬里，去以六月息者也。」郭象注：「夫大鳥一去半歲，至天池（按：即南冥）而息。」渾，英華校：「一作暉。」誤。以上四句，以烈馬、猛禽喻武將，言其遠走高飛，氣勢非凡。

〔一七〕「岑彭」二句，後漢書岑彭傳：「岑彭，字君然，南陽棘陽人也。」王莽時守本縣長，後降劉秀，爲歸德侯、大司馬。光武即位，拜廷尉，歸德侯如故，行大將軍事。擊荆州，圍隗囂，破蜀，遇刺身亡。同上光武帝紀上：建武二年（二六）冬十一月，「以廷尉岑彭爲征南大將軍，率八將軍討鄧奉於堵鄉」。許允，三國志魏書夏侯尚傳：「徙（許）允爲鎮北將軍、假節督河北諸軍事。」裴松之注引魏略曰：「允字士宗，世冠族。父據，仕歷典農校尉、郡守。允少與同郡崔贊俱發名於冀州，召入軍。明帝時，爲尚書選曹郎。……出爲郡守，稍遷爲侍中、尚書中領軍。……會鎮北將軍劉静卒，朝廷以允代静。」

〔一八〕「馮異」二句，後漢書馮異傳：「馮異，字公孫，潁川父城人也。」歸劉秀，拜偏將軍，封應侯。爲人謙退，不伐行，「每所止舍，諸將并坐論功，異常獨屏樹下，軍中號曰『大樹將軍』。及破邯鄲，乃更部分諸將，各有配隸，軍士皆言願屬大樹將軍，光武以此多之」。同書王昌傳：「王昌，一名郎，趙國邯鄲人也。素爲卜相工，明星曆，常以爲河北有天子氣。」王莽末，詐稱成帝子子輿。傳赤眉將度河，因宣言「赤眉當立劉子輿」，百姓多信之。更始元年（二三）十二月，於邯鄲趙王宮立爲天子。後爲劉秀所殺。中軍，當即中軍校尉，然據現存文獻，王昌無此名號，且此王昌與馮異等亦非同類，疑另有其人，或作者誤記，待考。

〔一九〕「杜太行」句，史記酈食其列傳：沛公（劉邦）賜食其食，問曰：「計安出？」食其曰：「……願足下急復進兵，收取滎陽，據敖倉之粟，塞成皋之險，杜太行之道，距蜚狐之口，守白馬之津，以示諸侯形制之勢，則天下知所歸矣。」顏師古注：「太行，山名，在河内野王之北，上黨之南。」杜，斷絶。泥函谷，後漢書隗囂傳：隗囂將王元説囂曰：「元請以一丸泥爲大王東封函谷關，此萬世一時也。」

〔二〇〕「戮封豕」句，文選司馬相如上林賦：「羂騕褭，射封豕。」注引郭璞曰：「封豕，大猪也。」長鯨，喻指巨姦。徐陵爲司空徐州刺史侯安都德政碑：「自我徂征，妖氛克平。爰驅大彘，實翦長鯨。」虞世基講武賦：「登燕山而戮封豕，臨瀚海而斬長鯨。」

〔二一〕「元戎」二句，詩經小雅六月：「元戎十乘，以先啓行。」毛傳：「元，大也。夏后氏曰鉤車，先正也；殷曰寅車，先疾也；周曰元戎，先良也。」鄭玄箋：「鉤，鉤鞶，行曲直有正也；寅，進也。二者及元戎，皆可以先前啓，突敵陳之前行。其制之同異未聞。」元戎句，孔穎達正義：「言大車之善者，故云先良也。」衛霍，衛青、霍去病，漢武帝時大將。此代指麾下將軍，言其勇武。

〔二二〕「甲士」二句，甲士，着甲兵士；三千，言多也。孫吴，指孫武、吴起，古代著名軍事家。此代指軍隊將領、參謀人員，言其精習兵法。後殿，置之於後。

〔二三〕「太山」二句，謂功成行封。漢書高惠高后文功臣表：漢高祖封侯者百四十有三人，「封爵之誓曰：『使黄河如帶，泰山若厲，國以永存，爰及苗裔。』於是申以丹書之信，重以白馬之盟」。注引應劭曰：「封爵之誓，國家欲使功臣傳祚無窮也。」銅符，盟誓時所用銅製信符。百世，「世」原作「代」，避唐諱，徑改。

〔二四〕「在我」句，謂墓主魏哲不僅爲名將，且能「建廟堂之策，爲社稷之臣」，上述諸將皆不足道。史記絳侯周勃世家：河内守周亞夫爲將軍，軍細柳以備胡。文帝欲勞軍，至軍門，都尉稱「軍中聞將軍令，不聞天子之詔」，不得入。其後再至，又不得入，文帝乃使使持節詔將軍「吾欲入勞軍」，亞夫乃傳言開壁門。成禮而去，既出軍門，群臣皆驚，文帝曰：「嗟乎，此真將軍矣！」

公諱哲，字知人，鉅鹿曲陽人也〔一〕。七代祖靖非，前秦征北大將軍〔二〕，鎮北地上郡，其後子孫，因家於寧州襄樂縣〔三〕。開國承家之始，誕姓命氏之源〔四〕。大名發於本支，當塗峻於層構〔五〕。三辰鬱鬱，天街分畢昴之都〔六〕；九野茫茫，地險裂山河之境〔七〕。丞相以萬機論道，匡大運以震威嚴〔八〕；尚書以八座當官，贊金行而標領袖〔九〕。文昭武穆〔一〇〕，方駕齊驅；公子王孫，朱輪華轂。大鵬垂翰，馭風伯而指南溟〔一一〕；天馬騰姿，按雲師而集東道〔一二〕。祖唐，隋天水郡丞、河陽都尉〔一三〕。瑶林瓊樹，擢標格以千尋〔一四〕；圓折方流〔一五〕，委波濤而萬頃。雄飛有望，豈惟京兆之丞〔一六〕；陰德不愆，何直丹陽之尉〔一七〕。父寶，皇朝通議大夫、總管府司參軍事〔一八〕。東家孔子，至德生於上天〔一九〕；南國中侯，明靈誕於中嶽〔二〇〕。

【箋注】

〔一〕「鉅鹿」句，元和郡縣志卷一七恒州鼓城縣：「漢曲陽縣地。……隋開皇六年（五八六）置昔陽縣，十八年改爲鼓城縣。……魏收墓，在縣北七里。後魏、北齊貴族諸魏，皆此邑人也，所云『鉅鹿曲陽人』者是矣。」曲陽，今爲河北保定市屬縣。

〔二〕「前秦」句，前秦（三五一—三九四），十六國時期十六國之一，氐族人苻健所建，都長安。

〔三〕「鎮北地」三句，漢書地理志下：「北地郡，秦置，（王）莽曰威成。」同書：「上郡，秦置。高帝元年（前二〇六）更爲翟國，七月復故。」北地，在今甘肅至寧夏一帶；上郡，今陝西北部至内蒙古鄂爾多斯一帶。寧州，元和郡縣志卷三寧州襄樂縣：「本漢襄洛縣，屬上郡。後魏孝文帝改『洛』爲『樂』，屬襄樂郡。後周屬北地郡。隋開皇三年（五八三）改屬寧州，皇朝因之。」地在今甘肅寧縣東北。家，英華作「居」，校：「集作家。」作「居」亦通。

〔四〕「誕姓」二句，左傳隱公八年：「天子建德，因生以賜姓，胙之土而命之氏。」杜預注謂「報之以土而命氏」。孔穎達正義：「有德之人，必有美報。報之以土，謂封之以國名以爲之氏。諸侯之氏，則國名是也。」

〔五〕「大名」二句，本支，家族；當塗，當仕路，執掌大權。謂人之姓名來於家族，而當官掌權，則肇自祖宗積功累德。層構，文選張衡西京賦：「累層構而遂隮，望北辰而高興。」李善注引山海經曰：「層，重也。」又魏書李順傳載李騫釋情賦：「荷峻極之層構，道積石之洪流。」此以層構喻祖宗積累。言魏哲之德才淵源有自，故下文述其遠祖、祖、父事迹。於，英華校：「集作其。」

〔六〕「三辰」二句，三辰，漢書律曆志上：「三辰之會交矣。」注引孟康曰：「三辰，日、月、星也。」天街，史記天官書：「昴、畢間爲天街，其陰，陰國；陽，陽國。」集解引孟康曰：「陰，西南坤維，河山已北國；陽，河山已南國。」索隱引孫炎云：「畢昴之間，日、月、五星出入要道，若津梁。」正義：「天街三星，在畢、昴間，主國界也。街南爲華夏之國，街北爲夷狄之國，土、金守，胡兵入也。」此言魏靖非鎮守邊郡。

〔七〕「九野」二句，後漢書馮衍傳下：「疆理九野，經營五山。」李賢注：「九野，謂九州之野。」裂，原作「列」。英華作「列」，校：「集作裂。」四子集作「裂」。作「裂」是，據改。裂，分也。昴、畢分山、河爲北國、南國，已見上注。山指華山，河即黄河。文選張衡西京賦：「綴以二華，巨靈贔屓，高掌遠蹠，以流河曲，厥迹猶存。」薛綜注：「華，山名也。巨靈，河神也，巨，大也。古語云：此本一山，當河水過之而曲行，河之神以手擘開其上，足蹋離其下，中分爲二，以通河流。手足之迹，於今尚在（按太平御覽卷三九華山引，此二句作「今覩手迹於華嶽上，足迹在首陽山下，俱存焉」）。」李善注引遁甲開山圖曰：「有巨靈胡者，偏得神元之道，能造山川、出江河。」

〔八〕「丞相」二句，當指魏相。漢書魏相傳：「魏相，字弱翁，濟陰定陶人也，徙平陵。少學易，爲郡卒史。舉賢良，以對策高第。……韋賢以老病免相，遂代爲丞相，封高平侯，食邑八百户。……宣帝始親萬機，厲精爲治，練群臣，核名實，而相總領衆職，甚稱上意。」大運，國家大計。以，英華校：「集作而。」按下句作「而」，此作「以」是。

〔九〕「尚書」二句，金行，五行當金，即以金王。以金王，指晉。晉書輿服志：「晉氏金行，而服色尚赤。」八座，通典卷二二尚書省歷代尚書附八座：「後漢以六曹尚書（按：三公曹尚書二人，吏曹、二千石曹、民曹、客曹尚書各一人）并令、僕二人，謂之八座。魏以五曹（按：吏部、左民、客曹、五兵、度支）尚書、二僕射、一令爲八座，宋、齊八座與魏同。」按晉代魏姓爲尚書者，乃魏舒。晉書魏舒傳：「對策升第，除澠池長，遷浚儀令，入爲尚書郎。……轉相國參軍，封劇陽子。府朝碎務，未嘗見是非。至於廢興大事，衆人莫能斷者，舒徐爲籌之，多出衆議之表。文帝深器重之，每朝會坐罷，目送之曰：『魏舒堂堂，人之領袖也。』遷宜陽、滎陽二郡太守，甚有聲稱。徵拜散騎常侍，出爲冀州刺史。」

〔一〇〕「文昭」句，昭穆，乃古代宗廟或墓地之輩次排列，太祖居中。二、四、六世位左稱「昭」，三、五、七世位右稱「穆」，餘類推。左傳僖公二十四年：「周公傷夏殷之叔世疏其親戚，以至滅亡，故廣封其兄弟：管、蔡、郕、霍、魯、衛、毛、聃、郜、雍、曹、滕、畢、原、酆、郇，文之昭也；邘、晉、應、韓，武之穆也。」杜預注：「十六國，皆文王子也。……四國，皆武王子。」此泛指魏氏子孫，謂皆貴幸不衰。

〔一二〕「大鵬」二句，鵬徙南溟，出莊子逍遥遊，前已屢引。

〔一三〕「天馬」二句，天馬，神馬也。按，原作「偶」。英華校：「集作按。」作「按」義勝，據改。按，駕馭。雲師，豐隆。楚辭王逸遠遊：「召豐隆使先導兮。」自注：「呼語雲師使清路也。」東道，東行之道。左傳僖公三十年：「若舍鄭以爲東道主。」此即指道路，乃與上句「南」對應。以上四句，言魏氏子孫在仕途有如大鵬、天馬，皆能遠到。

〔一四〕「隋天水」句，隋書地理志上：「天水郡，舊秦州，後周置總管府，大業初府廢。」地在今甘肅天水市。同書地理志下：「河内郡河陽縣：「舊廢，開皇十六年（五九六）置。有盟津，有古河陽城治。」故城在今河南孟州市南。

〔一五〕「瑶林」二句，瑶、瓊，皆玉，此喻人才之美。世説新語賞譽：「王戎云：太尉（王衍）神姿高徹，如瑶林瓊樹，自然是風塵外物。」同上：「庾子嵩（顗）目和嶠：森森如千丈松，雖磊砢有節目，施之大廈，有棟梁之用。」瓊，英華校：「集作王。」當是「玉」之形訛。擢，原作「櫂」，據英華、全唐文改。擢，聳出。標格，風標格調。千尋，極言其高。

〔一六〕「圓折」句，文選顔延年贈王太常詩：「玉水記方流，琁源載圓折。」李善注引尸子曰：「凡水，其方折者有玉，其圓折者有珠也。」此以珠玉喻人，與上兩句義同。

〔一七〕「雄飛」二句，後漢書趙典傳：「（趙）温，字子柔，初爲京兆郡丞。歎曰：『大丈夫當雄飛，安能雌伏！』遂棄官去。」獻帝時爲司徒、録尚書事。

〔一七〕「陰德」二句，愆，失去，錯過。不愆，謂陰德必有報。後漢書何敞傳：「何敞，字文高，扶風平陵人也。其先家於汝陰，六世祖比干，學尚書於鼂錯。」李賢注引何氏家傳云：「六世祖父比干，字少卿，經明行修，兼通法律，爲汝陰縣獄吏決曹掾，平活數千人。後爲丹陽都尉，獄無冤囚，淮汝號曰何公。征和三年（前九〇）三月辛亥，天大陰雨，比干在家，日中夢貴客車騎滿門，覺以語妻。語未已，而門有老嫗，可八十餘，頭白，求寄避雨，雨甚，而衣履不沾漬。雨止送出門，乃謂比干曰：『公有陰德，今天錫君策，以廣公之子孫。』因出懷中符策，狀如簡，長九寸，凡九百九十枚，以授比干，子孫佩印綬者當如此算。比干年五十八，有六男，又生三子。本始元年（前七三）自汝陰徙平陵，代爲名族。」

〔一八〕「皇朝」句，唐六典卷二尚書吏部：「正四品下曰通議大夫。」通典卷三二：「隋文帝以并、益、荆、揚四州置大總管，其餘總管府置於諸州，列爲上、中、下三等，加使持節。煬帝悉罷之。大唐諸州復有總管，亦加號使持節。……五年（六二二），以洺、荆、并、幽、交五州爲大總管府。七年，改大總管府爲大都督府，總管府爲都督府。」據唐六典卷三〇，大都督府有録事參軍事，正七品上，功、倉、户、兵、法、士六曹參軍事，正七品下。魏寶所任，不詳在何曹。全唐文於「司」下有「兵」字，當即兵曹。

〔一九〕「東家」二句，後漢紀孝靈皇帝紀：「魯人謂仲尼東家丘，蕩蕩體大，民不能名。」又顏氏家訓卷二慕賢：「魯人謂孔子爲東家丘。」至德，謂孔子之德源自於天。論語子罕：「太宰問於子貢曰：『夫子聖者與？何其多能也！』子貢曰：『固天縱之將聖，又多能也。』」

〔二〇〕「南國」二句，申侯，即申伯；中嶽，嵩山也。詩經大雅嵩高：「崧高維岳，駿極於天。維岳降神，生甫及申。」毛傳：「堯之時，姜氏爲四伯，掌四岳之祀，述諸侯之職。於周則有甫、有申、有齊、有許也。……岳降神靈和氣，以生申、甫之大功。」嵩高又曰：「亹亹申伯，王纘之事。于邑于謝，南國是式。」毛傳：「謝，周之南國也。」鄭玄箋：「……有申伯以賢入爲周之卿士，佐王有功，王又欲使繼其故諸侯之事，往作邑于謝，南方之國皆統理，施其法度，時改大其邑，使爲侯伯，故云然。」以上四句，以孔子、申伯喻指魏哲，謂其祖宗累有功德，故天地神靈生此英傑。

君升朝翊贊，道先王之法言〔一〕；公府弼諧，對上天之休命〔二〕。若夫聖人作而萬物覩〔三〕，元首明而庶事康〔四〕。日月粲其光華，山川鬱其雲雨。則有英靈間出，丹陵諧白獸之祥〔五〕；符瑞挺生，黑帝感蒼龍之傑〔六〕。隋珠一寸，魏后揚眉〔七〕；和璧千金，秦王動色〔八〕。顔生殆庶，聞於竹馬之年〔九〕；揚子參玄，發自銅車之歲〔一〇〕。建情峰而直上〔一一〕，疏筆海以横流〔一二〕。雕牆則百堵皆興，峻宇則千門並列〔一三〕。可大可久，無忘簡易之途〔一四〕；爲子爲臣，率由忠孝之境。郭林宗之披霧，豈敢名言〔一五〕；孔文舉之欽風，每相推薦〔一六〕。若乃五材並用，誰能去兵〔一七〕；七德兼施，止戈爲武〔一八〕。出師於九天之上，暗合兵書〔一九〕；取睽於十日之前，懸符射法〔二〇〕。固以文武之道，揄揚滿於域中；將相之才，籍甚聞於海内〔二一〕。

【箋注】

〔一〕「君升朝」二句，升朝，立朝。翊贊，輔佐、協助。孝經卿大夫：「非先王之法言不敢道。」邢昺疏「先王法言」爲「先王禮法之言辭」。「君升」二字，英華作「居」，校：「集作君。」四子集、全唐文無「升」字。

〔二〕「公府」二句，公府，官府。弼諧，尚書皋陶謨：「允迪厥德，謨明弼諧。」僞孔傳釋「弼諧」爲「輔諧」，即輔弼之而使其和諧。上天，此指皇帝。休命，美好任命，謂授予好官。

〔三〕「若夫」句，周易乾卦：「雲從龍，風從虎，聖人作而萬物覩。」孔穎達正義：「此明九五爻之義。飛龍在天者，言天能廣感衆物，衆物應之，所以利見大人。因大人與衆物感應，故廣陳衆物相感應，以明聖人之作而萬物瞻覩以結之也。」此言朝野上下和諧一致。

〔四〕「元首」句，尚書益稷：「乃賡載歌曰：元首明哉，股肱良哉，庶事康哉！」僞孔傳：「帝歌歸美股肱，義未足，故續歌。先君後臣，衆事乃安，以成其義。」此言皇帝英明，若臣子優秀，則萬事皆能辦好。

〔五〕「丹陵」句，丹陵，代指堯。太平御覽卷八〇帝堯陶唐氏引帝王世紀：「帝堯陶唐氏，祁姓也。母曰慶都，孕十四月而生堯於丹陵，名曰放勛。」白獸，指白馬。史記五帝本紀：「帝堯者，……黄收純衣，彤車乘白馬，能明馴德，以親九族。」此接上「日月」二句，謂有丹陵山川之靈，故帝堯降生其地。祥，英華作「旌」，校：「集作祥。」按文獻未見堯用白獸畫旌旗之記載，作「旌」

當誤。

〔六〕「黑帝」句，禮記檀弓上稱「夏后氏尚黑」，故黑帝指殷王（此指武丁）。莊子大宗師：「傅説得之（按：指道），以相武丁，奄有天下，乘東維，騎箕尾，而比於列星。」按史記天官書：東宮蒼龍宿有箕四星、尾九星，故「蒼龍」代指傅説。句謂感箕尾之瑞，而得傅説爲相。徐陵司空徐州刺史侯安都德政碑：「神賜英賢，殷帝感蒼龍之傑。」句謂傅説之出，亦有星宿呈示符瑞。

〔七〕「隋珠」二句，太平御覽卷四七九報恩引盛弘之荆州記：「隋侯曾得大蛇，不殺而遣之，蛇後銜明月珠以報隋侯，一名隋侯珠。」魏后，指衛靈公。揚眉，喜悦貌。揚，原作「楊」，據英華、全唐文改。藝文類聚卷二四諫引王孫子新書：「衛靈公坐重華之臺，侍御數百，隋珠照日，羅衣從風。仲叔敖入諫，曰：『昔桀紂行此而亡。今四境内侵，諸侯加兵，土地日削，百姓乖離。今君内寵，無乃太盛歟？』靈公再拜，曰：『寡人過矣。』」

〔八〕「和璧」二句，和璧，即和氏璧。秦昭王聞趙得楚和氏璧，願以十五城易之，詳見前後周青州刺史齊貞公宇文公神道碑注引史記廉頗藺相如列傳。以上四句，用隨侯珠、和氏璧喻指魏哲，言其生來不凡，故能感動人主。

〔九〕「顔生」二句，顔生，即顔淵。周易繫辭下：「子曰：『顔氏之子，其殆庶幾乎？有不善未嘗不知，知之未嘗復行也。』易曰：『不遠復，無祇悔，元吉。』」竹馬之年，謂童年。後漢書郭伋傳：「伋前在并州，素結恩德，及後入界，……有童兒數百各騎竹馬於道次迎拜。」又晉書殷浩傳：

「(桓)温語人曰:『少時,吾與浩共騎竹馬,我棄去,浩輒取之。』」兩句謂魏哲自小有德,有如顔淵。

〔一〇〕「揚子」二句,揚子,指揚雄子揚信。太平御覽卷三八五引劉向別傳:「揚信字子烏,(揚)雄第二子。幼而聰慧,雄算玄經不會,子烏令作九數而得之。雄又擬易『羝羊觸藩』,彌日不就,子烏曰:大人何不云『荷戟入榛』?」太平廣記卷四〇五引洽聞記:「晉義熙十二載(四一六),淯陽縣群童子浴於淯水,忽見側有錢出如流沙,……又見流錢中有一銅車,小牛牽之,勢甚奔迅。兒等奔逐,掣得一輪,徑可五寸。」銅車之歲,謂與群童戲水之年。兩句謂魏哲自小聰慧,有如楊信。

〔一一〕「建情峰」句,情峰,猶言情嶽。文選王簡棲頭陀寺碑文:「愛流成海,情塵爲嶽。」吕向注:「情想漸積,若塵飛爲嶽。」言魏哲感情豐富。

〔一二〕「疏筆海」句,筆海,文章之多如海,疏浚使其横流,言魏哲善文。李善上文選注表:「搴中葉之詞林,酌前修之筆海。」

〔一三〕「雕牆」二句,尚書五子之歌:「峻宇雕牆。」僞孔傳:「峻,高大;雕,飾畫。」百堵,詩經小雅鴻鴈:「之子于垣,百堵皆作。」毛傳:「一丈爲板,五板爲堵。」千門,漢書郊祀志下:「于是作建章宫,度爲千門萬户。」以雕牆、峻宇之多,喻指魏哲極能成事。

〔一四〕「可大」二句,周易繫辭上:「乾以易知,坤以簡能。易則易知,簡則易從。易知則有親,易從則有功。有親則可久，有功則可大；可久，則賢人之德，可大，則賢人之業。易簡則天下之理得矣。」兩句言魏哲爲人和藹乾脆，胸懷坦蕩如天地。

〔一五〕「郭林宗」二句，後漢書郭太（泰）傳：郭太（泰），字林宗。好獎拔士人，皆如所鑒。「初，太始至南州，過袁奉高，不宿而去，從叔度（即黄憲，字叔度）累日不去。或以問太（泰），太（泰）曰：『奉高之器，譬之泛濫，雖清而易挹；叔度之器，汪汪若千頃之陂，澄之不清，撓之不濁，不可量也。』已而果然，太以是名聞天下。」李賢注引謝承（後漢）書曰：「泰之所名，人品乃定，先言後驗，衆皆服之。故適陳留則友符偉明，游太學則師仇季智，之陳國則親魏德公，入汝南則交黄叔度。」披霧，披，撥開。梁蕭綸贈言賦：「似臨潭而對鏡，若披霧而覩天。」此言郭泰品評人物能透過現象看本質，故往往準確。豈敢名言，「名言」用如動詞，謂不敢名、不敢言。二句言即如郭林宗之知人，對魏哲亦不敢評鑒。

〔一六〕「孔文舉」二句，後漢書孔融傳：「孔融，字文舉，魯國人，孔子二十世孫也。……融聞人之善，若出諸己。言有可採，必演而成之，面告其短，而退稱所長。薦達賢士，多所獎進，知而未言，以爲己過，故海内英俊皆信服之。」欽風，欽佩郭林宗之風。

〔一七〕「若乃」二句，漢書刑法志：「古人有言：天生五材，民並用之，廢一不可，誰能去兵？鞭撲不可弛於家，刑罰不可廢於國，征伐不可偃於天下，用之有本末，行之有逆順耳。孔子曰：『工欲善其事，必先利其器。』文德者，帝王之利器；威武者，文德之輔助也。」顔師古注：「五材，金、木、水、火、土也。」

〔一八〕「七德」二句，左傳宣公十二年：「夫文，止戈爲武。」杜預注：「文，字。」又曰：「夫武，禁暴、戢兵、保大、定功、安民、和衆、豐財者也。」杜注：「此武七德。」

〔一九〕「出師」二句，後漢書皇甫嵩傳：「彼守不足，我攻有餘。有餘者動於九天之上，不足者陷於九地之下。」李賢注引孫子兵法曰：「善守者藏於九地之下，善攻者動於九天之上。」又引玄女三宮戰法曰：「行兵之道，天地之寶。九天九地，各有表裏。九天之上，六甲子也；九地之下，六癸酉也。子能順之，萬全可保。」

〔二〇〕「取睽」二句，睽，原作「法」。英華作「法」，校：「集作睽。」四子集、全唐文作「睽」。按：作「睽」是，據改。睽，周易卦名。周易繫辭下：「弦木爲弧，剡木爲矢，弧矢之利，以威天下，蓋取諸睽。」韓伯注：「睽，乖也。物乖則争興，弧矢之用，所以威乖争也。」此指弓箭。懸符，淮南子本經訓：「逮至堯之時，十日並出，焦禾稼，殺草木，而民無所食。……堯乃使羿……上射十日。」懸符射法，謂在十日並出之前，即已有後世之所謂射法，言久遠也。按漢書藝文志兵家類著録逢門射法二篇、陰通成射法十一篇、李將軍射法三篇等六種。

〔二一〕「固以」四句，謂魏哲學通文武，才兼將相。揄揚，宣揚。文選班固兩都賦序：「雍容揄揚，著於後嗣。」李善注引説文曰：「揄，引也。」又引孔安國尚書傳曰：「揚，舉也。」籍甚，文選任昉宣德皇后令：「客游梁朝，則聲華籍甚。」李善注：「漢書曰：『陸賈游漢庭，公卿間名聲籍甚。』音義：『或曰狼籍甚盛也。』」又同書王儉褚淵碑文：「風流籍甚。」劉良注：「籍甚，言多也。」「若乃」自此，謂兵及知兵之重要，以言魏哲雖文武將相全才，而終於從武。

貞觀十五年，起家補國子學生〔一〕。環林掃日，驚白鳳於詞條〔二〕；璧水澄天，駭雕龍於義壑〔三〕。班超慷慨，常懷萬里之心〔四〕；季路平生，每負三軍之氣〔五〕。十六年，敕授左翊衛北門長上，禄賜同京官〔六〕，仍令爲飛騎等講禮〔七〕。鄧司徒之舊事，馬上讀書〔八〕；祭征虜之前聞，營中習禮〔九〕。杏花如錦，還臨拜將之壇〔一〇〕；槐葉成帷，復對閱軍之市〔一一〕。自皇王眷命，大帝應期〔一二〕，運璇衡而制八方〔一三〕，調玉燭而臨四極〔一四〕。玄菟、白狼之野，來奉衣簪〔一五〕；蟠桃、析木之鄉，尚迷聲教〔一六〕。太宗文皇帝操斗極，把鈎陳〔一七〕，因百姓之心，問三韓之罪〔一八〕。勝殘去殺，上憑宗廟之威〔一九〕；禁暴戢兵，下籍熊羆之用〔二〇〕。公丹心白刃，本自輕生；六郡三河，由來重氣〔二一〕。烏江討逆，剖項籍於五侯〔二二〕；涿野懲奸，磔蚩尤於四冢〔二三〕。二十年，詔除游擊將軍、右武衛信義府左果毅都尉〔二四〕，長上如故〔二五〕。

【箋　注】

〔一〕「貞觀」二句，唐太宗貞觀十五年，爲公元六四一年。學生，原作「博士」。唐六典卷二一國子監：

「國子博士二人，正五品上。……國子博士掌教文武官三品已上及國公子孫、從二品已上曾孫之爲生者。」博士，英華校：「集作學士。」按國子監無「國子學士」之官，當誤，然作「博士」亦不妥。據碑文，魏哲卒於總章二年（六六九），享年五十四，推之當生於隋大業十二年（六一六），至貞觀十五年僅二十七歲，起家即爲國子博士、正五品上，絶無可能。蓋「集作學士」，「學士」之「士」，乃「生」之訛，實爲「學生」也。唐六典卷二一國子監：「學生三百人。」兹據英華所校集本及文意改。

〔二〕「環林」二句，環，原作「喬」。英華作「喬」，校：「集作環。」按：古代太學周圍林木環繞，稱環林。文選潘岳閒居賦：「環林縈映，圓海迴淵。」吕延濟注：「環林、圓海，明堂、辟雍，水木周繞。」故作「環」是，據英華所校集本改。此代指太學。掃日，言樹木極高大。白鳳，即鳳，喻指學生。詞條，文選陸機文賦：「普辭條與文律。」吕延濟注「辭條」爲「文章之條流」。意謂魏哲爲國子生時，即以文章驚人。

〔三〕「璧水」二句，上注引潘岳閒居賦吕延濟注，謂太學「水木周繞」，所繞之水，稱「璧水」。禮記禮統：「王制曰：辟雍員如璧，雍以水，内如覆，外如偃盤也。」璧，原作「壁」，據英華、全唐文改。雕龍，史記荀卿傳：「齊人頌曰：談天衍，雕龍奭。」此指作文。義壑，謂文義深如溝壑，駭人眼目。

〔四〕「班超」二句，後漢書班超傳：「家貧，常爲官傭書以供養，久勞苦。嘗輟業投筆歎曰：『大丈夫無他志略，猶當效傅介子、張騫立功異域，以取封侯，安能久事筆研間乎？』」

〔五〕「季路」二句，論語述而：「子謂顔淵曰：『用之則行，舍之則藏，唯我與爾有是夫。』子路曰：『子行三軍，則誰與？』」何晏集解引孔（安國）曰：「大國三軍。子路見孔子獨美顔淵，以爲己勇，至於夫子爲三軍將，亦當誰與己同？故發此問。」按：仲由，字子路，一字季路，以勇稱。以上四句，言魏哲志在軍旅。

〔六〕「敕授」二句，唐六典卷五尚書兵部：「凡左右衛，親衛、勳衛、翊衛及左右率府親、勳、翊衛，及諸衛之翊衛，通謂之三衛。」三衛乃隋、唐宫廷禁衛軍。同上卷二四諸衛：「凡翊府翊衛、外府射聲應番上者，則分配之。在正殿前則以諸隊立於階下，在長樂、永安門外則以挾門隊列於兩廊。凡分兵主守，則知皇城東西面之助鋪，及京城、苑城諸門之職。」長上，資治通鑑卷一一〇晉隆安二年胡三省注：「凡衛兵皆更番迭上。長上者，不番代也。唐官制，懷化執戟長上、歸德執戟長上，皆武散階，九品。」

〔七〕「仍令」句，飛騎，即飛騎尉，文吏官階名。唐六典卷二尚書吏部：「三轉爲飛騎尉，比從六品；二轉爲雲騎尉，比正七品；一轉爲武騎尉，比從七品。」注：「隋文帝置驍騎、飛騎、雲騎、武騎尉，爲文散階，皇朝採爲勳品。」講禮，講解禮書。

〔八〕「鄧司徒」二句，讀，英華校：「集作坡。」蓋「披」之訛。鄧司徒，指鄧禹。後漢書鄧禹傳：禹字仲華，南陽新野人。「年十三，能誦詩」。光武帝（劉秀）即位，拜爲大司徒。爲雲臺所畫中興二十八將之首。三國志吳書虞翻傳裴松之注引（虞）翻別傳：「臣生遇世亂，長於軍旅，習經於枹鼓之間，講論於戎馬之上。」按：東觀漢記鄧禹傳稱其「篤於經書，教學子孫」，然後漢書本傳及現存史料，皆無馬上或軍中讀書、披書事，疑在其他散佚文獻中，待考。

〔九〕「祭征虜」二句，後漢書祭遵傳：「祭遵，字弟孫，潁川潁陽人也。少好經書。」「光武破王尋等，還過潁陽，遵以縣吏數進見，光武愛其容儀，署爲門下史。尋拜偏將軍，從平河北，以功封列侯。建武二年（二六）春，拜征虜將軍，定封潁陽侯。」「遵爲將軍，取士皆用儒術，對酒設樂，必雅歌投壺。又建爲孔子立後，奏置五經大夫。雖在軍旅，不忘俎豆，可謂好禮悅樂、守死善道者也。」庾信周車騎大將軍賀婁公神道碑：「鋒旗不息，刁斗恒驚，猶得馬上讀書，軍中習禮。」

〔一〇〕「杏花」二句，杏，原作「宫」。英華作「宫」，校：「集作杏。」四子集作「杏」。按對句爲「槐」，則作「杏」是，據改。杏花，暗用孔子教於杏壇事。莊子漁父：「孔子游乎緇帷之林，休，坐乎杏壇之上，弟子讀書，孔子絃歌鼓琴。」拜將，漢書高帝紀上：「韓信爲治粟都尉，亦亡去，蕭何追還之，因薦於漢王曰：『必欲争天下，非信無可與計事者。』於是漢王齊戒，設壇場，拜信爲大將軍。」顔師古注：「築土而高曰壇，除地爲場。」

〔一一〕「槐葉」二句，三輔黄圖（孫星衍校一卷本。畢沅校六卷本在補遺）：長安常滿倉之北爲槐市，「列槐樹數百行爲隊，無牆屋。諸生朔望會此市，各持其郡所出貨物及經傳書記、笙磬樂器，相與買賣，雍容揖讓，或議論槐下」。（見藝文類聚卷三八學校引）。按：以上四句，以杏花、槐葉代指學文，謂當時文事方盛，而魏哲卻選擇習武。

〔一二〕「自皇王」二句，文選應貞晉武帝華林園集詩：「於時上帝，乃顧惟眷。光我晉祚，應期納禪。」李善注：「毛詩曰：『皇矣上帝。』又曰：『乃眷西顧。』……范曄後漢書伏隆檄張步曰：『皇天祐漢，聖哲應期。』尚書刑德放曰：『河圖：帝王終始存亡之期。』」按：大帝，此指唐太宗李世民；應期，應上天所予期運，指太宗登皇帝位。

〔一三〕「運璇衡」句，璇，通「旋」，又作「璿」。史記天官書：「北斗七星，所謂『旋、璣、玉衡，以齊七政』。」旋、璣、玉衡，古代帝王測天儀，代指政權。八方，四方及四隅。

〔一四〕「調玉燭」句，爾雅釋天四時：「四時和謂之玉燭。」郭璞注：「道光照。」謂四時和，大道之光普照，即所謂玉燭。四極，淮南子墬形訓：「地形之所載，六合之間，四極之内。」高誘注：「四極，四方之極。」謂普天之下。以上二句，謂太宗時國家已治，遂生開疆拓土之心。

〔一五〕「玄菟」二句，後漢書安帝紀：「高句驪與穢貊寇玄菟。」李賢注：「郡名，在遼東。」按：在今遼寧東部及朝鮮咸鏡道一帶。漢書地理志下：右北平郡白狼縣，注：「（王）莽曰伏狄。」顔師古注：「有白狼山，故以名縣。」右北平郡，在古幽州。白狼縣，今遼寧凌源市。衣簪，代指漢官；來奉衣簪，謂歸順唐。

〔一六〕「蟠桃」二句，藝文類聚卷八六桃引十洲記：「東海有山，名度索，山有大桃樹，屈盤數千里，曰蟠桃。」此代指東海。北史隋本紀下：「提封所漸，細柳、蟠桃之外；聲教爰暨，紫杏、黄枝之域。」册府元龜卷三五封禪：貞觀二十一年（六四七）正月丁酉詔：「……遂致靈貺無涯，翦毛頭而降錫；遊魂削衽，盡窮髮以開疆。東苑、蟠桃，西池、昧谷，咸覃正朔，并充和氣。」按：此詔文乃許敬宗撰封禪詔，見唐大詔令集卷六七。析木，「析」原作「折」，鄉，原作「卿」，據全唐文改。漢書地理志下遼東郡有望平縣，注：「大遼水出塞外，南至安市入海，行千二百五十里。」據考證，漢望平縣治析木城。遼史地理志二東京道：「析木縣，本漢望平縣地。」在今遼寧海城市析木鎮。迷聲教，不知禮樂之教，謂未歸化。

〔一七〕「太宗」二句，文選陸倕石闕銘：「於是我皇帝拯之，乃操斗極，把鈎陳，翼百神，禔萬福。」李善注：「斗極，天下之所取法，鈎陳，兵衛之象，故王者把操焉。長楊賦曰：『高祖順斗極，運天關。』樂汁圖曰『鈎陳，後宮也』。服虔漢書音義曰：『紫宮外營陳星。』」按揚雄長楊賦：「高祖奉命，順斗極，運天關。」李善注：「雒書曰：『聖人受命，必順斗極。』宋均尚書中候注曰：『順斗機，爲政也。』爾雅曰：『北極謂之北辰。』」劉良注：「斗極、天關，皆星也。言上天眷顧，而命高祖。我高祖奉天命，順斗極，如天關星之運轉，以討暴亂。」

〔一八〕「問三韓」句，三韓，後漢書東夷傳：「韓有三種：一曰馬韓，二曰辰韓，三曰弁辰。馬韓在西，有五十四國，其北與樂浪、南與倭接。辰韓在東，十有二國，其北與濊貊接（濊，前注引後漢書作「穢」）。弁辰在辰韓之南，亦十有二國，其南亦與倭接。凡七十八國，伯濟是其一國焉。大者萬餘户，小者數千家，各在山海間，地合方四千餘里，東西以海爲限，皆古之辰國也。」按：即今朝鮮半島。所謂「問三韓之罪」，指太宗伐高麗事。舊唐書太宗紀下：貞觀十八年（六四四）十一月庚子，「命太子詹事、英國公李勣爲遼東道行軍總管，出柳城，禮部尚書、江夏郡王道宗副之；刑部尚書、鄖國公張亮爲平壤道行軍總管，以舟師出萊州，左領軍常何、瀘州都督左難當副之。發天下甲士，召募十萬，并趣平壤，以伐高麗」。次年春二月，太宗親統六軍發洛陽。六月，高麗大潰。秋七月，乃班師。

〔一九〕「勝殘」二句，論語子路：「子曰：『善人爲邦，百年亦可以勝殘去殺矣。』誠哉是言也！」何晏集解引王（肅）曰：「勝殘，殘暴之人使不爲惡也；去殺，不用刑殺也。」馮，通「憑」，依靠。宗廟之威，指皇家累世之威德。

〔二〇〕「禁暴」二句，兵，原作「姦」。英華作「兵」，校：「一作姦。」作「兵」是，據改。左傳宣公十二年：「夫武，禁暴、戢兵、保大、定功、安民、和衆、豐財者也。」杜預注：「此武七德。」孔穎達正義：「戢干戈，櫜弓矢，禁暴戢兵也。」籍，通「借」，憑藉。熊羆，尚書舜典：「帝曰：『疇若予上下草木鳥獸？』僉曰：『益哉！』帝曰：『俞。咨！益，汝作朕虞。』益拜稽首，讓於朱虎、熊羆。帝曰：『俞，往哉！汝諧。』」僞孔傳：「朱虎、熊羆，二臣名。垂、益所讓四人，皆在元凱之中。」孔穎達正義：「垂、益所讓四人，皆在元凱之中者，以文十八年左傳『八元』之內，有伯虎、仲熊，即此朱虎、熊羆是也。虎、熊在元凱之內。……益在八凱之內，垂則不可知也。」後以「熊羆」泛指猛將。

〔二一〕「六郡」二句，漢書趙充國傳：「趙充國，字翁孫，隴西上邽人也。後徙金城令居。始爲騎士，以六郡良家子，善騎射，補羽林。」注引服虔曰：「金城、隴西、天水、安定、北地、上郡是也。」顔師古注：「隴西、天水、安定、北地、上郡、西河是也。昭帝分隴西、天水置金城，充國自武帝時已爲假司馬，則初以六郡良家子者，非金城也。此名數正與地理志同也。」史記高祖本紀：「悉發關内兵，收三河士，南浮江漢以下。」三河，集解引韋昭曰：「河南、河東、河内。」按：前文已述魏哲七代祖靖非嘗鎮北地、上郡，因家於寧州襄樂縣，襄樂縣屬上郡，自漢以來男子皆英勇善戰，故云其「重氣」。

〔二二〕「烏江」二句，討，原作「計」，據四子集、全唐文改。剖，英華校：「集作割。」皆通。史記項羽本紀：漢軍圍項羽於烏江，烏江亭長勸其東渡，項王曰：「我何渡爲？且籍與江東子弟八千人渡江而西，今無一人還，縱江東父兄憐而王我，我何面目見之？……乃自刎而死。王翳取其頭，餘騎相蹂踐争項王，相殺者數十人。最其後，郎中騎楊喜，騎司馬吕馬童，郎中吕勝、楊武各得其一體。五人共會其體，皆是。故分其地爲五：封吕馬童爲中水侯，封王翳爲杜衍侯，封楊喜爲赤泉侯，封楊武爲吴防侯，封吕勝爲涅陽侯。」

〔二三〕「涿野」二句。涿，原作「鹿」。英華作「涿」，校：「集作鹿。」四子集作「涿」。史記五帝本紀：「蚩尤作亂，不用帝命。於是黄帝乃徵師諸侯，與蚩尤戰於涿鹿之野，遂禽殺蚩尤。」集解引服虔曰：「涿鹿，山名，在涿郡。」涿鹿可簡稱「涿」，似不可稱「鹿」，據英華等改。磔，分裂肢體。

四冢，「冢」原作「宰」。英華作「宰」，校：「集作冢。」上引史記文，集解引皇覽曰：「蚩尤冢在東平郡壽張縣闞鄉城中，……肩髀冢在山陽郡鉅野縣重聚，大小與闞冢等。傳言黄帝與蚩尤戰於涿鹿之野，黄帝殺之，身體異處，故别葬之。」索隱按：「皇甫謐云『黄帝使應龍殺蚩尤於凶黎之谷』。或曰黄帝斬蚩尤於中冀，因名其地曰絶轡之野。」按文意，「宰」字定誤，「冢」當是「冢」之形訛，四冢即各家所述諸冢，正與「磔蚩尤」合，徑改。按：「公丹心」句至此，皆述伐高麗并獲勝事，魏哲當在軍中。

〔二四〕「二十年」二句，貞觀二十年，爲公元六四六年。唐六典卷五尚書兵部：「從五品下曰游擊將軍。」右武衛，「衛」原作「侯」。唐代無左右武侯之設置。按唐六典卷二四「諸衛」有「左右武衛」，則「侯」當是「衛」之誤，徑改。信義府，折衝府名，在何地待考。左果毅都尉，左，英華作「右」，校：「集作左。」唐六典卷二五諸衛府：「諸衛折衝都尉府，每府折衝都尉一人，左果毅都尉一人，右果毅都尉一人。」據下文，此似當作「左」。

〔二五〕「長上」句，長上，九品武散官名，不番代之衛兵，見上文注。

顯慶二年，以内憂解職〔一〕。痛深吴隱〔二〕，哀極顔丁〔三〕。踳厚地以崩魂，訴高天如泣血〔四〕。紫泥垂涣，頻降璽書〔五〕；墨縗臨戎，遂從金革〔六〕。三年，詔除左衛清宫府左果毅都尉〔七〕，尋園谷府折衝都尉〔八〕，并長上如故。又以應詔舉，對策甲科，遷左騎衛郎將〔九〕。

于時長榆歷歷〔一〇〕，烽火猶驚；高柳依依〔一一〕，邊風尚急。關山夜月，遂爲胡虜之秋；西北浮雲，翻作穹廬之氣〔一二〕。四年，詔公爲鐵勒道行軍總管〔一三〕。陳兵玉塞，按節金微〔一四〕。學常山之蛇〔一五〕，擬麗譙之鶴〔一六〕。鐘鼓嘈囋，上聞於天；旌旗繽紛，下蟠於地。伏屍百萬，因瀚海而藏舟〔一七〕；闢地數千，即燕山而築觀〔一八〕。武臣雄略，氣慴西零〔一九〕；神將宏圖，威加北狄〔二〇〕。麟德元年，詔還左驍騎中郎將，尋檢校右監門左武衛將軍〔二一〕，本官如故。昔者封禪陟雲亭之後，七十二君〔二二〕；圖書出河洛以還，三千餘歲〔二三〕。振兵釋旅，方崇薦帝之儀〔二四〕；道洽功成，必致禋天之禮〔二五〕。粤以皇家闢統之五十年，今上開基之十七載，登封告禪〔二六〕，玉諜金繩〔二七〕。建顯號而施尊名〔二八〕，揚英聲而騰茂實。華夷輯睦，皆承萬歲之恩〔二九〕；朝野歡娱，咸奉千年之慶〔三〇〕。乾封元年，詔加明威將軍〔三一〕，本官如故。大風遺孽，叛涣青丘〔三二〕；小水殘魂，憑陵碧海〔三三〕。率百官於文祖，尚興彭蠡之師〔三四〕；會萬國於塗山，猶有防風之戮〔三五〕。是歲也，詔公爲遼東道行軍總管〔三六〕。軍營對日〔三七〕，兵氣横天〔三八〕。開玉堂而按部，坐金城而勒陣〔三九〕。闞犂之甲，犀兕七重〔四〇〕；艅艎之船，舳艫千里〔四一〕。駕鼉梁於聖海，秦皇息鞭石之威〔四二〕；泛鼇釣於仙洲，愚叟罷移山之力〔四三〕。然後風行電卷，斬將屠城，塞丹浦之遥源〔四四〕，拔緑林之奥本〔四五〕。王孫公子，名霑阜隸之臣〔四六〕；澤谷大山〔四七〕，境入樵漁之囿。二年，詔加上柱國，仍檢校安東都護〔四八〕。導之以德，齊之以刑〔四九〕。威振六官〔五〇〕，風揚五部〔五一〕。兵戈載戢，無勞尉候之虞〔五二〕；桴鼓希聞，寧有穿窬之盜〔五三〕。仰太陽而晞湛露〔五四〕，方預四朝；臨逝水而急寒風〔五五〕，俄悲一去。齊孟嘗之下淚，高榭曲池〔五六〕；魯司寇之悲歌，頹山壞木〔五七〕。長安眇眇，還符「日近」之言〔五八〕；京兆悠悠，竟絶「天高」之問〔五九〕。玉關生入〔六〇〕，判自無期；繡服晨還〔六一〕，竟知何日。總章二年三月十六日，遘疾薨於府第，春秋五十有四，嗚呼哀哉！詔贈左監門將軍〔六二〕，禮也。

【箋注】

〔一〕「顯慶」二句，顯慶，唐高宗年號。顯慶二年爲公元六五七年。内憂，亦稱内艱，指喪母。據禮制，父母喪須守喪三年，官員須去職。

〔二〕「痛深」句，吴隱，當即吴隱之。晉書吴隱之傳：「吴隱之，字處默，濮陽鄄城人。……年十餘丁父憂，每號泣，行人爲之流涕。事母孝謹，及其執喪，哀毁過禮。家貧無人鳴鼓，每至哭臨之時，恒有雙鶴警叫。及祥練之夕，復有群鴈俱集，時人咸以爲孝感所致。嘗食鹹菹，以其味指，輟而棄之。與太常韓康伯鄰居，康伯母，殷浩之姊，賢明婦人也，每聞隱之哭聲，輟餐投筯，爲之悲泣，既而謂康伯曰：『汝若居銓衡，當舉如此輩人。』及康伯爲吏部尚書，隱之遂階清級。」

〔三〕「哀極」句，禮記檀弓下：「顔丁善居喪。始死，皇皇焉，如有求而弗得；及殯，望望焉，如有從而弗及。既葬，慨焉如不及，其反而息。」鄭玄注：「顔丁，魯人。」哀，英華校：「集作禮。」

〔四〕「蹐厚地」二句，詩經小雅正月：「謂天蓋高，不敢不局。謂地蓋厚，不敢不蹐。」毛傳：「局，曲也。蹐，累足也。」鄭玄箋：「局、蹐者，天高而有雷霆，地厚而有陷淪也。此民疾苦，王政上下皆可畏怖之言也。」此言喪親之痛。

〔五〕「紫泥」二句，謂得到皇帝撫慰。元和郡縣志卷三九武州（武都）將利縣：「武都有紫水，泥亦紫。漢朝封璽書用紫泥，即此水之泥也。」又太平寰宇記卷一五四階州紫水引隴右記云：「武都紫水有泥，其色赤紫而粘，貢之封璽書，故詔誥有紫泥之美。」垂涣，涣，猶言涣汗，謂傳播而令人感動。璽書，蔡邕獨斷卷上：「璽者，印也；印者，信也。天子璽以玉螭虎紐。……衛宏曰：秦以前民皆以金玉爲印，龍虎紐，唯其所好。然則秦以來，天子獨以印稱璽，又獨以玉，群臣莫敢用也。」

〔六〕「墨縗」二句，縗，原作「紱」，據英華、全唐文改。英華校：「集作紱。」墨縗，黑色喪服。左傳僖公三十三年：「遂發命遽興姜戎，子墨衰絰。」杜預注：「晉文公未葬，故襄公稱子。以凶服從戎，故墨之。」資治通鑑卷一三六齊紀二世祖武皇帝上之下胡三省注：「春秋時，晉襄公居文公之喪，墨縗絰以敗秦師於殽。自是之後，以墨縗從戎。」按禮記王制：「喪大記曰：大夫、士既葬，公政入於家；既卒哭，弁絰帶，金革之事無辟也。」孔穎達正義：「若士以上負國恩重，雖在喪中，金革無辟。」金革之事，謂戰伐也。又詳禮記曾子問。

〔七〕「詔除」句，左衛，唐六典卷二四諸衛：左右衛，其大將軍、將軍「掌統領宮庭警衛之法令，以督其屬之隊仗，而總諸曹之職務。凡親、勳、翊五中郎將府及折衝府所隸者，皆總制焉」。清宮府，折衝府名，其地待考。左果毅都尉，見本文前注。

〔八〕「尋圁谷府」句，圁谷府，折衝府名，所在待考。按唐太宗貞觀間嘗作温泉銘，據記載，其銘文刻石拓本末有墨書一行，曰「永徽四年（六五三）八月三十一日圁谷府果毅（下闕）」。温泉，玄宗時更名華清池，在臨潼，疑圁谷府即設在該地。唐六典卷二五諸衛府：「諸衛折衝都尉府，每府折衝都尉一人。」

〔九〕「遷左騎衛」句，唐六典卷二四諸衛有「左右驍衛」，注：「隋煬帝改左右備身爲左右驍騎。尋以左右驍衛所領名豹騎，而又别置備身。皇朝置左右騎衛府。龍朔二年（六六二）除府字。光宅元年（六八四）改爲左右武威衛。神龍元年（七〇五）復爲左右驍騎。」

〔一〇〕「于時」句，漢書伍被傳：「廣長榆，開朔方，匈奴折傷。」注引如淳曰：「長榆，塞名，王恢所謂樹榆以爲塞者也。」顔師古注：「長榆在朔方，即衛青傳所云『榆谿舊塞』是也。或謂之榆中。」歷歷，與對句「依依」，皆以地名擬樹木。歷歷，分明可數貌。

〔一一〕「高柳」句，後漢書光武帝紀下：「代郡太守劉興擊盧芳將賈覽於高柳，戰殁。」李賢注：「高柳縣，屬代郡。故城在今雲州定襄縣。」詩經小雅采薇：「昔我往矣，楊柳依依。」依依，茂盛貌。

〔一二〕「西北」二句，曹丕雜詩：「西北有浮雲，亭亭如車蓋。惜哉時不遇，忽與飄風會。」穹廬，漢書蘇武傳：「賜武馬畜、服匿、穹廬。」注引孟康曰：「穹廬，旃帳也。」氣，英華、四子集、全唐文作「景」，英華校：「集作氣。」作「氣」義勝。

〔一三〕「詔公」句，舊唐書北狄傳鐵勒：「鐵勒，本匈奴別種。自突厥强盛，鐵勒諸郡分散，衆漸寡弱。」太宗嘗派使者，鐵勒「見使者皆頓首歡呼，請入朝。太宗至靈州，其鐵勒諸部相繼至數千人，仍請列爲州縣，北荒悉平」。後或叛或歸，朝廷亦安撫與征伐相兼。武則天時，突厥强盛，鐵勒諸部在漠北者漸爲所併，其他部則徙於甘、涼二州之地。鐵勒道，指鐵勒諸部。行軍總管，通典卷三二都督：「大唐……有行軍大總管者，蓋有征伐，則置於所征之道，以督軍事。」

〔一四〕「陳兵」二句，陳兵，與下句「按節」，皆指駐軍。玉塞，即玉門關，此泛指邊關。金微，微，原作「徽」，據英華、全唐文改。後漢書耿夔傳：「將精騎八百，……於金微山斬閼氏、名王以下五千餘級。」山即今新疆北部及蒙古國境内之阿爾泰山，唐稱金山，并置有金微都護府。

〔一五〕「學常山」句，孫子：「……故嘗用兵者，譬如率然。率然者，常山之蛇也，擊其首則尾至，擊其尾則首至，擊其中則首尾俱至。」晉書温嶠傳：「僕與仁公，當如常山之蛇，首尾相衛，又脣齒之喻也。」明何良臣陣紀卷一率然：「所謂率然之勢者，言其首尾顧應，斯須不離。腰不可斷，首不可擊，尾不可摧，故曰率然如常山之蛇。有率然之才者，亦如常山之蛇。」

〔一六〕「擬麗譙」句，莊子徐無鬼：「武侯曰：『……吾欲愛民而爲義偃兵，其可乎？』徐無鬼曰：『不可。……君亦必無盛鶴列於麗譙之間，無徒驥於錙壇之宮，無藏逆於得，無以巧勝人，無以謀勝人，無以戰勝人。夫殺人之士民，兼人之土地，以養吾私與吾神者，其戰不知孰善？勝之惡乎在？……夫民死已脱矣，君將惡乎用夫偃兵哉！』」郭象注：「鶴列，陳兵也。麗譙，高樓也。」成玄英疏：「鶴列，陳兵也，言陳設兵馬，如鶴之行列也。麗譙，高樓也，言其華麗嶕嶢也。……君但勿起心偃兵爲義，亦無勞盛陳兵卒於高樓之下。」此言擬前人之法以列兵布陣。

〔一七〕「因瀚海」句，瀚海，漢書霍去病傳：「封狼居胥山，禪於姑衍，登臨翰海。」翰，通「瀚」。瀚海，即大漠之别名。沙磧四際無涯，故謂之海。藏舟，莊子大宗師：「夫藏舟於壑，藏山於澤，謂之固矣，然而夜半有力者負之而走，昧者不知也。」郭象注：「方言生死變化之不可逃，故先舉固逃之極然，然後明之以必變之符，將任化而無係也。」因言沙漠如海，故鈎連而及「藏舟」。

〔一八〕「即燕山」句，後漢書竇憲傳：竇憲，字伯度，扶風平陵人。嘗請兵北伐擊匈奴，乃拜憲車騎將軍，領精騎萬餘，與北單于戰於稽落山，大破之，斬名王已下萬三千級，獲生口馬牛羊橐駝百餘萬頭，降者前後二十餘萬人。憲遂「登燕然山，去塞三千餘里，刻石勒功，紀漢威德，令班固作銘」。燕山，乃燕然山之省。築觀，觀，即京觀，左傳宣公十二年：「收晉尸以爲京觀。」杜預注：「積尸封土其上，謂之京觀。」聚尸爲高冢，以示威武與戰功。

〔一九〕「武臣」二句，武臣，指趙充國，西零，即先零，漢代羌族之一支，居今甘肅一帶。慴，懾服。漢書趙充國傳：「趙充國，字翁孫，隴西上邽人也，後徙金城令居。……爲人沈勇有大略。少好將帥之節，而學兵法，通知四夷。」武帝時以假司馬從貳師將軍擊匈奴，拜爲中郎，遷車騎將軍長史。昭帝時武都氐人反，充國以大將軍護軍都尉將兵擊定之，遷中郎將。又以水衡都尉擊匈奴，擢爲後將軍，封營平侯。神爵元年（前六一）春，先零羌聯結匈奴等叛，充國年七十餘，引兵擊先零，「虜赴水溺死者數百，降及斬首五百餘人，鹵馬牛羊十萬餘頭，車四千餘兩」。諸虜俱降。

〔二〇〕「神將」二句，神將，或指李廣；北狄，指匈奴。史記李將軍列傳：「李將軍廣者，隴西成紀人也。」一生與匈奴大小七十餘戰，爲當時名將。武帝嘗召拜廣爲右北平太守，「匈奴聞之，號曰漢之飛將軍，避之數歲，不敢入右北平」。

〔二一〕「麟德」三句，麟德元年，爲公元六六四年。左驍騎中郎將，唐六典卷五尚書兵部：「凡兵士隸衛，各有其名：左右衛曰驍騎。」則左驍騎中郎將，即左衛中郎將。唐六典卷二四諸衛左右衛：中郎將（左、右）各一人。「中郎將掌領其府校尉、旅帥、親衛、勳衛、翊衛之屬以宿衛，而總其府事。」檢校，代理。右監門，即右監門衛將軍。唐六典卷二四諸衛左右監門衛：「大將軍各一人，正三品；將軍各二人，從三品。……左右監門衛大將軍、將軍之職，掌諸門禁衛、門籍之法。」左武衛，同上左右武衛：「大將軍各一人，正三品；將軍二人，從三品。」「左右衛大將軍、將軍之職，掌統領宫庭警衛之法令，以督其屬之隊仗，而總諸曹之職務。凡親、勳、翊五中郎將府及折衝府所隸者，皆總制焉。」

〔二二〕「昔者」二句，史記封禪書：「管仲曰：古者封泰山、禪梁父者七十二家，而夷吾所記者十有二焉。昔無懷氏封泰山、禪云云，……黄帝封泰山、禪亭亭。……」集解引李奇曰：「云云山，在梁父東。」按：云，亦作「雲」。

〔二三〕「圖書」二句，河出圖，洛出書，本書前已屢注，乃讖緯之説。庾信賀平鄴都表：「泰山梁甫以來，即有七十二代；龍圖龜書之後，又已三千餘年。」

〔二四〕「振兵」二句，史記周本紀：「縱馬於華山之陽，牧牛於桃林之虚，偃干戈，振兵釋旅，示天下不復用也。」集解（裴）駰案：「公羊傳曰：入曰振旅。」謂解散軍隊。薦帝之儀，指封禪。同上封禪書：「古者先振兵釋旅，然後封禪。」

〔二五〕「道洽」二句，白虎通封禪篇：「王者易姓而起，必升封泰山何？報告之義也。始受命之日，改制應天；天下太平，功成封禪，以告太平也。」禋天，祭名，即燒柴及牲、玉帛等，以煙向天傳達精誠，從而完成祭天之禮儀。

〔二六〕「粤以」三句，皇家嗣統，指有唐開國；今上開基，指高宗即位，其時間點皆爲麟德三年（六六六），該年初高宗登封泰山。文選張衡東京賦：「登岱勒封。」薛綜注：「登，上也。」史記封禪書正義：「此泰山上築土爲壇以祭天，報天之功，故曰封。此泰山下小山上除地，報地之功，故曰禪。言禪者，神之也。」封禪爲古代朝廷大禮。舊唐書高宗紀下：「麟德三年春正月戊辰朔，車駕至泰山頓。是日親祀昊天上帝於封祀壇。……己巳，帝升山行封禪之禮。庚午，禪於社首，祭皇地祇。」

〔二七〕「玉牒」句，玉牒，即玉策。白虎通封禪篇：「或曰封者金泥銀繩，或曰石泥金繩，封之以玉璽。」舊唐書禮儀志三：乾封元年（六六六）封泰山，造玉策三枚，皆以金繩連編玉簡爲之。又爲金匱二，以藏配帝之策，爲黄金繩纏之。又爲石礮以藏玉匱，爲金繩以纏石礮，各五周，徑三分。

〔二八〕「建顯號」句，指改元。舊唐書高宗紀下：麟德三年壬申，高宗「御朝壇受朝賀，改麟德三年爲乾封元年」。

〔二九〕「華夷」二句，舊唐書高宗紀下：「（封禪）諸行從文武官及朝覲華戎岳牧、致仕老人朝朔望者，三品已上賜爵二等，四品已下、七品以上加階，八品已下加一階，勳一轉。諸老人百歲已上版授下州刺史，婦人郡君；九十、八十節級。」

〔三〇〕「朝野」二句，舊唐書高宗紀下：封禪禮成，「齊州給復一年半，管嶽縣二年。所歷之處，無出今年租賦。乾封元年正月五日已前，大赦天下，賜酺七日」。千年之慶，謂高宗封禪乃千年未行之禮，極宜慶賀。

〔三一〕「詔加」句，新唐書百官志：「從四品下曰明威將軍、歸德中郎將。」通典卷三四武散官：「明威將軍，梁置，雜號。後魏亦有之，大唐因之。」

〔三二〕「大風」二句，大風指風夷，「大」爲對句「小」而設。後漢書東夷傳：「夷有九種，曰畎夷、于夷、方夷、黄夷、白夷、赤夷、玄夷、風夷、陽夷。」此以風夷代指九夷，即高麗，言九夷後裔作亂。叛涣，叛亂。青丘，史記司馬相如列傳載子虛賦：「秋田乎青邱，傍偟乎海外。」正義引服虔云：

「青邱國在海東三百里。」又引郭（璞）云：「青邱，山名，上有田，亦有國，出九尾狐，在海外。」丘、邱同。

〔三三〕「小水」二句，小水，指小水貊。後漢書東夷傳：「句驪一名貊耳，有別種依小水爲居，因名曰小水貊。出好弓，所謂貊弓是也。」李賢注引魏氏春秋曰：「遼東郡西安平縣北有小水，南流入海。句驪別種，因名之小水貊。」又三國志魏書東夷傳高句麗：「句麗作國，依大水而居。西安平縣北有小水，南流入海。句麗別種依小水作國，因名之爲小水貊，出好弓，所謂貊弓是也。」此亦代指高麗。殘魂，與上句「遺孽」義同，皆指後裔。憑陵，文選任昉奏彈曹景宗：「故使狡虜憑陵，淹移歲月。」吕向注：「憑陵，依據也。」

〔三四〕「率百官」二句，文祖，指禹，史記夏本紀：「夏禹，名曰文命。」彭蠡之師，指禹滅三苗氏之兵。史記吴起傳：「（魏）武侯浮西河而下中流，顧而謂吴起曰：『美哉乎山河之固，此魏國之寶也。』（吴）起對曰：『在德不在險。昔三苗氏左洞庭、右彭蠡，德義不修，禹滅之。』」彭蠡，今江西鄱陽湖是也。

〔三五〕「會萬國」二句，塗山，尚書益稷：「禹曰：予娶於塗山。」僞孔傳：「塗山，國名。」左傳哀公七年：「禹合諸侯於塗山，執玉帛者萬國。」杜預注：「塗山，在壽春東北。」按史記孔子世家：「仲尼曰：禹致群神於會稽山，防風氏後至，禹殺而戮之。」太平御覽卷七一渚引吴興記：「烏程西風渚者，防風氏國也。」云塗山，又云會稽山，或疑「塗山有會稽之名」（見御覽卷四三塗山按語)，不詳孰是。

〔三六〕「詔公」句，新唐書高宗紀：「(乾封元年)十二月己酉，李勣爲遼東道行臺大總管，率六總管兵以伐高麗。」魏哲當即六總管之一。

〔三七〕「軍營」句，軍營，英華作「營雄」，校：「集作軍營。」「營雄」與下句「兵氣」不對，當誤。

〔三八〕「兵氣」句，橫，英華校：「集作浮。」作「橫」義勝。

〔三九〕「開玉堂」二句，玉堂、金城，乃軍帳之美稱。謂魏哲爲遼東道行軍總管後，即巡視部隊，指揮布陣。

〔四〇〕「闕鞏」二句，闕鞏，闕，原作「關」，據四庫全書本、全唐文改。左傳昭公十五年：「闕鞏之甲，武所以克商也。」杜預注：「闕鞏國所出鎧。」同上定公四年：「分唐叔以大路、密須之鼓，闕鞏、姑洗。」杜預注「闕鞏」曰：「甲名。」意謂闕鞏國所産鎧甲，亦稱「闕鞏」。藝文類聚卷五九引陳琳武軍賦：「鎧則東胡闕鞏，百練精剛。函師振旅，韋人制縫。」犀兕，兩動物名，此指其皮；七重，謂多層。犀兕之皮堅厚，乃制鎧甲之上佳材料。

〔四一〕「艅艎」二句，玉篇舟部：「艅艎，船名。」漢書武帝紀：「自尋陽浮江，親射蛟江中，獲之。舳艫千里，薄樅陽而出，作盛唐樅陽之歌，遂北至琅邪，並海。」注引李斐曰：「舳，船後持柂處也；艫，船前頭刺櫂處也。言其船多，前後相銜，千里不絶也。」

〔四二〕「駕鼉梁」二句，竹書紀年卷下穆王：「三十七年，大起九師，東至於九江，架黿鼉以爲梁，遂伐越。」按：鼉，文選張衡西京賦：「其中則有黿鼉、巨鼇。」李善注引郭璞（注）山海經曰：「鼉，似蜥蜴。」又王嘉拾遺記卷二：「舜命禹疏川奠嶽，濟鉅海，則黿鼉而爲梁。」聖海，海之尊稱。鞭石，初學記卷七橋引齊地記：「秦始皇作石橋，欲渡海觀日出處。舊説始皇以術召石，石自行，至今皆東首，隱軫似鞭撻瘢，勢似馳逐。」又錦繡萬花谷前集卷五引三齊略記：「秦始皇作石橋，欲過海觀日出。有神人能驅石下海，石去不速，神輒鞭之，石皆流血。」兩句謂大軍渡海自有神助，秦始皇作石橋爲不足道。

〔四三〕「泛鼇釣」二句，列子湯問：「龍伯之國有大人，舉足不盈數步，而暨五山之所，一釣而連六鼇，……於是岱輿、員嶠二山流於北極，沉於大海，仙聖之播遷者巨億計。」仙洲，海外神仙之洲，如岱輿、員嶠等。愚叟，即愚公。愚公移山事，亦見列子湯問。兩句言進軍神速，威猛無比，有如龍伯國人，豈似愚公之乏力。

〔四四〕「塞丹浦」句，丹浦，即丹水之浦。呂氏春秋卷二〇召數：「兵所自來者久矣。堯戰於丹水之浦，以服南蠻。」高誘注：「丹水，在南陽。浦，岸也，一曰崖也。」遥源，遠源，指高麗。唐大詔令集卷一三〇破高麗詔：「五兵爰始，軒皇戰於阪泉；七德攸基，唐帝克於丹浦。」此「唐帝」，即堯。

〔四五〕「拔緑林」句，拔緑林，原作「伐黑林」。「伐黑」二字，英華校：「集作拔緑。」茲據所校集本改。後漢書劉玄傳：「新市人王匡、王鳳爲平理諍訟，遂推爲渠帥，衆數百人。於是諸亡命馬武、王常、成丹等往從之，共攻離鄉聚，藏於緑林中。」李賢注：「緑林山，在今荆州當陽縣東北也。」後稱草莽英雄及强盜出没之地爲緑林。奥本，深根。

〔四六〕「王孫」二句，謂高麗貴胄，皆臣服爲皁隸。皁隸，左傳昭公四年杜預注：「賤官。」王孫公子，英華校：「集作何孫日子。」不成語，誤。

〔四七〕「澤谷」句，「澤」原作「深」。英華作「深」，校：「集作澤。」按下句言及「漁」，則作「澤」是，據改。

〔四八〕「詔加」二句，唐六典卷二尚書吏部：「十二轉爲上柱國，比正二品。」注：「隋高祖受命，又採後周之制，置上柱國，爲從一品；柱國，爲正二品……。皇朝改以勳轉多少爲差，以酬勳秩。」安東都護，通典卷三二都護：「大唐永徽中，始於邊方置安東、安西、安南、安北四大都護府，後又加單于、北庭都護府。府置都護一人，掌所統諸蕃慰撫，征討、斥堠，安輯蕃人及諸賞罰、叙録勳功，總判府事。」

〔四九〕「導之」二句，論語爲政：「子曰：道之以政，齊之以刑，民免而無恥。道之以德，齊之以禮，有恥且格。」道，義同「導」，引導。

〔五〇〕「威振」句，六官，周禮之天官、地官、春官、夏官、秋官、冬官（後闕，代以考工記）。此指群官。

〔五一〕「風揚」句，後漢書百官志一：「領軍皆有部曲。大將軍營五部，部校尉一人，比二千石；軍司馬一人，比千石。部下有曲，曲有軍候一人，比六百石；曲下有屯，屯長一人，比二百石。」此謂全軍。

〔五二〕「兵戈」二句，詩經周頌時邁：「載戢干戈，載櫜弓矢。」毛傳：「戢，聚；櫜，韜也。」鄭玄箋：「載之言則也。王巡守而天下咸服，兵不復用。」尉候，資治通鑑卷一六漢紀八孝景皇帝下胡三省注曰：「凡軍行，有大將、裨將、領軍，皆有部曲。部有校尉，曲有軍候、軍司馬，又有假候、假司馬，皆有副。其別營領屬，爲別部司馬。」此泛指軍隊將領。兩句言征高麗之役結束，不再用兵。舊唐書高宗紀下：總章元年（六六八）九月癸巳，「司空、英國公（李）勣破高麗，拔平壤城，擒其王高藏及其大臣男建等以歸。境内盡降，其城一百七十，户六十九萬七千，以其地爲安東都護府，分置四十二州」。

〔五三〕「桴鼓」二句，後漢書董宣傳：董宣，字少平。「特徵爲洛陽令。……搏擊豪彊，莫不震栗，京師號爲卧虎，歌之曰：『枹鼓不鳴董少平。』」李賢注：「枹，擊鼓杖也。」穿窬，挖洞爲盜。禮記表記：「子曰：君子不以色親人。情疏而貌親，在小人則穿窬之盜也與。」孔穎達正義：「許慎説文云：穿窬者，外貌爲好，而内懷姦盜。似此情疏貌親之人，外内乖異，故云『穿窬之盜也與』。」兩句言東部邊疆平安無事。

〔五四〕「仰太陽」二句，詩經小雅湛露：「湛湛露斯，匪陽不晞。」毛傳：「湛湛，露茂盛貌。陽，日也；晞，乾也。露雖湛湛然，見陽則乾。」此以太陽喻指皇帝，晞湛露喻生命短促。方預四朝，尚書堯典：「五載一巡守，群后四朝。」史記五帝本紀述此，集解引鄭玄曰：「巡守之年，諸侯見於方岳之下。』其間四年，四方諸侯分來朝於京師。」謂正擬回京朝見皇帝。下文銘詞「本謂來朝」句，即指此事。

〔五五〕「臨逝水」句，論語子罕：「子在川上曰：『逝者如斯夫！不舍晝夜。』」何晏集解引包（咸）曰：「逝，往也。言凡往也者，如川之流。」

〔五六〕「齊孟嘗」二句，雍門子周以琴説孟嘗君，謂其死後「高臺既已壞，曲池既已漸，墳墓既已下而青廷矣」，孟嘗君於是「泣涕承睫」、「涕浪汙增」。詳見前原州百泉縣令李君神道碑銘「薛孟嘗之池臺，風煙遂歇」句注引説苑善説。

〔五七〕「魯司寇」二句，魯司寇，即孔子，嘗爲魯國司冠。禮記檀弓上：顔淵之喪，孔子歌曰：「泰山其頽乎！梁木其壞乎！哲人其萎乎！」悲，英華校：「集作行。」作「悲」義勝。

〔五八〕「長安」二句，眇眇，遠貌。英華作「杳杳」，全唐文同，英華校：「集作眇眇。」同。日近，世説新語夙惠：「晉明帝數歲，坐元帝膝上。有人從長安來，……因問明帝：『汝意謂長安何如日遠？』答曰：『日遠。不聞人從日邊來，居然可知。』元帝異之。明日集群臣宴會，告以此意，更重問之。乃答曰：『日近。』元帝失色，曰：『爾何故異昨日之言邪？』答曰：『舉目見日，不見長安。』」兩句言京師長安雖路途遥遠，然皇帝仿佛就在身邊。

〔五九〕「京兆」二句，京兆，即京兆府，長安地方政府名，亦代指長安。悠悠，遥遠貌。竟，英華作「理」，校：「一作竟。」「竟」與上句「還」對，作「理」誤。屈原天問，王逸楚辭章句解題曰：「天尊不可問，故曰天問也。」此言人已云亡，天雖高，欲問已不可得。

〔六〇〕「玉關」句，玉關，即玉門關。後漢書班超傳：「超自以久在絶域，年老思土，（永元）十二年（一〇〇），上疏曰：『……臣不敢望到酒泉郡，但願生入玉門關。』」

〔六一〕「繡服」句，漢書朱買臣傳：「朱買臣，字翁子，吴人也。……上拜買臣會稽太守。上謂買臣曰：『富貴不歸故鄉，如衣繡夜行。今子何如？』買臣頓首辭謝。」此言已無緣歸鄉。晨，英華作「危」，校：「集作晨。」作「危」誤。

〔六二〕「詔贈」句，唐六典卷二四諸衛左右監門衛：「將軍各二人，從三品。」

唯公被服忠孝，周旋禮樂。仁者見之謂之仁，智者見之謂之知〔一〕。研幾册府，金縢玉版之書〔二〕；索隱兵鈐，玄女黄公之法〔三〕。每建旗推轂〔四〕，三令五申〔五〕，躬擐甲胄，親當矢石。軍井未達，如臨盜水之源；軍竈未炊，似對嗟來之食〔六〕。由是南馳北走，東討西伐〔七〕，運之無旁，按之無下〔八〕。戴筐宫裏，遥登將軍之階〔九〕；飛閣星邊，獨踐中軍之位〔一〇〕。雖龍淵匿字，薰歇光沉〔一一〕，而麟閣飛名〔一二〕，天長地久。

【箋注】

〔一〕「仁者」二句，周易繫辭上：「一陰一陽之謂道，繼之者善也，成之者性也。仁者見之謂之仁，知者見之謂之知。百姓日用而不知，故君子之道鮮矣。」韓康伯注：「仁者資道以見其仁，知者資道以見其知，各盡其分。知音智。」謂魏哲乃有道君子。兩「謂之」之「之」字，英華皆作「有」，校：「集作之。」

〔二〕「研幾」二句，周易繫辭上：「夫易，聖人之所以極深而研幾也。唯深也，故能通天下之志；唯幾也，故能成天下之務。」韓康伯注：「極未形之理則曰深，適動微之會則曰幾。幾，本作機。幾，微也。」據尚書金縢，武王疾，周公作册書告神，稱願「代某之身」，「乃納册於金縢之匱中」，病遂愈。縢，束也。以金束匱，故稱金匱。玉版，史記太史公自序：「維我漢繼五帝末流，接三代統業。周道廢，秦撥去古文，焚滅詩書，故明堂石室金匱玉版圖籍散亂。」集解引如淳曰：「刻玉版以爲文字。」此泛指書籍。

〔三〕「索隱」二句，周易繫辭上：「探賾索隱，鉤深致遠，以定天下之吉凶，成天下之亹亹者，莫大乎蓍龜。」孔穎達正義：「探賾索隱、鉤深致遠者，探謂闚探求取，賾謂幽深難見。……索謂求索，隱謂隱藏。卜筮能求索隱藏之處，故云索隱也。」兵鈐，「鈐」原作「鈐」，據全唐文改。兵鈐泛指兵書。後漢書方術列傳「鈐決之符」句李賢注：「兵法有玉鈐篇及玄女。」玄女，傳説其作者爲黄帝以前人（見武經總要後集卷二〇），蓋後人假託。隋書經籍志子部兵書類著録「玄女戰經一卷、玄女兵法四卷」，無撰人名氏。黄公，即黄石公，同上著録黄石公内記敵法一卷、黄石公三略三卷（原注：下邳神人撰，成氏注）、黄石公三奇法一卷、黄石公五壘圖一卷、黄石公陰謀行軍秘法一卷、黃石公兵書三卷等。此泛指兵書。

〔四〕「每建旗」句，文選顏延年祭屈原文：「恭承帝命，建旟舊楚。」李善注：「周禮曰：『州里建旟。』鄭玄毛詩箋曰：『謂州長之屬。』」此當指魏哲官折衝府。按：旟，軍旗之一種，畫鳥隼以示威武。推轂，指出兵。史記馮唐傳：「臣聞上古王者之遣將也，跪而推轂曰：『閫以内者，寡人制之；閫以外者，將軍制之。』」轂，車輪中心穿軸承輻處，此代指兵車。

〔五〕「三令」句，謂再三告誡。史記孫武傳：「約束既布，乃設鈇鉞，即三令五申之。」又文選張衡東京賦：「三令五申，示戮斬牲。」薛綜注引尹文子：「將戰，有司請誥誓，三令五申之，既畢，然後即敵。」

〔六〕「軍井」四句，盜水，即盜泉。説苑説叢：「水名盜泉，孔子不飲，醜其聲也。」嗟來之食，禮記檀弓下：「齊大饑，黔敖爲食於路，以待餓者而食之。有餓者蒙袂輯屨，貿貿然來。黔敖左奉食，右執飲，曰：『嗟！來食。』揚其目而視之，曰：『予唯不食嗟來之食，以至於斯也。』」未達，「達」原作「建」，英華校：「集作達。」按淮南子兵略訓曰：「軍食熟然後敢食，軍井通然後敢飲，所以同飢渴也。」又北堂書鈔卷一一五將帥引三略軍讖：「軍井未達，將不言渴；軍幕未辦，將不言倦；軍竈未炊，將不言飢。」則作「達」是，據英華所校集本改。達，通也。四句言魏哲治軍嚴謹，且與士卒同甘共苦。

〔七〕「東討」句，伐，全唐文作「征」。英華作「伐」，校：「集作征。」皆通。

〔八〕「運之」二句，莊子說劍：「天子之劍，以燕谿石城爲鋒，齊岱爲鍔，……此劍，直之無前，舉之無上，案之無下，運之無旁。上決浮雲，下絶地紀。此劍一用，匡諸侯，天下服矣。此天子之劍也。」「直之」數句，成玄英疏謂「上下旁通，無能礙者」。運，英華、四子集作「擲」，英華校：「集作運。」作「擲」誤。

〔九〕「戴筐」二句，戴，原作「載」。筐，英華作「匡」，校：「集作載筐。漢書天文志作戴筐。」按漢書天文志曰：「斗魁戴（按：不作「載」）筐六星，曰文昌宮：一曰上將，二曰次將，三曰貴相，四曰司命，五曰司祿，六曰司災。」注引晉灼曰：「似筐，故曰戴筐。」則「載」乃「戴」之訛，據改。筐，英華作「匡」，古今字。階，英華、全唐文作「壇」，英華校：「集作階。」按：「階」指「上將」、「次將」之序，且與下句「位」對應，義勝。兩句言魏哲爲天上將星，故稱「遥登」。

〔一〇〕「飛閣」二句，飛閣星邊，原作「閣飛漢邊」。漢，英華作「星」，校：「集作旗。」四子集、全唐文作「飛閣星邊」，史記天官書：「紫宮左三星曰天槍，右三星曰天棓，後六星絶漢抵營室，曰閣道。」正義：「營室七星，天子之宫，亦爲玄宫，亦爲清廟。」則此所謂「飛閣星」，指天子之宫。魏哲嘗爲右監門將軍等宫廷禁衛官，「飛閣」與上句「戴筐」對應，故作「飛閣星邊」較勝，據四子集、全唐文改。獨踐，踐，英華、全唐文作「列」，英華校：「集作踐。」作「踐」是，踐，登也。中軍，古代作戰分左、中、右（或上、中、下）三軍，主將爲中軍。左傳桓公五年：「秋，王以諸侯伐鄭，鄭伯御之。王爲中軍，虢公林父將右軍，周公黑肩將左軍。」後泛指主將。此指魏哲由禁衛官升爲遼東道行軍總管。

〔二〕「雖龍淵」二句，晉書張華傳：張華補雷煥爲豐城令，煥到縣，掘獄屋基，入地四丈餘，得一石函，光氣非常，中有雙劍並刻題，一曰龍淵，一曰太阿。淵，原作「泉」，避高祖諱，徑改。匿字，謂無刻題。薰歇，謂消失。文選鮑照蕪城賦：「皆薰歇燼滅，光沉響絶。」李善注引杜預左氏傳注曰：「薰，香草也。」光沉，上引晉書張華傳：雷煥得龍淵、太阿雙劍，一送張華，一自佩。其後「華誅，失劍所在。煥卒，子華爲州從事，持劍行經延平津，劍忽於腰間躍出墮水，使人没水取之，不見劍，但見兩龍各長數丈，蟠縈有文章。没者懼而反，須臾，光彩照水，波浪驚沸，於是失劍」。兩句喻指魏哲已死。

〔三〕「而麟閣」句，漢書蘇武傳：「武年八十餘，神爵二年（前六〇）病卒。甘露三年（前五一），單于始入朝。上（漢宣帝）思股肱之美，迺圖畫其人於麒麟閣，法其形貌，署其官爵姓名，……凡十一人。」注引張晏曰：「武帝獲麒麟時作此閣，圖畫其象於閣，遂以爲名。」顔師古注：「漢宮閣疏名云蕭何造。」麟，英華校：「一作鳳。」誤。句謂魏哲之功勳，將獲圖畫麒麟閣之榮，令其英名永垂不朽。

夫人扶風馬氏〔一〕，隋濠州刺史圓之孫也〔二〕。五松春艷，牽少女之祥風〔三〕；八桂秋雲，降仙娥之寶魄〔四〕。謝家之子，歌柳絮而知慙〔五〕；劉氏之妻，頌椒花而自恥〔六〕。三周按禮，無虧內則之風〔七〕；四德揚蕤，載闡中闈之訓〔八〕。宿蟠龍於月鏡，早沒鸞床〔九〕；矯飛翼於霞樓，先沉鳳穴〔一〇〕。珠星璧月，終陪季子之階〔一一〕；金鼎銀罇，竟列齊侯之寢〔一二〕。以貞觀十五年五月五日，終於某所。越咸亨元年某月日，祔於某原。長子瓜州司倉擇木〔一三〕，次子右衛親衛玄封等〔一四〕，門傳萬石〔一五〕，庭列雙珠〔一六〕，花萼争榮，芝蘭疊藹〔一七〕。天經地義，欽承避席之談〔一八〕；日就月將，虔奉趨庭之教〔一九〕。變槐檀而瀝膽，木石悲酸〔二〇〕；伐露霜以崩心，幽明感動〔二一〕。葬之以禮，祭之以時。生民之本盡矣，死生之義備矣，孝子之事親終矣〔二二〕。於是門生故吏，共緝家聲；才子文人，思傳盛德。庶使藺相如之生氣，歷千載而猶存〔二三〕；隨武子之餘風，登九原而可作〔二四〕。

【箋注】

〔一〕「夫人」句，扶風，今陝西寶雞市一帶。馬氏，「馬」字原無，據全唐文補。

〔二〕「隋濠州」句，元和郡縣志卷九濠州：漢鍾離縣，晉立爲鍾離郡，梁因之。高齊文宣帝改爲西楚州。隋開皇三年（五八三）改濠州，因水爲名。大業三年（六〇七）改爲鍾離郡。武德五年（六二二）杜伏威附，改爲濠州。此言「隋濠州」，其任該州刺史當在大業三年以前。地在今安徽鳳陽。馬圓，事迹無考。

〔三〕「五松」二句，史記秦始皇本紀：始皇二十八年（前二一九），「乃遂上泰山，立石封祠祀。下，風雨暴至，休於樹下，因封其樹爲五大夫」。後人稱所休之樹爲松樹。此「五松」，乃泛指松樹。少女風，將雨時微風。三國志魏書管輅傳裴松之注引管輅别傳：「輅與倪清河相見，既刻雨期，倪猶未信。……日向暮，了無雲氣，衆人並嗤輅。輅言樹上已有少女微風，……黄昏之後，雷聲動天。到鼓一中星月皆没，風雲並興，玄氣四合，大雨河傾。倪調輅言誤中耳，不爲神也。輅曰：『誤中與天期，不亦工乎？』」此以風吹之樹爲松樹。兩句言馬夫人温柔祥和，有如少女風。

〔四〕「八桂」二句，八桂，文選孫綽游天台山賦：「八桂森挺以凌霜。」李善注：「山海經曰：『桂林八樹，在賁隅東。』郭璞曰：『八樹成林，言其大也。』」此泛指桂。仙娥，指嫦娥。初學記卷一天「桂月」條引虞喜安天論曰：「俗傳月中仙人桂樹，今視其初生，見仙人之足漸已成形，桂樹後生。」兩句言馬夫人極美，有如嫦娥下凡。

〔五〕「謝家」二句，晉書列女傳王凝之妻謝氏：「王凝之妻謝氏，字道韞，安西將軍奕之女也。聰識有才辯。叔父安……謂有雅人深致。又嘗内集，俄而雪驟下，安曰：『何所似也？』安兄子朗曰：『散鹽空中差可擬。』道韞曰：『未若柳絮因風起。』安大悦。」知慙，謂較之馬氏之聰慧，謝道韞將自愧不如。

〔六〕「劉氏」二句，晉書列女傳劉臻妻陳氏：「劉臻妻陳氏者，亦聰辯能屬文。嘗正旦獻椒花頌，其詞曰：『旋穹周回，三朝肇建。青陽散輝，澄景載焕。標美靈葩，爰採爰獻。聖容映之。永壽於萬。』又撰元日及冬至進見之儀，行於世。」自恥，亦謂自愧不如，與上二句義同。

〔七〕「三周」二句，禮記昏義：「壻執鴈入，揖讓升堂，再拜奠鴈，蓋親受之於父母也。降出御婦車，而壻授綏御輪三周，先俟於門外，婦至，壻揖婦以入，共牢而食，合巹而酳，所以合體同尊卑以親之也。」鄭玄注：「壻御婦車輪三周，御者代之，壻自乘其車先道之歸也。共牢而食，合巹而酳，成婦之義。」則「三周」爲聘婦儀式，代指結婚。周，全唐文作「從」，誤。內則，禮記篇名。禮記內則孔穎達正義：「案鄭（玄）目録云：『名曰內則者，以其記男女居室事父母舅姑之法。此於别録屬子法，以閨門之內，軌儀可則，故曰內則。』」

〔八〕「四德」二句，四德，禮記昏義：「婦德，貞順也；婦言，辭令也；婦容，婉娩也；婦功，絲麻也。」揚蕤，文選左思吴都賦：「羽毛揚蕤。」吕延濟注：「揚，動也；蕤，羽毛好貌。」此謂舉止優雅。載，語詞。中闈，閨房之中，代指女性。

〔九〕「宿蟠龍」二句，北堂書鈔卷一三六鏡引鄴中記：「石虎宫中鏡有徑二三尺者，下有純金蟠龍雕飾。」拾遺記卷三：「（周靈王）時，異方貢玉人石鏡。此石色白如月，照面如雪，謂之月鏡。」此即指鏡。蟠，英華作「盤」，校：「集作蟠。」鏡，英華作「境」，校：「集作鏡。」按：作「盤」同，作「境」誤。早没，范泰鸞鳥詩序：「昔罽賓王結罝峻祁之山，獲一鸞鳥。……三年不鳴。其夫人曰：『嘗聞鳥見其類而後鳴，何不懸鏡以映之？』王從其意。鸞覩形悲鳴，哀響中霄，一奮而絶。」床，英華校：「集作林。」兩句言馬氏夫人早亡。

〔一〇〕「矯飛翼」二句，霞樓，指鳳樓。列仙傳卷上蕭史：「蕭史者，秦穆公時人也，善吹簫，能致孔雀、白鶴於庭。穆公有女字弄玉，好之，公遂以女妻焉。日教弄玉作鳳鳴，居數年，吹似鳳聲，鳳凰來止其屋，公爲作鳳臺，夫婦止其上不下。數年，一旦皆隨鳳凰飛去。」鳳穴，即鳳臺。先沉鳳穴，亦言馬氏先亡。

〔一一〕「珠星」二句，珠星璧月，莊子列禦寇：「莊子將死，弟子欲厚葬之。莊子曰：『吾以天地爲棺槨，以日月爲連璧，星辰爲珠璣，萬物爲齎送，吾葬具豈不備耶，何以加此？』」季子，指季孫夙。禮記檀弓上：「季武子成寢，杜氏之葬在西階之下，請合葬焉。許之。」杜預注：「武子，魯公子季友之曾孫季孫夙。」此謂夫人馬氏終與魏哲合葬。

〔一二〕「金鼎」二句，齊侯，指齊桓公。史記孝武本紀：「（李）少君見上，上有故銅器，問少君，少君曰：『此器，齊桓公十年陳於柏寢。』已而案其刻，果齊桓公器，一宮盡駭，以少君爲神，數百歲人也。」」正義引括地志云：「柏寢臺，在青州千乘縣東北二十一里。」按漢書郊祀志上記此事，顔師古注曰：「以柏木爲寢室於臺之上。」又東觀漢記鄭衆傳：「廬江獻鼎，有詔召衆問齊桓公之鼎在柏寢臺見何書？春秋左氏有鼎事幾？衆對狀，除郎中。」此謂原馬氏陪葬器物，移至合葬墓中。

〔一三〕「長子」句，瓜州，元和郡縣志卷四〇瓜州：「本漢酒泉郡，元鼎六年（前一一一）分酒泉置敦煌郡，今州即酒泉、敦煌二郡之地。……地出美瓜，故取名焉。」故治在今甘肅安西縣東。司倉，唐六典卷三〇：「（下州）司倉參軍事一人，正八品下。」

〔一四〕「次子」句，右衛、親衛，唐六典卷五尚書兵部：「凡左右衛，親衛、勳衛、翊衛及左右率府親、勳、翊衛，及諸衛之翊衛，通謂之三衛。擇其資蔭高者爲親衛。」注：「取三品已上子、二品已上孫爲之。」右，英華校：「集作左。」

〔一五〕「門傳」句，史記萬石君傳：「萬石君，名奮，其父趙人也，姓石氏。」正義：「以父及四子皆二千石，故號奮爲萬石君。」此言其父子以仕宦傳家。

〔一六〕「庭列」句，南史謝靈運傳：「孟顗，字彦重，平昌安丘人，衛將軍昶弟也。昶、顗並美風姿，時人謂之雙珠。」

〔一七〕「花蕚」二句，詩經小雅常棣小序：「常棣，燕兄弟也。」詩曰：「常棣之華，鄂不韡韡。」毛傳：「常棣，棣也。鄂猶鄂鄂然，言外發也。韡韡，光明也。」蕚、鄂同。芝蘭，香草名。疊藹，原作「藹秀」，英華校：「集作疊藹。」按：「疊」與上句「争」對應，是，據改。疊，重出不窮。藹，盛，美好。此用謝玄事，見前原州百泉縣令李君神道碑「階蘭疊影」句注引世説新語言語。兩句贊魏氏兄弟有如常棣、芝蘭。

〔一八〕「天經」二句，潘岳世祖武皇帝誄：「永言孝思，天經地義。」避席，孝經開宗明義章：「子曰：『先王有至德要道，以順天下，民用和睦，上下無怨，汝知之乎？』曾子避席，曰：『參不敏，何足以知之。』」李隆基（唐明皇）注：「參，曾子名也。禮：師有問，避席起答。」此言謹從師教。

〔一九〕「日就」二句，詩經周頌敬之：「維予小子，不聰敬止。日就月將，學有緝熙于光明。」毛傳：「將，行也。」鄭玄箋：「日就月行，言當習之以積漸也。」趨庭，論語季氏：「（孔子）嘗獨立，（子）鯉趨而過庭，曰：『學詩乎？』對曰：『未也。』『不學詩，無以言。』鯉退而學詩。他日，又獨立，鯉趨而過庭，曰：『學禮乎？』對曰：『未也。』『不學禮，無以立。』鯉退而學禮。」此言恭從父教。

〔二〇〕「變槐檀」二句，周禮夏官司爟：「掌行火之政令。四時變國火，以救時疾。」鄭玄注：「行，猶用也；變，猶易也。鄭司農説以鄹子曰：『春取榆柳之火，夏取棗杏之火，季夏取桑柘之火，秋取柞楢之火，冬取槐檀之火。』」此謂其二子四時祭祀，詳下注。瀝膽，謂哀慟至極。悲酸，劉向新序卷四雜事：「鍾子期夜聞擊磬聲者而悲，且召問之，……對曰：『臣之父殺人而不得，臣之母得而爲公家隸，臣得而爲公家擊磬。臣不睹臣之母三年於此矣，昨日爲舍市而睹之，意欲贖之，無財，身又公家之有也，是以悲也。』鍾子期曰：『悲在心也，非在手也。非木非石也，悲於心而木石應之，以至誠故也。』」

〔二一〕「伐露霜」二句，伐，原作「代」，各本同，據四庫全書本改。伐露霜，謂感時念親，二子爲亡父四時設祭。禮記祭義：「君子合諸天道，春禘秋嘗。霜露既降，君子履之，必有悽愴之心，非其寒之謂也；春雨露既濡，君子履之，必有怵惕之心，如將見之。」鄭玄注：「合於天道，因四時之變化，孝子感時念親，則以此祭之也。……非其寒之謂，謂悽愴及怵惕，皆爲感時念親也。」崩心，極言悲愴。幽明，人神也，幽爲神，明爲人。

〔二二〕「生民」三句，孝經喪親章：「生事愛敬，死事哀感，生民之本盡矣，死生之義備矣，孝子之事親終矣。」民，原作「人」，避唐諱，徑改。

〔二三〕「庶使」二句，據史記廉頗藺相如列傳，藺相如使秦，力挫其威，終於完璧歸趙，又與廉頗「將相和」。故太史公（司馬遷）曰：「知死必勇，非死者難也，處死者難。方藺相如引璧睨柱，及叱秦王左右，勢不過誅，然士或怯懦而不敢發。相如一奮其氣，威信敵國，退而讓頗，名重太山。其處智勇，可謂兼之矣。」生氣，世説新語品藻：「庾道季（和）云：廉頗、藺相如雖千載上，使人懍懍恒如有生氣。」此喻魏哲，並言作此碑文，以傳其人生風采。生，英華作「壯」，校：「集作生。」作「生」是。

〔二四〕「隨武子」二句，禮記檀弓下：「趙文子與叔譽觀乎九原，文子曰：『死者如可作也，吾誰與歸？』叔譽曰：『其陽處父乎。』文子曰：『……我則隨武子乎，利其君不忘其身，謀其身不遺其友。』」鄭玄注：「武子，士會也，食邑於隨。」武，英華作「季」，校：「集作武。」登，同上作「盡」，校：「集作登。」作「季」、「盡」誤。

其詞曰：

文王受命，畢公餘慶〔一〕。玉樹聯芳，金枝疊映〔二〕。三分并列〔三〕，七雄齊競〔四〕。建國承家，重熙累盛。功宣蹈舞，德流歌詠〔五〕。

【箋注】

〔一〕「文王」二句，述魏氏起源。史記魏世家：「魏之先，畢公高之後也。畢公高與周同姓。武王之伐紂，而高封於畢，於是爲畢姓。其後絶封，爲庶人，或在中國，或在夷狄。其苗裔曰畢萬，事晉獻公。獻公之十六年，趙夙爲御，畢萬爲右，以伐霍、耿、魏，滅之。以耿封趙夙，以魏封畢萬，爲大夫。」索隱：「左傳富辰説文王之子十六國有畢、原、豐、郇，言畢公是文王之子。此云與周同姓，似不用左氏之説。馬融亦云畢、毛，文王庶子。」集解引杜預曰：「畢在長安縣西北。」又正義：「括地志云：畢原在雍州萬年縣西南二十八里。」正義又曰：「魏城在陝州芮城縣北五里。鄭玄詩譜云：『魏，姬姓之國，武王伐紂而封焉。』」

〔二〕「玉樹」二句，以樹及樹之枝葉，喻指家族繁衍，泛指後代。金、玉，言美好也。

〔三〕「三分」句，謂魏與韓、趙三分晉國。史記晉世家：「静公二年，魏武侯、韓哀侯、趙敬侯滅晉侯而三分其地。静公遷爲家人，晉絶不祀。」同上天官書：「三家分晉。」正義：「周安王二十六年（前三七六），魏武侯、韓文侯、趙敬侯共滅晉静，而三分其地。」

〔四〕「七雄」句，指戰國「七雄」（秦、楚、燕、韓、趙、魏、齊）争奪天下，魏是其一。

〔五〕「功宣」二句，指詩經國風中有魏風流傳後世，以表魏氏祖先之功德。

河洛垂文〔一〕，山川出雲〔二〕。驪珠育照〔三〕，虹玉呈文〔四〕。直立孤聳，天然不群。棲遲膠塾〔五〕，悦懌丘墳〔六〕。耻爲儒者〔七〕，自許將軍〔八〕。

【箋注】

〔一〕「河洛」句，垂文，指河圖、洛書，前已屢注。此言李淵膺天之命，建立大唐。

〔二〕「山川」句，白虎通義封禪：「王者承統理，調和陰陽。陰陽和，萬物序，休氣充塞，故符瑞并臻，皆應德而至。……德至山陵，則景雲出，芝實茂，陵出異丹，阜出蓮莆，山出器車，澤出神鼎。」出，英華作「吐」，校：「集作出。」

〔三〕「驪珠」句，莊子列禦寇：「夫千金之珠，必在九重之淵，而驪龍頷下。」後代指極珍貴之珠。育照，生有光輝。

〔四〕「虹玉」句，搜神記卷八：「孔子修春秋，制孝經，既成，齋戒向北辰而拜，告備於天。乃洪鬱起白霧，摩地，白虹自上而下，化爲黄玉（御覽卷一四引作「玉璜」），長三尺，上有刻文。」文，英華校：「集作氣。」誤。以上二句，以珠、玉喻魏哲，言其乃卓犖傑出之才。

〔五〕「棲遲」二句，文選王粲登樓賦：「步棲遲以徙倚兮。」吕向注：「棲遲，猶優遊也。」膠，周之大學。禮記王制：「周人養國老於東膠。」塾，私學。同上學記：「古之教者，家有塾，黨有庠，術有序，國有學。」沈約齊明帝哀策文：「眷言膠塾，弘啓上庠。」此膠、塾泛指學校，謂魏哲長期在學讀書，又補國子學生（見本文前注）。

〔六〕「悦懌」句，悦懌，喜好。丘墳，左傳昭公十二年：「左史倚相趨過，王曰：『是良史也，子善視之！是能讀三墳、五典、八索、九丘。』」杜預注：「皆古書名。」王筠昭明太子哀策文：「遍該緗素，殫極丘墳。」悦懌，英華校：「集作敦閲。」

〔七〕「恥爲」句，史記酈食其列傳：「沛公不好儒，諸客冠儒冠來者，沛公輒解其冠，溲溺其中。與人言，常大罵。」杜甫送蔡希魯都尉還隴右寄高三十五書記：「健兒寧鬬死，壯士恥爲儒。」可參讀。

〔八〕「自許」句，庾信周車騎大將軍賀婁公神道碑：「雖復五車行簡，不取博士之名；一卷兵書，即以將軍自許。」

伊祁不懌〔一〕，軒轅討逆〔二〕。陣擁遼河，兵屯碣石〔三〕。班超投翰〔四〕，揚雄執戟〔五〕。弓合三才〔六〕，刀長四尺〔七〕。爰清尉候，載澄疆埸〔八〕。

【箋注】

〔一〕「伊祁」句，初學記卷九：「帝堯陶唐氏，帝王世紀曰：『堯，伊祁姓也。母曰慶都，孕十四月而生堯於丹陵，名曰放勛。鳥庭荷勝，眉有八采，豐下鋭上，或從母姓伊祁氏。』」不懌，不樂。史記五帝本紀：「（堯）召舜曰：『女謀事至而言可績，三年矣。女登帝位。』舜讓於德，不懌。」索隱：「謂辭讓於德不堪，所以心意不悦懌也。」此以堯喻指唐太宗，謂對三韓不滿，故討之（詳下注）。

〔二〕「軒轅」句，軒，原作「斬」，形訛，據英華、全唐文改。軒轅，即黄帝，此又以黄帝代指唐太宗。討逆，指貞觀十八年（六四四）十一月太宗出兵討高麗事，見本文前注。

〔三〕「陣擁」二句，「陣擁」，兵陣駐紮。遼河，明一統志卷二五遼東都指揮使司遼河：「源出塞外，自三萬衛西北入境。南流經鐵嶺、瀋陽都司之西境、廣寧之東境，又南至海州衛，西南入海，行一千二百五十里。」按唐書：太宗征高麗，至遼澤，泥淖二百餘里，人馬不可通，布土作橋，既濟撤之，以堅士卒之心，即此。」碣石，漢書地理志下：右北平郡驪成縣，原注：「大揭石山在縣西南。」碣、揭同。驪成縣即今河北樂亭縣，其山後沉入海中。按：兩句言貞觀十八年太宗伐高麗事，時魏哲以左翊衛北門長上在軍中，詳本文前注。兵屯，原作「岳鎮」，謂碣石山乃一地之鎮。鎮，英華校：「集作屯。」二字全唐文作「兵屯」，蓋「岳」乃「兵」之訛。按作「兵屯」義勝，據改。兵屯，謂駐兵，與上句「陣擁」對應。

〔四〕「班超」句，後漢書班超傳：「家貧，常爲官傭書以供養，久勞苦。嘗輟業投筆歎曰：『大丈夫無他志略，猶當效傅介子、張騫立功異域，以取封侯，安能久事筆研間乎？』」遂從戎。翰，毛筆。

〔五〕「揚雄」句，文選曹植與楊德祖書：「昔揚子雲，先朝執戟之臣耳。」李善注引漢書曰：「揚雄奏羽獵賦，爲郎。然郎皆執戟而持也。」

〔六〕「弓合」句，周禮考工記弓人：「凡爲弓，冬析幹而春液角，夏治筋，秋合三材。」鄭玄注：「三材，膠、絲、漆。」三，原作「二」，據英華、四子集、全唐文及此引改。才，通「材」。

〔七〕「刀長」句，太平御覽卷三四五刀上引太公六韜：「大魯刀，重一斤，長四尺，三百枚。」同上卷三四六刀下引典論曰：「魏太子丕造百辟寶刀三，其一長四尺三寸六分，重三斤六兩，文似靈龜，名曰靈寶。其二采似丹霞，名曰含章，長四尺四寸三分，重三斤十兩。其三鋒似崩霜，刀身劍鋏，名曰素質，長四尺三寸，重二斤九兩。」四尺餘，亦可約稱四尺。

〔八〕「爰清」二句，尉候，指軍隊，見本文前注。澄，静也。疆埸，邊疆。埸，原作「場」，據全唐文改。謂伐高麗之役獲勝，邊疆於是安寧。

得人者昌，失人者亡〔一〕。皇恩俾乂，帝曰明敭〔二〕。幽桂含馥，滋蘭吐芳〔三〕。承天待詔，觀國賓王〔四〕。茂績斯遠，音聲克彰〔五〕。

【箋注】

〔一〕「得人」二句，韓詩外傳卷七：「紂殺王子比干，箕子被髮佯狂。陳靈公殺泄冶，鄧元去陳以族從。自此之後，殷并於周，陳亡於楚，以其殺比干、泄冶而失箕子、鄧元也。燕昭王得郭隗、鄒衍、樂毅，是以魏、趙興兵而攻齊，棲於莒燕之地，計衆不與齊均也。然所以信燕至於此者，由得士也。故無常安之國，無宜治之民，得賢者昌，失賢者亡，自古及今，未有不然者也。」

〔二〕「皇恩」二句，尚書堯典：「天下民其咨，有能俾乂。」僞孔傳：「俾，使；乂，治也。」乂，原作「義」，據此改。同上：「（堯）曰：明明揚側陋。」僞孔傳：「堯知子不肖，有禪位之志，故明舉明人在側陋者，廣求賢也。」颺、揚同。按：二句謂皇帝下詔舉人，即舉行制科考試。

〔三〕「幽桂」二句，楚辭淮南小山招隱士：「桂樹叢生兮山之幽，偃蹇連蜷兮枝相繚。……攀援桂枝兮聊淹留。」兩句以幽桂、滋蘭喻指「丘園秀異，志存栖隱」之士（語見儀鳳二年〔六七六〕十二月高宗訪孝悌德行詔），謂用制科考試以搜攬之。

〔四〕「觀國」句，周易觀卦：「觀國之光，利用賓於王。」王弼注：「居觀之時，最近至尊，觀國之光者也；居近得位，明習國儀者也，故曰利用賓於王也。」此指魏哲應制舉對策事。

〔五〕「茂績」二句，言魏哲對策優秀，榮登甲科，因而聲名遠播。茂績，績，英華作「實」，校：「集作績。」誤。「克」字原無，據英華、四子集、全唐文補。

鵬池淼漫〔一〕，雞山禍亂〔二〕。出閫辭家〔三〕，夷兇靜難。金微瓦解，玉亭水泮〔四〕。扈駕天門，陪祠日觀〔五〕。萬邦胥悦，千齡啓旦〔六〕。

【箋注】

〔一〕「鵬池」句，鵬池，謂大鵬飛往天池。莊子逍遥遊：「北冥有魚，其名爲鯤，鯤之大，不知其幾千里也。化而爲鳥，其名爲鵬，鵬之背，不知其幾千里也。怒而飛，其翼若垂天之雲。是鳥也，海運則將徙於南冥。南冥者，天池也。齊諧者，志怪者也，諧之言曰：『鵬之徙於南冥也，水擊三千里，搏扶摇而上者九萬里。』」淼漫，大海浩淼，征途漫長。謂魏哲對策登甲科後，有如南徙之大鵬，道路仍充滿艱險。

〔二〕「雞山」句，太平寰宇記卷一五二張掖縣：「黑水出縣界。雞山，亦名懸圃，昔娀氏女簡狄浴於玄丘之水，即黑水也。」此代指西北少數民族聚居地。禍亂，指匈奴别種鐵勒叛唐事，詳本文前注。

〔三〕「出閫」句，史記馮唐傳：「臣聞上古王者之遣將也，跪而推轂曰：『閫以内者，寡人制之；閫以外者，將軍制之。』」集解引韋昭曰：「此郭門之閫也。門中橛曰閫。」正義：「閫音苦本反，謂門限也。」句指顯慶四年（六五九）詔魏哲爲鐵勒道行軍總管事，詳前注。

〔四〕「金微」二句，金微，即金微山，唐置金微都護府。玉亭，即玉門關，皆泛指鐵勒地。泮，同判，散也。水散，與「瓦解」義同，謂戰勝鐵勒人。詳本文前注。

〔五〕「扈駕」二句，扈駕，侍從皇帝車駕。天門，初學記卷五引應劭漢官儀：「泰山東上七十里至天門。」又引泰山記：「盤道屈曲而上，凡五十餘盤，經小天門、大天門。仰視天門，如從穴中視天窗矣。」日觀，水經汶水注引漢官儀：「太山東南山頂，名曰日觀者，雞一鳴時，見日始欲出，長三丈許，故以名焉。」此天門、日觀，代指泰山。兩句言魏哲麟德三年（六六六）初陪高宗封禪泰山，事詳前注。

〔六〕「千齡」句，啓旦，開啓光明，謂封禪乃千年未行之事。抱朴子外篇卷四喻蔽：「羲和升光以啓旦，望舒曜景以灼夜。」又劉承慶、尹知章七廟議：「皇家千齡啓旦，四葉重光。」

斗骨危城〔一〕，占蹄舉兵〔二〕。丸山霧塞〔三〕，渤海波驚。帝赫斯怒，王師有征〔四〕。虔劉北貊〔五〕，戩剪東明〔六〕。遵以文軌，宣其德刑。

【箋注】

〔一〕「斗骨」句，周書異域傳上高麗：「高麗者，其先出於夫餘。自言始祖曰朱蒙，河伯女感日影所孕也。朱蒙長而有材略，夫餘人惡而逐之，土於紇斗骨城，自號曰高句麗，仍以高爲氏。」

〔二〕「占蹄」句，三國志魏書東夷傳：「夫餘，在長城之北，去玄菟千里，南與高句麗、東與挹婁、西與鮮卑接，北有弱水。……有軍事亦祭天，殺牛觀蹄，以占吉凶：蹄解者爲凶，合者爲吉。」

〔三〕「丸山」句，史記五帝本紀：「天下有不順者，黄帝從而征之，平者去之。披山通道，未嘗寧居。東至於海，登丸山。」集解：「徐廣曰：丸，一作凡。（裴）駰案地理志曰：『丸山，在琅邪朱虚縣。』」按：丸山，今稱吉山，也稱紀山，在山東濰坊市臨朐縣柳山鎮。霧塞，與下句「波驚」，皆指高麗不臣。

〔四〕「帝赫」二句，詩經大雅皇矣：「王赫斯怒，爰整其旅。」此指高宗乾封元年伐高麗事，詳本文前注。

〔五〕「虔劉」句，左傳成公十三年：「虔劉我邊陲。」杜預注：「虔、劉，皆殺也。」北貊，「貊」原作「貌」，英華校：「疑作貊。集作類。」皆誤。據全唐文改。北貊即匈奴。史通卷四斷限：「夷狄本係種落所興，北貊起自淳維。」史記匈奴列傳：「匈奴，其先祖夏后氏之苗裔也，曰淳維。」

〔六〕「戡翦」句，戡翦，消滅。東明，傳説爲夫餘國開國之王。後漢書東夷傳：「初，北夷索離國王出行，其侍兒於後娠身，王還，欲殺之。侍兒曰：『前見天上有氣，大如雞子，來降我，因以有身。』王囚之，後遂生男。王令置於豕牢，豕以口氣噓之，不死。復徙於馬蘭，馬亦如之。王以爲神，乃聽母收養，名曰東明。東明長而善射，王忌其猛，復欲殺之。東明奔走，南至掩淲水，以弓擊水，魚鼈皆聚浮水上。東明乘之得度，因至夫餘而王之焉。」此代指高麗王。

太微上將〔一〕，文昌貴相〔二〕。非熊非羆〔三〕，令問令望〔四〕。寵踰軍幕，榮參武帳。本謂來朝，何期返葬。原野蕭瑟，風煙淒愴。

【箋　注】

〔一〕「太微」句，史記天官書：「南宮朱鳥，權、衡。衡，太微，三光之廷。匡衡十二星，藩臣：西，將；東，相。」索隱引宋均曰：「太微，天帝南宮也。」正義：「太微宮垣十星，在翼、軫地，天子之宮庭，五帝之坐，十二諸侯之府也。其外藩，九卿也。南藩中二星間爲端門，次東第一星爲左執法，廷尉之象；第二星爲上相；第三星爲次相；第四星爲次將；第五星爲上將。端門西第一星爲右執法，御史大夫之象也；第二星爲上將；第三星爲次將；第四星爲次相；第五星爲上相。……」

〔二〕「文昌」句，史記天官書：「斗魁戴匡六星，曰文昌宮。一曰上將，二曰次將，三曰貴相，四曰司命，五曰司中，六曰司禄。」以上二句，以天上星宿，對應朝廷將相，以況魏哲之才。

〔三〕「非熊」句，史記齊太公世家：「西伯將出獵，卜之，曰：『所獲非龍非彲，非虎非羆，所獲霸王之輔。』於是周西伯獵，果遇太公於渭之陽。」按竹書紀年卷下、藝文類聚卷六六引六韜等，「非虎」并作「非熊」。此以姜太公擬魏哲。

〔四〕「令問」句，詩經大雅卷阿：「如圭如璋，令聞令望。」鄭玄箋：「令，善也。王有賢臣，……人聞之則有善聲譽，人望之則有善威儀，德行相副。」

天道如何，吞恨者多〔一〕。松風夜響，薤露晨歌〔二〕。秋月如練，春雲似羅〔三〕。榮華滅後，寒暑經過。青烏丘壠〔四〕，白馬山河〔五〕。

【箋注】

〔一〕「天道」二句，文選鮑照蕪城賦：「天道如何，吞恨者多。」李周翰注：「人皆樂生而哀死，故吞恨者多。」

〔二〕「薤露」句，崔豹古今注卷中：「薤露、蒿里，并喪歌也，出田横門人。横自殺，門人傷之，爲之悲歌，言人命如薤上之露，易晞滅也。……曰：『薤上朝露何易晞，露晞明朝還復滋，人死一去何時歸。』」

〔三〕「秋月」二句，練、羅，素色布或絲織品，喪葬時所用。此言月光浮雲，皆如爲死者哀悼。雲，英華作「波」，校：「集作雲。」作「波」誤。

〔四〕「青烏」句，青烏，舊説爲孝烏。藝文類聚卷九九烏引尚書緯：「烏者有孝名。」又引孫氏瑞應圖曰：「蒼烏者，王者孝悌則至。」北齊書蕭放傳：「蕭放，字希逸，……居喪以孝聞。所居廬室前有二慈烏來集，……每臨時，舒翅悲鳴，全似哀泣，家人伺之，未嘗有闕。時以爲至孝之感。」丘壠，墳墓。句謂魏哲諸子守喪皆能盡孝。

〔五〕「白馬」句，後漢書范式傳：范式，與張劭爲友。張劭死，式怳然覺寤，悲歎泣下，往奔喪。喪至壙將窆，而柩不肯進，遂停柩移時，乃見范式素車白馬號哭而來。句謂朋友祭弔將接踵而至。

唐上騎都尉高君神道碑〔一〕

南方火德，陽精赫雷電之威〔二〕；西陸金行，秋令毒風霜之氣〔三〕。達其變，聖人所以定天下之文；象其宜，聖人所以觀天下之變〔四〕。或衣裳六合，舞干戚而掃虔劉〔五〕；或鐘鼓八紘，用甲兵而誅暴亂〔六〕。若夫皇天失紀，彗孛飛流〔七〕；后土不綱，山河崩竭〔八〕。蚩尤食石，災害於生人〔九〕；項羽拔山，憑陵於上國〔一〇〕。天子聞鼓鼙之響，思將帥以襲行〔一一〕；將軍屬甲冑之容〔一二〕，攬英雄而決勝。則風雲潛感，豪傑挺生。得七星之武曲破軍〔一三〕，受五運之金多木少〔一四〕。四時繁弱，射連尹於敖山〔一五〕；萬辟太阿，殺顏良於官渡〔一六〕。然後達人知足，徒興白髮之歌〔一七〕；烈士狥名，不受黃金之賞〔一八〕。與夫棄其筆墨，漢家封萬里之侯〔一九〕，稱爾戈矛，周王命百夫之長〔二〇〕，豈可同年而語哉〔二一〕！

【箋注】

〔一〕上騎都尉，唐六典卷二尚書吏部：「凡勳，十有二等，……六轉爲上騎都尉，比正五品。」按文中述墓主高則卒於高宗上元三年（六七六）三月，其年冬十月丁酉葬，則本文當作於此時間段内。

〔二〕「南方」二句，史記天官書：「南方火，主夏，日丙丁。」白虎通義五行：「火在南方。南方者，陽在上，萬物垂枝。火之爲言，委隨也，言萬物布施；火之爲言化也，陽氣用事，萬物變化也。」太平御覽卷四日下引龍魚河圖曰：「陽精爲日。」同書卷八七〇燈引河圖汴光篇：「陽精散，而分布爲火。」雷電，藝文類聚卷二雷引易曰：「震爲雷，動萬物者莫疾於雷。」初學記卷一雷引五經通義：「電，謂之雷光也。」

〔三〕「西陸」二句，爾雅星名：「西陸，昴也。」郭璞注：「昴，西方之宿，別名旄頭。」白虎通義五行：

「金在西方。西方者，陰始起，萬物禁止。金之爲言，禁也。」初學記卷三秋引梁元帝纂要，謂秋風又曰「淒風」、「悲風」等，木曰「霜柯」、「霜條」等。以上四句，以氣節之變，言萬物變化。

〔四〕「達其變」四句，周易繫辭上：「參伍以變，錯綜其數。通其變，遂成天地之文；極其數，遂定天下之象。非天下之至變，其孰能與於此！」韓伯注：「夫非忘象者則无以制象，非遺數者无以極數。至精者无籌策而不可亂，至變者體一而无不周，至神者寂然而无不應。斯蓋功用之母，象數所由立，故曰非至精、至變、至神則不得與於斯也。」此四句接上文夏有雷電、冬有風霜之氣候變化，謂聖人能够達變、觀變、通變。

〔五〕「或衣裳」二句，衣裳，謂垂衣裳。周易繫辭上：「黄帝、堯、舜，垂衣裳而天下治。」六合，淮南子原道訓高誘注：「六合言滿天地間也。四方上下爲六合。」干戚，原作「歲于」。英華卷九一〇作「干歲」。「歲」當爲「戚」之訛，「于」當爲「干」之訛，據四子集、全唐文一九四改。漢書司馬相如傳子虛賦：「弋玄鶴，舞干戚。」郭璞注：「干，盾；戚，斧也。」左傳成公十三年：「虔劉我邊陲。」杜預注：「虔、劉，皆殺也。」掃虔劉，謂掃除害人者。兩句言雖天下無爲而治，然兵威仍不可或缺。

〔六〕「或鐘鼓」二句，鐘鼓，言禮樂。論語陽貨：「子曰：禮云禮云，玉帛云乎哉？樂云樂云，鐘鼓云乎哉？」八紘，淮南子墬形訓：「九州、八殥之外而有八紘，亦方千里。」高誘注：「紘，維也。維落天地而爲之表，故曰紘也。」兩句言雖以禮樂治天下，然難免有用兵誅暴亂之時。

〔七〕「若夫」二句，皇天，即天。失紀，謂天失常道。史記曆書：「天下有道，則不失紀序；無道，則正朔不行於諸侯。」漢書天文志：「彗孛飛流，日月薄食。」注引張晏曰：「彗所以除舊布新也，孛氣似彗。飛流，謂飛星、流星也。」又引孟康曰：「飛，絶迹而去也；流，光迹相連也。」是乃天災之象。

〔八〕「后土」二句，后土，指地。不綱，失去綱紀。説苑卷一八辨物：「周幽王二年，西周三川皆震。伯陽父曰：『周將亡矣。夫天地之氣，不失其序，若過其序，民亂之也。陽伏而不能出，陰迫而不能蒸，於是有地震。今三川震，是陽失其所，而填陰也。陽溢而壯，陰源必塞，國必亡。夫水土演而民用足也，土無所演，民乏財用，不亡何待？昔伊雒竭而夏亡，河竭而商亡。今周德如二代之季矣。其川源塞，塞必竭。夫國必依山川，山崩川竭，亡之徵也。川竭，山必崩，若國亡不過十年數之紀也。天之所棄，不過紀。』是歲也，三川竭，岐山崩。十一年，幽王乃滅，周乃東遷。」以上四句，言天地之災變。

〔九〕「蚩尤」二句，太平御覽卷七四沙引龍魚河圖曰：「蚩尤兄弟八十一人，并銅頭鐵額，食沙石。」災，英華作「交」，校：「集作災。」作「交」誤。

〔一〇〕「項羽」二句，史記項羽本紀：項羽被圍垓下，「乃悲歌忼慨，自爲詩曰：『力拔山兮氣蓋世，時不利兮騅不逝。騅不逝兮可奈何，虞兮虞兮奈若何！』」文選王儉褚淵碑文：「彊臣憑陵於荆楚。」張銑注：「憑陵，勇暴貌也。」上國，指中原。以上四句，謂如蚩尤、項羽之類，乃人之異變，皆當剪除。

〔一一〕「思將帥」句，龔行，猶言龔行天罰。尚書甘誓：「今予惟恭行天之罰。」僞孔傳：「恭，奉也。言欲截絶之。」孔穎達正義：「上天用失道之故，今欲截絶其命。天既如此，故我今惟奉行天之威罰，不敢違天也。」龔、恭通。

〔一二〕「將軍」句，禮記表記：「君子恥服其服而無其容，恥有其容而無其辭，恥有其辭而無其德，恥有其德而無其行。是故君子衰經則有哀色，端冕則有敬色，甲胄則有不可辱之色。」此謂有不可辱之色，方可爲將軍。

〔一三〕「得七星」句，唐開元占經卷六七北斗星占引洛書曰：「北斗魁，第一曰天樞，第二璇星，第三璣星，第四權星，第五玉衡，第六開陽，第七摇光。第一至第四爲魁，第五至第七爲杓（按史記天官書「北斗七星」索隱引春秋運斗樞，「杓」作「標」），合爲斗。杓陰布陽，故稱北斗。開陽重寶，故置輔易，斗中曰北斗，第一曰破軍，第二曰武曲，第三曰廉，第四曰文曲，第五曰禄存，第六曰巨門，第七曰貪狼。」則「七星」指北斗，破軍、武曲，指北斗第一、第二星。句謂北斗七星中，將軍爲第一、第二星。

〔一四〕「受五運」句，五運，即金、木、水、火、土。金爲秋，木爲春。秋主肅殺，春主和同（初學記卷三春稱春季「天地和同，草木萌動」）。金多木少，謂將軍多威武肅殺之氣。

〔一五〕「四時」二句，四時，四季。謂制弓需四季方成。周禮考工記弓人：「凡爲弓，冬析幹而春液角，夏治筋，秋合三材。」繁弱，左傳定公四年：「封父之繁弱。」杜預注：「封父，古諸侯也。繁弱，大弓名。」荀子性惡篇：「繁弱、鉅黍，古之良弓也。」左傳宣公十二年：「（晉息荀）射連尹襄老，（國語晉語七韋昭注：「連尹，楚官，名子羽。」）獲之，遂載其屍；射公子穀臣，囚之，以二者還。」此役，史稱邲之戰。同上又曰：「晉師在敖、鄗之間。」杜預注：「滎陽京縣東北有管城，敖、鄗二山在滎陽縣西北。」嶅山，即敖山也。

〔一六〕「萬辟」二句，萬辟，謂鑄造時疊打萬次。文選張協七命：「楚之陽劍，歐冶所營。耶谿之鋌，赤山之精。銷踰羊頭，鍱越鍛成。乃鍊乃鑠，萬辟千灌。豐隆奮椎，飛廉扇炭。……」李善注：「辟，謂疊之；灌，謂鑄之。典論曰：魏太子丕造百辟寶劍，長四尺。王粲刀銘曰『灌辟以數，質象以呈』也。」太阿，張華所得神劍名，前已屢注。殺顏良，三國志蜀書關羽傳：「關羽，字雲長，本字長生，河東解人也。……建安五年（二〇〇），曹公東征（即曹操、袁紹官渡之戰），先主（劉備）奔袁紹，曹公禽羽以歸，拜爲偏將軍，禮之甚厚。紹遣大將軍顏良攻東郡太守劉延於白馬，曹公使張遼及羽爲先鋒擊之。羽望見良麾蓋，策馬刺良於萬衆之中，斬其首還，紹諸將莫能當者。」

〔一七〕「然後」二句，達人，曠達之人。老子：「知足者富。」又曰：「禍莫大於不知足，咎莫大於欲得。故知足之足，常足矣。」白髮之歌，未詳所指。左思嘗作白髮賦。興，英華校：「集作從。」誤。

〔一八〕「烈士」二句，史記魯仲連傳：秦圍趙，魯仲連説秦稱帝之害，秦於是退兵。「平原君乃置酒，酒酣，起前以千金爲魯連壽。魯連笑曰：『所謂貴於天下之士者，爲人排患釋難解紛亂而無取也，即有取者，是商賈之事也，而連不忍爲也。』遂辭平原君而去，終身不復見。」

〔一九〕「與夫」二句，指班超。後漢書班超傳：「家貧，常爲官傭書以供養，久勞苦。嘗輟業投筆歎曰：『大丈夫無他志略，猶當效傅介子、張騫立功異域，以取封侯，安能久事筆研間乎？』左右皆笑之。超曰：『小子安知壯士志哉！』其後行詣相者，曰：『祭酒布衣諸生耳，而當封侯萬里之外。』超問其狀，相者指曰：『生燕頷虎頸，飛而食肉，此萬里侯相也。』」後使西域，爲都護，安輯諸國，封定遠侯。

〔二〇〕「稱爾」二句，周王，指周武王。尚書牧誓：「千夫長、百夫長，……稱爾戈，比爾干，立爾矛，予其誓！王曰：『……勗哉夫子，爾所弗勗，其於爾躬有戮！』」僞孔傳：「師帥、卒帥。」孔穎達疏：「周禮：二千五百人爲師，師帥皆中大夫；百人爲卒，卒長皆上士。」

〔二一〕「豈可」句，謂達人、烈士較之志在封侯、懼遭殺戮而勉爲力戰之輩，不可同年而語。達人、烈士指高則，以引出下文。

君諱則，字宏規，其先渤海人也〔一〕，後代因官，遂家於涇州之安定縣〔二〕。神房阿閣，太山橫日觀之峰〔三〕；金闕銀臺，滄海蔽天虛之岸〔四〕。風土形勝，關河表裏。三分六州之大業，師尚父贊其經綸〔五〕；一匡九合之元勳，齊桓公拓其疆埸〔六〕。高柴至德，籍東魯之聲名〔七〕；高鳳沉研，盛西唐之學校〔八〕。英才磊落而秀發，人物蟬聯而間起。三光不墜，察高星於太紫之宮〔九〕；八柱無疆，奠高嶽於中黄之域〔一〇〕。曾祖沖，北齊鷹揚郎將、周右屯衛清宮府別將〔一一〕。成軍夜火，教戰秋風〔一二〕。九天揚後一之兵，六合擁前三之陣〔一三〕。張良入漢，行觀滅楚之徵〔一四〕；微子奔周，坐見亡殷之兆〔一五〕。祖赦，周褒郡、南和縣長〔一六〕。陶元亮攝官於彭澤，道契羲皇〔一七〕；陳仲弓歷職於太丘，德符星緯〔一八〕。飄風驟雨，不入灌壇之鄉〔一九〕；暴虎蒼鷹，潛變瑕丘之境〔二〇〕。考才，朝議郎、上開府〔二一〕。孫子荆之天骨，亮拔不群〔二二〕；王夷甫之道心，神鋒太峻〔二三〕。議郎清秩，縣符處士之星〔二四〕；開府崇班，上接台階之位〔二五〕。

【箋　注】

〔一〕「其先」句，渤海，漢郡名。漢書地理志「勃海郡」，注：「高帝置，莽曰迎河，屬幽州。」顔師古注：「在勃海之濱，因以爲名。」地在今河北、遼寧環渤海一帶。

〔二〕「遂家」句，涇州，元和郡縣志卷三涇州：「（秦）始皇分三十六郡，屬北地郡。……漢分北地郡置安定郡，即此是也。……後魏太武帝神麚三年（四三〇），於此置涇州，因水爲名。隋大業三年（六〇七），改爲安定郡。……武德元年（六一八），……改安定郡爲涇州。」安定縣，唐稱保定縣。同上書：「保定縣，本漢安定縣地，今臨涇縣安定故城也。」按：安定縣故治，在今甘肅涇川縣北。安定，英華作「定安」，校：「唐書作安定。」作「定安」倒誤。

〔三〕「神房」二句，初學記卷五泰山引尸子曰：「泰山之中，有神房阿閣。」日觀，水經汶水注引漢官儀：「太山東南山頂，名曰日觀者，雞一鳴時，見日始欲出，長三丈許，故以名焉。」按：因其祖籍渤海，故言及泰山事。

〔四〕「金闕」二句，史記封禪書：「自威、宣、燕昭使人入海求蓬萊、方丈、瀛洲。此三神山者，其傳在渤海中。……其物禽獸盡白，而黄金銀爲宫闕。」天虚，此指崑崙山。山海經海内西經：「海内崑崙之墟，在西北，帝之下都。崑崙之墟方八百里，高萬仞。」墟，虚之異體。按：兩句謂滄海（渤海）被崑崙山所蔽，不能望見其岸。因徙家涇州，地近崑崙，故云。

〔五〕「三分」二句，指吕望。三分，謂天下三分有其二。史記齊太公世家：「天下三分，其二歸周者，太公之謀計居多。」孔叢子卷上嘉言：「文王之興，附者六州。」師尚父，即太公吕望，前已屢注。史記周本紀：「（既滅殷），於是封功臣謀士，而師尚父爲首封。封尚父於營丘，曰齊。」贊，助也。其，指周文王、武王。經綸，周易屯卦象曰：「雲雷屯，君子以經綸。」孔穎達正義：「經謂經緯，綸謂繩綸，言君子法此屯，象有爲之時，以經綸天下，約束於物，故云君子以經綸也。」

〔六〕「一匡」二句，指管仲。史記管晏列傳：「管仲夷吾者，潁上人也。少時常與鮑叔牙游，鮑叔知其賢。……鮑叔事齊公子小白，管仲事公子糾。及小白立，爲桓公，公子糾死，管仲囚焉。鮑叔遂進管仲。管仲既用，任政於齊，齊桓公以霸，九合諸侯，一匡天下，管仲之謀也。」正義引管子云：「相齊以九惠之教：一曰老，二曰慈，三曰孤，四曰疾，五曰獨，六曰病，七曰通，八曰賑，九曰絶也。」按：自「神房阿閣」至此，皆述高則祖籍渤海名山、大海、古賢之事。

〔七〕「高柴」二句，史記仲尼弟子列傳：「高柴，字子羔，少孔子三十歲。子羔長不盈五尺，受業孔子，孔子以爲愚。子路使子羔爲費郈宰，孔子曰：『賊夫人之子。』子路曰：『有民人焉，有社稷焉，何必讀書然後爲學。』孔子曰：『是故惡夫佞者。』」高柴，集解引鄭玄曰：「衛人。」正義：「（孔子）家語云齊人。」此當以爲齊人。東魯，指曲阜，古爲魯都。籍名聲，猶言名聲籍甚，謂甚有名聲。

〔八〕「高鳳」二句，後漢書高鳳傳：「高鳳，字文通，南陽葉人也。少爲書生，家以農畝爲業，而專精誦讀，晝夜不息。妻嘗之田，曝麥於庭，令鳳護雞。時天暴雨，而鳳持竿誦經，不覺潦水流麥，妻還怪問，鳳方悟之。其後遂爲名儒，乃教授業於西唐山中。」連召不仕，以漁樵終於家。西唐山，李賢注：「在今唐州湖陽縣西北。酈元注水經，云即高鳳所隱之西唐山也。」西唐，「唐」原作「京」，英華、四子集作「堂」，皆誤，據上引改。

〔九〕「三光」二句，三光，日、月、五星。太紫之宫，即太一所居之紫宫。史記天官書：「中宫天極星，其一明者，太一常居也。旁三星三公，或曰子屬。後句四星，末大星正妃，餘三星後宫之屬也。環之匡衛十二星，藩臣。皆曰紫宫。」古代讖緯家言天人合一，以紫宫爲天子之廷，星爲官屬。故此所謂「察高星」，謂高氏家族世爲顯宦，可稽之於朝廷史册。

〔一〇〕「八柱」二句，楚辭屈原天問：「八柱何當？」王逸注：「言天有八山爲柱。」此即指山，無疆，謂山萬世永存。奠高嶽，指祭泰山。抱朴子内篇卷三極言：「昔黄帝生而能言，役使百靈，可謂天授自然之體者也，猶復……適東岱而奉中黄。」中黄乃仙人。真誥卷五甄命授：「君曰：太極有四真人，老君處其左，佩神虎之符，帶流金之鈴，執紫毛之節，巾金精之巾。行則扶華晨蓋，乘三素之雲。」注：「此二條事出九真中經，即是論中央黄老君也。黄老爲太虚真人，南嶽赤君之師。」則所謂「中黄」，即中央黄老君也。按：兩句言高氏不僅世代爲官，且能致皇帝入道域，使其德如黄帝。唐初李氏皇帝認老子李聃爲遠祖，尊崇道教，故云。

〔一一〕「北齊」二句，唐六典卷二五諸衛府諸府折衝都尉，李林甫注：「隋左右衛、左右武衛、左右武侯，各領軍坊鄉團，以統戎卒。開皇初，又置驃騎將軍府，每府有驃騎將軍、車騎將軍。大業三年（六〇七），改置鷹揚府，每府改驃騎爲鷹揚郎將，車騎爲鷹揚副郎將。五年，又以鷹揚副郎將爲鷹擊郎將。」事又見通典卷三四武散官驃騎將軍。北齊之鷹揚郎將，史失載，或亦類此。北周之右屯衛、清宫府，史亦未載。清宫府當即所謂「軍坊鄉團」之名，乃後來唐代折衝府之雛型。

〔一二〕「成軍」二句，左傳僖公五年：「童謡云：『丙之晨，龍尾伏辰。均服振振，取虢之旂。鶉之賁賁，天策焞焞。火中成軍，虢公其奔。』」杜預注：「鶉鶉，火星也；賁賁，鳥星之體也。天策，傅説星，時近日，星微。焞焞，無光耀也。言丙子平旦鶉火中軍，事有成功也。」教戰，古代秋季訓練軍隊，教習陣法。兩句言高沖精兵法。

〔一三〕「九天」二句，「後一」、「前三」，言兵陣之事，未詳。

〔一四〕「張良」二句，良，英華作「生」，校：「集作良。」作「良」是。史記留侯世家：「留侯張良者，其先韓人也。」嘗擊秦始皇於博浪沙中，遂更名姓亡匿下邳，得老父太公兵法。陳涉等起兵，良亦聚少年百餘人，遇沛公（劉邦）「將數千人略地下邳西，遂屬焉。沛公拜良爲廄將。良數以太公兵法説沛公，沛公善之，常用其策」。滅楚，滅西楚霸王項羽。

〔一五〕「微子」二句，史記宋微子世家載「微子開者，殷帝乙之首子，而紂之庶兄也。紂既立，不明，淫亂於政。微子數諫，紂不聽」，遂亡。「周武王伐紂，克殷。微子乃持其祭器，造於軍門，肉袒面縛，左牽羊，右把茅，膝行而前以告。於是武王乃釋微子，復其位如故」。坐，因。以上四句，分別以張良、微子爲喻，言高沖由北齊入後周，有如張良入漢、微子奔周。按北齊書神武（高歡）紀上：「齊高祖神武皇帝姓高名歡，字賀六渾，渤海蓚人也。」則高則與高歡祖籍相同。用微子事，疑二高家族有親，其背齊入周，有似微子。此中或有一段故事，限於史料，已不可詳。

〔一六〕「祖赦」句，褒郡，當即褒中郡。元和郡縣志卷二二興元府褒城縣：「本漢褒中縣，屬漢中郡，都尉理之。古褒國也。……魏又於此置褒中郡。隋開皇元年（五八一）以避廟諱，改爲褒内縣。仁壽元年（六〇一）改爲褒城。」地在今陝西漢中市西北。按：「褒郡」下，疑脱縣名。南和縣，同上書卷一五邢州南和縣：「本漢舊縣，屬廣平國。後漢屬鉅鹿郡，石趙屬襄國郡，周屬南和郡。隋開皇三年（五八三）屬洺州，十六年改屬邢州。」今屬河北邢臺市。敕，四子集作「敬」。

〔一七〕「陶元亮」二句，宋書陶潛傳：「陶潛，字淵明，或云淵明，字元亮，尋陽柴桑人也。」家貧，爲彭澤令。其與子儼等疏曰：「常言：五六月中，北窗下卧，遇涼風暫起，自謂是羲皇上人。」

〔一八〕「陳仲弓」二句，後漢書陳寔傳：「陳寔，字仲弓，潁川許人也。……除太丘長，修德清静，百姓以安。」德符星緯，太平御覽卷三八四幼智上引漢雜事曰：「陳寔，字仲弓。漢末太史家占星，有德星見，當有英才賢德。同游者書下諸郡縣問，潁川郡上事，其日有陳太丘父子四人俱共會社，小兒季方御，大兒元方從，抱孫子長文，此是也。」

〔一九〕「飄風」二句，博物志卷七：「太公爲灌壇令。武王夢婦人當道夜哭，問之，曰：『吾是東海神女，嫁於西海神童。今灌壇令當道廢我行，我行必有大風雨，而太公有德，吾不敢以暴風雨過，以毁君德。』」

〔二〇〕「暴虎」二句，虎，原作「武」，避唐諱，據全唐文改。北堂書鈔卷七八縣令引鍾離意别傳：「意遷東平瑕丘令。男子兒直勇悍有力，三日一飯，十斤肉，五斗米，飯便弓弩飛射走獸，百不脱一，桀悖好犯長吏。意到，官召署捕盗掾，敕謂之云：『令昔嘗破三軍之衆，不用尺兵；嘗縛暴虎，不用尺繩，但以良計爲之爾。掾之氣勢安若？宜慎之。』因復召直子涉置門下。將游徼，私出入寺門，無所關白，收涉鞭之。直走之寺門，吐氣大言，言無上下。意敕直能爲子屈，自縛謝令，不則鞭殺其子。直果自縛，意告曰：『令前告汝曹，縛暴虎不用尺繩，汝自視何如虎，自縛邪？』敕獄械直父子，結連其頭，對榜之欲死。掾吏陳諫，乃貸之。由是相率爲善。所謂上德之政，鷹化爲鳩，暴虎成狸，此之謂也。」變，原作「出」，各本同，英華校：「集作變。」據上引，作「變」是，謂殘暴如虎，其性亦可變化，據集本改。蒼鷹，猛禽，此乃由暴虎映帶而及。

〔二一〕「考才」句，唐六典卷二尚書吏部：「正六品上曰朝議郎。」注：「宋、齊、梁、陳、後魏、北齊，諸九品散官皆以將軍爲品秩，謂之加戎號。隋開皇六年（五八六），始置六品已下散官，并以郎爲正階，尉爲從階。正六品上爲朝議郎，下爲武騎尉。」上開府，即上開府儀同三司。同上書：「從一品曰開府儀同三司。」注：「後周置上開府儀同三司、開府儀同三司、上儀同三司、儀同三司等十一號，以酬勤勞，隋氏因之。」

〔二二〕「孫子荆」二句，晉書孫楚傳：「孫楚，字子荆，太原中都人也。……楚與同郡王濟友善，濟爲本州大中正，訪問銓邑人品狀。至楚，濟曰：『此人非卿所能目，吾自爲之。』乃狀楚曰：『天才英博，亮拔不群。』」天骨，天生骨相。文選袁宏三國名臣序贊：「邈哉崔生，體正心直。天骨疎朗，牆宇高嶷。」李善注引蔡邕度侯碑曰：「朗鑒出於自然，英風發於天骨。」

〔二三〕「王夷甫」二句，晉書王衍傳：「衍字夷甫，神情明秀，風姿詳雅。總角嘗造山濤，濤嗟歎良久，既去，目而送之曰：『何物老嫗生寧馨兒！然誤天下蒼生者，未必非此人也。』」妙善玄言，唯談老莊爲事。仕至太傅，爲石勒排牆填殺，「將死，顧而言曰：『嗚呼！吾曹雖不如古人，向若不祖尚浮虛，戮力以匡天下，猶可不至今日。』」世説新語賞譽：「王平子（澄）目太尉阿兄（衍）

形似道，而神鋒太儁，太尉答曰：『誠不如卿落落穆穆。』」

〔二四〕「議郎」二句，議郎，即朝議郎，見上注。縣，即「懸」字。處士星，史記天官書：「廷藩西有隋星五，曰少微，士大夫。」索隱引春秋合誠圖云：「少微，處士位。」又引天官占云「一名處士星」也。正義：「廷，太微廷；藩，衛也。少微四星，在太微西，南北列：第一星，處士也；第二星，議士也；第三星，博士也；第四星，大夫也。」朝議郎即所謂「議士」，故謂「縣符」。

〔二五〕「開府」二句，台階，指泰階之三台，出史記天官書，前注已屢引。兩句謂高才爲上開府儀同三司，其班次之高，已與中階上星三公之位相接。

君雄心獨斷，猛氣無前。用兵書六甲於自然〔一〕，知射法三篇於性道〔二〕。早圖星象，管公明懷察變之心〔三〕；幼識旌旗，陶恭祖有行師之略〔四〕。屬隋人板蕩〔五〕，天下崩離。朱陽夾飛鳥之雲〔六〕，紫極現雄雞之象〔七〕。陳吴争戰，窺玉策於中州〔八〕；姚石壇場，竊金符於寓縣〔九〕。我高祖黄雲大帝〔一〇〕，白水真人〔一一〕。風雷海嶽之純精，天地陰陽之正氣〔一二〕。嬀皇受命，殺黑龍而定水災〔一三〕；漢祖乘機，斬白蛇而開火運〔一四〕。君夜觀乾象，晝察人情〔一五〕。審熒惑之歌謠〔一六〕，驗嵩山之讖記〔一七〕。關中王氣，不勞甘德之言〔一八〕；沛國真星，無待殷馗之説〔一九〕。

【箋注】

〔一〕「用兵書」句，六甲，五行方術之一。漢書藝文志五行家著録風鼓六甲二十四卷、文解六甲十八卷，皆失傳。晉書天文志上中宫曰：「華蓋杠旁六星曰六甲，可以分陰陽而配節候，故在帝旁，所以布政教而授農時也。」則六甲乃星象書。其後又爲兵書，隋書經籍志子部兵書類著録：「六甲孤虚雜决一卷（原注：梁有孫子戰鬭六甲兵法一卷）、六甲孤虚兵法一卷。」宋曾公亮等撰武經總要，其後集卷二〇曰：「凡對敵制勝，有六甲陰之法。經曰：『爲上將禦敵者，須作六甲陰符法，令敵人自誅，故曰寧與人千金，不與人六甲之陰符。……六甲之陰者，甲子旬陰在丁卯，其神兔頭人身；甲戌旬陰在丁丑，其神牛頭人身；甲申旬陰在丁亥，其神猪頭人身；甲午旬陰在丁酉，其神雞頭人身；甲辰旬陰在丁未，其神羊頭人身；甲寅旬陰在丁巳，其神蛇頭人身。』」則所謂六甲陰法，乃詭術也。此泛指兵法。用之於自然，謂高則敏悟，用兵書有如己出。

〔二〕「知射法」句，漢書藝文志兵家類著録射法書六種，其中有李將軍射法三篇。

〔三〕「早圖」二句，三國志魏書管輅傳：「管輅，字公明，平原人也。」裴松之注引管輅别傳曰：「輅年八九歲，便喜仰視星辰，得人輒問其名。夜不能寐，父母常禁之，猶不可止。自言我年雖小，然眼中喜視天文。常云：家雞野鵠，猶尚知時，况於人乎？與鄰比兒共戲土壤中，輒畫地作天文及日月星辰，每答言説事，語皆不常，宿學耆人，不能折之，皆知其當有大異之才。及成人，果明周易，仰觀風角占相之道，無不精微。」

〔四〕「幼識」二句，後漢書陶謙傳：「陶謙，字恭祖，丹陽人也。少爲諸生，仕州郡，四遷爲車騎將軍張温司馬。」擊黄巾軍。大破之，詔遷爲徐州牧，加安東將軍，封溧陽侯。後聚兵與曹操相抗，敗，病死。旗，英華校：「集作番。」蓋「幡」之訛。旍幡，長幅下垂之旗。

〔五〕「屬隋人」句，板，原作「版」，據英華、全唐文改。詩經大雅有板、蕩二篇，刺周厲王無道，國家敗壞。後因以政局動亂爲「板蕩」，板、版義同。

〔六〕「朱陽」句，朱陽即日，因日又稱「朱明」（楚辭招魂「朱明承夜兮」）故也。飛鳥之雲，謂雲如飛鳥狀，乃皇帝有災之象。説苑卷一君道：「楚昭王之時，有雲如飛鳥，夾日而飛三日。昭王患之，使人乘驛東而問諸太史州黎，州黎曰：『將虐於王身。……』」

〔七〕「紫極」句，紫極，即紫宫。史記天官書：中宫天極星，旁三星，後句四星，皆曰紫宫。雄雞之象，指旬始星。同上書：「旬始，出於北斗旁，狀如雄雞。其怒，青黑，象伏鼈。」集解引徐廣曰：「蚩尤也。旬，一作營。」按隋書天文志中妖星曰：「旬始，或曰，樞星散爲旬始。或曰，五星盈縮之所生也。亦曰，旬始妖氣。又曰，旬始蚩尤也。又曰，旬始出於北斗旁，狀如雄雞，其怒青黑，象伏鼈。又曰，黄慧分爲旬始，旬始者，今起也。狀如雄雞，土含陽，以交白接，精象雞，故以爲立主之題。期十年，聖人起代。又曰，旬始主争兵，主亂，主招横。又曰，旬始照，其下必有滅王。五姦争作，暴骨積骸，以子續食，見則臣亂兵作，諸侯爲虐。……又曰，出現北斗，聖人受命，天子壽，王者有福。」句謂句始星現，天下大亂，將改朝換代。現，英華校：「集作昶。」誤。

〔八〕「陳吴」二句，陳吴，「吴」原作「兵」，各本同。按下句爲「姚石」，此二字亦應爲姓氏，「兵」當是「吴」之形訛，以文意改。陳、吴，指陳涉、吴廣，秦末起義軍領袖。窺玉策，後漢書方術列傳：「然神經怪牒，玉策金繩，關扃於明靈之府，封縢於瑶壇之上者，靡得而闚也。」蓋玉策秘載天命所歸，窺玉策，謂推究天下大勢，覬覦政權也。

〔九〕「姚石」二句，姚石，指姚萇、石勒。據晉書藝術傳，陳訓、戴洋、韓友等二十四人，皆諳熟天文、算曆、陰陽、推步、占候之學。史臣曰：「陳、戴等諸子，并該洽墳典，研精數術，究推涉之幽微，窮陰陽之祕奥，……姚、石奉之若神，良有以也。」二人奉之若神，其意皆爲奪取或鞏固政權，事例甚多，可詳該傳。壇場，指諸人作法之所。金符，符指符籙，與上句「玉策」意同。寓縣，寓同「宇」，指國家。

〔一〇〕「我高祖」句，黄雲大帝，謂唐以土德王。舊唐書禮儀志三：「有唐嗣天子臣某（玄宗李隆基）敢昭告於昊天上帝：『天啓李氏，運興土德。』」淮南子墬形訓：「凡浮生不根茇者，生於萍藻，正土之氣也，御乎埃天。埃天五百歲生缺，缺五百歲生黄埃，黄埃五百歲生黄澒，黄澒五百歲生黄金，黄金千歲生黄龍，入藏生黄泉，黄泉之埃，上爲黄雲。」太平御覽卷八雲引春秋孔演圖曰：「舜之將興，黄雲升於上。」

〔一一〕「白水」句，後漢書光武紀下：「王莽篡位，忌惡劉氏，以錢文有金刀，故改爲貨泉。或以貨泉字文爲白水真人。後望氣者蘇伯阿爲王莽使至南陽，遥望見春陵郭，唶曰：『氣佳哉！鬱鬱葱葱然。』及始起兵還春陵，遠望舍南火光赫然屬天，有頃不見。初，道士西門君惠、李守等亦云劉秀當爲天子。其王者受命，信有符乎？不然，何以能乘時龍而御天哉！」按：唐高祖李淵，避諱改「淵」爲「泉」，故稱其爲「白水真人」，謂有如王莽避「劉」字，「淵」字亦爲受命之符。

〔一二〕「風雷」二句，謂李淵乃山海精華，天地正氣，是真命天子。蔡邕荆州刺史庾侯碑：「君資天地之正氣，含太極之純精。」

〔一三〕「媧皇」二句，媧皇，即女媧。淮南子覽冥訓：「往古之時，四極廢，九州裂，天不兼覆，地不周載。火爁炎而不滅，水浩洋而不息，猛獸食顓民，鷙鳥攫老弱。於是女媧……殺黑龍以濟冀州，積蘆灰以止淫水。」高誘注：「黑龍，水精也，力牧、太稽殺之，以止雨。……蘆，葦也，生於水，故積聚其灰以止淫水。平地出水爲淫水。」

〔一四〕「漢祖」二句，史記高祖本紀：劉邦夜行澤中，斬大蛇，有老嫗哭稱蛇乃白帝子，而爲赤帝子所斬。史稱此爲劉邦之受命符。火運，謂漢以火德王。漢書高帝紀下：「漢承堯運，德祚已盛，斷蛇著符，旗幟上赤，協於火德，自然之應，得天統矣。」機，英華校：「集作應。」誤。

〔一五〕「君夜觀」二句，乾象，即天象。乾卦象天，故稱。後漢書郭泰傳：「或勸林宗仕進者，對曰：『吾夜觀乾象，晝察人事，天之所廢，不可支也。』」

〔一六〕「審熒惑」句，熒惑，即火星。史記天官書：「察剛氣以處熒惑。曰南方火，主夏。」歌謡，指詩經豳風七月，其首句曰「七月流火」，毛傳：「火，大火也。」故以「熒惑」代指七月。七月小序曰：「陳王業也。周公遭變，故陳后稷、先公風化之所由，致王業之艱難也。」此以周之先公代指李淵父子，謂其艱難創業，當必有爲也。

〔一七〕「驗嵩山」句，嵩山讖記，指詩經大雅嵩高，其小序曰：「崧高，尹吉甫美宣王也。天下復平，能建國，親諸侯，褒賞申伯焉。」鄭玄箋：「尹吉甫、申伯，皆周之卿士也。尹，官氏；申，國名。」詩曰：「崧高維岳，駿極於天。維岳降神，生甫及申。」毛傳：「……岳降神靈和氣，以生申、甫之大功。」岳降神靈而生申、甫，故稱「讖記」。此以申、甫代指李淵父子部下之將相，謂其皆天所降生，戰之必勝。驗，英華校：「集作考。」

〔一八〕「不勞」句，甘德，戰國時星象學家。史記天官書集解引徐廣曰：「或曰甘公名德也，本是魯人。」正義引七録云：「楚人，戰國時作天文星占八卷。」

〔一九〕「沛國」二句，三國志魏書武帝紀：「初，桓帝時有黄星見於楚、宋之分，遼東殷馗善天文，言後五十歲當有真人起於梁、沛之間，其鋒不可當。」真星，謂真人之星，指沛人曹操。以上四句，言高則察知李淵將有天下。

賊薛舉豺狼梟獍〔一〕，檮杌窮奇〔二〕。守豳隴以行災〔三〕，負關河而作孽。天王按劍〔四〕，出軍於玉帳之前；猛將分麾，受律於金壇之下。以義寧二年，王師薄伐〔五〕。趙國公長孫無忌精兵若獸〔六〕，利器如霜，問君以帷幄之謀，待君以心腹之寄。營當月暈，因八門之死生〔七〕；陣法天星，乘五將之關格〔八〕。蔭華蓋〔九〕，歷明堂〔一〇〕，以我和而制其離，以我直而摧其曲〔一一〕。敗楚師於柏舉，未足權衡〔一二〕；執秦俘於崤陵，無階等級〔一三〕。此實君之功也。其年詔授朝散大夫〔一四〕，賜物三百段。排患而釋滯〔一五〕，功成而不居〔一六〕，比疏傅以辭榮〔一七〕，追留侯之高蹈〔一八〕。三靈革故〔一九〕，君子於焉待時；四海清平，謀臣以之歸第。自太王基命，成康隆玉版之圖〔二〇〕；高帝受終，文武盛金刀之業〔二一〕。家給人足，天平地成〔二二〕。猶勞水旱之餘，尚想京坻之積〔二三〕。咸亨三年春，奉敕於河陽檢校水運使〔二四〕。搜粟都尉〔二五〕，河堤使者〔二六〕。銅橈鐵舳，蒼鷹白鶴之船〔二七〕；竹箭桃花，貝闕龍堂之水〔二八〕。引紅粟於淮海〔二九〕，汎歸舟於秦晉〔三〇〕。遂使齊臣獻納，先陳不涸之名〔三一〕；漢后絲綸，即有常平之號〔三二〕。望千石之氣，可以療飢〔三三〕；開萬箱之儲，自然知禮〔三四〕。此又君之功也。其年詔賜上騎都尉。嗟夫！河流曲直，天道盈虛，鬼神莫之要，聖賢莫能預〔三五〕。高臺下泣，孟嘗君之惻愴可知〔三六〕；梁木興歌，孔宣父之平生已矣〔三七〕。上元三年春三月日，終於欒邑里之私第〔三八〕，享年七十六。

【箋　注】

〔一〕「賊薛舉」句，舊唐書薛舉傳：「薛舉，河東汾陰人也，其父汪徙居金城。舉容貌瓌偉，凶悍善射，驍武絶倫。……初爲金城府校尉。大業末，隴西群盜蜂起，百姓饑餒，金城令郝瑗募得數千人，使舉討捕，授甲於郡中。吏人咸集，置酒以饗士，舉與其子仁杲及同謀者十三人於座中劫瑗，矯稱收捕反者，因發兵囚郡縣官，開倉以賑貧乏，自稱西秦霸王，建元爲秦興。」敗隋將皇甫綰，盡有隴西之地。大業十三年（六一七）秋七月，「舉僭號於蘭州，以妻鞠氏爲皇后，母爲皇太后」。梟獍，惡鳥、惡獸名。資治通鑑卷二六六後梁紀胡三省注曰：「梟，不孝鳥也，食母；獍，惡獸也，食父。」

〔二〕「檮杌」句，史記五帝本紀：「顓頊氏有不才子，不可教訓，不知話言，天下謂之檮杌。」集解引賈逵曰：「檮杌，頑凶無疇匹之貌，謂鯀也。」窮奇，左傳文公十八年：「少皞氏有不才子，……天下之民謂之窮奇。」杜預注：「謂共工其行窮，其好奇。」孔穎達正義：「行惡終必窮，故云其行窮也；好惡言，好讒慝，是所好奇異於人也。」

〔三〕「守豳隴」句，豳，原作「幽」，各本同。英華校：「疑作幽。集作函。」按：「幽」、「函」皆誤，而「疑作幽」之「幽」，蓋爲刊誤，該字當作「豳」。舊唐書薛舉傳稱其「縱兵虜掠，至於豳、岐之地」可證。豳即今陝西彬縣，與隴西相接。據文意改。

〔四〕「天王」句，天王，指太宗李世民。按劍，發怒貌。舊唐書薛舉傳：「舉勢益張，軍號三十萬，將圖京師。會義兵（李淵軍）定關中，遂留攻扶風。太宗帥師討敗之，斬首數千級，追奔至隴坻而還。」

〔五〕「以義寧」二句，義寧二年，即武德元年（六一八）。時李淵未即位，故稱隋恭帝楊侑年號。薄伐，詩經小雅六月：「薄伐玁狁，至于大原。」毛傳：「言逐出之而已。」按舊唐書太宗紀上：「會薛舉以勁卒十萬來逼渭濱，太宗親擊之，大破其衆，追斬萬餘級，略地至於隴坻。」記其事於義寧元年十二月前。新唐書同。此言「二年」，蓋追剿延及次年初也。

〔六〕「趙國公」句，舊唐書長孫無忌傳：「長孫無忌，字輔機，河南洛陽人。」其先出自後魏獻文帝第三兄，初爲拓跋氏，改姓長孫氏。其妹爲太宗文德皇后，常從太宗征討。封齊國公，改封趙國公，拜司徒。其用高則事，史未載。

〔七〕「營當」二句，營，兵營。軍中常以月暈爲占。漢書藝文志天文著録漢日食月暈雜變行事占驗十三卷。隋書經籍志子部天文著録日月暈三卷（原注：梁日月暈圖二卷），月暈占一卷，日月食暈占四卷等，皆佚。隋書天文志下録有片斷，如曰「凡占，兩軍相當，必謹審日月暈氣，知其所起，留止遠近，應與不應，疾遲、大小、厚薄、長短」云云，又如「軍在外，月暈師上，其將戰必勝；月暈黄色，將軍益秩禄，得位」云云。唐開元占經卷一五有月暈占。然所謂「八門死生」之説，則未詳。

〔八〕「陣法」二句，天星，又稱滿天星，陣法之一，舊傳爲諸葛亮所演，見明唐順之武編前集卷四。又武經總要後集卷一八：「凡占外國動静，皆以時之客計占之，算得八門，杜賊不來，若三門具，五將發，陰陽和，八關格，格掩迫，客主俱會太乙，前所聞見爲實。」然先唐兵書多散佚，此類文獻晚出，姑録以備考。

〔九〕「蔭華蓋」句，崔豹古今注：「華蓋，黄帝所作也。與蚩尤戰於涿鹿之野，常有五色雲氣，金枝玉葉，止於帝上，有花葩之象，故因而作華蓋也。」

〔一〇〕「歷明堂」句，唐開元占經卷七二流星占引荆州占：「流星犯乘明堂，若不死則去。」

〔一一〕「以我和」二句，左傳昭公二十七年：「郤宛直而和，國人説之。」同上僖公二十八年：「子犯曰：師直爲壯，曲爲老，豈在久乎？」

〔一二〕「敗楚師」二句，春秋定公四年：「冬十有一月庚午，蔡侯以吴子及楚人戰於柏舉，楚師敗績。」杜預注：「師能左右之曰以，皆陳曰戰，大崩曰敗績。吴爲蔡討楚，從蔡計謀，故書『蔡侯以吴子』，言能左右之也。……柏舉，楚地。」未足權衡，謂與伐薛舉相較，敗楚之事太小太輕。

〔一三〕「執秦俘」二句，俘，原作「桴」，據四子集、全唐文改。左傳僖公三十三年：「夏四月辛巳，敗秦師於殽，獲百里孟明視、西乞術、白乙丙以歸。」崤、殽同。無階等級，謂不在同一級别，義與上句同。以上四句，張大高則隨長孫無忌擊薛舉之功。

〔一四〕「詔授」句，唐六典卷二尚書吏部：「從五品下曰朝散大夫。」

〔一五〕「排患」句，史記魯仲連傳：魯仲連義不帝秦，秦爲卻軍五十里。平原君欲封魯連，又以千金爲壽，皆不肯受。魯仲連笑曰：「所謂貴於天下之士者，爲人排患釋難解紛亂而無取也。即有取者，是商賈之事也，而連不忍爲也。」

〔一六〕「功成」句，老子：「功成而弗居。」河上公注：「功成事就，退避不居其位。」

〔一七〕「比疏傅」句，用後漢書疏廣傳所載太傅疏廣、少傅疏受叔姪功成身退、歸老故鄉事，前已屢引。

〔一八〕「追留侯」句，張良，字子房，輔劉邦平天下，封留侯。史記留侯世家：「留侯乃稱曰：『家世相韓，及韓滅，不愛萬金之資，爲韓報仇彊秦，天下振動。今以三寸舌爲帝者師，封萬户，位列侯，此布衣之極，於良足矣。願棄人間事，欲從赤松子游耳。』乃學辟穀道引輕身。」索隱：「赤松子，神農時雨師，能入火自燒，崑崙山上隨風雨上下也。」集解引徐廣曰：「一云乃學道引，欲輕舉也。」

〔一九〕「三靈」句，文選班固典引：「答三靈之蕃祉，展放唐之明文。」李善注：「三靈，天、地、人也。」三靈革故，指滅隋建唐。

〔二〇〕「自太王」二句，史記周本紀：「（文王）追尊古公爲太王，公季爲王季，蓋王瑞自太王興。」韓非子喻老：「周有玉版，紂令膠鬲索之，文王不予。」此代指周。成康，周成王、康王。周至成、康乃盛。

〔二一〕「高帝」二句，高帝，指漢高祖。受終，尚書舜典：「正月上日，受終於文祖。」僞孔傳：「終，謂堯終帝位之事。」文武，漢文帝、武帝。金刀，即「劉」字。漢書王莽傳：「夫劉之爲字，卯金刀也。」謂漢至文帝、武帝，劉氏之帝業亦大盛。以上四句，皆喻指唐高宗。

〔二二〕「天平」句，原作「天成地平」。孔子家語卷五五帝德：孔子曰：「（舜）叡明智通，爲天下帝。……天平地成，巡狩四海，五載一始。」唐張弧素履子卷下：「欲稱之平，則慎之於毫釐；欲輸之通，宜治之於轅轂。毫釐不失，轅轂無虧，則謂天平地成，乃取易象『上天下澤，履，君子以辨上下，定民志』。」則「平」、「成」二字位置倒誤，徑改。

〔二三〕「尚想」句，京坻，形容糧食極多。詩經小雅甫田：「曾孫之庾，如坻如京。」毛傳：「京，高丘也。」鄭玄箋：「曾孫，謂文王也。」又曰：「庾，露積谷也。坻，水中之高地也。」

〔二四〕「奉敕」句，河陽，元和郡縣志卷五河南府河陽縣：「本周司寇蘇忿生之邑，後爲晉邑。在漢爲河陽縣，屬河内。……武德四年（六二一）平王世充後，割屬河南府。」地在今河南孟州市，處黄河之北，故稱。檢校，散官名，由朝廷臨時詔除，負責檢查、審核，乃兼職。水運使，管理水運之使者。使，英華校：「集然使字。」「然」當是「無」之刊誤。

〔二五〕「搜粟」句，漢書百官公卿表：「騪粟都尉，武帝軍官，不常置。」注引服虔曰：「騪，音蒐狩之蒐。蒐，索也。」一作「搜」。同上書食貨志：「（武帝）下詔曰：『方今之務，在於力農，以趙過爲搜粟都尉。』」

〔二六〕「河堤」句，河堤使者，官名。漢書溝洫志：「徙民避水居丘陵九萬七千餘口，河隄使者王延世使塞以竹落。」顏師古注：「命其爲使而塞河也。」後漢書王景傳：「（明帝）詔濱河郡國置河堤員吏，如西京舊制。」李賢注引十三州志曰：「成帝時，河堤大壞，汎濫青、徐、兖、豫四州略徧。乃以校尉王延世領河堤謁者，秩千石，或名其官爲護都水使者。中興，以王府掾屬爲之。」

〔二七〕「銅橈」二句，橈，楚辭九歌湘君：「蓀橈兮蘭旌。」王逸注：「橈，船小楫也。」舳，文選左思吴都賦：「弘舸連舳，巨艦接艫。」劉淵林注：「舳，船前也。」張銑注：「船兩邊挾木也。」或云船尾（見文選郭璞江賦李善注）。橈、舳，此代指船；銅、鐵，言其堅也。初學記卷二五舟引西京雜記，謂「太液池有鳴鶴舟」；又引晉令，稱水戰有「蒼隼船」。

〔二八〕「竹箭」二句，太平御覽卷六一河引慎子（按今本慎子無此文）曰：「西河下龍門，其流駛竹箭。」古今事文類聚前集卷一六河引慎子，爲「河下龍門，流駛竹箭，駟馬追不可及」。則竹箭水，言急流如箭也。桃花水，宗懔荆楚歲時記：「三月三日，四民并出江渚池沼間，臨清流爲流觴曲水之飲。」舊傳隋杜公瞻注：「按韓詩云：『唯溱與洧，方洹洹兮。唯士與女，方秉蕑兮。』注謂今三月桃花水下，以招魂續魄，祓除歲穢。」楚辭屈原九歌河伯：「魚鱗屋兮龍堂，紫貝闕兮朱宫。」王逸注：「言河伯所居，以魚鱗蓋屋堂，朱畫蛟龍之文，紫貝作闕，朱丹其宫，形容異制甚鮮好也。」以上四句述船、水，皆言爲檢校水運使事。

〔二九〕「引紅粟」句，漢書賈捐之傳：「至孝武皇帝元狩六年（前一一七），太倉之粟紅腐而不可食。」顔師古注：「粟久腐壞，則色紅赤也。」同書鄒陽傳：「轉粟西鄉，陸行不絶，水行滿河，不如海陵之倉。」注引臣瓚曰：「海陵，縣名也，有吴太倉。」按：海陵，即今江蘇泰州，古爲淮海之地。

句言所得糧食極多，有如吴之海陵太倉。

〔三〇〕「汎歸舟」句，左傳僖公十三年：「秦請伐晉。秦伯曰：『其君是惡，其民何罪？』秦於是乎輸粟於晉，自雍及絳相繼，命之曰汎舟之役。」杜預注：「從渭水運入河汾。」

〔三一〕「遂使」二句，齊臣，當指公孫弘。漢書公孫弘傳：「公孫弘，菑川薛人也。」（武帝）元光五年（前一三〇）徵賢良文學，弘對策曰：「陰陽和，風雨時，甘露降，五穀登，六畜蕃，嘉禾興，朱草生，山不童，澤不涸，此和之至也。」顔師古注：「涸，水竭也。」菑川，地在今山東壽光縣，故稱「齊臣」。涸，英華作「減」，校：「集作涸。」作「減」誤。

〔三二〕「漢后」二句，漢后，漢朝皇帝。絲綸，即「王言如絲，其出如綸」，指皇帝詔令，詳見前長江縣孔子廟堂碑「如綸如綍」句注。漢書食貨志：「（耿）壽昌遂白：令邊郡皆築倉，以穀賤時增其賈而糴以利農，穀貴時減賈而糶，名曰常平倉。民便之，上（宣帝）迺下詔，賜壽昌爵關内侯。」

〔三三〕「望千石」二句，謂糧食多，心不慌，望其氣即可不飢。孔子家語卷六執轡：「食氣者神明而壽，食穀者智惠而巧。」

〔三四〕「開萬箱」二句，詩經小雅甫田：「曾孫之庾，如坻如京。……乃求千斯倉，乃求萬斯箱。」鄭玄箋：「成王見禾穀之税委積之多，於是求千倉以處之，萬車以載之。」管子牧民：「倉廩實，則知禮節；衣食足，則知榮辱。」

〔三五〕「鬼神」二句，文選潘岳西征賦：「生有修短之命，位有通塞之遇，鬼神莫之要，聖智弗能豫。」

〔三六〕「高臺」二句，雍門子周以琴見孟嘗君，謂其「千秋萬歲之後，高臺既已壞，曲池既已漸，墳墓既已下而青廷矣」云云，引琴而鼓之，孟嘗君於是涕浪汙增，見説苑善説，前已屢引。

〔三七〕「梁木」二句，禮記檀弓上：顔淵之喪，孔子歌曰：「泰山其頹乎！梁木其壞乎！哲人其萎乎！」

〔三八〕「終於」句，樂邑里，當爲長安坊名，其址不詳。

惟君魁梧動俗，符彩驚人。忠孝天資，温良日用。一門兄弟，盡同鍾毓之車〔一〕；千里賓朋，時命嵇康之駕〔二〕。每至白雲生海，素月流天，未嘗不顧眄山河，抑揚琴酒。馮公孫之大樹，對諸將而無言〔三〕；禽子夏之名山，謝時人以長往〔四〕。四林遊刃〔五〕，八水忘筌〔六〕。能祛有漏之因〔七〕，早得無生之法〔八〕。雖十年俱盡，陸士衡之長嘆有徵〔九〕；而千載猶生，藺相如之壯心恒在〔一〇〕。即以冬十月丁酉，葬於安定東南二十里之平原，禮也。陶公相宅〔一一〕，郭璞占墳〔一二〕。面丹鳳而背玄龜〔一三〕，兆青烏而徵白馬〔一四〕。三百篇之後，卜筮何從〔一五〕；二千石之榮，子孫無替〔一六〕。

【箋　注】

〔一〕「一門」二句，鍾毓，字稚叔，潁川長社人，繇子。三國志魏書有傳。太平御覽卷三七四鬚髯引世説（新語）（按今本世説無此條）曰：「鍾毓兄弟警悟過人，每有嘲語，未嘗屈躓。毓、會語聞安陸能作調，試共視之，於是與弟盛飾共載，從東至西門。一女子笑曰：『車中央殊高。』二鍾都不覺。車後一門生云：『向已被嘲。』鍾愕然，門生曰：『中央高者，兩頭羶。』毓兄弟多鬚，故以此調之。」此蓋言高則兄弟多鬍鬚。

〔二〕「千里」二句，世説新語簡傲：「嵇康與吕安善，每一相思，千里命駕。」

〔三〕「馮公孫」二句，公孫，原作「異」，英華校：「異字，集作公孫。」按：作「公孫」、作「異」皆可，然若作「異」，則對句應作「子夏」，易誤讀，故以作「公孫」爲勝，與下句「禽子夏」對應，茲改。後漢書馮異傳：「馮異，字公孫，潁川父城人也。」歸劉秀，拜偏將軍，封應侯。「異爲人謙退不伐行，與諸將相逢，輒引車避道，進止皆有表識，軍中號爲整齊。每所止舍，諸將并坐論功，異常獨屏樹下，軍中號曰大樹將軍。」

〔四〕「禽子夏」二句，「子夏」上，英華校：「集有禽字。」兩可，然以作禽子夏爲勝，説見上，茲補。禽子夏，即禽慶子夏。漢書兩龔（勝、舍）傳：「齊栗融客卿、北海禽慶子夏、蘇章游卿、山陽曹竟子期，皆儒生，去官不仕於（王）莽。」後漢書向長傳：「向長，字子平，河内朝歌人也，隱居不仕。……建武中，男女娶嫁既畢，敕斷家事勿相關，當如我死也。於是遂肆意與同好北海禽慶俱游五嶽名山，竟不知所終。」長往，英華作「不語」，校：「集作長往。」「不語」誤。

〔五〕「四林」句，四林，猶言四處林泉。莊子養生主庖丁曰：「今臣之刀十九年矣，所解數千牛矣，而刀刃若新發於硎。彼節者有間，而刀刃者無厚。以無厚入有間，恢恢乎其於遊刃，必有餘地矣。」此所謂「遊刃」，謂有閒暇遊覽也。

〔六〕「八水」句，八水，即八川。初學記卷六涇水引關中記：「涇與渭、洛，爲關中三川，與灞、滻、澇、潏、灃、滈，爲關中八水。」此泛指江河。莊子外物：「筌者所以在魚，得魚而忘筌。」成玄英疏：「筌，魚笱也，以竹爲之。」乃取魚工具。

〔七〕「能祛」句，祛，除去。有漏，佛教語，與「無漏」對稱。「漏」乃梵語，謂煩惱。俱舍論卷二〇載色界、無色界六十二種煩惱，除十種痴煩惱（無明）外，其餘五十二種煩惱皆爲有漏。

〔八〕「早得」句，無生，佛教語，謂没有生滅，不生不滅。大寶積經卷八七：「無生者，非先有生，後説無生，本自不生，故名無生。」

〔九〕「雖十年」二句，陸機，字士衡，其嘆逝賦序曰：「昔每聞長者追計平生，同時親故，或曾共游一途，同宴一室，十年之外，索然已盡。以是思哀，哀可知矣。」長歎，英華校：「集作歎游。」「歎游」與下句「壯心」不對應，當誤。

〔一〇〕「而千載」二句，（庾和）稱「廉頗、藺相如雖千載上，使人懍懍恒如有生氣」，見前唐右將軍魏哲神道碑「庶使藺相如之生氣」句注引世説新語。

〔一一〕「陶公」句，陶公，當指陶弘景。梁書陶弘景傳：「陶弘景，字通明，丹陽秣陵人也。」齊武帝永明十年（四九二），辭官至茅山，乃中山立館，自號華陽隱居。「性好著述，尚奇異，……尤明陰陽五行、風角星算、山川地理、方圖産物、醫術本草」。相宅，此指相墓。陶弘景善相墓事未見記載，蓋包括在所謂明「陰陽五行、風角星算」中。嘗作相經序，見藝文類聚卷七五相術。

〔一二〕「郭璞」句，晉書郭璞傳：「郭璞，字景純，河東聞喜人也。」妙於陰陽算曆，善卜葬。「璞以母憂去職，卜葬地於暨陽，去水百步許。人以近水爲言，璞曰：『當即爲陸矣。』其後沙漲，去墓數十里皆爲桑田。」又曰：「璞嘗爲人葬，帝微服往觀之，因問主人何以葬龍角，此法當滅族。主人曰：『郭璞云此葬龍耳，不出三年，當致天子也。』帝曰：『出天子邪？』答曰：『能致天子問耳。』帝甚異之。」

〔一三〕「面丹鳳」句，丹鳳，指朱雀，爲南；玄龜，即玄武，爲北。謂墓面南背北。

〔一四〕「兆青烏」句，見前唐右將軍魏哲神道碑「青烏丘壠，白馬山河」兩句注。

〔一五〕「三百篇」二句，三百篇，指詩經。按左傳哀公二年：「秋八月，……卜戰，龜焦（杜預注：兆不成）。樂丁曰：『詩曰：「爰始爰謀，爰契我龜。」謀恊，以故兆詢可也。』」（杜注：樂丁，晉大夫。詩大雅，言先人事，後卜筮。）孔穎達正義曰：「詩大雅緜之篇，美大王遷岐之事。爰，於也。既見周原之地肥美可居，於是始集豳人從己者於是與謀議。人謀既從，於是契灼我龜而卜之，言先人謀、後卜筮也。」兩句謂葬事雖從神道，然既葬之後，應按詩經之義，以人謀爲先。

〔一六〕「子孫」句，詩經小雅楚茨：「子子孫孫，勿替引之。」

長男仁叡、中男仁楷、少男仁護、仁昉等〔一〕，或體窮三變，潘、陸不足以升堂〔二〕；或力敵萬夫，關、張不足以扶轂。有元方、季方之長幼，傳學詩學禮之門風〔三〕。金友玉昆〔四〕，忠臣孝子。窮號積於心髓，創鉅纏於肌骨。星辰已變，昊天無報德之期；霜露潛移，君子有終身之感〔五〕。葬之以禮，垂制度於三王〔六〕；思之以時，別蒸嘗於四季〔七〕。然後按韋賢之舊德〔八〕，叙潘岳之家風〔九〕。戴逵銘北海之文〔一〇〕，張昶刻西山之石〔一一〕。若使鄧將軍之一見，自得嘉名〔一二〕；魏太祖之來觀，懸知絶唱〔一三〕。

【箋　注】

〔一〕「長男」句，諸男事迹，別無可考。

〔二〕「或體窮」二句，體，指文（包括詩）體。宋書謝靈運傳史臣（沈約）曰：「自漢至魏，四百餘年，辭人才子，文體三變：相如巧爲形似之言，班固長於情理之説，子建（曹植）、仲宣（王粲）以氣質爲體，并標能擅美，獨映當時。」潘、陸，潘岳、陸機，晉元康時期代表詩人。同上引：「降及元康，潘、陸特秀。律異班（固）、賈（誼），體變曹、王，縟旨星稠，繁文綺合。綴平臺之逸響，採南皮之高韻，遺風餘烈，事極江左。」詩品卷一：「孔氏之門如用詩，則公幹（劉楨）升堂，思王（曹植）入室，景陽（張協）、潘、陸，自可坐於廊廡之間矣。」此言高則之子或學詩，其詩之佳，潘、陸不如也。

〔三〕「有元方」二句，後漢書陳寔傳：陳寔，字仲弓，潁川許人也。有志好學，坐立誦讀。「有六子，紀、諶最賢。紀字元方，亦以至德稱，兄弟孝養，閨門廱和，後進之士，皆推慕其風。……弟諶，字季方，與紀齊德同行。父子并著高名，時號『三君』。」學詩學禮，見前唐右將軍魏哲神道碑「虔奉趨庭之教」句注引論語季氏。

〔四〕「金友」句，南史王彧傳附王份傳：「長子琳，字孝璋，位司徒、左長史。琳齊代取梁武帝妹義興長公主，有子九人，并知名。長子銓，字公衡，美風儀，善占吐，尚（梁）武帝女永嘉公主，拜駙馬都尉。銓雖學業不及弟錫，而孝行齊焉，時人以爲銓、錫二王，可謂玉昆金友。」

〔五〕「霜露」二句，禮記祭義：「霜露既降，君子履之，必有悽愴之心，非其寒之謂也。春雨露既濡，君子履之，必有怵惕之心，如將見之。」鄭玄注：「非其寒之謂，謂悽愴及怵惕，皆爲感時念親也。」子，原誤「一」，據英華、四子集、全唐文改。

〔六〕「垂制度」句，三王制度，指夏、商、周三代制度。按禮記喪大記，即述大斂、小斂、葬、既葬等葬禮全過程。

〔七〕「思之」二句，禮記祭義：「祭不欲數，數則煩，煩則不敬。祭不欲疏，疏則怠，怠則忘。是故君子合諸天道，春禘秋嘗。」合於天道，因四時之變化，孝子感時念親，則以此祭之也。春禘者，夏殷禮也，周以禘爲殷祭，更名春祭曰祠。」禮記王制：「天子、諸侯宗廟之祭，春曰礿，夏曰禘，秋曰嘗，冬曰烝。」鄭玄注：「此蓋夏、殷之祭名，周則改之：春曰祠，夏曰礿。以禘爲殷祭，詩小雅曰：『礿祠烝嘗，于公先王。』此周四時祭宗廟之名。」烝、蒸同，蒸乃後起字。

〔八〕「然後」句，漢書韋賢傳：「韋賢，字長孺，魯國鄒人也。其先韋孟，家本彭城，爲楚元王傅，傅子夷王及孫王戊。戊荒淫不遵道，孟作詩風諫。後遂去位，徙家於鄒，又作一篇，其諫詩曰：『肅肅我祖，國自豕韋。黼衣朱紱，四牡龍旂。……』孟卒於鄒。或曰其子孫好事述先人之志，而作是詩也。自孟至賢五世。賢爲人質樸少欲，篤志於學，兼通禮、尚書，以詩教授，號稱鄒魯大儒。」此謂欲求銘詩以述先人舊德，其志同於韋賢。

〔九〕「叙潘岳」句，世説新語文學：「夏侯湛作周詩成，示潘安仁（岳）。安仁曰：『此非徒温雅，乃別見孝悌之性。』潘因此遂作家風詩。」劉孝標注：「岳家風詩，載其宗祖之德及自戒也。」

〔一〇〕「戴逵」句，戴，原作「載」，據四子集、全唐文改。晉書戴逵傳：「總角時，以雞卵汁溲白瓦屑，作鄭玄碑，又爲文而自鐫之，詞麗器妙，時人莫不驚歎。」北海，即鄭玄，北海高密人。

〔一一〕「張昶」句，水經渭水注：「渭水又東，敷水注之。……敷水又北，逕集靈宮西。地理志曰：『華陰縣有集靈宮，武帝起，故張昶華嶽碑稱漢武慕其靈，築宮在其後，而北流注於渭。』」太平寰宇記卷二九華州華陰縣：「（太華山）南北二廟，北廟有古碑九所，其一是漢振遠將軍段煨更修之碑，黄門侍郎張昶書，魏文帝與鍾繇各於碑陰刻二十字。此碑垂名海内。」則「西山」即華山，因其爲西嶽，故稱。

〔一二〕「若使」二句，三國志魏書鄧艾傳：「鄧艾，字士載，義陽棘陽人也。少孤。太祖破荊州，徙汝南，爲農民養犢。年十二，隨母至潁川，讀故太丘長陳寔碑文，言『文爲世範，行爲士則』，艾遂自名範，字士則。」爲典農，司馬懿辟爲掾。高貴鄉公甘露元年（二五六），「以艾爲鎮西將軍、都督隴右諸軍事，進封鄧侯」。

〔二三〕「魏太祖」二句，魏太祖，即曹操。絶唱，用曹操與楊修共識曹娥碑背所題「黄絹幼婦，外孫齏臼」八字爲「絶妙好辭」事，見前唐恒州刺史建昌公王公神道碑注引世説新語捷悟。

其詞曰：

金闕千仞，銀宫百常〔一〕。發揮雷雨，震動陰陽。山水形勝，人神會昌〔二〕。九州霸業，賜履勤王〔三〕。樂只君子，邦家之光〔四〕。驚雷氣候〔五〕，大昴徵祥〔六〕。運屬飛海〔七〕，時逢吸霜〔八〕。中原逐鹿〔九〕，西嶽亡羊〔一〇〕。漢起高帝，周興太王〔一一〕。乃披荆棘，即奉壇場〔一二〕。國步猶阻，黎元未康。將軍不拜，使者相望〔一三〕。陣合星斗，兵符玉璜〔一四〕。殲夷叛逆，刷滌邊荒〔一五〕。化穆三代，時清九皇〔一六〕。猶思禮節，尚試堯湯〔一七〕。漕通淮海，水泛舟航。蒼鷹鷁舳，紫貝龍堂〔一八〕。功立身退，懸車杖鄉〔一九〕。百年俄頃，萬緒悲涼。昔時華屋，今日玄房〔二〇〕。平天慘慘，半月蒼蒼。地謂西郭〔二一〕，山言北邙〔二二〕。曲池無處〔二三〕，松檟成行〔二四〕。

【箋注】

〔一〕「金闕」二句，金銀宮闕，海上神仙宮闕，見本文前注引史記封禪書。常，古代長度單位，八尺爲尋，兩尋爲常。百常，與上句「千仞」，皆極言金銀闕之高。兩句言高則祖籍渤海。

〔二〕「人神」句，左思蜀都賦：「遠則岷山之精，上爲井絡。天地運期而會昌，景福肸蠁而興作。」此亦指渤海。

〔三〕「九州」二句，述齊桓公争霸事，亦言渤海。左傳僖公四年：「春，齊侯以諸侯之師侵蔡，蔡潰，遂伐楚。楚子使與師言曰：『君處北海，寡人處南海，唯是風馬牛不相及也。不虞君之涉吾地也，何故？』管仲對曰：『昔召康公命我先君大公曰：「五侯九伯，女實征之，以夾輔周室。」賜我先君履，東至於海，西至於河，南至於穆陵，北至於無棣。』」五侯九伯，杜預注：「五等諸侯、九州之伯皆得征討其罪，齊桓因此命以誇楚。」夾輔周室，即所謂「勤王」。

〔四〕「樂只」二句，詩經小雅南山有臺：「南山有桑，北山有楊。樂只君子，邦家之光。」鄭玄箋：「只之言是也。」按：是詩小序稱「樂得賢也。得賢則能爲邦家立太平之基矣」。

〔五〕「驚雷」句，傅玄驚雷歌：「驚雷奮兮震萬里，威陵宇宙兮動四海，六合不維兮誰能理？」此喻指隋末世亂。

〔六〕「大昴」句，大昴，即昴宿。初學記卷一星：「昴宿，春秋佐助期曰：漢相蕭何長七尺八寸，昴星精生耳。」文選王儉褚淵碑文：「辰精感運，昴靈發祥。」李善注亦引春秋佐助期。詩經商頌長發：「濬哲維商，長發其祥。」鄭玄箋：「長，猶久也。」謂「久發見其禎祥」。句謂亂世出英雄，如蕭何輩乃奮起其間。此喻指高則。

〔七〕「運屬」句，揚雄劇秦美新：「神歇靈繹，海水群飛，二世而亡，何其劇與！」又太玄卷六劇上九：「海水群飛，蔽於天杭。」測曰：「海水群飛，終不可語也。」此謂時值改朝換代。

〔八〕「時逢」句，太平御覽卷八七四叙咎徵引易是類謀：「民衣霧，主吸霜。」注：「民衣霧，佞政行，被其毒也。主吸霜，被陰毒，將害躬也。」

〔九〕「中原」句，史記淮陰侯列傳：「秦之綱絶而維弛，山東大擾，異姓并起，英俊烏集。秦失其鹿，天下共逐之。」集解引張晏曰：「以鹿喻帝位也。」

〔一〇〕「西嶽」句，太平御覽卷八七四叙咎徵引易是類謀：「五星合，狼狐張。晝視無日，虹蜺煌煌。夜視無月，彗孛蔣蔣。……太山失金雞，西嶽亡玉羊。」注：「太山失金雞者，箕星亡也。箕者爲風，風動雞鳴，今期侯者亡，故雞亦亡。西嶽亡玉羊者，狼星亡，狼在於未，爲羊也。」以上數句，皆言時勢屯剥，隋朝將亡。

〔一一〕「漢起」二句，高帝，即漢高祖。太王，指周王古公，追尊爲太王，皆見本文前注。此喻指唐高祖李淵、太宗李世民。

〔一二〕「乃披」二句，謂在唐高祖、太宗披荆斬棘之際，高則曾被許以登壇拜將。

〔一三〕「將軍」二句，謂高則唯獻帷幄之謀，不願爲將，以致使者不絶於道。以上四句，詳本文前注。

〔一四〕「陣合」二句，謂高則用兵布陣合乎兵法。太平御覽卷八四周文王引尚書帝命驗，稱吕望於磻谿垂釣，釣得玉璜，刻曰「姬受命，吕佐旌」，故此「玉璜」代指吕望，謂其用兵符合太公兵法。

〔一五〕「殲夷」二句，言隨長孫無忌協助太宗追擊薛舉事，詳本文前注。

〔一六〕「化穆」二句，化穆，教化清平，與下句「時清」義同。三代，指夏、商、周。九皇，史記孝武本紀：「比德於九皇。」注引韋昭曰：「上古人皇者九人也。」

〔一七〕「尚試」句，試，謙詞，謂爲其所用。堯湯，古之聖君，代指當朝皇帝。

〔一八〕「漕通」四句，指奉敕爲河陽檢校水運使事，詳本文前注。

〔一九〕「懸車」句，懸車，謂懸其車以傳子孫，指致仕退休。見前瀘州都督王湛神道碑「歲及懸車」句注。杖鄉，禮記王制：「五十杖於家，六十杖於鄉。」後泛指老者拄杖。任昉答到建安餉杖詩：「扶危復防咽，事歸薄暮人。勞君尚齒意，矜此杖鄉辰。」又唐玄宗千秋節宴：「處處祠田祖，年年宴杖鄉。」可參讀。

〔二〇〕「今日」句，玄房，淮南子主術訓：「天氣爲魂，地氣爲魄，反之玄房，各處其宅。」此指墓穴。

〔二一〕「地謂」句，漢書朱邑傳：「病且死，屬其子曰：『我故爲桐鄉吏，其民愛我，必葬我桐鄉。後世子孫奉嘗我，不如桐鄉民。』及死，其子葬之桐鄉西郭外，民果然共爲邑起冢立祠，歲時祠祭，至今不絶。」

〔二二〕「北邙」句，元和郡縣志卷五河南府河南縣：「北邙山，在縣北二里。西自洛陽縣界，東入鞏縣界。舊説云：「北邙山是隴山之尾，乃衆山總名，連嶺修亘四百餘里。」山在今洛陽市北，自古爲王公貴族葬地。張載七哀詩二首其一：「北邙何壘壘，高陵有四五。借問誰家墳，皆云漢世主。」按：高則歸葬故鄉安定縣，此及上句所謂西郭、北邙，皆喻之也。

〔二三〕「曲池」句，用雍門子周以琴見孟嘗君事，見本文前注引説苑。無處，謂曲池已漸，無地可尋。

〔二四〕「松檟」句，文選潘岳懷舊賦：「墳壘壘而接壟，柏森森以攢植。」李善注引仲長子（統）昌言曰：「古之葬，植松柏梧桐以識其墳。」同書任昉爲范始興作求立太宰碑表：「人之云亡，忽移歲序。鴟鴞東徙，松檟成行。」李善注引左傳（哀公十一年）：伍子胥曰：「樹吾墓檟。」

唐昭武校尉曹君神道碑〔一〕

君諱通，字某，其先沛國譙人也〔二〕。近代因官，遂居於瓜州之常樂縣〔三〕，故今爲縣人焉。顓頊高陽之子孫〔四〕，曹叔振鐸之苗裔〔五〕。山河白馬，漢丞相開一代之基〔六〕；譙沛黄龍，魏武帝定三分之業〔七〕。承家恤胤，嶽峙星羅〔八〕。居雍州之西境〔九〕，斷匈奴之右臂〔一〇〕。門容駟馬，旌旗玉塞之雄〔一一〕；坐列三貂，人物金行之秀〔一二〕。祖某，隱居不仕。父顯，盪寇將軍〔一三〕。河庭寶玉〔一四〕，廣都鸞鳳〔一五〕。或閭閻之内，禮敵於諸侯〔一六〕；或枹鼓之間，威振於千里。功則可大〔一七〕，以官族而爲官；德亦不孤〔一八〕，帷將門而有將。

【箋注】

〔一〕昭武校尉，武官名，正六品上，見下注。按碑文稱「炯效官昌運，負譴明時，始以東宮學士，出爲梓州司法」云云，則本文應作於作者爲梓州司法時，確年不可考，當在垂拱元年至三年（六八五—六八七）間。

〔二〕「其先」句，後漢書郡國志：「沛國。」李賢注：「秦泗川郡，高帝改。雒陽東南千二百里。」東漢建安末，曹操分沛國置譙郡，轄今蒙城、亳縣、鹿邑等地，治譙（今安徽亳州市）。

〔三〕「遂居」句，元和郡縣志卷四〇瓜州長樂縣：「本漢廣至縣地，屬敦煌郡。魏分廣至置宜禾縣，後魏明帝改置常樂郡，隋於此置常樂鎮。武德五年（六二二），置常樂之縣也。」地在今甘肅安西縣一帶，具體位置待考。

〔四〕「顓頊」句，太平御覽卷七九顓頊高陽氏引帝王世紀：「帝顓頊高陽氏，黄帝之孫，昌意之子，姬姓也。」史記五帝本紀：「周后稷，名棄。……帝堯封棄於邰，號曰后稷，别姓姬氏。」按曹氏始祖爲周武王之弟叔振鐸，封於曹（見下注），因得姓。則顓頊高陽氏、叔振鐸同爲姬姓，故謂曹氏爲顓頊子孫。

〔五〕「曹叔」句，左傳僖公二十八年：「曹叔振鐸，文之昭也。」杜預注：「叔振鐸，曹始封君，文王之子。」又同書哀公七年：「初，曹人或夢衆君子立於社宫，而謀亡曹。曹叔振鐸請待公孫彊，許之。」杜注：「振鐸，曹始祖。」又鄭玄毛詩譜曹：「周武王既定天下，封弟叔振鐸於曹，今日濟陰定陶是也。」

〔六〕「山河」二句，指曹參。史記呂后本紀：「高帝刑白馬，盟曰：『非劉氏而王，天下共擊之。』」謂曹參曾與高祖盟誓，爲保漢江山之臣。史記曹相國世家：「平陽侯曹參者，沛人也。」追隨劉邦定天下，封平陽侯，爲漢丞相。正義：「按沛，今徐州縣也。」

〔七〕「譙沛」二句，三國志魏書武帝紀：「太祖武皇帝，沛國譙人也。姓曹，諱操，字孟德，漢相國參之後。」同上文帝紀：「初，漢熹平五年（一七六），黄龍見譙，光禄大夫橋玄問太史令單颺：『此何祥也？』颺曰：『其國後當有王者興，不及五十年，亦當復見。天事恒象，此其應也。』内黄殷登默而記之。至四十五年，登尚在，三月，黄龍見譙，登聞之，曰：『單颺之言，其驗兹乎？』」三分之業，指魏、蜀、吴三國鼎立。按：以上數句，皆述曹家事。

〔八〕「承家」二句，恤胤，養育後代。國語周語下：「胤也者，子孫蕃育之謂也。」顔真卿臧公（懷恪）神道碑銘：「恤胤之慶，世祀宜哉。」可參讀。嶽峙星羅，極言子孫之多，有如山嶽、星辰。家，英華卷九一〇校：「集作苗。」胤，全唐文卷一九四作「允」。皆誤。

〔九〕「居雍州」句，此雍州，當指尚書禹貢所述九州之雍州，乃今西北廣大地區。其曰：「黑水、西河惟雍州。」僞孔傳：「西距黑水，東據河。龍門之河，在冀州西。」「雍州之」三字，英華無「之」字，校：「集作之字。」「作」當是「有」之誤。

〔一〇〕「斷匈奴」句，史記大宛別傳：「條枝，在安息西數千里，臨西海。……（張騫言）：『今單于新困於漢，而故渾邪地空無人。蠻夷俗貪漢財物，今誠以此時而厚幣賂烏孫，招以益東，居故渾邪之地，與漢結昆弟，其勢宜聽，聽則是斷匈奴右臂也。』」「匈奴」下，英華無「之」字，校：「集有之字。」有「之」字是。

〔一二〕「門容」二句，漢書于定國傳：「始，定國父于公，其閭門壞，父老方共治之。于公謂曰：『少高大門閭，令容駟馬高蓋車。』」旌旗玉塞，蓋其先嘗鎮守玉門關。句謂曹通家乃西域豪族。

〔一三〕「坐列」二句，南齊書何戢傳：「建元元年（四七九），遷散騎常侍、太子詹事，尋改侍中，詹事如故。上欲轉戢領選，問尚書令褚淵，以戢資重，欲加常侍。淵曰：『……不容頓加常侍。聖旨每以蟬冕不宜過多，臣與王儉既已左珥，若復加戢，則八座便有三貂。若帖以驍游，亦爲不少。』乃以戢爲吏部尚書，加驍騎將軍。」文選左思詠史詩八首其二：「金張藉舊業，七葉珥漢貂。」李善注：「珥，插也。董巴輿服志曰：『侍中、中常侍，冠武弁，貂尾爲飾。』」句謂曹通家族嘗爲朝廷高官。金行，指晉代，晉自稱以金德王。金行之秀，當指曹志、曹攄、曹毗。據晉書本傳，三人皆爲譙人，曹志嘗爲散騎常侍，曹攄爲中書侍郎，曹毗累遷光禄勳。

〔一三〕「父顯」句，盪寇將軍，蓋始設於後漢。後漢書靈帝紀：中平二年（一八五）十一月，「張温破北宫伯玉於美陽，因遣盪寇將軍周慎追擊之」。

〔一四〕「河庭」句，文選陸倕石闕銘：「河庭紫貝。」李善注：「楚辭（按：見屈原九歌河伯）曰：『魚鱗屋兮龍堂，紫貝闕兮珠宫。』王逸曰：『言河伯所居，以紫貝作闕也。』」此言寶玉，義同。

〔一五〕「廣都」句，山海經海内經：「西南黑水之間，有廣都之野，后稷葬焉。爰有膏菽膏稻，膏黍膏稷，百穀自生，冬夏播琴，鸞鳥自歌，鳳鳥自儛。」楊慎補注：「黑水、廣都，今之成都也。」以上兩句，以寶玉、鸞鳳爲喻，謂曹顯品格高尚。

〔一六〕「或閭閻」二句，漢書異姓諸侯王表：「閭閻偪於戎狄。」注：「閭，里門也。閻，里中門也。」此指鄉鄰。禮敵，周禮秋官司儀：「及其擯之，各以其禮：公於上等，侯伯於中等，子男於下等。」鄭玄注：「謂執玉而前見於王也。擯之，各以其禮者謂擯。公者五人，侯伯四人，子男三人也。上等、中等、下等者，謂所奠玉處也。」賈公彦疏：「禮法：禮敵并授，禮不敵者訝受。此行臣禮，則諸侯皆北面授之於堂上也。」此所謂「禮敵」，指禮品相當。兩句謂曹顯雖貴，卻能謙抑，與鄰里禮尚往來。

〔一七〕「功則」句，周易繫辭上：「易則易知，簡則易從。易知則有親，易從則有功。有親則可久，有功則可大。」韓康伯注：「有易簡之德，則能成可久、可大之功。」

〔一八〕「德亦」句，論語里仁：「德不孤，必有鄰。」何晏集解：「方以類聚，同志相求，故必有鄰，是以不孤。」又周易坤卦文言：「君子敬以直内，義以方外。敬、義立而德不孤。」

君天才卓越，雄略縱横。陶謙性好於幡旗〔一〕，王濬志在於長戟〔二〕。東方諫議，口誦孫吴〔三〕；諸葛武侯，坐吟梁甫〔四〕。屬有隋之末，四海分崩；皇運之初，三光草昧〔五〕。五星同聚，田横猶在於海中〔六〕；九代飛榮，隗囂尚屯於隴右〔七〕。賀拔威操符誓衆〔八〕，斬木稱兵，以被髮左衽之餘〔九〕，負檮杌窮奇之號〔一〇〕。遂欲驅馳我塞北，撓亂我河西。天子不憚於廟堂，鼓其雷電；使者相望於道路，申其弔伐。武德元年，乃詔侍中楊恭仁出使，先之以德義，陳之以兵甲〔一一〕。七旬干羽，不籍有苗之師〔一二〕；萬國侯王，坐見防風之戮〔一三〕。君深知逆順，獨斷胸懷，去危即安，轉禍爲福〔一四〕。非如馬援，遨遊二帝之都〔一五〕；不學竇融，自保三分之重〔一六〕。敕授昭武校尉〔一七〕。鮮卑醜類，慕容殘孽，遷於大棘之城，止於小蘭之界〔一八〕。雖謂其群下，願聞禮於上京；而拜於將軍〔一九〕，遂誇大於諸國。

【箋注】

〔一〕「陶謙」句，後漢書陶謙傳李賢注引吴書曰：「謙少孤，始以不羈聞於縣中。年十四，猶綴帛爲幡，乘竹馬而戲，邑中兒童皆隨之。」按：幡旗，長幅下垂之旗。言其自幼好武，志在爲將。

〔二〕「王濬」句，晉書王濬傳：「王濬，字士治，弘農湖人也。……疏通亮達，恢廓有大志。嘗起宅開門前路，廣數十步，人或謂之何太過？濬曰：『吾欲使容長戟幡旗。』衆咸笑之，濬曰：『陳勝有言：燕雀安知鴻鵠之志！』」後爲平東將軍、假節都督益梁諸軍事，率大軍順流鼓棹，遂滅吴。

〔三〕「東方」二句，漢書東方朔傳：「東方朔，字曼倩，平原厭次人也。武帝初即位，徵天下舉方正賢良文學材力之士，待以不次之位。……朔初來，上書曰：「臣朔……十九學孫吳兵法，戰陣之具，鉦鼓之教，亦誦二十二萬言。」按本傳及其他文獻，東方朔官拜太中大夫、給事中，未嘗爲諫議，蓋作者誤記。

〔四〕「諸葛」二句，三國志蜀書諸葛亮傳：「諸葛亮，字孔明，琅邪陽都人也。漢司隸校尉諸葛豐後也。……躬耕隴畝，好爲梁父吟。」後爲蜀漢丞相，封武鄉侯。

〔五〕「三光」句，三光，日、月、星。草昧，草創。漢書叙傳上載班固幽通賦：「天造草昧，立性命兮。」注引應劭曰：「天道始造，萬物草創於冥昧之中，皆立其性命也。」

〔六〕「五星」二句，漢書高帝紀：「（漢）元年（前二〇六）冬十月，五星聚於東井。」注引應劭曰：「東井，秦之分野。五星所在其下，當有聖人以義取天下。」田横，史記田儋列傳：「田儋者，狄人也，故齊王田氏族也。儋從弟田榮，榮弟田横，皆豪宗彊，能得人。」田氏兄弟與項羽、劉邦戰，及劉邦立爲皇帝，「田横懼誅，而與其徒屬五百餘人入海居島中。高帝聞之，以爲田横兄弟本定齊，齊人賢者多附焉。今在海中不收，後恐爲亂。迺使使赦田横罪而召之」。田横迺與其客二人乘傳詣雒陽，未至三十里，自殺死。海，英華作「草」，校：「集作每。」按：作「海」是，「每」蓋「海」之形訛。

〔七〕「九代」二句，代即「世」字，避唐諱。九世飛榮，指劉秀即皇帝位，漢於是中興。後漢書光武帝紀：「世祖光武皇帝諱秀，字文叔，南陽蔡陽人，高祖九世之孫也。」隗囂，後漢書隗囂傳：「隗囂，字季孟，天水成紀人。」王莽末起兵，遣諸將徇隴西，武都、金城、武威、張掖、酒泉、燉煌皆下之，遂歸更始。光武即位，囂欲歸之，更始遣兵圍囂，囂突圍「亡歸天水，復招聚其衆，據故地，自稱西州上將軍」。以上四句，喻指唐高祖雖已建國登基，然天下尚未平定。

〔八〕「賀拔威」句，威，原作「盛」，各本同，據兩唐書改（新唐書作「賀拔行威」）。賀拔威乃鮮卑人，唐建國初爲瓜州刺史，後叛唐被殺。詳下注。

〔九〕「以被髮」句，被髮左衽，古代少數民族妝束。尚書畢命：「四夷左衽，罔不咸賴，予小子永膺多福。」僞孔傳：「言東夷、西戎、南蠻、北狄，被髮左衽之人，無不皆恃賴三君之德，我小子亦長受其多福。」論語憲問：「子曰：『……微管仲，吾其被髮左衽矣。』」邢昺疏：「衽謂衣衿。衣衿向左，謂之左衽。」被，英華作「辦」，校：「集作被。」作「辦」誤。

〔一〇〕「負檮杌」句，檮杌，頑凶無疇匹貌。窮奇，謂其行窮，其好奇異於他人。詳前唐上騎都尉高君神道碑「檮杌窮奇」句注引。

〔一一〕「武德」四句，指討賀拔威事。新唐書作賀拔行威。新唐書高祖本紀：武德二年十二月己酉，「瓜州刺史賀拔行威反」。元年、二年稍異，事則同一，孰是待考。舊唐書楊恭仁傳：「楊恭仁，本名綸，弘農華陰人，隋司空觀王雄之長子也。」歸高祖，「拜黄門侍郎，封觀國公，尋爲涼州總管。恭仁素習邊事，深悉羌胡情僞，推心馭下，人吏悦服，自葱嶺已東，并入朝貢。……屬瓜州刺史賀拔威擁兵作亂，朝廷憚遠，未遑征討。恭仁乃募驍勇倍道兼進，賊不虞兵至之速，克其二城。恭仁悉放俘虜，賊衆感其寬惠，遂相率執威而降」。恭仁，原作「仁恭」，各本同，據本傳乙。

〔一二〕「七旬」二句，尚書大禹謨：「三旬，苗民逆命。益贊於禹曰：『惟德動天，無遠弗届。……至誠感神，矧兹有苗。』禹拜昌言，曰：『俞！』班師振旅。帝乃誕敷文德，舞干羽於兩階。七旬，有苗格。」僞孔傳：「遠人不服，大布文德以來之。干，楯；羽，翳也，皆舞者所執。修闡文教，舞文舞於賓主階間，抑武事。討而不服，不討自來，明御之者必有道。」不籍，籍，憑借，謂不用以兵討伐。

〔一三〕「萬國」二句，史記孔子世家：「仲尼曰：禹致群神於會稽山，防風氏後至，禹殺而戮之。」集解引韋昭曰：「群神，謂主山川之君，爲群神之主，故謂之神也。」防風氏，左傳文公十一年：「鄋瞞侵齊。」杜預注：「鄋瞞，狄國名，防風之後。」陸德明音義引説文云：「北方長狄國也。在夏爲防風氏，殷爲汪芒氏。」「七旬」兩句謂先之以文德，此則言加之以兵威。

〔一四〕「君深知」四句，謂曹通原在賀拔威部下，蓋是時投誠唐軍。

〔一五〕「非如」二句，後漢書馬援傳：馬援爲隗囂綏德將軍。公孫述稱帝於蜀，與之相見，又歎如平生。後見光武帝劉秀，秀嘲其「遨遊二帝間」。最終歸劉秀，拜太中大夫。詳見前齊貞公宇文公神道碑「馬伏波來游二帝」句注引。遨，英華校：「集作來。」

〔一六〕「不學」二句，後漢書竇融傳：「竇融，字周公，扶風平陵人也。七世祖廣國，孝文皇后之弟，封章武侯。」王莽時，以軍功封建武男。莽敗，融以軍降更始，謀得張掖屬國都尉。更始敗，爲行河西五郡大將軍。光武即位，隗囂先稱建武年號，融等從受正朔，囂假其將軍印綬。光武欲招之，賜融璽書，稱「今益州有公孫子陽，天水有隗將軍。方蜀漢相攻，權在將軍，舉足左右，便有輕重。……欲三分鼎足，連衡合從，亦宜以時定」云云。八年夏，光武西征隗囂，融率五郡太守等步騎數萬與大軍會，封爲安豐侯。

〔一七〕「敕授」句，唐六典卷五尚書兵部：「正六品上曰昭武校尉。」

〔一八〕「鮮卑」四句，鮮卑，古代少數民族之一，姓慕容氏。晉書載記第八慕容廆傳：「慕容廆，字奕洛瓌，昌黎棘城鮮卑人也。其先有熊氏之苗裔，世居北夷，邑於紫蒙之野，號曰東胡。其後與匈奴并盛。……太康十年（二八九），廆又遷於徒河之青山，廆以大棘城即帝顓頊之墟也，元康四年（二九四）乃移居之，教以農桑，法制同於上國。」小蘭之界，小蘭，不詳，或即白蘭，以與「大棘」對應，故改稱小蘭。晉書四夷傳西戎土谷渾傳「吐谷渾，慕容廆之庶長兄也。其父涉歸分部落一千七百家以隸之。及涉歸卒，廆嗣位」，吐谷渾遂離開部落，「西附陰山。永嘉之亂，始度隴而西。其後子孫據有西零已西，甘、松之界，極乎白蘭數千里」。白蘭，山名，在今青海西南。

〔一九〕「雖謂」二句，京，英華作「宗」，校：「集作京。」按：此言賀拔威部下喜禮樂之教，願學漢文化，則作「京」是，上京指唐都長安，「宗」蓋形訛。

〔二〇〕「而拜」句，將軍，指敕授曹通爲昭武校尉。

貞觀八年，詔特進、代國公李靖爲行軍大總管〔一〕。登壇拜將，授鉞行師。開太一之三門〔二〕，閉陰符之六甲〔三〕。決勝於俎豆，然後折衝萬里〔四〕；信賢如腹心，故能匡正八極〔五〕。君當仁不讓〔六〕，聞義則行。從王粲之戎旅〔七〕，棄班超之筆硯〔八〕。係單于之頸，有類長沙〔九〕；斬樓蘭之王，更加平樂〔一〇〕。詔除上騎都尉〔一一〕。

【箋注】

〔一〕「貞觀」二句，指李靖討土谷渾事。舊唐書李靖傳：「李靖，本名藥師，雍州三原人也。」仕隋，高祖克長安，將斬之，太宗召入幕府。以武功累拜至尚書右僕射，加特進。貞觀九年（六三五）正月，吐谷渾寇邊，即以靖爲西海道行軍大總管。又同書太宗紀下：貞觀八年十一月「丁亥，吐谷渾寇涼州。己丑，吐谷渾拘我行人趙道德。十二月辛丑，命特進李靖、兵部尚書侯君集、刑部尚書任城王道宗、涼州都督李大亮等爲大總管，各帥師分道以討吐谷渾」。（按上引李靖本傳謂「九年」，當誤。）吐谷渾，鮮卑之一部，見上文注。

〔二〕「開太一」句，後漢書高彪傳：「天有太一，五將三門。」李賢注：「太一式：凡舉事，皆欲發三門，順五將。發三門者，開門、休門、生門，五將者，天目、文昌等。」太一式已佚，不知其詳，蓋布陣用兵之法。按三國志吴書胡綜傳曰：「（孫權）命綜作賦曰：『……乃律天時，制爲神軍。取象太一，五將三門。疾則如電，遲則如雲。進止有度，約而不煩。……』」可窺一斑。

〔三〕「閉陰符」句，隋書經籍志子部著録太公陰符鈐録一卷，已佚。今本太公六韜有陰符篇，稱「主與將有陰符，凡八等：有大勝克敵之符，長一尺；破軍殺將之符，長九寸；降城得邑之符，長八寸；却敵報遠之符，長七寸；誓衆堅守之符，長六寸；請糧益兵之符，長五寸；敗軍亡將之符，長四寸；失利亡士之符，長三寸。諸奉使行符，稽留者、若符事泄聞者、告者，皆誅之。八符者，主將秘聞所以，陰通言語不泄，中外相知之術，敵雖聖智，莫之能識」。同書五音篇：「古者三皇之世，虚無之情以制剛强。無有文字，皆由五行。五行之道，天地自然，六甲之分，微妙之神。其法以天清淨無陰雲風雨，夜半遣輕騎往至敵人之壘，去九百步外，偏持律管當耳，大呼驚之，有聲應管，其來甚微。角聲應管，當以白虎；徵聲應管，當以玄武；商聲應管，當以朱雀；羽聲應管，當以勾陳；五管聲盡不應者宫也，當以青龍。此五行之符，佐勝之徵，成敗之機。」此泛指用兵方術。六甲，事不詳。

〔四〕「決勝」二句，俎豆，論語衛靈公：「衛靈公問陳於孔子，孔子對曰：俎豆之事則嘗聞之矣，軍旅之事，未之學也。」何晏集解引孔（安國）曰：「俎豆，禮器。」此代指朝廷。淮南子兵略訓：「修政廟堂之上，而折衝千里之外，拱揖指撝，而天下響應，此用兵之上也。」同書説山訓：「國有賢君，折衝萬里。」高誘注：「衝，兵車也，所以衝突敵城也。言賢君德不可伐，故能折於遠敵之衝車於千里之外，使敵不敢至也。」

〔五〕「信賢」二句，後漢書光武帝紀上：「降者更相語曰：『蕭王推赤心置人腹中，安得不投死乎？』」八極，泛指天下。鹽鐵論論鄒：「所謂中國者，天下八十分之一，名曰赤縣神州，而分爲九。川谷阻絶，陵陸不通，乃爲一州，有八瀛海圜其外，此所謂八極，而天下際焉。」

〔六〕「君當仁」句，論語衛靈公：「子曰：當仁不讓於師。」何晏集解引孔（安國）曰：「當行仁之事，不復讓於師，言行仁急。」

〔七〕「從王粲」句，三國志魏書王粲傳：「善屬文，舉筆便成，無所改定。……著詩賦論議垂六十篇。建安二十一年，從征吴。二十二年春，道病卒。」

〔八〕「棄班超」句，班超投筆欲立功異域事，前已屢注。

〔九〕「係單于」二句，長沙，指賈誼。漢書賈誼傳：「賈誼，雒陽人也。……天子（文帝）議以誼任公卿之位，絳、灌、東陽侯、馮敬之屬盡害之，出爲長沙王太傅。」嘗數上疏陳政事，有曰：「臣竊料匈奴之衆，不過漢一大縣。以天下之大，困於一縣之衆，甚爲執事者羞之。陛下何不試以臣爲屬國之官以主匈奴，行臣之計，請必係單于之頸而制其命，伏中行説而笞其背，舉匈奴之衆唯上之令。」

〔一〇〕「斬樓蘭」二句，漢書傅介子傳：「傅介子，北地人也。……爲中郎，遷平樂監。介子謂大將軍霍光曰：『樓蘭、龜兹數反復而不誅，無所懲艾。介子過龜兹，時其王近就人，易得也，願往刺之，以威示諸國。』大將軍曰：『龜兹道遠，且驗之於樓蘭。』於是白遣之。介子與士卒俱齎金幣，揚言以賜外國爲名。至樓蘭，樓蘭王……貪漢物，來見使者。介子與坐飲，陳物示之。飲酒皆醉，介子謂王曰：『天子使我私報王。』王起，隨介子入帳中，屏語壯士二人從後刺之，刃交胸，立死。」昭帝下詔，「封介子爲義陽侯、食邑七百户」。樂，英華作「縣」，校：「集作樂。」作「縣」誤。

〔二〕「詔除」句，唐六典卷二尚書吏部：凡勳十有二等，「六轉爲上騎都尉，比正五品」。

車師舊國，俯枕前庭〔一〕；戊巳遺墟，斜連後壁〔二〕。負天山而版蕩，擁蒲海而虔劉〔三〕。聖人之德，非欲窮兵黷武；王者之師，蓋爲夷凶静亂。十四年，詔兵部尚書侯君集爲行軍大總管〔四〕。軍營玉帳，武略珠韜〔五〕。旌旗蔽於日月，金鼓聞於天地。安民保大〔六〕，實憑帷幄之謀；斬將搴旗，咸籍武夫之力。君緬懷高義，思報國恩。從來六郡之子〔七〕，是爲萬人之敵〔八〕。梯衝所及，攻靡堅城；矛戟所臨〔九〕，野無横陣。一舉而清海外，再戰而滌河源。飲至策勳〔一〇〕，抑惟恒授。詔除上柱國〔一一〕。

【箋注】

〔一〕「車師」二句，車師，漢代西域國名。前庭，車師前國（另有車師後國）王庭。漢書西域傳下：「車師前國王治交河城。河水分流繞城下，故號交河。去長安八千一百五十里，户七百，口六千五十，勝兵千八百六十五人。……西南至都護治所千八百七里，至焉耆八百三十五里。」地在今新疆吐魯番市。

〔二〕「戊巳」句，戊巳，即戊巳校尉。漢書元帝紀：建昭三年（前三六），「擠發戊己校尉、屯田吏士及西域胡兵攻郅支單于」。顔師古注：「戊己校尉者，鎮安西域，無常治處，亦猶甲、乙等各有方位，而戊與己四季寄王，故以名官也。時有戊校尉，又有己校尉。一説戊己位在中央，今所置校尉處三十六國之中，故曰戊己也。」後壁，指車師後國。按：以上四句所謂「舊國」、「遺墟」，皆指唐之高昌。舊唐書地理志三隴右道：「高昌，漢車師前王之庭，漢元帝置戊己校尉於此。以其地形高敞，故名高昌。」

〔三〕「負天山」二句，「版」同「板」，板、蕩，分别爲詩經大雅篇名，刺周厲王無道。此指製造動亂。蒲海，即蒲昌海。漢書西域傳上：「于闐在南山下，其河北流，與葱嶺河合，東注蒲昌海。蒲昌海，一名鹽澤者也，去玉門陽關三百餘里，廣袤三百里。」按：即今新疆羅布泊。虔劉，謂殺戮，前已注。

〔四〕「詔兵部」句，舊唐書侯君集傳：「侯君集，豳州三水人也。性矯飾，好矜誇。玩弓矢而不能成其藝，乃以武勇自稱。太宗在藩，引入幕府，數從征伐，累除左虞候、車騎將軍，封全椒縣子，漸蒙恩遇。……太宗即位，遷左衛將軍，以功進封潞國公，賜邑千户。尋拜右衛大將軍。貞觀四年（六三〇），遷兵部尚書，參議朝政。」又舊唐書太宗紀下：貞觀十三年十二月丁丑，「吏部尚書、陳國公侯君集爲交河道行軍大總管，帥師伐高昌」。十四年八月癸巳，「交河道行軍大總管侯君集平高昌，以其地置西州。九月癸卯，曲赦西州大辟罪。乙卯，於西州置安西都護府」。

〔五〕「武略」句，珠韜，謂韜略寶貴如珠。珠，與上句「玉」對應。

〔六〕「安民」句，民，原作「人」，避太宗諱，徑改。左傳宣公十二年：「夫武，禁暴、戢兵、保大、定功、安民、和衆、豐財者也。」杜預注：「此武七德。」保大，孔穎達正義：「時夏保之，保大也。」或謂保持强大。

〔七〕「從來」句，漢書趙充國傳：「以六郡良家子，善騎射，補羽林。」注引服虔曰：「金城、隴西、天水、安定、北地、上郡是也。」顔師古注：「隴西、天水、安定、北地、上郡、西河是也。」曹通爲瓜州人，唐屬隴右道，故稱。

〔八〕「是爲」句，爲，英華作「惟」，校：「集作爲。」皆可通。史記項羽本紀：「（項）籍曰：『……劍一人敵，不足學，學萬人敵。』於是項梁乃教籍兵法。」

〔九〕「矛戟」句，英華校：「一作弟伐匪。」誤。

〔一〇〕「飲至」句，左傳隱公五年：「三年而治兵，入而振旅，歸而飲至，以數軍實。」杜預注：「飲於廟，以數車徒器械及所獲也。」

〔一一〕「詔除」句，唐六典卷二尚書吏部：「凡勳，十有二等，十二轉爲上柱國，比正二品。」

君備嘗艱阻，頻有戰功，天子聞之，累加徽辟。慕田疇之節，羞賣盧龍之塞〔一〕；高魯連之義，請從滄海之遊〔二〕。遂乃散髮鄉亭，拂衣丘壑。爲趙魏之老〔三〕，在羲皇之上〔四〕。關内諸公，深知郭解〔五〕；洛陽人物，高談劇孟〔六〕。家僮有禮，皆使拜賓〔七〕；門客多才，咸能市義〔八〕。南宫養老，坐聞鳩杖之榮〔九〕；東嶽遊魂，俄見鶴書之召〔一〇〕。以龍朔元年某月某日〔一一〕，終於里第。嗚呼哀哉！

【箋　注】

〔一〕「慕田疇」二句，塞，原作「墓」，據四庫全書本、全唐文改。三國志魏書田疇傳：「田疇，字子泰，右北平無終人也。好讀書，善擊劍。」建安十二年（二〇七），太祖北征烏丸，時方夏雨，道路濘滯不通，田疇爲指盧龍道，遂大斬獲，追奔逐北至柳城。「軍還入塞，論功行封，封疇亭侯，邑五百户。疇自以始爲居難，率衆遁逃，志義不立，反以爲利，非本意也，固讓。太祖知其至心，許而不奪。」其後仍欲封之，遣夏侯惇爲語，臨去拊疇背曰：「田君！主意殷勤，曾不能顧乎？」疇答曰：「是何言之過也！疇負義逃竄之人耳，蒙恩全活，爲幸多矣，豈可賣盧龍之塞，以易賞禄哉？縱國私疇，疇獨不愧於心乎！將軍雅知疇者，猶復如此，若必不得已，請願效死刎首於前。」

〔二〕「高魯連」二句，戰國策趙策：秦圍趙都邯鄲，魯仲連適游趙，説辛垣衍曰：秦若爲帝，「則連有赴（史記魯仲連傳作「蹈」）東海而死耳，吾不忍爲之民也」！乃獻退秦之計。秦將聞之，爲卻軍五十里。

〔三〕「爲趙魏」句，論語憲問：「子曰：孟公綽爲趙、魏老則優，不可以爲滕、薛大夫。」朱熹論語集注卷七：「公綽，魯大夫；趙、魏，晉卿之家；老，家臣之長。大家勢重，而無諸侯之事；家老望尊，而無官守之責，優有餘也。滕、薛，二國名；大夫，任國政者。滕、薛國小政繁，大夫位高責重。然則公綽，蓋廉静寡欲而短於才者也。」此謂曹通欲無職任優遊如孟公綽。

〔四〕「在羲皇」句，上，原作「年」。英華、四子集作「上」，英華校：「集作年。」陶淵明與子儼等疏曰：「常言：五六月中，北窗下卧，遇涼風暫起，自謂是羲皇上人。」則作「上」是，據改。

〔五〕「關内」二句，史記遊俠列傳：「郭解，軹人也，字翁伯。」「及解年長，更折節爲儉，以德報怨，厚施而薄望。然其自喜爲俠益甚。……解入關，關中賢豪知與不知，聞其聲，争交歡解。」

〔六〕「洛陽」二句，史記遊俠列傳：「雒陽有劇孟。周人以商賈爲資，而孟劇以任俠顯諸侯。吴楚反時，條侯爲太尉，乘傳車將至河南，得劇孟，喜曰：『吴楚舉大事而不求孟，吾知其無能爲已矣。天下騷動，宰相得之，若得一敵國云。』劇孟行大類朱家，而好博，多少年之戲。然劇孟母死，自遠方送喪蓋千乘；及劇孟死，家無餘十金之財。」以上四句，謂曹通具豪俠之氣。

〔七〕「家僮」二句，顔氏家訓卷二風操：「失教之家，閽寺無禮，或以主君寢食瞋怒，拒客未通，江南深以爲恥。黄門侍郎裴之禮，號善爲士大夫，有如此輩，對賓杖之。其門生僮僕，接於他人，折旋俯仰，辭色應對，莫不肅敬，與主無别也。」

〔八〕「門客」二句，戰國策齊四：齊人有馮諼者，貧乏不能自存，寄食孟嘗君門下。後爲孟嘗君收責（債）於薛。至薛，「使吏召諸民當償者悉來合券。券徧合，起，矯命以責賜諸民，因燒其券，民稱萬歲。長驅到齊，晨而求見。孟嘗君怪其疾也，衣冠而見之，曰：『責畢收乎？來何疾也。』曰：『收畢矣。』『以何市而反？』馮諼曰：『……臣竊計君宫中積珍寶，狗馬實外廄，美人充下陳，君家所寡有者，以義耳。竊以爲君市義。』孟嘗君曰：『市義奈何？』曰：『今君有區區之薛，不拊愛子其民，因而賈利之。臣竊矯君命，以責賜諸民，因燒其券，民稱萬歲，乃臣所以爲君市義也。』孟嘗君不説，曰：『諾，先生休矣。』後朞年，齊王謂孟嘗君曰：『寡人不敢以先王之臣爲臣。』孟嘗君就國於薛，未至百里，民扶老攜幼迎君道中。孟嘗君顧謂馮諼：『先生所爲文市義者，乃今日見之。』」

〔九〕「南宫」二句，史記天官書：「南宫，朱鳥。……狼比地有大星，曰南極老人。老人見，治安；不見，兵起常。」鳩杖，藝文類聚卷九二鳩引風俗通曰：「俗説高祖與項羽戰，敗於京索，遁叢薄中，羽追求之。時鳩正鳴其上，追者以鳥在無人，遂得脱。及即位，異此鳥，故作鳩杖以賜老者。」猶有他説。初學記卷二七玉「飾鳩杖」引續漢書曰：「仲秋之月，郡道皆案行比人，年始七十者，授之以玉杖；八十、九十，禮有加賜。玉杖，長九尺，端以鳩爲飾。鳩者，不噎之鳥也，欲老人不噎也。」

〔一〇〕「東嶽」二句，東嶽，即泰山。博物志卷一：「泰山一曰天孫，言爲天帝孫也，主召人魂魄。東方萬物始成，知人生命之長短。」又太平御覽卷三九泰山引道書福地記曰：「泰山……下有洞天，周迴三千里，鬼神之府。」鶴書，即鶴頭書。文選孔稚珪北山移文：「及其鳴騶入谷，鶴書赴隴。」李善注引蕭子良古今篆隸文體曰：「鶴頭書與偃波書，俱詔板所用，在漢則謂之尺一簡。髣髴鵠頭，故有其稱。」此謂天帝有召，婉言其將死。

〔一二〕「以龍朔」句，朔，原作「翔」，據英華、全唐文改。龍朔，唐高宗年號。龍朔元年爲公元六六一年。

夫人某官之女也。沅湘降祉〔一〕，河洛騰休〔二〕。符玉石之堅貞，貫風霜之慘烈〔三〕。鏡飛天上，窺祥鳳於銀臺〔四〕；劍動星文，秘蛟龍於玉匣〔五〕。以某年某月日終，越某年月日，合葬於某原。

【箋注】

〔一〕「沅湘」句，沅湘，二水名，此指湘水之神湘夫人，即舜之二妃。謂曹夫人氣質高雅，猶如湘夫人降福而生。

〔二〕「河洛」句，用曹植洛神賦事。洛神賦序稱洛水之神爲宓妃。騰休，謂其善美，有如宓妃再世。

〔三〕「符玉石」二句，謂「堅貞」、「慘烈」，及觀上下文隸事造語，疑曹夫人爲非正常死亡。

〔四〕「鏡飛」二句，范泰鸞鳥詩序：「昔罽賓王結苴峻祁之山，獲一鸞鳥。……三年不鳴。其夫人曰：『嘗聞鳥見其類而後鳴，何不懸鏡以映之？』王從其意。鸞睹形悲鳴，哀響中霄，一奮而絶。」此言若夫人在天睹鏡，亦將悲傷而絶。祥鳳，即鸞鳥。銀臺，後漢書張衡傳載思玄賦：「聘王母於銀臺兮，羞玉芝以療飢。」李賢注：「銀臺，仙人所居也。」窺祥鳳，英華校：「集作死鸞鳴。」「死鸞鳴」與下句「秘蛟龍」不對應，當誤。

〔五〕「劍動」二句，用張華、雷煥於豫章豐城得龍淵、太阿二寶劍事。星文，指斗牛之間有紫氣。蛟龍，即二劍，後化龍飛去。玉匣，劍匣之美稱。此喻指曹通夫人先亡。

君孝實因心〔一〕，忠爲令德。鮮花匝樹，盡兄弟之歡娱〔二〕；好鳥鳴林，展交遊之宴喜〔三〕。太初朗月〔四〕，俯照金鞍；叔夜清風〔五〕，來生寶劍。故能戰必勝，攻必取。西零種族〔六〕，遥憚武臣；北漠酋豪〔七〕，見稱飛將〔八〕。雖死之日，猶生之年〔九〕。園令獨慕於相如〔一〇〕，漢帝長懷於李牧〔一一〕。

【箋注】

〔一〕「君孝」句，詩經大雅皇矣：「因心則友，則友其兄。」毛傳：「因，親也。」孔穎達正義：「言其有親親之心。」

〔二〕「鮮花」二句，鮮花，指常棣之花。用詩經常棣「常棣之華，鄂不韡韡」事，喻指兄弟友愛，詳前唐右將軍魏哲神道碑「花萼争榮」句注。樹，英華、四子集作「苑」，英華校：「集作樹。」按：常棣未必生於苑中，作「苑」誤。

〔三〕「好鳥」二句，詩經小雅伐木：「伐木丁丁，鳥鳴嚶嚶。出自幽谷，遷于喬木。嚶其鳴矣，求其友聲。相彼鳥矣，猶求友聲，矧伊人矣，不求友聲！」

〔四〕「太初」句，三國志魏書夏侯玄傳：夏侯玄，字太初，少知名，弱冠爲散騎黄門侍郎，後爲征西將軍、假節都督雍涼州諸軍事。世説新語容止：「時人目夏侯太初朗朗如日月之入懷。」

〔五〕「叔夜」句，晉書嵇康傳：「嵇康，字叔夜，譙國銍人也。」世説新語容止：「嵇康身長七尺八寸，風姿特秀，見者歎曰：『蕭蕭肅肅，爽朗清舉。』或云『肅肅如松下風，高而徐引』。」以上二句，用夏侯玄、嵇康喻曹通，謂其英俊。

〔六〕「西零」句，西零，即先零，漢代羌族之一支，居今甘肅一帶。詳後漢書西羌傳。

〔七〕「北漠」句，漠，原作「漢」。按此指右北平郡（見下注），轄今河北北部及内蒙古一帶，則作「漠」是，據四子集、全唐文改。酋豪，指首領。

〔八〕「見稱」句，漢書李廣傳：「廣在郡（指右北平），匈奴號曰漢飛將軍，避之數歲不入界。」

〔九〕「雖死」二句，三國志魏書楊阜傳：「阜上疏曰：『……陛下不察臣言，恐皇祖烈考之祚將墜於地，使臣身死有補萬一，則死之日，猶生之年也。』」

〔一〇〕「園令」句，史記司馬相如傳：「常從上至長楊獵。是時天子方好自擊熊彘，馳逐野獸。相如上疏諫之，其辭曰：……相如拜爲孝文園令。」索隱：「百官志云：陵園令六百石，掌按行掃除也。」

〔二〕「漢帝」句，漢書馮唐傳：「馮唐，祖父趙人也。父徙代。……事文帝。帝輦過，問唐曰：『父老，何自爲郎，家安在？』具以實言。文帝曰：『吾居代時，吾尚食監高祛數爲我言趙將李齊之賢，戰於鉅鹿下。吾每飯食，意未嘗不在鉅鹿也。父老知之乎？』唐對曰：『齊尚不如廉頗、李牧之爲將也。』上曰：『何已？』唐曰：『臣大父在趙時爲官帥將，善李牧；臣父故爲代相，善李齊，知其爲人也。』上既聞廉頗、李牧爲人，良說，乃拊髀曰：『嗟乎！吾獨不得廉頗、李牧爲將，豈憂匈奴哉！』」

長子游擊將軍、和政府右果毅都尉、上柱國永雄〔一〕，次子朝散郎、行西州柳中縣主簿、上騎都尉知君等〔二〕，三餘廣學〔三〕，百戰雄才。就養之方，兼申愛敬；慎終之道，不忘哀感〔四〕。雖雨崩防墓，無孔子之格言〔五〕；而水齧前和，有文王之故事〔六〕。即以某年月日，改葬於木城之平原〔七〕。長婦某氏，即永雄之妻也，某官之女。柔風淑譽，習禮聞詩，上奉舅姑，旁睦娣姒。温家之婦，方歡白玉之臺〔八〕；盧氏之妻，空對黄金之椀〔九〕。先以永淳元年某月日終〔一〇〕，至是即陪窆於塋内。

【箋　注】

〔一〕「長子」句，唐六典卷五尚書兵部：「從五品下曰遊擊將軍。」和政府，唐代折衝府名。元和郡縣志卷三九岷州和政縣：「本後周洮城郡也。……隋開皇三年（五八三）罷郡，縣屬岷州，皇朝因之。……和政府，在縣西北七里。」地在今甘肅岷縣東北。右果毅都尉，唐六典卷二五諸衛府：「諸衛折衝都尉府，每府折衝都尉一人，左果毅都尉一人，右果毅都尉一人。」上柱國，勳名，比正二品，上文已注。

〔二〕「次子」句，唐六典卷二尚書吏部：「從七品上曰朝散郎。」西州，太宗時由高昌改置，詳本文前注。元和郡縣志卷四〇西州柳中縣：「貞觀十四年（六四〇）置。當驛路，城極險固。」上騎都尉，勳名，唐六典卷二尚書吏部：「六轉爲上騎都尉，比正五品。」

〔三〕「三餘」句，歲時廣記卷四引魏略：「董遇好學，人從學者，遇不肯教，云當先讀書百遍，而義自見。從學者云『苦渴無日』，遇曰：『當以三餘。』或問三餘之意，遇曰：『冬者歲之餘，夜者日之餘，雨者晴之餘。』」

〔四〕「就養」四句，孝經喪親章：「生事愛敬，死事哀慼，生民之本盡矣，死生之義備矣，孝子之事親終矣。」唐玄宗注：「愛敬、哀慼，孝行之始終也。備陳死生之義，以盡孝子之情。」

〔五〕「雖雨崩」二句，孔子家語卷一〇曲禮子貢問：「孔子之母既喪，……遂合葬於防。曰：『吾聞之，古者墓而不墳。今丘也東西南北之人，不可以弗識也。吾見封之若堂者矣，又見若坊者矣，又見若覆夏屋者矣，又見若斧形者矣，吾從斧者焉。』於是封之，崇四尺。孔子先反虞，門人後，雨甚，至墓崩，修之。而孔子問焉，曰：『爾來何遲。』對曰：『防墓崩。』孔子不應。三云，孔子泫然而流涕，曰：『吾聞之：古不修墓，及二十五月而祥，五日而彈琴不成聲，十日過禫而成笙歌。』」

〔六〕「而水齧」二句，水，原作「鼠」；前和，原作「前松」，英華校：「集作末禾。」皆誤，據全唐文改。戰國策魏二：「昔王季歷葬於楚山之尾，欒水齧其墓，見棺之前和。文王曰：『嘻！先君必欲一見群臣百姓也夫，故使欒水見之。』於是出而爲之張於朝，百姓皆見之，三日而後更葬。此文王之義也。」鮑彪注：「和，棺兩頭木。」

〔七〕「改葬」句，木城，皇輿西域圖志卷九疆域二安西北路一木城：「木城在宜禾縣治北九十里。西南境有石城子。自鏡兒泉東北二十里至石城子，又東十里至其地。」在今甘肅安西縣西。

〔八〕「温家」二句，温家之婦，指温嶠妻劉氏；白玉之臺，指玉鏡臺。世説新語假譎：「温公（嶠）喪婦，從姑劉氏家值亂離散，唯有一女，甚有姿慧。姑以屬公覓婚，公密有自婚意。……卻後少日，公報姑云：『已覓得婚處，門地粗可，婿身名宦，盡不減嶠。』因下玉鏡臺一枚。姑大喜。既婚交禮，女以手披紗扇，撫掌大笑，曰：『我固疑是老奴，果如所卜。』」

〔九〕「盧氏」二句，搜神記卷一六盧充：「盧充者，范陽人，家西三十里有崔少府墓。出獵，忽見一黑門如府舍，問鈴下，鈴下對曰：『崔少府宅也。』進見，少府語充云：『尊府君爲索小女婚，故相迎耳。」成婚三日畢，送充至家，母問之，具以狀對。與崔别後四年，充三月三日臨水戲，遥見傍水有犢車，充往開其車後户，見崔氏女，與三歲男兒共載，充見之忻然。女抱兒還充，又與金鋺，乃别。「充後乘車入市賣鋺，高舉其價，不欲速售，冀有識者。欻有一老婢識此鋺，還白大家曰：『市中見一人乘車，賣崔氏女郎棺中金鋺。』大家即是崔氏親姨母也。遣兒視之，果如其婢言。」

〔一〇〕「先以」句，永淳，唐高宗年號。永淳元年爲公元六八二年。

右翊衛宏軌〔一〕，兵圖日用，劍術天知。六郡許其良家，三川養其聲利〔二〕。思弘祖德，願叙家風〔三〕。托無媿之銘〔四〕，跋涉載勞於千仞；訪他山之石〔五〕，東西向踰於萬里。炯效官昌運〔六〕，負譴明時。始以東宫學士，出爲梓州司法〔七〕。傾蓋相逢，當仁不讓〔八〕。庶使見曹娥之碣，楊修歎其好辭〔九〕；讀元壽之文，高祖稱其佳作〔一〇〕。

【箋　注】

〔一〕「右翊衛」句，翊衛，唐代禁軍三衛（親衛、勳衛、翊衛）之一，見前唐右將軍魏哲神道碑「次子右衛親衛玄封」句注。

〔二〕「六郡」二句，漢代取六郡良家子事，前已注。良家，即良家子。史記李將軍列傳「廣以良家子從軍擊胡」句索隱引如淳曰：「非醫、巫、商、賈、百工也。」三川，史記秦本紀：「秦界至大梁，初置三川郡。」集解：「韋昭曰：有河、洛、伊，故曰三川。（裴）駰案（漢書）地理志，漢高祖更名河南郡。」鮑照詠史詩：「五都矜財雄，三川養聲利。」

〔三〕「思弘」二句，潘岳作家風詩，劉孝標稱「載其宗祖之德及自戒也」，見前唐上騎都尉高君神道碑「叙潘岳之家風」句注引世説新語。

〔四〕「託無媿」二句，蔡邕自稱「爲碑銘多矣，皆有慚德，唯郭有道無愧耳」，前已屢引。

〔五〕「訪他山」二句，詩經小雅鶴鳴：「他山之石，可以爲錯。」毛傳：「錯，石也，可以琢玉。」此即謂刊碑之佳石。

〔六〕「炯效官」句，炯，原作「烟」，形訛，據四子集、全唐文改。「炯」乃作者自稱其名。

〔七〕「始以」二句，東宫學士，指崇文館學士。舊唐書楊炯傳：「則天初，坐從祖（新唐書本傳作「父」）弟神讓犯逆，左轉梓州司法參軍。」其時當在垂拱元年（六八五）。

〔八〕「傾蓋」二句，文選鄒陽獄中上書：「語曰：白頭如新，傾蓋如故。」李善注引文穎曰：「傾蓋猶交蓋，駐車也。」論語衛靈公：「子曰：當仁不讓於師。」

〔九〕「庶使」二句，曹操、楊修讀曹娥碑識「絶妙好辭」事，出世説新語，前已屢引。

〔一〇〕「讀元壽」二句，魏書馮熙傳：「北邙寺碑文，中書侍郎賈元壽之詞。高祖（北魏孝文帝元宏）頻登北邙寺，親讀碑文，稱爲佳作。」

其詞曰：

大矣丞相，天地寅亮〔一〕。烝哉王侯〔二〕，子孫蕃昌。條分葉散，源濬流長。

【箋注】

〔一〕「大矣」二句，丞相，指曹參，漢初爲丞相，見本文前注。寅亮，恭敬、信奉。尚書周官：「少師、少傅、少保，曰三孤：貳公弘化，寅亮天地，弼予一人。」僞孔傳：「副貳三公，弘大道化，敬信天地之教，以輔我一人之治。」寅，原作「翼」，英華校：「集作寅。」全唐文作「寅」。今按：「翼亮」詞義，與「寅亮」有區别，此謂輔佐、光大。句既言「天地」，則當作「寅亮」，據英華所校集本及全唐文改。

〔二〕「烝哉」句，詩經大雅文王有聲：「文王烝哉。」毛傳：「烝，君也。」鄭玄箋：「君哉者，言其誠得人君之道。」王侯，指曹操，見本文前注。以上四句，述曹氏先祖。

金城北峙〔一〕，玉關西候〔二〕。山澤駢羅，衣冠輻湊〔三〕。降神生德，興賢誕秀。

【箋注】

〔一〕「金城」句，金城，漢代郡名。漢書昭帝紀始元六年（前八一）秋七月，「以邊塞闊遠，取天水、隴西、張掖郡各二縣置金城郡」。同書地理志下：「金城郡，昭帝始元六年置。（王莽）曰西海。」注引應劭曰：「初，築城得金，故曰金城。」又引臣瓚曰：「稱金，取其堅固也。故墨子曰『雖金城湯池』。」顔師古注：「瓚説是也。一云以郡在京師西，故謂金城。金，西方之行。」峙，英華作「見」，校：「集作峙。」皆通。此句以其家瓜州常樂縣（今甘肅安西縣一帶）爲言，謂金城（地在今甘肅蘭州市）聳立其北。

〔二〕「玉關」句，玉關，即玉門關。據今方位，玉門關應在安西縣之東。候，此指軍事要地。

〔三〕「衣冠」句，衣冠，代指仕宦之家。英華作「冠車」，校：「集作衣冠。」按：冠車，可理解爲衣冠車馬，雖義可通，然詞屬生造，當誤。輻湊，文選任昉天監三年策秀才文三首：「比雖輻湊闕下，多非政要。」李善注：「文子曰：『群臣輻湊。』張湛曰：『如衆輻之集於轂也。』」此喻官宦人家極多。

曰萬人英〔一〕，材摽國楨〔二〕。髫年學劍，丱歲論兵〔三〕。以身許國，東討西征。

【箋注】

〔一〕「曰萬人」句，建康實録卷一引江表傳：「（周）瑜威聲既著，劉備、曹操互疑譖之：瑜籌略，萬人英也，觀其器度廣大，恐不久爲人臣。」

〔二〕「材標」句，標，通「標」。國楨，詩經大雅文王：「王國克生，維周之楨。」毛傳：「楨，幹也。」鄭玄箋：「此邦能生之（指賢人），則是我周家幹事之臣。」沈約齊太尉文憲王公墓誌銘：「斯謂國楨，是惟民幹。」

〔三〕「髫年」二句，髫年，童年。髫，兒童下垂之髮。丱歲，與髫年義近。詩經齊風甫田：「總角丱兮。」毛傳：「丱，幼穉也。」

皇家啓聖〔一〕，撥亂反正〔二〕。逆賊遊魂〔三〕，不恭王命。亦既授首，河西大定〔四〕。

【箋　注】

〔一〕「皇家」句，皇家，指李淵父子。啓聖，開啓、造就聖人。文選劉琨勸進表：「或殷憂以啓聖明。」李善注引漢書路温舒曰：「禍亂之作，將以開聖人也。」

〔二〕「撥亂」句，漢書禮樂志：「漢興，撥亂反正，日不暇給。」顔師古注：「撥去亂俗，而還之於正道也。」

〔三〕「逆賊」句，指楊恭仁所討賀拔威，詳本文前注。

〔四〕「河西」句，河西，黄河以西，漢代置四郡。後漢書西羌傳：「及武帝征伐四夷，開地廣境，……初開河西，列置四郡。」李賢注：「酒泉、武威、張掖、敦煌也。」

葛爾湟中〔一〕，車書未同〔二〕。帝赫斯怒，攢其英雄〔三〕。風行電轉，谷静山空。

【箋　注】

〔一〕「葛爾」句，文選陸機謝平原内史表：「葛爾之生，尚不足吝。」李善注：「左傳子産曰：諺云『葛爾之國』，杜預曰：『葛，小貌也。』」湟中，後漢書鄧訓傳：「湟中諸胡，皆言漢家常欲鬬我曹，今鄧使君待我以恩信。」李賢注：「湟中，月氏胡所居，今鄯州湟水縣也。」地在今青海樂都縣。

〔二〕「車書」句，同，原作「問」，據英華、全唐文改。禮記中庸：「子曰：……今天下車同軌，書同文，行同倫。」未同，未統一，謂不歸附朝廷。

〔三〕「帝赫」二句，詩經大雅皇矣：「王赫斯怒，爰整其旅。」此指李靖討土谷渾事，詳本文前注。

二庭遺孽，交河路絶〔一〕。天子聞鼙，元戎案節〔二〕。王師無戰，海外有截〔三〕。

【箋　注】

〔一〕「二庭」二句，二庭，指車師前、後王庭。車師前國王治交河城，在今新疆吐魯番市。路絶，謂不往來，與朝廷斷絶關係。

〔二〕「元戎」句，指侯君集伐高昌事，詳本文前注。

〔三〕「海外」句，截，整治。詩經商頌殷武：「有截其所，湯孫之緒。」鄭玄箋：「更自敕整，截然齊一。」此所謂「有截」，言於高昌置西州，歸朝廷統治。

歸我田廬，功成不居。歲云秋矣，日月其除〔一〕。壽非金石〔二〕，命也何如。

【箋注】

〔一〕「歲云」二句，詩經唐風蟋蟀：「蟋蟀在堂，歲聿其莫。今我不樂，日月其除。」毛傳：「蟋蟀，蛬也，九月在堂。聿，遂；除，去也。」據此，曹通當卒於龍朔元年（六六一）秋。

〔二〕「壽非」句，古詩十九首：「人生非金石，豈能長壽考。」又曹植贈白馬王彪：「人生處一世，去若朝露晞。年在桑榆間，影響不能追。自顧非金石，咄唶令心悲。」

孝乎兄弟，葬之以禮。蓼蓼者莪〔一〕，人生苦多〔二〕。言猶在耳，邈若山河。

【箋注】

〔一〕「蓼蓼」句，詩經小雅蓼莪小序：「民人勞苦，孝子不得終養爾。」詩曰：「蓼蓼者莪，匪莪伊蒿。哀哀父母，生我劬勞。蓼蓼者莪，匪莪伊蔚。哀哀父母，生我勞瘁。」毛傳：「興也。蓼莪，長大貌。」又菁菁者莪毛傳：「莪，蘿蒿也。」

〔二〕「人生」句，苦多，猶言「去日苦多」。曹操短歌行：「對酒當歌，人生幾何。譬如朝露，去日苦多。」苦，原作「若」，據四子集、全唐詩改。